宋代卷 叁

樂府續集

郭麗 吴相洲 編撰

宋代卷

相和歌辭

清商曲辭

舞曲歌辭

琴曲歌辭

雜曲歌辭

上海古籍出版社

再和明妃曲

歐陽修

題注曰：「嘉祐四年。」

漢宮有佳人，天子初未識。一朝隨漢使，遠嫁單于國。絶色天下無，一失難再得。雖能殺畫工，於事竟何益。耳目所及尚如此，萬里安能制夷狄。漢計誠已拙，女色難自夸。明妃去時泪，灑向枝上花。狂風日暮起，飄泊落誰家。紅顔勝人多薄命，莫怨春風當自嗟。《全宋詩》卷二八九，册6，第3656頁

同永叔和介甫昭君曲

劉敞

漢家離宮三十六，宮中美女皆勝玉。昭君更是第一人，自知等輩非其倫。恥捐黄金買圖

畫，不道丹青能亂真。別君上馬空反顧，朔風吹沙暗長路。此時一見還動人，可憐怏怏使之去。早知傾國難再得，不信傍人端自誤。黄河入海難却來，昭君一去不復回。青冢消摧人迹絶，惟有琵琶聲正哀。《全宋詩》卷四七八，册9，第5780頁

和王介甫明妃曲

司馬光

宋佚名《道山清話》曰：「神宗一日在講筵，既講罷，賜茶，甚從容，因謂講筵官：『數日前因見司馬光《王昭君》古風詩甚佳，如「宫門銅鐶雙獸面，回首何時復來見。自嗟不若住巫山，布袖蒿簪嫁鄉縣」，讀之使人愴然。』時君實病足在假，已數日矣。吕惠卿曰：『陛下深居九重之中，何從而得此詩？』上曰：『亦偶然見之。』惠卿曰：『此詩不無深意。』上曰：『卿亦嘗見此詩耶？』惠卿曰：『未嘗見此詩，適但聞陛下舉此四句爾。』上曰：『此四句有甚深意！』」①

① [宋] 佚名《道山清話》，《宋元筆記小説大觀》，册3，上海古籍出版社，2007年版，第2946—2947頁。

胡雛上馬唱胡歌，錦車已駕白橐駝。明妃揮泪辭漢主，漢主傷心知奈何。宮門銅環雙獸面，回首何時復來見。自嗟不若住巫山，布袖蒿簪嫁鄉縣。萬里寒沙草木稀，居延塞外使人歸。舊來相識更無物，只有雲邊秋雁飛。愁坐泠泠調四弦，曲終掩面向胡天。侍兒不解漢家語，指下哀聲猶可傳。傳遍胡人到中土，萬一他年流樂府。妾身生死知不歸，妾意終期寤人主。目前美醜良易知，咫尺掖庭猶可欺。君不見白頭蕭太傅，被讒仰藥更無疑。《全宋詩》卷四九九，册9，第6044頁

同潘德久作明妃詩

姜　夔

明妃未嫁時，滿宮妒蛾眉。一朝辭玉陛，人人泪雙垂。年年心隨雁，日日穹廬中。遥見沙上月，忽憶建章宮。身同漢使來，不同漢使歸。雖爲胡中婦，只著漢家衣。《全宋詩》卷二七二四，册51，第32041頁

明妃

呂本中

宋周密《浩然齋雅談》曰：「呂紫微《明妃曲》：『人生在相合，不論胡與秦。但取眼前好，莫言長苦辛。君看輕薄兒，何殊胡地人。』其意固佳，然不脱王半山『人生失意無南北』之窠臼也。」①

秦人强盛時，百戰無逡巡。漢氏失中策，清邊烽燧頻。丈夫不任事，女子去和親。君王爲置酒，單于來奉珍。朝辭漢宫月，暮隨胡地塵。鞍馬白沙暮，旃裘黄草春。人生在相合，不論胡與秦。但取眼前好，莫言長苦辛。君看輕薄兒，何殊胡地人。《全宋詩》卷一六〇六，册28，第18047頁

---

① ［宋］周密撰，孔凡禮點校《浩然齋雅談》卷中，中華書局，2010年版，第35—36頁。

同前

許　棐

漢宫眉斧息邊塵，功壓貔貅百萬人。好把香閨舊脂粉，艷妝顔色上麒麟。《全宋詩》卷三〇八九，册59，第36842頁

同前

車若水

萬里來朝拜寵歸，琵琶下馬册閼氏。虚傳千古和戎話，不道當年虜自衰。《全宋詩》卷三三九七，册64，第40427頁

同前

程鳴鳳

漢宫粉黛應無數，明妃却向氈城路。自憐傾國不用金，翻被一生顔色誤。世間那有真妍媸，明妃馬上休傷悲。不信但看奇男子，多少塵埋未見知。《全宋詩》卷三四二〇，册65，第40657頁

同前

黄庚

按，《全元詩》册一九收黄庚此詩其一，元代卷不復録。

和戎何惜遣蛾眉，悔恨徒然殺畫師。漢主深思如可報，安身死虜亦無辭。

一函香骨埋沙漠，魂魄多應繞漢庭。惟有春風知此恨，年年吹拂草痕青。《全宋詩》卷三六三八，册69，第43602頁

同前

無名氏

明妃初出漢宮時，青春綉服正相宜。無端又被東風誤，故著尋常淡薄衣。上馬即知無返日，寒山一帶傷心碧。人生憔悴生理難，好在邊城莫相憶。［宋］曾慥《樂府雅詞》卷上，第2頁

楚妃嘆五首

曹　勛

唐徐堅《初學記》曰：「石崇《楚妃嘆》序曰：『《楚妃嘆》，莫知其由。楚之賢妃，能立德垂名於後，唯楚妃焉，故嘆詠之。』」①宋嚴羽《滄浪詩話》曰：「又有以『嘆』名者。古詞有《楚妃嘆》《明君嘆》。」②明彭大翼《山堂肆考》曰：「《琴録》：琴曲有蔡氏五弄：《雙鳳離鸞》《歸風送遠》《幽蘭白雪》《長清短清》《長側短側》。清調：《大遊小遊》《明君胡笳》《廣陵散》《白魚》《楚妃嘆》《風入松》《烏夜啼》《楚明光》《石上流泉》《雙燕離》《陽春弄》《悦人弄》《連珠弄》《中揮清》《暢志清》《蟹行清》《看客清》《便僻清》《婉轉清》。」③明王昌曾《詩話類編》曰：「費經虞《雅倫》曰：「如古《楚妃嘆》《明妃嘆》，感而發言曰『嘆』。」④明費經虞

① [唐] 徐堅《初學記》卷一六，中華書局，2004 年版，第 385 頁。
② 《滄浪詩話校釋》，第 72 頁。
③ 《山堂肆考》卷一六二，景印文淵閣四庫全書，册 977，第 282 頁。
④ [明] 王昌曾《詩話類編》卷一，四庫全書存目叢書，集部册 419，齊魯書社，1997 年版，第 12 頁。

曰：『愁而有聲曰「嘆」。本於樂府，其總而名者，如《吟嘆曲》，專以嘆名者，如《楚妃嘆》之類。』」①按，宋鄭樵《通志二十略·樂略一》「相和歌吟嘆四曲」、「三十六雜曲」均有《楚妃嘆》，「佳麗四十七曲」又有《楚妃吟》《楚妃嘆》《楚明妃曲》，《樂府詩集》置《楚明妃曲》于琴曲歌辭。

日晚章華翠輦歸，寂寥深院鎖重扉。非緣掩鼻移恩寵，自是新人巧用機。
用意十分巧畫眉，妝成獨自惜容儀。非緣鄭袖能歌舞，自是人心著處迷。
霜滿虛庭月滿樓，羅帷珠箔閉清秋。鑪香烟斷添銀燭，誰道更深睡去休。
寶靨香銷翠幄寬，更深明月上闌干。徘徊踏碎銀蟾影，誰念從來不耐寒。
人靜宮深夜漏長，深宮漏永憶君王。可憐不及秋蒲草，猶得承歡薦寶床。《全宋詩》卷一八八一，冊33，第21072頁

① 《雅倫》卷八，續修四庫全書，冊1697，第153頁。

平調曲

長歌行

梅堯臣

宋鄭樵《通志二十略・樂略一》「正聲序論」曰：「近世論歌行者，求名以義，彊生分別，正猶漢儒不識風雅頌之聲，而以義論詩也。且古有《長歌行》《短歌行》者，謂其聲歌之短長耳。崔豹、吴兢，大儒也，皆謂人壽命之短長，當其時已有此説，今之人何獨不然？嗚呼！詩在於聲，不在於義，猶今都邑有新聲，巷陌競歌之，豈爲其辭義之美哉？直爲其聲新耳。禮失則求諸野，正爲此也。」①宋嚴羽《滄浪詩話》曰：「風雅頌既亡，一變而爲《離騷》，再變而爲西漢五言，三變而爲歌行雜體，四變而爲沈、宋律詩。五言起于李陵、蘇武或云枚乘，七言起于漢武柏梁。四言起于漢楚王傅韋孟。六言起于漢司農谷永。三言起于晉夏侯湛。九言起于高貴鄉公。……有歌行。古有《鞠歌行》《放歌行》《長歌行》《短歌行》。又有單以歌名者，單以行名

---

①《通志二十略》，第887頁。

者，不可枚述。」①明徐獻忠《樂府原》曰：「崔豹《古今注》云：『長歌、短歌，言人壽命長短，各有定分，不可妄求。』魏武云『短歌微吟不能長』，郭君遂以歌聲爲長短，非言壽命也。今按，漢古辭言春光易去，人當乘少壯之時，努力建立，無徒老大而傷悲，則所謂長者，蓋可久可大之計，非但目前而已也。『仙人騎白鹿』十句爲一首，『岧岧山上亭』十二句自爲一首，『青青』一篇勉人努力少壯之時使及時建立，立德、立功，皆當自勉。『仙人篇』止言長命而已，『岧岧篇』因逝水感情，當思及時建立，不可徒戀戀於所生之地而忘四方之志也。」②明黄溥《詩學權輿》曰：「歌，放情長言，抑揚曲折，必極其趣，不拘其句，律亦不嚴守其音韻。肇于屈平之《九歌》，盛于唐宋詩人之作。……行，據詞遣意，步驟馳騁，如雲行水流，無所滯礙，若《苦寒行》之類。合而名之，若《長歌行》《短歌行》之類，名曰『歌行』，無非推廣古詩中辭語而已。」③清馮班《鈍吟雜録》曰：「《文苑英華》又分歌行與樂府爲二。歌行之名，不知始於何時？晉、魏所奏樂府，如《艷歌行》《長歌行》《短歌行》之類，大略是漢時歌謡，謂之曰

①《滄浪詩話校釋》，第48—72頁。
②《樂府原》卷七，四庫全書存目叢書，集部册303，第760頁。
③［明］黄溥《詩學權輿》卷一，四庫全書存目叢書，集部册292，齊魯書社，1997年版，第11—12頁。

「行」，本不知何解。宋人云『體如行書』，真可掩口也。既謂之歌行，則自然出於樂府，但指事詠物之文，或無古題，《英華》分別，亦有旨也。」①清王士禛《師友詩傳録》曰：「《珊瑚鉤詩話》云：『猗裁遷抑，以揚永言，謂之歌。步驟馳騁，斐然成章，謂之行。兼此二者，謂之歌行，如古詩中《長歌行》《短歌行》《燕歌行》是也。』」②王士禛《帶經堂詩話》亦曰：「問：《短歌行》《長歌行》，似非以句之多寡論。又有《滿歌行》《艷歌行》《何嘗行》之屬，當時命名之旨，即吴兢《解題》，亦不能盡通曉，更有《長歌》《續短歌》之名，皆非以詞之繁簡也。三曹樂府多以起句首二字命題，如『唯漢十四世，所任誠不良』，即名《唯漢行》是也。」③清汪師韓《詩學纂聞》曰：「樂府有《長歌行》《短歌行》，言人壽命長短，初非辭句多少之謂也。」④

① 《鈍吟雜録》卷三，叢書集成初編，册 223，第 37 頁。
② [清] 王士禛等《師友詩傳録》，《清詩話》，第 131 頁。
③ [清] 王士禛撰，張宗柟纂集，戴鴻森校點《帶經堂詩話》（下）卷二九，人民文學出版社，1963 年版，第 847 頁。
④ [清] 汪師韓《詩學纂聞》，《清詩話》，第 446 頁。

世人何惡死，死必勝於生。勞勞塵土中，役役歲月更。大寒求以燠，大暑求以清。維餒求以飴，維渴求以觥。其少欲所惑，其老病所嬰。富貴拘法律，貧賤畏笞榜。生既若此苦，死當一切平。釋子外形骸，道士完髓精。二皆趨死途，足以見其情。遺形得極樂，升仙上玉京。是乃等爲死，安有蜕骨輕。日中不見影，陽魂與鬼并。莊周謂之息，漏泄理甚明。仲尼曰焉知，不使人道傾。此論吾得之，曷要世間行。《全宋詩》卷二六〇，册5，第3299頁

同前

郭世模

若木無停陰，積石無還流。葵藿變旦莫，蟪蛄疑春秋。寸晷輕尺璧，神功寧九州。仰思坐待旦，禮樂隆成周。君子不可閒，努力崇嘉猷。當思竹帛載，不爲鬢髮羞。《全宋詩》卷一九〇四，册33，第21270頁

同前五首

陸游

人生不作安期生，醉入東海騎長鯨。猶當出作李西平，手梟逆賊清舊京。金印煌煌未入

手，白髮種種來無情。成都古寺卧秋晚，落日偏傍僧窗明。豈其馬上破賊手，哦詩長作寒螿鳴。興來買盡市橋酒，大車磊落堆長瓶。哀絲豪竹助劇飲，如鉅野受黄河傾。平時一滴不入口，意氣頓使千人驚。國讎未報壯士老，匣中寶劍夜有聲。何當凱還宴將士，三更雪壓飛狐城。《全宋詩》卷二一五八，册39，第24369頁

人生宦遊亦不惡，無奈從來宦情薄。既不能短衣射虎在南山，又不能鬥鷄走馬宴平樂。惟有釣船差易具，問君胡爲不歸去。片雲雨暗玉笥峰，斜日人争石旗渡。渡頭酒壚堪醉眠，白酒醇醲鱸魚鮮。菰米如珠炊正熟，蓴羹似酪不論錢。翁唱菱歌兒舞棹，醉耳那知朝市鬧。城門幾度送迎官，睡擁亂蓑呼未覺。《全宋詩》卷二一六四，册39，第24486頁

燕燕尾涎涎，横穿乞巧樓。低入吹笙院，鴨鴨觜喽喽。朝浮杜若洲，暮宿蘆花夾。嗟爾自適天地間，將儔命侣意甚閑。我今獨何爲，一笑乃爾慳。世上悲歡亦偶然，何時爛醉錦江邊。人歸華表三千歲，春入箜篌十四弦。《全宋詩》卷二一六五，册39，第24518頁

不羡騎鶴上青天，不羡峨冠明主前。但願少賒死，得見平胡年。一朝胡運衰，送死桑乾川。胡星澹無光，龍庭爲飛烟。西琛過葱嶺，東戍逾朝鮮。巍巍天王都，九鼎奠瀍澗。萬國朝未央，玉帛來聯翩。黄頭汝小醜，汙我《王會篇》。盡誅非無名，不足煩戈鋋。還汝以舊職，牧羊遼海邊。《全宋詩》卷二一八八，册40，第24956頁

我無四目與兩口，但在人間更事久。死生元是開闔眼，禍福正如翻覆手。消磨日月幾緉屐，陶鑄唐虞一杯酒。既非狗馬要蓋帷，那計風霜悴蒲柳。竈突無烟今又慣，鼁蟬與我成三友。判知青史無功名，只用忍飢垂不朽。《全宋詩》卷二一九二，册 40，第 25027 頁

同前

敖陶孫

徐州文壤基崇壇，老蔡徑尺刳心肝。銅槃照夜血光碧，上有慘澹雙鏌干。請君載書許君死，徹器未竟盟已寒。了知今人不如古，古人亦有難知處。張生刎頸殲陳餘，酈兒給印屠諸吕。勸君結交勿結心，報君多是逡巡人。救饑重脱嗾獒厄，出淖曾叨食馬恩。輕言托心腹，心腹爲禍媒。畏途巉空薄側掌，要離孤冢空崔嵬。我願中堂置甕常盛酒，後列絲竹前賓友。細腰燈前拓秋窗，有來白事酹其口。交亦不必結，名亦不必聞。燕南氍毹藉地醉，千載一笑平原君。《全宋詩》卷二七一二，册 51，第 31900 頁

同前

白玉蟾

厥初由闕閲，吾志在林泉。爲舜不無地，睎顔儘有天。魚蟲猶可佛，鷄犬皆登仙。顧我非六六，荷天良拳拳。幼時氣宇壯，長日文彩鮮。琴劍微暖席，江湖動經年。異乎三子撰，契彼五家禪。既已出洙泗，從而師偓佺。肩依洪崖右，道在靈運前。所得既天秘，與交又國賢。可圖大藥資，以辦買山錢。東訪鼎湖浪，西尋蒼梧烟。一寸百煉剛，半生雙行纏。簪紳非無欲，魚鳥從所便。逸興五湖闊，虚名四海傳。飽餐青精飯，細讀黄石編。頃自七閩出，放焉迷市廛。紅塵刺人眼，名利交相煎。富貴已嘗鼎，雲霄當著鞭。蹉跎度青春，遲暮即華顛。且有安期棗，與夫泰華蓮。高陵易爲谷，滄海俄成田。光景亦倏忽，物華隨變遷。仰天時一笑，顧影長自憐。紫府何冥邈，青鸞何沉綿。蓬萊雲渺渺，小有月娟娟。策足青霞路，收功黄芽鉛。上以游太虚，下以窮九淵。輦轂氣所王，湖山樂無邊。飄然復何往，此去如蜕蟬。《全宋詩》卷三一三六，册 60，第 37496 頁

同前

黄文雷

君不見遊塵着空生九州，人其中間懸兩眸。楊花化萍無根蒂，風消水長東西流。紅南下濕人易老，過盡歲年還草草。長留白日照人間，榆柳浮生轉枯槁。毬紋帶繞千花黄，青娥攢眉眉細長。莫言一尊千萬壽，乃翁身命屬渠手。長安城中鬼笑人，水底紙錢能不朽。今人不見古人心，古人不見今人事。天上若無長生人，即是古人都盡死。金鳧銀雁滿江湖，神光夜夜開黄壚。年經月緯三百卷，平生欲作何人書。古人去去留不得，我些古人三太息。今人莫詫山石牢，更後十年人不識。《全宋詩》卷三四四八，册65，第41079頁

長歌

釋了元

野鳥啼，野鳥啼時時有思。有思春氣桃花發，春氣桃花發滿枝。滿枝鶯雀相呼喚，鶯雀相呼喚巖畔。巖畔花紅似錦屏，花紅似錦屏堪看。堪看山，山秀麗，秀麗山前烟霧起。山前烟霧起清浮，清浮浪促潺湲水，浪促潺湲水景幽，景幽深處好，深處好追遊。追游傍水花，傍水花似

雪，似雪梨花光皎潔。梨花光皎潔玲瓏，玲瓏似墜銀花折。似墜銀花折最好，最好柔茸溪畔草。柔茸溪畔草青青，雙雙蝴蝶飛來到。蝴蝶飛來到落花，落花林裹鳥啼叫。林裹鳥啼叫不休，不休爲憶春光好。爲憶春光好楊柳，楊柳枝枝春色秀。春色秀時常共飲，時常共飲春濃酒。春濃酒似醉，似醉閑行春色裹。閑行春色裹相逢，相逢競憶遊山水。競憶遊山水心息，心息悠悠歸去來，歸去來休休役役。《全宋詩》卷七二一，册 12，第 8332 頁

卷六六　宋相和歌辭一〇

短歌行

田錫

宋鄭樵《通志二十略·樂略一》「相和歌三十曲」曰：「《短歌行》，亦曰《鰕䱉》。」①

按，宋人又有《短歌》《長短歌》，當出於此，亦予收録。又，宋張侃《跋韶石圖》曰：「曲江石備八音六律，陳君曄繪成圖，且作《短歌行》貽好事者。」②知陳曄亦作《短歌行》，惜辭已不存。

曉月蒼蒼向烟滅，朝陽焰焰明丹闕。杜鵑催促躑躅開，鶗鴂已鳴芳草歇。芳春苦不爲君留，古人勸君秉燭遊。願與松喬弄雲月，紫泥仙海鸞皇洲。《全宋詩》卷四五，册1，第487頁

---

①《通志二十略》，第897頁。

②《全宋文》卷六九四三，册304，第157頁。

同前

張　載

按，《全宋詩》卷五一七著録張載古樂府《短歌行》《日重光》《度關山》《鷄鳴》《燕歌行》《東門行》《鞠歌行》，總題作《古樂府》，總序曰：「載近觀漢魏而下，有名正而意調卒卑者，嘗革舊辭而追正題意，作樂府九篇，末篇《鞠歌行》，今附以見懷寄二程。」知此組詩凡九首，末篇《鞠歌行》。然自《短歌行》迄《鞠歌行》止七首。《鞠歌行》後又有《虞帝廟樂歌辭》二首，亦張載作，如并之前七，則合九首之數。此九詩，當據《樂府詩集》題名各屬其類，故此處止録《短歌行》。

靈旗指，不庭方，大風泱泱天外揚。短簫歌，歌愷康，明廷萬年，繼明重光。曾孫穡，如茨梁，嘉與萬邦，純嘏有常。《全宋詩》卷五一七，册9，第6284頁

同前

郭世模

天東銜燭龍，光景照四溟。羲和攬龍轡，鞭策日夜征。露華以春暉，霜葉當秋零。危柱無弱弦，急轅無留旌。華髮不再緑，彫顔寧重榮。良辰足行樂，羈旅難爲情。烏程有美餉，爲人駐頹齡。玉指陳蘭藉，歌鍾閒鸞笙。短章可娱日，意氣聊相傾。《全宋詩》卷一九〇四，册 33，第 21270 頁

同前四首

陸游

百年鼎鼎世共悲，晨鐘暮鼓無休時。碧桃紅杏易零落，翠眉玉頰多别離。涉江采菱風敗意，登樓待月雲爲祟。功名常畏謗讒興，富貴每同衰病至。人生可嘆十八九，自古危機無妙手。正令插翮上青雲，不如得錢即沽酒。《全宋詩》卷二一六七，册 39，第 24571 頁

冠一免不可以復冠，門一杜不可以復開。山林兀兀但俟死，臺省衮衮吁可哀。巨材倒壑亦已矣，萬牛欲挽真難哉。阿房銅人其重各千石，回首變化爲風埃。吾曹浮脆不自悟，乃欲冠劍

常崔嵬。勸君飲勿用杯酌，但當手提北斗魁。挹乾東海見蓬萊，安用俯首爲低摧。《全宋詩》卷二二二〇，册 40，第 25451 頁

富貴得意如登天，自計一跌理不全。晝食忘味夜費眠，渠過一日如一年。春蠶得衣耕得食，農功初成各休息。賣酒爐邊紛鼓笛，我過一年如一日。二者求兼勢安可，與我周旋寧作我。春城桃李豈不妍，雪澗未妨松磊砢。人生禍福難遽論，廟犧烏得爲孤豚。君不見獵徒父子牽黄犬，歲歲秋風下蔡門。《全宋詩》卷二二三二，册 41，第 25634 頁

上樽不解散牢愁，靈藥安能扶死病。千鈞强弩無自射虛空，六出奇計終難逃定命。人生斯世無別巧，要在遇物心不競。憂忘寢食怒裂眦，孰若憑高寄孤詠。炎天一葛冬一裘，藜羹飯糗勿豫謀。耳邊閒事有何極，正可付之風馬牛。《全宋詩》卷二二三五，册 41，第 25685 頁

同前

滕岑

鑄黄金，服白玉，方法難成日月促。十年著書五車讀，功名未就鬢髮秃。海水可盡山可平，人心何日息營營。安期羨門果何在，賈誼劉向終奚成。前人不悟已如此，後人還復躡其軌。玉東西，金叵羅，君不肯醉當奈何。《全宋詩》卷二五五三，册 47，第 29613 頁

同前

趙汝鐩

赤龍駕輪飛上天，倏東倏西晝夜旋。流光萬古去不返，少壯翻手成華顛。閬風層城羽衣仙，方瞳緑髮耕芝田。玉樓貯春春不老，蟠桃一實三千年。我欲訪仙弱水隔，住世奈此急景煎，茫然無計相留連。打并萬事不放到眼前，右杯左蟹拍浮百斛船。《全宋詩》卷二八六四，册55，第34205頁

同前

李龏

日月出又没，貴賤同一塵。求榮不求辱，利欲相紛綸。鯨魚張鬣海水沸，擬學長生更容易。不知中有長恨端，秦亡祖龍失天地。野草白根肥，鳳雛長忍饑。人生過五十，何用假光輝。四時相催節回换，烏頭雖黑有白時。一尊緑酒緑於染，有歌有舞聞早爲。庭前芳樹朝夕改，可嘆

按，此爲集句詩。

年光不相待。曹松、皎然、子蘭、權德輿、李賀、貫休、韋應物、陳陶、温飛卿、李群玉、聶夷中、于濆、顧況、白居易、李咸用、王建、李嶠、張東之《全宋詩》卷三一三二，册59，第37456頁

同前

白玉蟾

我適越，君適秦。舟挂越帆猶柳下，馬回秦首更江濱。江濱緑柳多烟翥，岸下碧水生風鱗。四海交游不易得，一州雲月聊相津。向來君亦何爲者，空自紅生滿袖塵。君行無遽行，感我思古人。詩禮謾撩顛牧笑，弓刀自取荀楊嗔。君不見趙璧生還燕圖死，輕肥關心不顧身。又不見鴻門舞罷已成陳，怒撞玉斗豈無因。夫誰擊笏血朱泚，或者明年貴買臣。題柱高司馬，棄繻壯終軍。君去幾時回，此别休愴神。百萬呼盧銀燭夜，十千買酒玉樓春。《全宋詩》卷三一三七，册60，第37577頁

同前

鄭起

覽鏡摩挱，歲月蹉跎。道長命窄，憂慮如何。何以消除，非酒莫祛。醉來不見，醒復如初。

跖蹻鏘鏘，孔孟皇皇。何非何是，孰劣孰强。日出杲兮，月出皓兮。無風無雨，可以同携。人生朝露，保不及暮。青青纍纍，皆是墳墓。天機轉深，轉用勞心。不如坦蕩，驅遣光陰。《全宋詩》卷三一八九，册61，第38258頁

同前

羅與之

金谷桃李叢，畚插費培植。寒冰猶未泮，花葉已嶷嶷。貞松生南山，石老厥土瘠。春回氣尚淺，生意幾欲息。東皇本無私，托根異形色。曾謂天地功，不及糞壤力。《全宋詩》卷三二九六，册62，第39276頁

同前

釋文珦

憶昨游中林，鳥鳴蘭蕙芳。重來豈云久，草木倏已黄。乙鳥始辭去，群鴻復南翔。天道有代謝，人生安得常。促促不我留，譬如石火光。紅顔日以瘁，玄髮日以霜。載念泉下人，寧不增悲傷。聆我《短歌行》，歌短意則長。《全宋詩》卷三三一六，册63，第39519頁

同前

謝翶

元方鳳《謝君皋羽行狀》曰：「君諱翶，字皋羽，姓謝氏，福之長溪人，後徙建之浦城……憶君始至時，留金華山中。歲晚，爲文祭信公，望天末共哭，復賦《短歌行》以寄餘悲。」①按，《全元詩》册一四亦收謝翶此詩，元代卷不復録。

秦淮没日如没鶻，白波摇空濕弦月。舟人倚棹商聲發，洞庭脱木如脱髮。寒螿哀啼衆芳歇，晨梳青林望吴越。吴歈越吟浪花舞，秋槎濕劍歸無所。愁生酒醒聞山鷄，石鏡飛花汗如雨。起招如意擊樹枝，爲君悲歌君泪垂。《全宋詩》卷三六八九，册 70，第 44292 頁

① 《全元文》卷三六一，第 670 頁。

碧泉興作即事有感因續魏武之詩

胡宏

按，詩題稱「續魏武之詩」，且首二句與魏武帝《短歌行》同，則此詩爲魏武帝《短歌行》之續作無疑，故置《短歌行》題下。

對酒當歌，人生幾何。往者如江，來者如何。往來無盡，弗移弗那。奉身理物，何少何多。天長地久，我生靡它。樂此泉兮，于山之阿。《全宋詩》卷一九七二，册35，第22096頁

短歌

李綱

周家柱史本吾祖，唐室謫仙尤所許。垂世空餘《道德經》，傲時且以詩酒名。我今去作龍津客，學道吟詩真自適。也勝騎馬聽朝鷄，晴壓塵埃雨壓泥。《全宋詩》卷一五四三，册27，第17530頁

同前

汪元量

按，《全元詩》册一二亦收汪元量此詩，題辭皆同，元代卷不復録。

腰寶劍，背瑶琴，燕雲萬里金門深。斬邪誅佞拱北極，阜財解愠歌南音。駕騂騮，御狐貉。度關山，望河洛。況是東南宇宙窄，桑田變海風濤惡。勸君一醉千日醒，世事花開又花落。《全宋詩》卷三六六九，册70，第44057頁

短歌示諸稚

陸游

流年去不還，老狀來無那。雖甚顔原貧，尚勝夷齊餓。再歸又六年，疲馬欣解馱。姑幸簞瓢空，敢復希豆莝。好山懶出遊，敗屋得偃卧。饑能儲粟盎，病亦有藥裹。酒蟻溢皤罌，茗雪落小礶。香火失惰偷，編簡謹程課。豈惟洗幻妄，亦以起衰懦。向來名宦事，回首如棄唾。義理開諸孫，閔閔待其大。賢愚未易知，尚冀得一個。如其盡爲農，亦未可吊賀。歸耕豈不佳，努力

求寡過。《全宋詩》卷二二二八，册 41，第 25570 頁

夜坐戲作短歌

陸　游

畏事如畏虎，避人如避寇。結廬三家村，百事喜寒陋。身閑自爲貴，飯足豈非富。素心憎狐妖，老愈惡銅臭。視之若寒氣，可使客膚腠。即今知免矣，終歲塞門竇。始知松倒壑，殊勝雲出岫。聊持不動心，更養未盡壽。夜讀《南華》篇，欣然發吾覆。《全宋詩》卷二二三三，册 41，第 25647 頁

長短歌

周紫芝

晉崔豹《古今注》曰：「長歌、短歌，言人壽命長短，各有定分，不可妄求。」①晉傅玄《艷歌行》曰：「咄來長歌續短歌。」②然言歌聲有長短，非言壽命也。唐李賀有《長歌續短歌》。

---

① 《古今注》卷中，叢書集成初編，册 274，第 10 頁。
② 《樂府詩集》卷三〇，第 356 頁。

《長短歌》，蓋出於此。周紫芝《太倉稊米集》置此詩於「樂府」類。

礲石磨磚作新壘，角樓亭亭四邊起。誰家一曲長短歌，長安貴人葬蒿里。東方作矣事若何，口珠腰帶黄金多。墓門重閉子孫泣，樹上紙錢空滿柯。君不見胡騎南來相州路，倉皇尚覓韓王墓。解鞍下馬拜墓前，更遣羌兵作調護。憑誰試問爾何爲，定恐當年識吾父。《全宋詩》卷一四九七，册26，第17096頁

銅雀臺

趙文

唐吴兢《樂府古題要解》曰：「右舊説魏武帝遺命令其諸子曰：『吾婕妤妓人，皆著銅雀臺中。于臺上施八尺繐帳，朝晡上酒脯粻糒之屬，每月朝十五，輒向帳前作妓樂。汝等時時登銅雀臺望吾西陵墓田。』後人悲其意而爲之詠也。鑄銅雀置於臺上，因名爲銅雀臺。」①宋黄朝英《靖康緗素雜記》曰：「魏武帝建安十四年冬作銅雀臺，十八年九月作金虎

① 《樂府古題要解》卷下，《歷代詩話續編》上，第58—59頁。

臺，古樂府云：『鑄銅爲雀，置于臺上，因名焉。』」①按，《全元詩》册九亦收趙文此詩，元代卷不復録。《全元詩》趙文此詩有序曰：「魏武帝遺令：『婕妤美人皆著銅雀臺上。施八尺床，繐帳，日晡上酒脯，月朝十五，向帳作伎。汝等時時登臺，望吾西陵墓田。』後人悲其意而爲之詠。《魏志》云：建安十五年，太祖作臺於鄴，鑄銅爲雀，置於臺上，因以名焉。」②

同前

連文鳳

朝望西陵墓，夕望西陵墓。望望不復歸，月朔又十五。月朔十五可奈何，更對空帷作歌舞。銅雀昂然飛不去，當時美人髮垂素。我生不如陵上樹，年年樹根穿入土。《全宋詩》卷三六一一，册68，第43243頁

按，《全元詩》册一三亦收連文鳳此詩，元代卷不復録。

① [宋] 黄朝英《靖康緗素雜記》卷七，叢書集成初編，册299，中華書局，1985年版，第40頁。
② 《全元詩》，册9，第237頁。

月正明時星正稀，鄴城風雨忽淒淒。荒臺深鎖殘春色，半夜寒鴉繞樹啼。《全宋詩》卷三六二一，册69，第43368頁

銅雀臺辭

趙汝鐩

屋一百間臺十丈，岧嶢突兀九霄上。明月空照八尺床，幾點酸風搖繐帳。離宮金鎖掣不開，美人紅粉今成灰。蘭麝分恩銷餘馥，銅雀飛去無時回。太官朝暮薦酒脯，迷魂尚愛殘歌舞。戀戀西陵一抔土，上馬横槊平日詫英武。《全宋詩》卷二八六四，册55，第24202頁

卷六七　宋相和歌辭一一

銅雀妓

蔡　襄

宋葛立方《韻語陽秋》曰：「銅雀伎，古人賦詠多矣。鄭愔云：『舞餘依帳泣，歌罷向陵看。』張正見云：『雲慘當歌日，松吟欲舞風。』賈至云：『靈几臨朝奠，空床卷夜衣。』王勃云：『妾本深宮伎，曾城閉九重。君王歡愛盡，歌舞爲誰容。』沈佺期云：『昔年分鼎地，今日望陵臺。一旦雄圖盡，千秋遺令開。』皆佳句也。羅隱云：『强歌强舞竟難勝，花落花開泪滿繒。祇合當年伴君死，免教憔悴望西陵。』似比諸人差有意也。魏武陰賊險狠，盜有神器，實竊英雄之名，而臨死之日，乃遺令諸子，不忘於葬骨之地，又使伎人著銅雀臺上以歌舞其魂，亦可謂愚矣。東坡云：『操以病亡，子孫滿前，而咿嚶涕泣，留連妾婦，分香賣履，區處衣物，平生奸僞，死見真性。』真名言哉！」①

① 《韻語陽秋》卷一九，叢書集成初編，册2554，第644—645頁。

十五燒香總帳前，幾多幽怨入危弦。誰知千載臺傾後，何處西陵有墓田。《全宋詩》卷三九〇，册7，第4805頁

同前

陸　游

武王在時教歌舞，那知泪灑西陵土。君已去兮妾獨生，生何樂兮死何苦。亦知從死非君意，偷生自是慚天地。長夜昏昏死實難，孰知妾死心所安。《全宋詩》卷二一五七，册39，第24340頁

同前

楊冠卿

分盡餘香空寶奩，罷臨歌舞夜厭厭。清蹕不傳虛綉帳，洞房月在西陵上。玉殿塵埃閑御仗，翠眉忍上平臺望。宫車一去不復還，畫羅金縷尚斑斑。《全宋詩》卷二五五四，册47，第29615頁

同前

劉克莊

誰謂曹瞞智，回頭玉座空。向來臺上妓，盡入洛陽宫。《全宋詩》卷三〇四六，册58，第36325頁

同前

李龏

淚眼看花枝，齊行奠玉杯。日暮銅雀迥，歌舞妾空來。悲心舞不成，恨唱歌聲咽。君王去後行人絶，但見西陵慘明月。李賀、梁瓊、王適、沈佺期、朱光弼、朱放、程長文、李咸用　《全宋詩》卷三一三二，册59，第37458頁

按，此爲集句詩。

當置酒

曹勛

按，晉陸機《短歌行》有「置酒高堂，悲歌臨觴」①句，《樂府詩集·相和歌辭》之《當置酒》《置酒高堂上》《置酒行》或均出於此。宋人又有《置酒》，亦當出於此，故予收録。

置酒臨芳觀，張筵繼落暉。選妓調絲竹，迎賓奉酒卮。月影移歌扇，花光照舞衣。霞觴飛白羽，高論吐虹霓。人生不滿百，行樂當及時。當歌期酩酊，誰能較是非。《全宋詩》卷一八八一，册33，第21067頁

同前

李龏

故人客秋縣，青軒臨綉楹。頽陽横斷柳，短渡隔孤城。風蓮卸湘綺，露草結秦纓。當置一

① 《樂府詩集》卷三〇，第361頁。

樽酒，前途路未平。《全宋詩》卷三一三四，册59，第37473頁

置酒

孫　覿

離離禾黍暗空村，一點炊烟帶雨昏。山翁過我竹閣寺，來扣爵羅廷尉門。老去不辭污詩酒，區區獨醒亦何有。笑語未辨供主人，久客那能拒鄰叟。杜陵白首尚書郎，步屧春風向草堂。人生意合無妍醜，共此一夕燈燭光。《全宋詩》卷一四八二，册26，第16920頁

猛虎行

梅堯臣

明費經虞《雅倫》曰：「歌、行、謡、曲等名多已見樂府，此更列以備格式，非重出也。……行本於樂府，如《猛虎行》《野田黄雀行》《君子行》之類，而後人别立名，如《麗人行》《公子行》《少年行》之類。其詩四言、五言、七言不等，長短不一。」①

---

①《雅倫》卷八，續修四庫全書，册1697，第146頁。

山木蓦蒼蒼，風凄茆葉黄。有虎始離穴，熊羆安敢當。掉尾爲旗纛，磨牙爲劍鋩。猛氣吞赤豹，雄威躡封狼。不貪犬與豕，不窺藩與墻。當途食人肉，所獲乃堂堂。食人既我分，安得爲不祥。麇鹿豈非命，其類寧不傷。滿野設罝網，競以充圓方。而欲我無殺，奈何饑餒腸。《全宋詩》卷二三七，册5，第2757頁

同前

劉敞

陸不辭虎豹怒，水不避蛟龍争。衆人亦有命，大賢豈虚生。千歲猶須臾，四野如户庭。解弓挂扶桑，脱劍倚太清。騰身騎日月，萬事如蚊蝱。貧賤有固窮，慷慨激中情。炎火燎崑丘，乃知白璧精。雪霜没衆草，高松獨青青。甯生歌車下，戚促兒女聲。時至乘化遷，運頹與物冥。震雷不經聽，芥蔕何足嬰。君不見賈竪競錐刀，蚍蜉利膻腥。何如乘雲御氣游咸池，長嘯濯我冠與纓。《全宋詩》卷四四七，册9，第5770頁

同前

徐照

猛虎出林行，咆哮取入食。居人慮虎至，荆棘挂墻壁。虎乃愛其身，驚遁不近側。人兮不如虎，甘心墮荆棘。《全宋詩》卷二六七二，册50，第31399頁

同前

劉宰

市有虎，毋妄言。當關虎士森戈鋋，市上一呼人駕肩。虎雖猛，那得前。市有虎，言非妄。君不見左馮諸邑天下壯。斧斤聲斷林壑空，猛虎通衢恣來往。食人肉，飲人血，沈痛積寃何可説。凝香堂上紫烟浮，風流太守憂民憂。一朝下令開信賞，藉皮枕骨彌山丘。虎已滅，人患絶，夜永猶聞泣幽咽。泰山之側如可居，子後夫前甘死别。《全宋詩》卷二八〇九，册53，第33412頁

同前

蘇　泂

君不見蜀山之高直上登雲梯，草邊路側多少豹狼蹄。盤龍山下三脚虎，震天一嘯回風低。横拖騾馬捉猪犬，咆哮出入吁無時。有時人立作氣勢，團目金努矜毛皮。跳林越澗伏榛莽，亦挾一子携其妻。妻兒子母誰不愛，難以人肉餵其飢。好生之德乃天相，殺人正自人殺之。吁嗟此虎獨三足，明白罪狀人皆知。如何擊搏更不念，白晝坐使行人迷。昨宵風雨振林薄，颯沓萬仞千夫隨。一夫争先探其穴，曳出斫死橋之西。寢皮食肉志不厭，亦戕其母烹其兒。初圖一虎得三虎，頓令此類無留威。何如千山盡剿絶，眼見蜀道都平夷。乃知强梁不足貴，人世豈得無危機。《全宋詩》卷二八四四，册 54，第 33884 頁

同前

陳　杰

按，《全元詩》册一二亦收陳杰此詩，元代卷不復録。

北平山頭羽穿石，將軍醉眼横夜色。高堂白晝坐眈眈，想見負嵎俱辟易。銅鐶鎖深雙古槐，霍地嘯舞含風雷。三生得非故人積，變化爲我騰空來。目光射庭威百步，童奴近前初不怒。再三來敢尺棰麾，生綃張羅紅打圍。頭如可編鬚可捋，約莫留皮是渾脱。世上丹青得許神，向來葉公龍乃真。笑渠檻中直摇尾，不動齒牙猶咀爾。乾坤意氣空崢嶸，飢鼠倒齧雲母屏，論功有不如狸狌。人間猛者何暇像，韓公歌行最知狀。《全宋詩》卷三四五〇，册 65，第 41107 頁

雙桐生空井

謝　翱

風飄白露井梧落，葉上丸丸綴靈藥。琴枝連理鳳鳴晨，轆轤雙轉銀瓶索。《全宋詩》卷三六八九，册 70，第 44291 頁

君子行

邵　雍

何者爲君子，君子固可修。是知君子途，使人從之遊。與義不與利，記恩不記讎。揚善不揚惡，主喜不主憂。《全宋詩》卷三七三，册 7，第 4587 頁

同前

張　載

君子防未然，見幾天地先。開物象未形，弭災憂患前。公旦立無方，不恤流言喧。將聖見亂人，天厭懲孤偏。竊攘豈予思，瓜李安足論。《全宋詩》卷五一七，册 9，第 6280 頁

同前

劉　攽

君子貴自然，不爲時俗觀。升車不廣欬，即席不變顔。疾驅不馳轡，高張不急彈。塵埃視流俗，中立何可干。顔生處陋巷，求仁得所安。簞食一瓢飲，孔聖推其賢。《全宋詩》卷六〇〇，册 11，第 7084 頁

燕歌行

張　載

《小雅》廢兮，《東山》不作。哀我人斯，皇心不樂。烝哉斯人，胡然而天兮，王師于鑠。《全宋

詩》卷五一七，册 9，第 6284 頁

按，《全元詩》册一二亦收汪元量此詩，元代卷不復録。

同前

汪元量

北風刮地愁雲彤，草木爛死黄塵蒙。擥鞞伐鼓聲鼕鼕，金鞍鐵馬摇玲瓏。將軍浩氣吞長虹，幽并健兒膽力雄。戰車軋軋馳先鋒，甲戈相撥聲摩空。雁行魚貫彎角弓，披霜踏雪渡海東。鬥血浸野吹腥風，捐軀報國效死忠。鼓衰矢竭誰收功，將軍卸甲入九重。錦袍宣賜金團龍，天子錫宴葡萄宫。烹龍炰鸞割駝峰，紫霞瀲灩琉璃鍾。天顔有喜春融融，乞與窈窕雙芙蓉。虎符腰佩官益穹，歸來賀客皆王公。戟門和氣春風中，美人左右如花紅。朝歌夜舞何時窮，豈知沙場雨濕悲風急，冤魂戰鬼成行泣。《全宋詩》卷三六六五，册 70，第 44005 頁

和李公實郎中燕歌行

鄭剛中

李侯氣爽常清涼，上奉慈親髮垂霜。弟兄如鳳皆翱翔，秋吟胡爲慘中腸。白雲孤飛客他鄉，然此王事游有方。晏嫂老醜勝空房，我獨熊膽念莫忘。已無針線在衣裳，歲歲臨風感清商。侯門忠義慶綿長，象軸金花當滿床。板輿歡愛未渠央，倚門亦莫苦相望，樞密將春布岐梁。《全宋詩》卷一六九五，册30，第19089頁

從軍行

文彦博

汗馬出長城，横行十萬兵。晨驅左賢陣，夕掩亞夫營。雪壓龍沙白，雲遮瀚海平。燕山紀功後，麟閣耀鴻名。《全宋詩》卷二七三，册6，第3485頁

同前

薛季宣

人道從軍樂，我道從軍苦。爲問何所苦，無苦汨没汝。汨没何可傷，政可虜戎王。萬里浪馳逐，征役未遽央。太行汝勿登，回復九羊腸。黄河汝勿航，波流水湯湯。胡然棄平生，欲往無梯梁。夫君且淹留，後繼當汝忘。長蛇叵復夢，南山强深藏。我甲豈不堅，我馬豈不良。人生會有死，義死良所傷。將軍不汝信，談笑成奔亡。誰乎幸際會，虎服而皮羊。之子方丈食，何時飽粃糠。《全宋詩》卷二四七五，册46，第28700頁

同前

鄒登龍

年少良家子，投身事西北。金鳴鬥馬嘶，蕭蕭短兵發。夜戰祁連山，斷甲濺腥血。番部帶箭降，番酋連陣没。勒功紀燕然，椎鼓歸漢闕。《全宋詩》卷二九三八，册56，第35015頁

同前

嚴羽

明謝榛《四溟詩話》曰：「嚴滄浪《從軍行》曰：『翩翩雙白馬，結束向幽燕。……』此作不減盛唐，但起承全襲子建《白馬篇》。」①明劉績《霏雪録》曰：「嚴滄浪之於詩，刻意古作，卓然不爲流俗所染。……五言八句，如《從軍行》云：『翩翩雙白馬，結束向幽燕。借問誰家子，邯鄲俠少年。彎弓隨漢月，拂劍倚吴天。』」②

翩翩雙白馬，結束向幽燕。借問誰家子，邯鄲俠少年。彎弓隨漢月，拂劍倚胡天。説與單于道，今秋莫近邊。《全宋詩》卷三一一五，册59，第37188頁

朔風嘶馬動，遥想雁門秋。負劍辭鄉邑，彎弓赴國讎。黄榆連白草，河隴去悠悠。報主男兒事，焉論萬户侯。

① [明] 謝榛《四溟詩話》卷二，丁福保《歷代詩話續編》上，中華書局，1983年版，第1162頁。
② [明] 劉績《霏雪録》卷下，景印文淵閣四庫全書，册866，臺灣商務印書館，1986年版，第691—692頁。

同前

孫　銳

邊笳動地吹，鐵衣寒未卸。壯士冢纍纍，骨香千載下。《全宋詩》卷三二二六，册61，第38498頁

同前

釋斯植

茫茫塞月籠寒霧，萬里征人不知數。年少難消壯志多，精鋭連營肅貔虎。從軍何日見軍回，但見日日長淮雨。烽烟散漫滿路岐，邊聲颯颯秋風起。天涯荒草馬成群，放去彎弓亂飛舞。夜深更聽胡女歌，古來白骨多於土。《全宋詩》卷三三〇一，册63，第39338頁

同前

張玉娘

二十遴驍勇，從軍事北荒。流星飛玉彈，寶劍落秋霜。畫角吹楊柳，金山險馬當。長驅空朔漠，馳捷報明王。《全宋詩》卷三七一五，册71，第44625頁

鞠歌行

張　載

鞠歌胡然兮，邈予樂之不猶。宵耿耿其尚寐兮，日孜孜焉繼予乎厥修。井行惻兮王收，曰曷賈不售兮，阻德音其幽幽。述空文以見志兮，庶感通乎來古。搴昔爲之純英兮，又申申其以告。鼓弗躍兮麾弗前，千五百年，寥哉寂焉。謂天實爲兮，則吾豈敢，羌審己兮乾乾。《全宋詩》卷五一七，册 9，第 6284 頁

卷六八　宋相和歌辭一二

清調曲

苦寒行

田　錫

宋鄭樵《通志二十略·樂略一》「相和歌三十曲」曰：「《苦寒行》，亦曰《吁嗟》。」①明黄溥《詩學權輿》曰：「行：據詞遣意，步驟馳騁，如雲行水流，無所滯礙，若《苦寒行》之類。」②清朱嘉徵《樂府廣序》曰：「《苦寒行》，歌『北上』，志王業之艱難也。或曰獻帝初平之元，公舉義兵，與卓戰于滎陽，不克，還屯河内。是詩殆作于其時耶。通體比興總雜，直

① 《通志二十略》，第897頁。
② [明]黄溥《詩學權輿》卷一，四庫全書存目叢書，集部册292，齊魯書社，1997年版，第11—12頁。

賡《東山》之作。」①宋人又有《苦寒歌》《前苦寒歌》《後苦寒歌》《苦寒吟》《苦寒曲》，或皆出於此，亦予收録。

昨日北風高，霏霏滿天雪。千里六出花，六日飛不歇。深山深一丈，樹木凍欲折。平地盈數尺，布肆不成列。覆物生輝光，照人清皎潔。紫塞群玉峰，滄溟白銀闕。篁竹爲琅玕，松風篩玉屑。官吏來參賀，物情亦感悦。瘴癘已消除，豐穰及時節。長吏因疾恙，請假來一月。病眼爲寒昏，風頭因冷發。湯藥厭服餌，酒肉悉罷輟。夾幕映重簾，爐茵與衾褐。禄粟不憂飢，帑俸無乏絶。江海主恩深，素餐心激切。兒童温且飽，當風泝凛冽。朝索暖寒酒，暮須湯餅設。不知有飢寒，燈火夜暖熱。越人輕活計，舂税供膏血。及至風雪時，日給多空竭。樵蘇與網捕，負薪冰路滑。口噤無言語，股慄衣疏葛。藜藿不充飢，凍餓多不活。慚惶襦袴恩，徬徨空殞越。因作《苦寒行》，聊與兒童説。《全宋詩》卷四六，册 1，第 490 頁

① 《樂府廣序》卷十，四庫全書存目叢書，1997 年版，第 713 頁。

同前

文同

上太行兮高盤盤，日將暮兮歲已闌。入谷口兮出林端，風慘慘兮吹骨寒。冰霜結兮玉巑岏，光上照兮天色乾。紛橫委兮草樹殘，黯慄烈兮烟雲漫。僕足皸兮馬蹄抏，望所舍兮摧心肝。囊立空兮衣且單，嗟道途兮胡艱難。《全宋詩》卷四三二，册8，第5301頁

同前

劉敞

驅馬涉長磧，千里徑無草。天寒日光淡，積雪常杲杲。勁風裂肌膚，狐貉甚魯縞。況我被甲鎧，寢遲起常早。崔嵬陟高山，日落尚遠道。人生各有命，豈憚事遐討。飲冰傷心骨，重趼如巨棗。義深自勖勵，身賤寧要好。親戚何可逢，功名未自保。少年慕壯健，我獨貴疏老。《全宋詩》卷四七五，册9，第5747頁

同前

司馬光

宋莊綽《鷄肋編》曰：「陶隱居《注本草》云：『大寒凝海而酒不冰，明其性熱，獨冠群物。』余官原州時，官庫慶錦堂酒，取數絶少，醇旨最於一路，而怪其成冰。及見司馬温公《苦寒行》云：『并州從來號慘烈，今日乃信非虚名。誰言醇醪能獨立？壺腹迸裂無由傾！』則塞上之寒，隱居生於東南，蓋未之見耳。」①

窮冬北上太行嶺，霰雪糾結風峥嶸。熊潛豹伏飛鳥絶，一徑僅可通人行。僮飢馬羸石磴滑，戰慄流汗皆成冰。妻愁兒號强相逐，萬險歷盡方到并。并州從來號慘烈，今日乃信非虚名。陰烟苦霧朝不散，旭日不復能精明。跨鞍攬轡趨上府，髮拳鬚磔指欲零。炭爐炙硯湯涉筆，重複畫字終難成。誰言醇醪能獨立，壺腹迸裂無由傾。石脂裝火近不熱，蓬勃氣入頭顱腥。仰慚鴻雁得自適，隨陽南去何溟溟。又慚虬鳥識時節，巖穴足以潛微形。我來蓋欲報恩分，契闊非

① [宋] 莊綽撰，蕭魯陽點校《鷄肋編》卷下，中華書局，1983 年版，第 103 頁。

盡利與榮。古人有爲知己死，只恐凍骨埋邊庭。中朝故人豈念我，重裘厚履飄華纓。傳聞此北更寒極，不知彼民何以生。《全宋詩》卷四九九，册9，第6034頁

同前二首

郭祥正

江南饒暖衣絺綌，今歲春寒人未識。溪流冰合地成坼，一月三旬雪三尺。去年大潦民無食，子母生離空嘆息。只今道路多横尸，安忍催科更誅殛。下溪捕魚一丈冰，上山采樵三尺雪。人人飢餓衣裳單，骨肉相看眼流血。乾坤失色雲未收，雕鶚無聲翅將折。官倉斗米餘百金，願見春回二三月。《全宋詩》卷七四九，册13，第8735頁

同前二首

張　耒

淮南苦寒不可度，積雪連山風倒樹。長淮凍絶魚龍愁，哀鴻傍人飛不去。雪中寒日無暖光，六龍瑟縮不肯驤。老憊孤舟且復止，堅冰三尺厚於墻。

茫茫楚鄉仲冬月，白屋無烟飛走絶。空林號風冰斷枝，長淮無人冰照雪。凍埋釣艇不復

漁，南羹未嚼淮中魚。要須下擘澄湫水，剸取寒蛟烹腹腴。《全宋詩》卷一一五六，册20，第13044頁

同前

蘇過

句芒司春懦不職，縱使玄冥氣凌轢。三冬肅殺歸爾時，長物豈容長凜慄。北風吹水冰成梁，急雷蓋地雲翻墨。坐令貧士高掩扃，安得重裘代絺綌。春泥漫漫薪不屬，破竈無烟愁四壁。飢吟擁鼻涕流澌，皸指結衣僵欲直。水南水北多高士，去作達官金馬客。朱門碧瓦照通都，耻著麻衣羡狐白。問余何爲不録録，反老抱關守甑石。十日春寒何所覬，坐想朝陽生屋隙。願將挾纊同斯人，杜陵大厦無由得。南榮炙背直萬錢，燠燠此衣安且吉。《全宋詩》卷一三五二，册23，第15481頁

同前

范浚

君不見詩人著布裘，願得大裘一萬里。又不見詩人嘆茅屋，願得廣厦千萬間。重堂複宇御狐白，今世誰念人多寒。我衣穿空垂百結，蓬藋蓋頭四壁裂。却顧悲號窮獨人，露宿牛衣冷如

鐵。《全宋詩》卷一九二五，册34，第21500頁

同前

劉克莊

十月邊頭風色惡，官軍身上衣裘薄。押衣敕使來不來，夜長甲冷睡難着。長安城中多熱官，朱門日高未啓關。重重幃箔施屏山，中酒不知屏外寒。《全宋詩》卷三〇四〇，册58，第36256頁

同前

强至

南雪今年幾尺高，林飛壙走亦嗷嗷。閭閻易冷無烟火，巢穴雖空有羽毛。對客懶能傾凍酒，令人自愧着温袍。何當萬丈縫狐貉，寬作良裘覆汝曹。《全宋詩》卷五九二，册10，第6977頁

同前二首

劉攽

不敢怨雲霧，不敢悲雪霜。此是上帝令，所以誅愆陽。不見李與桃，前日胡爲芳。不見蚊

與鷃，往日胡爲翔。反時固爲妖，徼幸真不祥。但令冷氣除，豈敢虞凍僵。吾道不終窮，君看松與篁。《全宋詩》卷六〇二，册11，第7109頁

苦寒殊不意，衰老若爲謀。賜隔青綾被，貧餘白罽裘。蟄龍才自脱，過雁可深憂。靳靳西頹日，墻陰肯爲留。《全宋詩》卷六〇六，册11，第7176頁

同前

吕 陶

朔風屢起聲驅雷，濃霜不許晨暉開。天高地遠槖籥動，凝然一氣從中來。坤靈至静體堅厚，大罅忽裂如剪裁。河流迅疾猛如箭，一朝冰合鋪瓊瑰。山川色勢尚慘沮，安恨草木遭衰摧。群陰交盛固如此，均被和煦何時哉。傳聞西徼有積雪，平地數尺光皚皚。賊兵夜凍多死者，萬衆已望穹廬回。《全宋詩》卷六六三，册12，第7760頁

同前二首

孔武仲

十年被冷東南方，未慣清寒客帝鄉。碧落有聲飛夜霰，輕裘無力拒晨霜。鯨依海凍先摧

鬣，雁起邊沙易失行。蒲柳脆肌尤不耐，暫憑杯酒作春陽。《全宋詩》卷八八五，册15，第10345頁

晨風獵獵卷書堂，坐愛松筠耐雪霜。歲律峥嶸催暮景，時光宛轉逼新陽。金巵滿引顏雖解，石火深籠焰不長。安得仙家却寒術，吸吞霞氣赤城傍。《全宋詩》卷卷八八五，册15，第10245頁

同前二首

張　耒

二月八日寒未已，山城雨過净如洗。城門樵漁不復來，市中屐齒響長街。老翁一杯百不知，酒酣放歌視群兒。句芒當權不用事，玄冥功成徒爾爲。

山城新炭賤於土，老翁守壚朝復暮。時傾墻下一杯酒，不怕檐前三尺雨。共言麥好歲當熟，里巷往來聞好語。老大湯餅百不憂，折脚鐺中足烹煮。《全宋詩》卷一一八二，册20，第13357頁

同前二首

周紫芝

朔風吹雪天漫漫，厚地欲裂江水乾。懸知北客未省見，太古以來無此寒。冰檐垂筍風撼屋，布衣生棱體生粟。老翁炙手厭朱門，明朝晨暾更堪曝。

天容黯慘悲風吹，寒日欲出寒雲垂。千門晝閉人迹絶，萬里長空鳥不飛。豺虎號寒聲怒急，行人指墮毛爲立。易水風高燕地寒，白頭書生望雲泣。《全宋詩》卷一五〇八，册 26，第 17193 頁

同前

王　洋

平侵爐火易成灰，穩閉齋扉不用開。浩蕩晚風隨伴起，遲回前雪待朋來。他無雜念專思酒，縱有交情敢憶梅。静坐不聞簫鼓急，土牛莫是送春回。《全宋詩》卷一六八九，册 30，第 18979 頁

同前

王之道

風屑瓊寒透薄帷，擁裘端與火相宜。暖回熾焰身成直，撥到殘灰手欲龜。贈炭尚誰憐正曜，授薪還自愧支離。不甘力請從緇侶，苦調寒窗强作詩。《全宋詩》卷一八一五，册 32，第 20202 頁

同前二首

張煒

北風吹枯桑，汙洼如語汝。窗虛夜少寐，輾轉莫寧處。衾裯冷如鐵，凜凜不可禦。家居猶畏寒，何況遠行旅。

白雪農家瑞，亦使天下寒。陋巷無饑民，此瑞古所難。上方播春仁，發粟賙饑餐。一飽生歡心，萬户各獲安。《全宋詩》卷一八二六，册32，第20323頁

同前二首

陸游

凍硯時能出苦吟，濁醪亦復慰孤斟。誰知冰雪凝嚴候，自是乾坤愛育心。癘鬼盡驅人意樂，遺蝗一洗麥根深。但嫌景短妨書課，棲鳥紛紛又滿林。《全宋詩》卷二一六九，册39，第24601頁

終日頻添季子裘，經旬不上仲宣樓。摩挲酒榼雖堪喜，疏索梅花未免愁。正苦冰生退吟筆，却思雪作潤耕疇。乘除擾擾殊多事，獨擁青氈覓睡休。《全宋詩》卷二二〇二，册40，第25172頁

同前三首

楊萬里

畏暑長思雪繞身，苦寒却願柳回春。晚來斜日無多暖，映着西窗亦可人。

添盡紅爐着盡衣，一杯方覺暖如癡。人言霜後寒無奈，春在甕中渠不知。

冰和菜把菜和冰，心喜冬葅齒却憎。且忍牙車寒一點，教他胸次雪千層。《全宋詩》卷二二八五，册42，第26217頁

同前

董嗣杲

陰崖月餘雪未消，春入富池江上遥。寒林萬木絶枝葉，終日强欲收墮樵。古屋羈人鬢蕭蕭，三冬暖曲無炭燒。掘地作爐煨榾柮，如此爲官徒折腰。《全宋詩》卷三五六七，册68，第42632頁

苦寒歌

李　新

北風吹窗琴自動，擁爐不覺氈裘重。孤城日落星斗稀，一寸清霜壓寒夢。河冰嶺雪隨高深，山鷄啄土鶴在林。西樓歌舞隔珠幄，獨有春風人不覺。《全宋詩》卷一二五四，册 21，第 14165 頁

同前

李　龏

凍天添雲埋晝光，江河膠合蛟龍僵。涸陰嘘風無慘烈，枯磧莽莽沙浮霜。蟄春老屋如冰井，獸炭烹紅烘不醒。南山飛瀑成玉絲，哀猿瘵落孤松頂。《全宋詩》卷三一三〇，册 59，第 37422 頁

前苦寒歌

楊萬里

按，《樂府詩集·相和歌辭》有杜甫《前苦寒行》《後苦寒行》，或爲楊詩所本。

四大海潮打清淮，三萬里風平地來。黿山橫身攔不住，潮波怒飛風倒回。欲晴不晴雪不雪，并作苦寒凍人絶。古寺大鐘十字裂，東山石崖一峰蹶。勸君莫出君須出，冰脱君鬚折君骨。

《全宋詩》卷二三〇一，册 42，第 26441 頁

後苦寒歌

楊萬里

白鷗立雪脛透冷，鸕鷀避風飛不正。一雙野鴨欺晚寒，出没冰河底心性。絶憐紅船黄帽郎，緑蓑青蒻牽牙檣。生愁墮指脱兩耳，蘆花亦無何許藏。遣騎前頭買乾荻，速烘焰火與一炙。三足老鴉寒不出，看雲訴天天不泣。

《全宋詩》卷二三〇一，册 42，第 26443 頁

和郭信可苦寒曲一首

馮時行

朔風吹沙邊雲黄，行人墮指鳥獸僵。鷫鸘裘弊醉何有，呼吸七氣成冰霜。畫堂綉幕圍絲管，馥馥麝烟紅吐暖。貧人尺布不可縫，夜長展轉牛衣短。將軍領戍山上山，勁弩折角刁斗寒。鐵衣照雪夜如水，哀雁一聲心欲死。年年官賜冬衣絹，婦女從軍身不遍。來歲忍寒須努力，農

家飢死無人織。《全宋詩》卷一九三六，册34，第21614頁

丁亥冬大雪十數作鄧清曠以苦寒吟見寄

艾性夫

十雪勢未已，一冬天積陰。背風留更久，入夜落偏深。禾稼連冰柱，天花幻玉林。遥憐五峰老，尚寄《苦寒吟》。《全宋詩》卷三七〇〇，册70，第44398頁

豫章行

謝　逸

宋阮閲《詩話總龜》曰：「《豫章行》：豫章，邑名，漢南昌縣，隋爲豫章，有豫章江，江連九江，有釣磯。陶侃少時嘗宿此，夜聞人唱聲如量米者，訪之。吴時有度支於此亡。今考傅玄、陸士衡輩所作，多叙别離怨恨思，即知豫章昔爲華艷盛麗之區耳。至唐，杜牧詩尚過稱其侈靡焉。」①明胡震亨《唐音癸籤》曰：「古《豫章行》，詠白楊生豫章山，秋至爲人所伐。太白亦有此辭，中間止着『白楊秋月苦，早落豫章山』兩句。首尾俱作軍旅喪敗語，并不及白楊片字，讀者多爲之茫然。今詳味之，如所云『吴兵照海雪』，及『老母與子别，呼天野草間』、『樓船若鯨飛，波蕩落星灣』，皆永王璘兵敗事也。蓋白在廬山受璘辟，及璘舟師鄱湖潰散，白坐繫尋陽獄，并豫章地，故以白楊之生落于豫章者自況，用志璘之傷敗，及己身名

① 《詩話總龜》卷七，第81頁。

隳壞之痛耳。其借題略點白楊，正用筆之妙，巧于擬古，得樂府深意者。蕭、楊二家注，何曾道着一字來！」①清朱嘉徵《樂府廣序》曰：「《豫章行》，歌窮達，貴守道以俟時也。夫人遇合，何嘗禍福乖反。君子不枉其材以待用焉。」②

豫章棟梁材，托身南山阿。王者建大廈，匠氏施斧柯。萬夫挽不行，留滯在河滸。自非浪滔天，何由至王所。根雖埋土中，葉已隨風飛。惟餘爨下柯，那得復相依。風吹兼雨打，日居復月諸。誓朽泥途間，不及櫟與樗。匠氏慎無悔，豫章當自寬。人生類如此，才難聖所嘆。《全宋詩》卷一三〇三，册22，第14812頁

豫章行送周裕

楊　傑

君不見南浦亭前草，送人千里道。一番膏雨一番青，不顧王孫江外老。又不見豐城劍埋塵

① 《唐音癸籤》卷二一，第230頁。
② 《樂府廣序》卷十，四庫全書存目叢書，集部册385，第714頁。

土間，幾年秋水澄波瀾。夜深直氣射牛斗，變化風雷頭角寒。丈夫窮通有時有，滿腹詩書滿樽酒。行行三月到揚州，故人莫笑麻衣舊。《全宋詩》卷六七二，册12，第7850頁

董逃行

陸　游

題注曰：「讀古樂府擬作。」清吴景旭《歷代詩話》曰：「《董逃行》古辭言神仙事，傅休奕《九（弈）〔秋〕篇》十六章，乃叙夫婦别離之思，非也。吴旦生曰：『樂府原題謂此辭作于漢武之時，蓋武帝有求仙之興。董逃者，古仙人也。後漢游童競歌之，終有董卓作亂，卒以逃亡，此則謡讖之言，因其所尚之歌，故有是事實，非起於後漢也。』余觀别本，『逃』一作『桃』，梁簡文《行幸甘泉宫歌》云『董桃律金紫，賢妻侍禁中』，似引董賢及子瑕殘桃事。終云『不羡神仙侣，排烟逐駕鴻』，皆所未詳。詩話又引《漢武内傳》王母觴帝，索桃七枚，以四啖帝，自食其三，因命董雙成吹雲和笙侑觴，作者取此。竊以樂府之題，亦如《關雎》《葛覃》之類，只取篇中一二字以命詩，非有義也。若以董字、桃字泥其義，此與作鐃歌《巫山高》雜以陽臺神女之事、《君馬黄》但言馬者，其荒陋一也。蔡寬夫所云《烏生八九子》但詠烏，《雉朝飛》但詠雉，《鷄鳴高樹巔》但詠鷄，大抵類此。而甚有《相府蓮》訛爲《想夫憐》，《楊婆兒》

訛爲《楊叛兒》者矣。」①清王士禛《師友詩傳續録》曰：「古《董逃行》，於漢末事實，更無關涉。……福保案：古人作樂府，有題有調。後人删其題而存共調，如《雁門太守行》，樂府之調也，其題爲《洛陽行》，見《宋書·樂志》。後世各選本，選《雁門太守行》而去其題，讀者誤認其調爲題。但覺其辭與題絶不相關者，職此故也。《董逃行》亦然。」②聞一多《樂府詩箋》云《董逃行》與《董逃歌》實爲二歌。③

漢末盜賊如牛毛，干戈萬槊更相鏖。兩都宫殿摩雲高，坐見霜露生蓬蒿。渠魁赫赫起臨洮，僵尸自照臍中膏。危難繼作如崩濤，王朝荒穢誰復薅。逾城散走墜空壕，扶老將幼山中號。昔者群枉根株牢，衆憤不能損秋毫。誰知此亂亦不遭，名雖放斥實遁逃。平民踣死聲嗷嗷，今茲受禍乃我曹。《全宋詩》卷二一八二，册 39，第 24861 頁

① 《歷代詩話》卷二四，第 255—256 頁。
② 《師友詩傳續録》，《清詩話》，第 158 頁。
③ 聞一多《樂府詩箋》，《聞一多全集》，册 4，生活·讀書·新知三聯書店，1982 年版，第 127—129 頁。

相逢行

李　膺

平生不爲輕薄遊，故亦未作《相逢行》。尋常木彊畏犯義，直欲端彦規後生。有客性不羈，謂我何泥固。太上立德次立功，癡兒乃爲功名誤。顔回窮凍終何成，東山餓夫適自苦。君不見白楊依依北邙墓，斷碣滅裂礙行路。髑髏物化今何爲，劍鉞雖存委爲土，癡兒胡爲不早悟。我聞是言笑不顧，摳衣布武出門去。杳如乘鸞向烟霧，精神流離不自據。想像彷彿若神遇，果見姣姬拾翠羽。縠袂障日揚輕素，芙蕖倒影碧波媚，薄雲映日光未吐。冶容異公行，聯娟美無度。驚翩翩，下烟渚。游翔嫡，將高舉。爲憐牽牛久獨處，欲解明璫贈交甫。臨行惠我不語意，定駕星軿爲暮雨。《全宋詩》卷一二〇二，册 20，第 13605 頁

同前

嚴　羽

題注曰：「贈馮熙之。」

馮夫子，神仙中人乃如此。幾載長懷玉樹枝，昨來曾見蛟龍字。志合神凝杯酒閒，誰知豁盡平生事。與君高會日揮金，擊劍談玄復弄琴。看君自是青雲器，何事常懸滄海心。我今與君真莫逆，世上悠悠誰復識。百年飄忽或須臾，萬里青霄一飛翼。且將耕釣任吾身，君亦牀頭有《周易》。馮夫子，我欲勸君飲，君當爲我歌。眼前萬事莫可理，紛紛黄葉埽更多。長風吹天送落日，秋江日夜揚洪波。只今留君不盡醉，别後相思知奈何。《全宋詩》卷三一一六，册59，第37211頁

相逢行贈文伯純同年

戴表元

昔日相逢面如雪，今日相逢面如鐵。人生年少得幾時，動作風塵十年别。十年别久未爲惡，頻見亦無年少樂。寒棲夜雨金瑣夢，故園春風白袍客。雕鞍駿馬紛紛來，西城亂花春漸開。與君追逐覺老醜，一笑且醉高陽杯。相逢得醉今日好，醉眼相思還易老。只圖留君日日醉，醉裏忘却江南道。《全宋詩》卷三六四二，册69，第43668頁

相逢

梅堯臣

晚日南城歸，橋邊見郎去。遠遠逐郎回，羅衣汗微污。不惜污羅衣，要與郎相顧。留連芳苑中，肯謝花夭嫭。傍欄思晤言，羞畏情誰諭。草草各還家，幽懷是飛絮。《全宋詩》卷二四五，册 5，第 2829 頁

君家誠易知曲

張耒

按，《樂府詩集·相和歌辭》所收《相逢行》古辭有「君家誠易知，易知復難忘。」《君家誠易知曲》當出於此，故置《相逢行》後。

君家誠易知，易知獨難忘。西風墻頭吹葉黄，蟲絲當户理秋光。翠屏碧簟生朝凉，床頭蟋蟀見焚香。鮫綃纈，雙鳳凰，上元緑鬢遮耳璫。來車去馬官道旁，碧雲傳情何處郎，相望玉樹啼寒螿。《全宋詩》一一五五，册 20，第 13028 頁

相逢狹邪間

薛季宣

按，《樂府詩集·相和歌辭》有《相逢行》，一曰《相逢狹路間行》。《相逢狹邪間》當出於此，故予收録。

毆車逕長坊，長坊劣容綫。繚繞狹邪間，相逢記君面。君家人共知，共知不難求。朱門飈疏柳，虹梁架芳流。庭除清且閑，馳道直以修。中堂真壯哉，黄户雙蚩頭。亭亭丹桂華，燦爛明人眸。主君三男兒，三兒例封侯。大兒尹京都，中兒相凝旒。小兒奉朝請，籠街進鳴騶。三兒俱來歸，青絲控驊騮。三兒俱上堂，大人百不憂。三兒俱入室，四座沈烟浮。蛾眉盡妖艷。三婦不可侔。大婦鼓鳴瑟，中婦彈箜篌。少婦獨凝眝，酡顔半嬌羞。丈夫且躊躇，世有此樂不。

《全宋詩》卷二四七五，册 46，第 28698 頁

長安有狹斜行二首

曹　勛

長安有狹斜，劣劣通香轂。道逢二少童，問君住何曲。我家本神京，住近濯龍北。長子爵執圭，次子爲相國。小生無高位，校讎在天禄。三子俱下來，遊人住行足。三子俱入門，金紫照華屋。三子俱升堂，戲彩弄絲竹。大婦縫羅襦，中婦裁冰縠。小婦調鳴箏，切切聲相續。丈人幸安坐，置酒奏新曲。

長安有狹斜，狹斜難方軌。道逢兩青衣，問君住何里。我家銅駝陌，高閣通朱邸。長子爵通侯，次子聯端揆。小子事游俠，倜儻卑豪貴。三子俱入門，軒車羅甲第。三子俱升堂，光彩動階陛。大婦理珍裘，中婦曳雲帔。小婦弄笙簧，明妝擁歌妓。丈人幸留連，雅舞揚清吹。《全宋詩》卷一八七九，册33，第21051頁

三婦艷歌

曹　勛

宋鄭樵《通志二十略·樂略一》「相和歌清調六曲」曰：「《三婦艷詩》，亦曰：『大婦織

綺羅，中婦織流黃。』」①明王世貞《增補藝苑卮言》曰：「古樂府，王僧虔云：『古曰章，今曰解。解有多少，當是先詩而後聲。詩叙事，聲成文，必使志盡於詩，音盡于曲。是以作詩有豐約，製解有多少。』又『諸曲調解有辭有聲，而大曲又有艷、有趨、有亂。辭者，其歌詩也。聲者，若「羊吾夷」「伊那何」之類也。艷在曲之前，趨與亂在曲之後，亦猶吴聲前有和、後有送也。』」②明費經虞《雅倫》曰：「艷亦有在曲後者，如《相逢行》後，謂之《三婦艷》也。」③清張德瀛《詞徵》曰：「樂府有《昔昔鹽》，傳自戎部，蓋疏勒曲也，屬羽調。『鹽』與『胤』『引』均通，又轉爲艷，義與樂府之《三婦艷》相類，又作『炎』。」④

大婦雙綺襦，中婦紅羅裾。小婦服翡翠，理曲調笙竽。良人幸安坐，美酒傾玉壺。

大婦織雲錦，中婦綉鴛鴦。小婦獨無事，對鏡理紅妝。良人幸安坐，帳暖自添香。《全宋詩》

---

①《通志二十略》，第 900 頁。

②［明］王世貞《增補藝苑卮言》卷八，續修四庫全書，册 1695，上海古籍出版社，2002 年版，第 524 頁。

③《雅倫》卷七，續修四庫全書，册 1697，第 122 頁。

④［清］張德瀛《詞徵》卷一，唐圭璋《詞話叢編》，中華書局，2005 年版，第 4091 頁。

卷一八七八，册33，第21046頁

難忘曲

趙崇嶓

弱花低綉檻，月滿緑楊津。一笑領深意，過於三月春。樽前停妙舞，堂上設華裀。上客不須醉，相將夜向晨。《全宋詩》卷三一七一，册60，第38077頁

塘上行

文同

宋鄭樵《通志二十略·樂略一》「相和歌三十曲」曰：「《塘上行》，亦曰《塘上辛苦行》。」①清朱嘉徵《樂府廣序》曰：「《塘上行》歌『蒲生』，傷見棄也。甄后受郭貴嬪之讒，守正見斥而作。變雅也，其聲怨而不傷，諷之用賢，葑菲不遺焉。」②

① 《通志二十略》，第898頁。

② 《樂府廣序》卷十，四庫全書存目叢書，集部册385，第714—715頁。

寒塘漲新雨，灧灧翠波滿。沙晴步聲澀，風引羅帶緩。蒲牙妒舌利，荷葉歡心卷。生平玉衣夢，至此神亦誕。徒誦《小星》篇，無人覺腸斷。《全宋詩》卷四三二，册8，第5300頁

浮萍篇

曹勛

昔作章臺柳，今爲清水萍。寄托一失所，誰分渭與涇。王孫事游冶，蘭麝徒芳馨。清晨夭桃花，灼灼鮮且榮。隨風易零落，不及糞上英。萍生八九子，滋育常盈盈。芙蓉飾高蓋，文藻疏繁纓。寧復事攀折，中心無不平。《全宋詩》卷一八八〇，册33，第21057頁

秋胡行

徐集孫

宋鄭樵《通志二十略·樂略一》「相和歌三十曲」曰：「《秋胡行》，亦曰《陌上桑》，亦曰《采桑》，亦曰《在昔》。」注云：「魯有秋胡子，納妻五日而官于陳，五年乃歸。未至家，于路傍見婦人采桑，色美，説之，下車曰：『力田不如逢豐年，力耕不如見公卿。吾有金，願以與汝。』婦人曰：『婦人當采桑力作，以養舅姑，不願人之金。』秋胡歸，奉金以遺母，母使呼婦，

婦至，乃向采桑者。婦惡其行，因東投河而死。後人哀之，而作《秋胡行》，故亦曰《陌上桑》，亦曰《采桑》。後人多與《羅敷行》無別。」①清何焯《義門讀書記》曰：「顔延年《秋胡詩》，詠秋胡者，傅休奕得之。《焦仲卿妻》詩質而近野，此過於文，却似少真味。獨取此者，與此書氣味協也。題是《秋胡詩》，然重在潔婦，今詩中詳敍秋胡宦遊之事，而于桑下拒金一事顧略焉，體製殊不可解。」②宋人又有《秋胡詩》《秋胡婦歌》《秋胡妻》《秋胡子》《秋胡子妻》，均當出於此，故予收録。

五年行邁兮歸遲遲，采桑山陰兮奉親慈。冰霜自潔兮清節持，有客遺金兮志不移。槖有金兮盍專爲母馳，心悦桑女下車兮人可知。庭中見妾兮徒忸怩，載思往事兮妾心孔悲。君不如妾之有節兮言姑已而，君不知孝兮世道衰，妾不死兮欲何爲。《全宋詩》卷三三九〇，册64，第40345頁

① 《通志二十略》，第897頁。
② [清] 何焯撰，崔高維點校《義門讀書記》卷四六，中華書局，1987年版，第894頁。

同前

趙　文

五日伉儷情，五年離别腸。歸舍不數武，少忍庸何傷。如何甘旨費，乃作犯禮償。桑者不有躬，何以奉高堂。穢行誠已醜，寧復可同床。濯之清泠淵，死之留芬芳。念姑詎忍别，引决涕沾裳。寄言後來者，好事懷金郎。《全宋詩》卷三六一一，册68，第43235頁

秋胡詩

釋文珦

潔婦與秋胡，以禮成配匹。畢結方五朝，秋胡事行役。道塗既云遠，年運亦易徂。日月迭相代，五回見榮枯。秋胡仕侯邦，音塵久疏絶。誓言奉姑嫜，秋霜擬貞潔。春日行采桑，援柯向前林。秋胡倏來歸，相逢贈黄金。重義不受金，采采實筐篚。歸來見夫婿，乃是贈金子。苦辭讓其愆，投身入淵死。豈是不愛身，示心如此水。《全宋詩》卷三三一五，册63，第39509頁

秋胡婦歌

蕭立之

詩序曰：「秋胡婦之事，載于傳記，顔延年作詩高之。夫却行道者之金而不受，信其潔矣，然憤其夫之説桑婦，而卒以是死焉。推其意也，殆不類世之所謂妒婦者邪？因爲之歌。」

君家作婦三日强，錦衾未暖鴛鴦床。阿郎遽作遠遊别，三載菽水空襦裳。采桑忽忽春風陌，郎歸相逢不相識。攔囊贈妾雙黄金，妾心如冰介如石。阿郎歸來坐堂前，低頭相視默不言。郎心如此不易保，醜君一死滄波寒。棱棱勁節秋霜句，斷簡風流映千古。後來一種可憐人，却遣江津名妒婦。《全宋詩》卷三二八五，册 62，第 39139 頁

秋胡妻

黄　庚

按，《全元詩》册一九亦收黄庚此詩，元代卷不復録。

陌上桑葉稀，家中蠶正饑。妾心知采桑，安知使君誰。結髮爲人婦，幾年守空幃。婦義不移天，黄金欲何爲。老姑倚門久，不待盈筐歸。爲妾謝使君，風化關庭闈。《全宋詩》卷三六三五，册 69，第 43549 頁

同前

宋无

按，《全元詩》册一九亦收宋无此詩，元代卷不復録。

藁砧久宦忘卿卿，桑下相逢笑不成。既有黄金滿歸橐，料君官亦欠冰清。《全宋詩訂補》，第 654 頁

秋胡子

錢穎

《全宋詩》題注曰：「《小學弦歌》卷四題作《詠秋胡妻》。」

郎恩葉薄妾冰清，郎説黄金妾不應。若使偶然通一笑，半生誰信守孤燈。《全宋詩》卷三〇〇八，册57，第35822頁

秋胡子妻

林　同

題注曰：「薄其夫與道旁桑婦金，不以奉母，曰：『妾不忍見不孝不義之人。』」

妾面羞君面，君心異妾心。那能不念母，却遺别人金。《全宋詩》卷三四一八，册65，第40635頁

卷七〇　宋相和歌辭一四

瑟調曲

來日大難

張舜民

去日滔滔似易得，來日藐藐若大難。一日且作一日調，百年莫作百年看。晉侯竟爾見新麥，楚王更要食熊蹯。勿輕白髮翁，勿恃青楊質。物壯則老矣，其壽不可必。嵇叔夜，郭景純，今般人物如何人，皇天何不留逡巡。《全宋詩》卷八三三，册 14，第 9663 頁

西門行

文同

明徐獻忠《樂府原》曰：「西方乃日落之處，故因出西門，感念浮生易衰，爲樂當及時也。故雖敝車羸馬，亦當自儲而遊行，豈必富貴而後可樂？此日暮途窮之人

所作。」①

盛年可愛重，芳辰宜嬉遊。金甕釀醇酒，玉盤炙肥牛。青春九十日，不可一日休。勿自汩浩氣，滿胸藏百憂。君莫惜黄金，黄金身後讎。自古貪與吝，常爲賢者羞。《全宋詩》卷四三二，册8，第5300頁

東門行

張 詠

明朱承爵《存餘堂詩話》曰：「《相和歌》三十曲内有《東門行》，乃士有貧行，不安其居，拔劍將去，妻子牽衣留之，願同餔糜，不求富貴。作者必因士負節氣未伸者，始可代婦人語，作《東門行》沮之。餘不能盡述，各以類推之可也。」②明徐獻忠《樂府原》曰：「漢長安之東門，只青門也，可以出而游諸侯，恣豪俠，故出者不思歸，入則悵欲悲。顧其盎中無粟，

①《樂府原》卷九，四庫全書存目叢書，集部册303，第767頁。
②［明］朱承爵《存餘堂詩話》，叢書集成初編，册2582，中華書局，1985年版，第2頁。

桁上無衣，不如拔刀出門爲俠徒也。……此古辭本意。」①

茫茫六合生萬靈，周公孔子留賢名。伊余志尚未著調，秋風拔劍東門行。金龜典酒知是誰，逢君使我擡雙眉。眼前萬事不足問，要須醉倒高陽池。《全宋詩》卷四八，册1，第527頁

同前

文同

士有失所偶，難甘蓬蓽微。拔劍出東門，感憤不顧歸。賢哉彼嘉匹，逐逐牽其衣。願同此饘粥，節義安得違。況今謂清世，不可復爲非。《全宋詩》卷四三二，册8，第5300頁

同前

劉敞

題注曰：「古曲言貧士不安其居，妻子留之。今改言時薄，不恤賢士，士欲遠逝，猶顧

① 《樂府原》卷九，四庫全書存目叢書，集部册303，第768頁。

念舊國。」

拂衣趨長道，撫劍獨嘆息。并歲不易衣，期旦曾一食。悠悠風俗薄，顧我若異域。積金要能笑，彈鋏輕下客。豈辭蓬蒿居，未與塵世隔。黄鵠非池禽，東南舉六翮。出門尚徘徊，悲鳴念舊國。何日復來還，爲君涕沾臆。《全宋詩》卷四七二，册9，第5713頁

同前

張　載

古風出東門，我行綦巾綦。今歌東門行，牽衣强留甘餔糜。仗劍去，忽如遺，時清君去予心哀。《全宋詩》卷五一七，册9，第6284頁

同前

許彦國

按，《全宋詩》卷一九七〇又作許志仁詩，題辭皆同，兹不復録。

東門楊柳暗藏鵶，東門行客欲離家。樹頭春風草頭露，鵶自不飛人自去。妾家南浦桂爲堂，房櫳瑁玉簾夜光。沈爐烟多綺羅重，水檻風入笙簫凉。歡娱未畢車輪遠，方寸秋絲紛百繭。願郎功業落人閒，長使春閨女無怨。《全宋詩》卷一〇九三，册 18，第 12400 頁

同前二首　　戴表元

題注曰：「時鄞城火，第宅遭毁，故有此作。」按，《全元詩》册一二亦收戴表元此詩，元代卷不復録。

春風顛狂卷地起，吹動江城寒劫灰。江城千家丹碧窟，過眼不復餘樓臺。九輈燭龍竟爲爾，六尺海鴟安在哉。平原無人金谷散，惆悵東門歸去來。

松枝可餐不可久，蕨萁可舂難入手。書生身業值無年，翰墨千囷不充口。烟州何客釣寒魚，江郭誰門倚殘柳。琴臺歌管無處尋，惆悵東風幾回首。《全宋詩》卷三六四二，册 69，第 43666 頁

古東門行

李之儀

元鼎元年東有兵，未央催班不待明。龍驤虎步擁旄出，蟻蟻部曲隨鳴鉦。三千珠履皆上客，囊中有錐誰爲發。莫歌雌兔眼迷離，長城可倚知在誰。千羊不如一狐腋，草底寒蟲漫啾唧。兩口四目未必智，天下奇才余星墜。舟中指可掬，冀北馬群空。漆身吞炭爲國士，射足接處謀已同。義感丹誠虹貫日，壇上成功方頃刻。縱有明珠千丈長，安能保得頭常黑。《全宋詩》卷九六三，册17，第11225頁

出其東門行

高斯得

題注曰：「刺郡守貪暴。」

君不見會稽太守第五倫，罷官潛去逃吏民。不知當時何所畏，乘船夜渡曹娥津。只緣惠愛入人髓，攀車叩馬千萬群。使君若不行詭道，愛河浩渺難抽身。舊聞吳興解郡綬，歸路南指朝

天京。爾來史項後先去，云何却出東城闉。自注：史越翁、項公澤皆貪暴。横山伺候不知數，自注：横山，南路小聚落。携壺挈榼相邀迎。使君自揣非壽我，西子不潔將汙人。水軍二百耀南路，三更一舸臨湖門。會稽吴興迹相似，誰知愛惡殊其情。畏匡戒薛聖賢有，豈比汝曹衹自焚。嗟哉後人亦監此，慎忽繼踵成三人。從今要辨守賢否，只觀去路東南分。《全宋詩》卷三二三〇，册61，第38565頁

飲馬長城窟行

周紫芝

宋項安世《項氏家説》「詩中借辭引起」曰：「作詩者多用舊題而述己意，如樂府家《飲馬長城窟》《日出東南隅》之類，非真有取于馬與日也，特取其章句、音節而爲詩耳。」①宋趙悳《詩辨説》引項氏語按曰：「愚按，晦翁所謂變風變雅者，變用其腔調。即此意也。」②明徐獻忠《樂府原》曰：「《飲馬長城窟》者，漢人將出塞，必先于此飲馬而後行。戰士遠行之苦方始於此。古詩《青青河畔草》一篇乃思婦念其夫，與本題無與，魏陳琳又言築長城之

① [宋] 項安世《項氏家説》卷四，叢書集成初編，册242，中華書局，1985年版，第47頁。
② [宋] 趙悳《詩辨説》，叢書集成初編，册1727，中華書局，1985年版，第5頁。

苦，皆與邊塞不涉。唐王建一篇可讀。」①清朱嘉徵《樂府廣序》曰：「《飲馬行》，歌浮舟兵臨吴會也。……《飲馬長城窟》，築城怨曲也。」②

長安城邊邊地永，萬里沙場地無井。秦人掘土土作城，城下窟深胡水冷。漢家將軍號都護，西征上隴寒日暮。野駝跑水無處尋，飲馬長城窟邊去。長城窟，古來戰死多白骨。征人半作馬下塵，猶向陰山鬥馳突。去時胡天霜雁鳴，歸見玉關春草生。將軍功高封列城，鬥死伍符無姓名。《全宋詩》卷一四九六，册26，第17084頁

同前

曹勛

漢馬飲長城，匈奴空塞北。東胡與烏丸，先驅出絶域。月氏合康居，受詔發疏勒。右校羅天山，左出林胡國。嫖姚登狼居，旌旗照穹碧。號令明秋霜，虜帳餘空壁。瀚海無驚波，獻捷走

①《樂府原》卷九，四庫全書存目叢書，集部册303，第768頁。
②《樂府廣序》卷一一，四庫全書存目叢書，集部册385，第722—723頁。

重譯。大將朝甘泉，後部騰沙磧。九宇動聲容，功烈光篇籍。將軍拜通侯，歌舞連朝夕。《全宋詩》卷一八七九，册33，第21051頁

飲馬長城窟

王　炎

春風塞草青，胡兒區脱静。秋風塞草黄，胡騎角弓勁。秦人驅丁夫，築城備强胡。城成有虧日，胡來無已時。哀笳中夜起，戰馬豎雙耳。蒼茫沙上月，幽咽隴頭水。征人悲故鄉，閨人守空房。安得霍嫖姚，飲馬瀚海旁。《全宋詩》卷二五五九，册48，第29689頁

同前

戴復古

朔風凜高秋，黑霧翳白日。漢兵來伐胡，飲馬長城窟。古來長城窟，中有戰士骨。骨久化爲泉，馬來喫不得。聞説華山陽，水甘春草長。《全宋詩》卷二八一三，册54，第33454頁

同前

趙汝鐩

烏騅馬，紫遊繮，戍夫一鞭天一方。揆程想過長城下，思古築役摧人腸。白骨如雪浸水窟，骨上猶帶秦時血。雨打風吹宇宙腥，君渴莫飲救馬渴。衣適寒暄飯加餐，省酒戒勿離軍門。雁來不惜數行字，雁回我亦寄平安。自從君出與君别，怕聽砧聲怕見月。細思人生能幾何，未卜彼此俱白髮。官有好爵與爾靡，萬死一生方得之。不如更戍聞早歸，百年鄰里夸齊眉。《全宋詩》卷二八六四，册55，第34201頁

同前

劉克莊

絶塞多爲窟，秦時所築城。因憐吾馬渴，教飲彼泉清。霜雪盧龍塞，風烟驃騎營。遠從貳師壘，瞥過武安坑。心誓投鞭虜，身先荷杵兵。寧爲伏波死，不作李陵生。《全宋詩》卷三〇六〇，册58，第36505頁

同前

林希逸

瘦馬如烏渴，長驅傍古城。聽他隨窟飲，不暇擇泉清。沙外追風驥，榆邊積雨坑。花鬃摇漢騎，草血染秦兵。地脈千年恨，波腥萬鬣鳴。思歸頻蹀躞，苜蓿滿宸京。《全宋詩》卷三一二五，册59，第37343頁

同前

鄭起

飲馬長城窟，下見征人骨。長城窟雖深，見骨不見心。誰知征人心，怨殺秦至今。北邊風打山，草地荒漫漫。五月方見青，七月霜便寒。古來無井飲，齎帶糧盡乾。自從征人掘此窟，戍馬飲之如飛翰。朝呷一口水，暮破千重關。秦皇極是無道理，長城萬里誰能比。《全宋詩》卷三一八九，册61，第38259頁

同前

吴龍翰

漢兵北伐時，飲馬長城窟。此城何以高，中填戰夫骨。此池何以深，戰血化爲洫。秋風吹水腥，馬聞亦辟易。馬渴可奈何，要馬載金戈。長安有游冶，走馬燕支坡。《全宋詩》卷三五九〇，册68，第42895頁

青青河畔草

洪　适

按，《樂府詩集》無此題，然《樂府詩集》所收《飲馬長城窟行》古辭有「青青河畔草，綿綿思遠道」①句，言征戍之客，至於長城而飲其馬，婦人思念其勤勞，故作是曲也。宋人《青青河畔草》或出於此。宋羅大經《鶴林玉露》「詩疊字」曰：「詩有一句疊三字者……有一句連三字者……有三聯疊字者，如古詩云『青青河畔草，鬱鬱園中柳。盈盈樓上女，皎皎當窗

① 《樂府詩集》卷三八，第436頁。

牖。娥娥紅粉妝，纖纖出素手』是也。」①明費經虞《雅倫》曰：「《飲馬長城窟》：『飲馬長城窟，水寒傷馬骨。往謂長城吏，慎莫稽留太原卒。官作自有程，舉築偕汝聲。男兒寧當格鬥死，何能怫郁築長城？長城何連連，連連三千里。邊城多健兒，内舍多寡婦。作書與内舍，便嫁莫留住，善事新姑嫜，時時念我故夫子。報書往邊地，君今出語亦何鄙。身在患難中，何爲稽留他家子。生男慎莫舉，生女哺用脯。君獨不見長城下，死人骸骨相撑拄。結髮行事君，慊慊心意關。明知邊地苦，賤妾何能久自全？』孫費錫璜曰：『按此爲《飲馬行》本辭，因《文選》作《青青河畔草》，今遂相沿，蓋《青青》一曲，乃當《飲馬長城窟》也。』」②明胡震亨《唐音癸籤》曰：「古人詩即是樂。其後詩自詩，樂府自樂府。又其後樂府是詩，樂曲方是樂府。詩即是樂，《三百篇》是也。詩自詩，樂府自樂府，謂如漢人詩，同一五言，而《行行重行行》爲詩，《青青河畔草》則爲樂府者是也。」③清馮班《古今樂府論》曰：「古詩皆樂也，文士爲之辭曰詩，樂工協之于鐘吕爲樂。自後世文士或不閑樂律，言志之文，乃有

---

① [宋] 羅大經撰，王瑞來點校《鶴林玉露》乙編卷六，中華書局，1983 年版，第 226—227 頁。
② 《雅倫》卷七，續修四庫全書，册 1697，第 138 頁。
③ 《唐音癸籤》卷一五，第 174 頁。

不可施于樂者，故詩與樂畫境。文士所造樂府，如陳思王、陸士衡，于時謂之『乖調』」。劉彦和以爲『無詔伶人，故事謝絲管』。則是文人樂府，亦有不諧鐘吕，直自爲詩者矣。樂府題目，有可以賦詠者，文士爲之詞，如《鐃歌》諸篇是矣。樂府之詞，在詞體可愛，文士擬之，如《東飛伯勞》《相逢行》《青青河畔草》之類，皆樂府之别支也。」①又曰：「《青青河畔草》，樂府也。」②清趙執信《聲調譜論例》曰：「班婕妤《團扇》《青青河畔草》，皆樂府也。」③按，此爲擬古十三首之一。

青青河畔草，英英籬邊菊。雅雅當窗女，濯濯手如玉。淵淵錦中意，粲粲未盈幅。槁砧天一涯，刀頭誤行卜。却鑑怨新眉，誰教遠山緑。《全宋詩》卷二〇七五，册37，第23412頁

---

① [清]馮班《鈍吟老人文稿》，四庫全書存目叢書，集部册216，齊魯書社，1997年版，第552頁。
② 《鈍吟老人文稿》，四庫全書存目叢書，集部册216，第553頁。
③ [清]趙執信《聲調譜論例》，《清詩話》，第322頁。

擬青青河畔草

周紫芝

四序相推遷，日月倏已逝。春風入猗蘭，光艷照羅綺。一朝霜雪至，容華苦憔悴。佳人惜朱顔，結褵奉君子。安知遠征途，中道成棄置。昔持鴛鴦錦，裁成合歡被。今織回文機，中有相思字。相思日夜切，尺書無雁寄。誰能知妾心，脈脈含遠意。《全宋詩》卷一四九七，册26，第17093頁

擬古

趙處澹

青青河畔草，皎皎林下人。草有四時色，人無千載身。胡爲踏氛埃，樊籠長苦辛。君看鴻鵠飛，九萬誰能馴。《全宋詩》卷三七八四，册72，第45678頁

擬客從遠方來

周紫芝

按，《樂府詩集》無此題，然《樂府詩集・相和歌辭》所收《飲馬長城窟行》古辭有「客從

遠方來，遺我雙鯉魚」①句，蓋爲此詩擬寫所本。且周紫芝《太倉稊米集》置此詩於「樂府」類，故予收録。

客從遠方來，遺我故人書。故人久别離，一别萬里餘。相望不相見，各在天一隅。感君殷勤意，字字如明珠。上陳昔歡樂，次問今何如。昔别俱少年，老大今蒼鬢。良時不我與，歲月空躊躇。餘生如夢寐，尺素徒卷舒。爲我謝故人，遠致雙鯉魚。恨無木瓜篇，報君以瓊琚。《全宋詩》卷一四九七，册26，第17093頁

① 《樂府詩集》卷三八，第437頁。

卷七一　宋相和歌辭一五

上留田

嚴　羽

天地一何長久，上留田。人老一去無歸，上留田。松柏一何纍纍，上留田。勸君酒樽金罍，上留田。願君大家蠶桑，上留田。有絲織作衲襠，上留田。無爲多憂煩傷，上留田。《全宋詩》卷三一一六，册 59，第 37213 頁

放歌行

陳師道

宋阮閱《詩話總龜》曰：「山谷云：『無己他日詩，語極高古，至於此篇，則顧影徘徊，炫耀太甚。』」①宋鄭樵《通志二十略・樂略一》「相和歌瑟調三十八曲」曰：「《孤子生行》，亦

① 《詩話總龜》卷九，第 104 頁。

曰《孤兒行》，亦曰《放歌行》。」①宋葉寘《愛日齋叢抄》曰：「陳無己《放歌行》，魯直以爲顧影徘徊，炫耀太甚。予謂『不惜捲簾通一顧，怕君著眼未分明』，誠太炫耀。『説與旁人須早計，隨時梳洗莫傾城。』亦既感悔矣。老杜『不嫁惜娉婷』五字，無己衍其詞也。」②明徐獻忠《樂府原》曰：「放歌者，放情於形骸之外，不受羈束者也。」③宋魏慶之《詩人玉屑》曰：「無己嘗作《小放歌行》……山谷云：『無己他日作詩，語極高古，至於此篇，則顧影裴回，炫耀太甚。』」④知陳師道有《小放歌行》，詩見《詩林廣記》卷六，⑤與此《放歌行》「春風永巷」同，則此詩又題作《小放歌行》也。宋人又有《放歌》，當出於此，亦予收録。

春風永巷閑娉婷，長使青樓誤得名。不惜捲簾通一顧，怕君着眼未分明。

當年不嫁惜娉婷，拔白施朱作後生。説與旁人須早計，隨宜梳洗莫傾城。《全宋詩》卷一一一七，

①《通志二十略》，第898頁。
②［宋］葉寘撰，孔禮凡點校《愛日齋叢抄》卷三，中華書局，2010年版，第68頁。
③《樂府原》卷九，四庫全書存目叢書，集部册303，第770頁。
④［宋］魏慶之撰，王仲聞點校《詩人玉屑》卷一八，中華書局，2007年版，第569頁。
⑤［宋］蔡正孫撰，常振國、絳雲點校《詩林廣記》（後集）卷六，中華書局，1982年版，第335頁。

冊 19，第 12696 頁

同前二首

陸　游

君不見汾陽富貴近古無，二十四考書中書。又不見慈明起自布衣中，九十五日至三公。人生窮達各有命，拂衣徑去猶差勝。介推焚死終不悔，梁鴻寄食吾何病。安用隨牒東復西，獻諛耐辱希階梯。初無公論判涇渭，徒使新貴矜雲泥。稽山一老貧無食，衣破履穿面黧黑。誰知快意舉世無，南山之南北山北。《全宋詩》卷二一八一，冊 39，第 24834 頁

少年不知老境惡，意謂長如少年樂。朝歌夜舞狂不休，逢人欲覓長生藥。三二十年底難過，屈指朋儕餘幾個。就令未死身日衰，朱顏已去誰能那。人間萬事如弈棋，我亦曾經少壯時。兒曹紛紛不須校，歲月推遷渠自知。《全宋詩》卷二一九九，冊 40，第 25125 頁

同前

汪　莘

口中吐佛子，腰間出神仙。眉心紅日大如錢，腦宮誦經聲泠然。瞿曇黃老去我久，可使舉

世終無傳。天亦若忌我，我自夢裏知其天。團團清光中，本來面目常現前。分明是真不是想，水中月影鏡中像。自從别後見君稀，一朝邂逅成歡賞。見亦不可擬，得亦不可强。知音相逢只彈指，甃命遮寒且涵養。芙蓉芰荷顛倒披，九天風露流肝脾。俯觀人世不忍棄，世人棄我良非癡。有時憤悶須痛飲，長安市上相追隨。左挾田先生，右拍樊於期。狗屠在前舞陽後，擊筑叱起高漸離。揚雄但能識奇字，未識以道御之無不宜。一舞神鬼哭，再舞雷電飛。三舞乾坤悉清净，却視萬物生光輝。我衰不能作伊川，手把犁鋤墾蚯蚓。亦復不能作吕望，垂絲磻溪上。但願漢家宗社牢，化權何必吾人操。但願紫微宫南太微北，中間七個能甄陶。君不見張三裏青衫，李四著紫袍，黄金轉多官轉高。孔丘盗跖那復辨，長蛇封豕争雄豪。我欲告天天肯否，旁人竊笑婦摇手。不如開眼明月前，莫教失却清風後。杜子美，李太白，清風爲魂月爲魄。至今來往天地間，幾回獨把欄干拍。《全宋詩》卷二九〇七，册 55，第 34688 頁

同前

嚴羽

進賢之冠兮，高乎岌危。山玄之佩兮，長乎陸離。苟非其道兮，曷如蕙帶而荷衣。堯舜邈其不逢兮，我之心其孰得而知。寧輕世肆志兮，采商山之芝。與其突梯滑稽有口如飴，據高位

而自若，釣厚禄而無疑，則余有蹈東海而死耳，誠非吾之所忍爲。《全宋詩》卷三一一六，册59，第37211頁

寄李商老

呂本中

《全宋詩》題注曰：「原校：一作《放歌行》。」

淥漲西河可縱篙，春光無信費詩招。香烟繚繞重城静，月影欹斜半夜潮。好鳥似聞昆弟語，垂楊初放女兒腰。無人與語當時事，興盡江南大小喬。《全宋詩》卷一六〇八，册28，第18066頁

放歌

林希逸

題注曰：「讀放翁詩作。」

朗誦烏棲曲數終，乾坤何事老英雄。縱令經有千名佛，敢道詩無兩放翁。九萬里風來海

外，二三更月到天中。便教挽得銀河下，今古閒愁洗不空。《全宋詩》卷三一二〇，册59，第37264頁

野田黄雀行

文同

明徐獻忠《樂府原》曰：「此陳思王辭。言人之有生當適其懷抱，暢其性情，如黄雀之在野田，網羅不及，鷹鸇不逐，有自得之樂可也。君子雖貴勞謙之德，若過爲磬折之恭，亦何以暢其情哉？末言生年短促，丘陵不免，何不知命而樂其天真。子建在東阿享有國土，因置酒而爲此歌，言其别無外慕之意，亦以安文帝之心也。」①清朱嘉徵《樂府廣序》曰：「《野田黄雀行》《置酒高樹》二曲，并言友道也。」②

搥鼉鏗鯨宴瑶臺，紅鴉弄翼春徘徊。和風入坐賓主樂，金觥玉豆天中來。勸君劇飲莫自訴，暗中光景能相催。試看庭前好花謝，枝下落多枝上開。人生不厭苦行樂，勿用蹙促相驚猜。

---

① 《樂府原》卷九，四庫全書存目叢書，集部册303，第771頁。
② 《樂府廣序》卷一一，四庫全書存目叢書，集部册385，第724頁。

賢愚貴賤各有命，此理悟者真賢哉。《全宋詩》卷四三二，册8，第5301頁

同前

于石

按，《全元詩》册一三亦收于石此詩，元代卷不復録。

鳴不擇上林，棲不依華屋。雄飛各呼雌，翩翩自相逐。渴飲野田水，飢啄野田粟。一飲一啄能幾何，慎勿遠飛投網羅。君不見金籠老鸚鵡，向人空作閑言語。《全宋詩》卷三六七六，册70，第44128頁

飛來雙白鶴

謝翱

宋郭茂倩《樂府詩集》「艷歌何嘗行四解」解題引《樂府解題》云：《飛來雙白鵠》一作《飛來雙白鶴》。① 宋何汶《竹莊詩話》曰：「《樂府解題》云：『《飛來雙白鵠》刺世俗薄僞，

① 《樂府詩集》卷三九，第452頁。

失夫婦之道也。流離困苦，要與之終始。中道棄去，從新知之樂，豈義也哉？然而作是詩者，怨思雖深，而詞不迫切，蓋盡所以爲婦之理云。』」①按，《全元詩》册一四亦收謝翶此詩，元代卷不復録。

飛來縹緲立在門，噣銜竹花臆欲言。雄雌來去眼如霧，客已彷佛知其人。笙簫忽遠不知處，知在雲窗與緑户。《全宋詩》卷三六八九，册70，第44291頁

艷歌行

曹勛

明徐獻忠《樂府原》曰：「主婦爲兄弟綻衣，其夫見而疑之也。古辭若《羅敷》《何嘗》《雙鴻》《福鍾》等行，皆名艷歌，而此篇其首倡也。」②

① [宋] 何汶撰，常振國、絳雲點校《竹莊詩話》卷二，中華書局，1984年版，第29頁。
② 《樂府原》卷九，四庫全書存目叢書，集部册303，第772頁。

陽春麗華旦，杲日延清暉。庭前夭桃花，灼灼流芳菲。佳人惜良辰，遊子行不歸。君看夭桃花，芳菲能幾時。《全宋詩》卷一八七九，册33，第21052頁

同前

薛季宣

雝雝雲間雁，南飛北軒翥。妯娌幾多人，兒夫獨羈旅。郎書憑誰寄，妾意憑誰語。賴有雙鯉魚，尺素爲懷取。歡子今來歸，還羞入朱户。告之莫流宕，天静星可數。星子何昭昭，行不如歸去。《全宋詩》卷二四七五，册46，第28699頁

同前

韓淲

翠幕朱簾蘇小家，濃熏蘭麝競奢華。繁弦度曲柱爭雁，媚臉持杯眉拂鴉。錦帳春餘情未極，寶釵分處夢無涯。紅樓何在香塵合，恨不都將命乞花。《全宋詩》卷二七六五，册52，第32673頁

煌煌京洛行

劉　敞

明徐獻忠《樂府原》曰：「漢都西京，光武中興，始都於洛。獻帝爲董卓逼遷長安，焚掠洛都殆盡，時多感忿，故有《煌煌京洛》之作。魏武既建許都，不復念洛，雖存舊名而作者諱之。魏文帝《夭夭桃園》一篇，止雜叙臣人不及京洛，本意以是也。鮑照、戴暠皆有感諷意，不録。」①清朱嘉徵《樂府廣序》曰：「《煌煌京洛行》歌「園桃」，志鑒戒焉。」②

紫極開天門，慶雲麗皇居。卜郊定九鼎，懸闕觀寶書。德澤浸無疆，風俗返華胥。冠蓋百萬家，車馬十二衢。輕肥耀朝日，富庶極中區。游俠信陵後，節義大梁餘。顧盼生光輝，吹拂動萎枯。貴賤且貿遷，高陵忽爲墟。變化若有神，升沉豈嘗拘。咄嗟鄒魯士，何用空躊躇。《全宋詩》卷四六九，册9，第5688頁

---

①《樂府原》卷九，四庫全書存目叢書，集部册303，第772頁。
②《樂府廣序》卷一一，四庫全書存目叢書，集部册385，第724頁。

京洛篇

李　龏

按，此爲集句詩。

東望龍門北朝市，甲第千甍分戚里。朱門峨峨臨九衢，垂柳金絲香拂水。毗陵震澤九州通，董賢女弟在椒風。周公舊迹生紅蘚，九泉寂寞葬秋蟲。蘇頲、王勃、韋應物、李賀、杜審言、崔國輔、李咸用、莊南傑　《全宋詩》卷三一三二，册59，第37456頁

門有車馬客行

張方平

明徐獻忠《樂府原》曰：「《門有車馬客》者，高人隱士之廬，有長者車轍臨視，如陳户牖者是也。惜古辭不存。後之擬作，類有問詢其客或得舊鄉里，或駕自京師，備叙市朝遷謝、親友凋喪之意，非題本意也。陸機一篇，意亦周匝。」①

① 《樂府原》卷九，四庫全書存目叢書，集部册303，第772頁。

崇軒華蓋爲誰子，高閣朱扉爲誰第。孟公君卿善請謁，少叔王孫有權勢。憑凌豪氣務相傾，晚日署門復誰恚。君不見隆中草廬客，陽里蓆門居。斂翼蓬蒿下，蕭條意自如。觸羅向稻粱，肯隨黄口雛。將軍三降顧，真主六用謨。豈由趨逐交遊得，壯心自與功名俱。《全宋詩》卷三〇八，册 6，第 3884 頁

門有車馬客

王　炎

烏鵲繞屋鳴，有客停征騑。問客何自來，君家寄家書。攝衣起迎客，開書多苦辭。蕣花不長好，玉顔亦易衰。水行有却流，人行無反期。置書拜謝客，豈不心懷歸。事君有明義，不得顧所私。作書附客返，路遠幸勿遺。上言重自愛，下言長相思。相思勿相怨，自古多别離。《全宋詩》卷二五五九，册 48，第 29689 頁

日重光

張　載

宋李石《續博物志》曰：「漢明帝爲太子，樂人以歌四章贊之，一曰《日重光》，二曰《月

重輪》，三曰《星重曜》，四曰《海重潤》。」①此詩前有序曰：「載近觀漢魏而下樂府有名正而意調卒卑者，嘗革舊辭而追正題意，作樂府七篇。」

日重光，天際翔，願言貞明永瞻望。月重輪，淡溟淵，願猶月之恒，協帝儀中天。《全宋詩》卷五一七，册9，第6284頁

慶東宫生辰四首丁酉九月三日

周必大

詩序曰：「某伏觀崔豹《古今注》，東漢時樂人作歌詩四章，以贊太子之德。一曰《日重光》，二曰《月重輪》，三曰《星重暉》，四曰《海重潤》。舊説云：天子之德光明如日，規輪如月，衆輝如星，沾潤如海。太子皆比德，故云重也。每恨其辭不傳于世，兹者恭遇皇太子殿下吹銅令旦，輒補四章，仰祝無窮之壽。冒塵英覽，伏增戰汗。」

---

①［宋］李石撰，李之亮點校《續博物志》卷二，巴蜀書社，1991年版，第22頁。

太陽象真主，陽月應誕期。自注：《爾雅》十月爲陽。少陽比儲君，生近重陽時。明兩蓋自然，何待卦畫知。形容謾辭費，詠取重光詩。自注：右《日重光》。

崔豹稱明君，如月有規輪。戴暠論副德，桂滿自長春。自注：梁戴暠《月重輪》云：皇基屬明兩，副德表重輪。重輪非是暈，桂滿自長春。況乃秋夜永，萬里無纖塵。願歌重輪句，照耀率土濱。自注：右《月重輪》。

季秋日在房，房心乃明堂。煌煌心前星，于兹侍大王。休符協上象，九月誕元良。太史言有證，重暉照無疆。自注：右《星重暉》。

舊聞西北海，巍然峙瑶山。高辛賢太子，製樂山之間。坐閲幾春秋，不老常朱顔。至今重其潤，恩波浹人寰。自注：右《海重潤》。

《全宋詩》卷二三二四，册 43，第 26741 頁

蜀道篇送别府尹吴龍圖仲庶

郭祥正

明徐獻忠《樂府原》曰：「《蜀道難》，自古有此曲，自秦武王開蜀之後，在漢初爲始封之國，其後隗囂據隴，公孫據蜀，漢之中興，遣兵征進，其苦百倍，此曲所由作也。」①

① 《樂府原》卷九，四庫全書存目叢書，集部册 303，第 773 頁。

長吟李白蜀道難，蜀道之難難於上青天。長蛇并猛虎，殺人吮血毒氣何腥羶。錦城雖樂不可到，側身西望泣涕空漣漣。其辭辛酸語勢險，有如曲折頓挫萬丈之洪泉。世人不識寶玉璞，每欲酬價齊刀鉛。求之往古疑未有，惜哉不經孔子之手加鑱鐫。公今易節帥蜀國，爲公重吟蜀道篇。旌旗翻空度劍閣，甲光照雪參林顛。雲竉連椎谷聲碎，畫角慢引斜陽懸。竹馬爭迎舊令尹，指公長髯皓素非往年。蜀道何坦然，和氣拂拂回星躔。長蛇深潛猛虎伏，但愛雄飛呼雌響亮調朱弦。時乎樂哉，公之往也，九重深拱堯舜聖，廟堂論道丘軻賢。撫綏斯民賴良守，平平政化公能宣。來賓興學有源本，何必早夜開華筵。嘗聞家家賣釵釧，只待看舞青春前。此風不革久愈薄，稔歲往往成凶年。噫吁嘻，今我無匹馬，安得從公遊，盡書政績表中州。獻之明堂付太史，陛下請捐西顧憂。《全宋詩》卷七五〇，册13，第8742頁

棹歌行并序

曹　勛

詩序曰：「《李白文集》有金陵翫月，醉著紫綺裘、烏紗巾，與酒客數人棹歌秦淮，往石頭訪崔四侍御。因作《棹歌行》以紀之。」宋鄭樵《通志二十略·樂略一》「相和歌三十曲」曰：「《棹歌行》。晉樂奏。魏明帝將用舟師平吴，故作是歌，以明王化所及。後之作者，多言方舟鼓棹之興耳。」①明徐獻忠《樂府原》曰：「漢世有魚龍角觸之戲，戲舟躍棹者名『黄頭郎』，頭裹黄巾而唱棹歌。魏明帝以舟師伐吴亦製爲棹歌，亦凱歌之意也。」②清朱嘉徵《樂府廣序》曰：「《棹歌行》，歌王者，布大化，凱樂也。」③

①《通志二十略》，第898頁。
②《樂府原》卷九，四庫全書存目叢書，集部册303，第773頁。
③《樂府廣序》卷一一，四庫全書存目叢書，集部册385，第725頁。

謫仙醉揖金陵月，浩歌目送飛鴻絶。江城樽俎照清輝，樓臺忽作烟霞宅。長杯引竭北斗空，吴歈楚舞無顔色。行行倒著紫綺裘，徑上蘭舟岸紗幘。笑談欬唾驚魚龍，歷塊群山看滅没。石頭水底度冰輪，迢迢碾破澄空碧。左回右盼生英風，聯袂招邀盡狂客。相將醉卧緑蘿烟，三山不動鼇無力。秦淮寂寂江月空，人物風流難再得。《全宋詩》卷一八七八，册33，第21044頁

棹歌

蔣堂

湖之水兮碧泱泱，環越境兮潤吴疆。蒲蠃所萃兮雁鶩群翔，朝有行艫兮暮有歸艎。茭牧狎至兮漁采相望，溉我田疇兮生我稻粱。我歲穰熟兮我民樂康，馬侯之功兮其誰敢忘。蓴絲紫兮箭筍黄，取其潔兮薦侯堂。醆斝具兮簫鼓張，日晻晻兮山蒼蒼。侯之來兮雲飛揚，隔微波兮潛幽光。念山可爲席兮湖不可荒，惟侯之靈兮與流比長。萬斯年兮福吾鄉，樂吾生兮徜徉。《全宋詩》卷一五〇，册3，第1708頁

同前

釋居簡

後夜朣朧魄載生，官塘猶自有人行。十年滴盡征人泪，不盡彎彎月子聲。《全宋詩》卷二七九五，册53，第33164頁

同前

蒲壽宬

鼓枻歸去來，蓑風鳴策策。明月傾我壺，滄浪天一碧。《全宋詩》卷三五八〇，册68，第42781頁

重游武夷偶成櫂歌一首

蒲壽宬

按，《全元詩》册九亦收蒲壽宬此詩，元代卷不復録。

一派彎環九曲溪，溪深溪淺浄無泥。鷺鷥不作窺魚計，飛入屏風也似迷。《全宋詩》卷三五八〇，

册68,第42783頁

棹歌九章寄彭鶴林

白玉蟾

榔聲擊空碧,帆影浮滄浪。倚棹蓼花洲,一犬吠斜陽。
鷗飛梅山前,翠中一點雪。何處鐘聲來,雲梢推上月。
碧潭藏老龍,夜半水底吟。激飛寒空露,凄動幽人心。
岸上酒旗舞,寒蕪生秋風。誰家六七童,手持金芙蓉。
波心采蓮女,流花近吾船。移船人蘆荻,吹笛下晴川。
朝吸西風餐,夜弄明月舞。萬頃碧琉璃,下有玉清府。
黄昏杳無人,孤江但翠竹。惟有白鷺鷥,伴我舟中宿。
夜闌笙鶴鳴,銀汀斗欲瀉。可憐舟中子,散髮蒼山下。
青山銜落日,白楊吐悲風。欲覓玄真子,滄洲雲濛濛。

《全宋詩》卷三一三八,册60,第37583頁

棹歌聯句

白玉蟾

西風起兮，落葉黄兮，黍稷香兮。白。擊空明兮，泝流光兮，天一方兮。白。彼美人兮，遥相望兮，彼蒼茫兮。黎。繫孤舟兮，蓼花傍兮，啼寒螿兮。黎。《全宋詩》卷三一三九，册60，第37630頁

次棹歌韻

韓元吉

宛宛溪流九曲灣，山猿時下鳥關關。釣磯茶竈山中樂，大隱蒼屏日月閑。《全宋詩》卷二〇九八，册38，第23696頁

謝石庵見示棹歌嘆時因以見意

陳宗遠

蘆花裊裊西風急，獨立高樓聞雁聲。志士最傷秋夜月，江南塞北兩般明。《全宋詩》卷三七四六，册72，第45181頁

遠浦棹歌

饒魯

片帆雨霽飛烟江，漁翁停棹歌滄浪。一聲欸乃山水緑，浪中驚起雙鴛鴦。雙鴛鴦情一何美，同宿同飛在秋水。不似人生苦別離，女嫁征夫男戰死。五湖烟景方紛争，聞歌頓欲思升平。鄰舟短笛應風響，落日淡淡波冥冥。美人春詞夸艷麗，皓齒朱唇楚腰細。江樓富貴今如何，不似滄浪真趣味。《全宋詩》卷二八七二，册 55，第 34291 頁

競渡棹歌

黄公紹

宋吴自牧《夢粱録》曰：「初八日，錢塘門外霍山路有神曰祠山正祐聖烈昭德昌福崇仁真君，慶十一日誕聖之辰。……其日，龍舟六隻，戲於湖中。其舟俱裝十太尉、七聖、二郎神、神鬼、快行、錦體浪子、黄胖，雜以鮮色旗傘、花籃、鬧竿、鼓吹之類。其餘皆簪大花、卷脚帽子、紅緑戲衫，執棹行舟，戲游波中。帥守出城，往一清堂彈壓。其龍舟俱呈參州府，令立標竿於湖中，挂其錦彩、銀椀、官楮，犒龍舟快捷者賞之。有一小節級，披黄衫，頂青

巾，帶大花，插孔雀尾，乘小舟抵湖堂，横節杖，聲喏，取指揮，次以舟回，朝諸龍以小彩旗招之，諸舟俱鳴鑼擊鼓，分兩勢划棹旋轉，而遠遠排列成行。再以小彩旗引之，龍舟并進者二。又以旗招之，其龍舟遠列成行，而先進者得捷取標賞，聲喏而退，餘者以錢酒支犒也。」①

望天湖，望天湖，緑楊深處鼓鼘鼘。好是年年三二月，湖邊日日看划船。
鬥輕橈，鬥輕橈，雪中花卷棹聲摇。天與玻璃三萬頃，儘教看得幾吴舠。
看龍舟，看龍舟，兩堤未鬥水悠悠。一片笙歌催鬧晚，忽然鼓棹起中流。
賀靈鼉，賀靈鼉，幾年翠舞與珠歌。看到日斜猶未足，涌金門外涌金波。
馬如龍，馬如龍，飛過蘇堤健鬥風。柳下繫船青作纜，湖邊薦酒碧爲筒。
綉周張，綉周張，樓臺簾幕絮高揚。誰賦珠宫并貝闕，懷王去後去沉湘。
棹如飛，棹如飛，水中萬鼓起潛螭。最是玉堂堂上好，躍來奪錦看吴兒。
建雲斿，建雲斿，土風到處總相猶。朝了霍山朝岳帝，十分打扮是杭州。

① ［宋］吴自牧《夢粱録》卷一，叢書集成初編，册 3219，中華書局，1985 年版，第 6—7 頁。

踏青青，踏青青，西泠橋畔草連汀。撲得龍船兒一對，畫闌倚遍看遊人。月明中，月明中，滿湖春水望難窮。欲學楚歌歌不得，一場離恨兩眉峰。《全宋詩》卷三五九二，册68，第42912頁

淳熙甲辰中春精舍閒居戲作武夷櫂歌十首呈諸同遊相與一笑

朱熹

武夷山上有仙靈，山下寒流曲曲清。欲識個中奇絶處，櫂歌閑聽兩三聲。
一曲溪邊上釣船，幔亭峰影蘸晴川。虹橋一斷無消息，萬壑千巖鎖翠烟。
二曲亭亭玉女峰，插花臨水爲誰容。道人不復荒台夢，興入前山翠幾重。
三曲君看架壑船，不知停櫂幾何年。桑田海水今如許，泡沫風燈敢自憐。
四曲東西兩石巖，巖花垂露碧㲯毿。金雞叫罷無人見，月滿空山水滿潭。
五曲山高雲氣深，長時烟雨暗平林。林間有客無人識，欸乃聲中萬古心。
六曲蒼屏遶碧灣，茅茨終日掩柴關。客來倚櫂巖花落，猿鳥不驚春意閑。
七曲移船上碧灘，隱屏仙掌更回看。人言此處無佳景，只有石堂空翠寒。
八曲風烟勢欲開，鼓樓巖下水縈洄。莫言此處無佳景，自是遊人不上來。

九曲將窮眼豁然，桑麻雨露見平川。漁郎更覓桃源路，除是人間別有天。《全宋詩》卷二三九一，册44，第27633—27634頁

游武夷作棹歌呈晦翁十首

辛棄疾

一水奔流疊嶂開，溪頭千步響如雷。扁舟費盡篙師力，咫尺平瀾上不來。
山上風吹笙鶴聲，山前人望翠雲屏。蓬萊枉覓瑶池路，不道人間有幔亭。
玉女峰前一棹歌，烟鬟霧髻動清波。遊人去後楓林夜，月滿空山可奈何。
見説仙人此避秦，愛隨流水一溪雲。花開花落無尋處，仿佛吹簫月夜聞。
千丈攙天翠壁高，定誰狡獪插遺樵。神仙萬里乘風去，更度槎枒個樣橋。
山頭有路接無塵，欲覓王孫試問津。瞥向蒼崖高處見，三三兩兩看遊人。
巨石亭亭缺齧多，懸知千古也消磨。人間正覓擎天柱，無奈風吹雨打何。
自有山來幾許年，千奇萬怪只依然。試從精舍先生問，定在包犧八卦前。自注：精舍中有伏羲塑像，作畫八卦。
山中有客帝王師，日日吟詩坐釣磯。費盡烟霞供不足，幾時西伯載將歸。

行盡桑麻九曲天，更尋佳處可留連。如今歸棹如掤箭，不似來時上水船。《全宋詩》卷二五八一，册48，第30002頁

和朱元晦九曲棹歌

歐陽光祖

聽取漁歌説武夷，武夷九曲水漣漪。放舟理棹從頭去。三十六峰天下奇。
一曲回看天鑒池，一邊草木與雲齊。金龍玉簡無尋處，花自春風鳥自啼。
玉女峰臨二曲流，刳心學道幾春秋。東風不信心如鐵，却放石楠花滿頭。
仙人駕船朝上真，三曲溪流日淺清。讀書巖前聞鶴唳，恐是舊時弦誦聲。
日日金鷄啁哳鳴，仙機巖前冬復春。繫舟四曲看題石，詩與人存今幾人。
五曲溪回屋數椽，上依翠壁下流泉。幽居不用立名字，大隱一峰高插天。
仙掌峰邊仙浴堂，泉聲戛戛漱琳琅。流從六曲灘頭去，猶帶落花風裏香。
七曲溪邊古寺基，石塘春水緑漪漪。澄波不見招提影，只有山光似舊時。
神仙蜕骨鼓樓山，一去丹霄更不還。停舟八曲訪遺迹，風雨蕭蕭生暮寒。
遊遍丹山與翠崖，新村渡口日西頹。神仙有無不可問，欸乃數聲歸去來。《全宋詩》卷二六一二，

武夷九曲棹歌

留元剛

按，《全宋詩》卷三〇八五亦收，題作《武夷九曲棹歌圖》，作劉元剛詩，出自明趙琦美《趙氏鐵網珊瑚》卷一一，僅其二其三略異此詩，其餘悉同。《宋詩紀事》卷六二録二首，《閩詩録》卷一三、《武夷山志》卷一〇均作留元剛詩。清董天工《武夷山志》卷九「試劍石刻」條録有留元剛武夷石刻，曰：「留元綱嘉定丙子二月望日，同蔣應衡、周光□泛舟，溯九曲，謁精舍，憩天游，賡文公之《棹歌》，訪武夷之舊事。晚歸冲佑，過觀化堂，同宿渡口。厥明，再至試劍石下，磨崖紀勝，緬懷玉虚三洞。一時諸友惜不共此遊。子瀟侍行。」①據此知該詩紀泛舟九曲，賡和朱熹《棹歌》。朱熹《淳熙甲辰中春精舍閒居戲作武夷棹歌十首呈諸同遊相與一笑》見載于《全宋詩》卷二三九一，本卷亦録。據陳慶元《〈全宋詩〉劄記》，留元剛乃

① ［清］董天工修撰，方留章等點校《武夷山志》卷九，方志出版社，1997年版，第294頁。

泉州晉江（今屬福建）人，劉元剛乃吉水人（今屬江西），以「留」、「劉」同音而誤。① 則《全宋詩》兩處所收應爲重出，當以留元剛爲是。

一曲初篙上水船，翠峰蒼壁挾洄川。彩幢幔屋今何在，空有丹爐石鼎烟。
二曲崚嶒三石峰，當時秦女采芙蓉。至今湯沐臨清泚，不作巫陽十二重。
三曲懸崖插㔸船，春秋八百又千年。不知天地黄心木，控鶴仙人肯汝憐。
五曲雲崖有許深，石門書屋著修林。堂堂不泯清風在，一片寒潭印我心。
七曲催船快上灘，好山留與漫郎看。經行雪瀑仙屏下，怳記齊雲夜帳寒。
八曲山雲斂復開，長年倚棹立徘徊。俄然聽得林間語，知道新村貰酒來。
九曲遥岑更鬱然，板橋漁市引長川。唤回白馬賓雲夢，來看桑麻萬里天。《全宋詩》卷二八八九，册55，第34458頁

① 陳慶元《〈全宋詩〉劄記》，《中國韻文學刊》2001年第2期。

九曲棹歌十首

白玉蟾

三十六峰真絶奇，一溪九曲碧漣漪。白雲遮眼不知處，誰道神仙在武夷。武夷

幔亭峰下泛仙船，洞口瓊花鎖翠烟。一自魏王歸絳闕，至今哀怨嶺頭猿。一曲

山下於今幾代孫，當時簫鼓寂無聞。丹爐復爾生春草，玉女峰前空白雲。二曲

仙舟停棹架巖頭，黄鶴歸天今幾秋。滿洞桃花人不見，一溪緑水爲誰流。三曲

萬頃秋光無著處，滿潭清水瑩青銅。金鷄叫落山頭月，淡淡寒烟颯颯風。四曲

聞道誰知鐵笛聲，石崖轟裂老龍驚。當年人已服丹去，千古荒亭秋草生。五曲

仙掌峰前仙子家，客來活火煮新茶。主人摇指青烟裏，瀑布懸崖剪雪花。六曲

寂寂秋烟鎖碧灣，往年此地有禪關。水神移入龍宫去，一夜風雷吼萬山。七曲

幾點沙鷗泛碧流，蘆花兩岸暮雲愁。鼓樓巖下一聲笛，驚落梧桐飛起秋。八曲

山市晴嵐天打圍，一村鷄犬正殘暉。稻田高下如棋局，幾點鴉飛與鷺飛。九曲

《全宋詩》卷三一三八，册60，第37605頁

又和晦翁棹歌

方岳

燒藥爐存草亦靈，煮茶竈冷水猶清。老仙一去無消息，只有飛泉落珮聲。
桃花認得捕魚船，醉著歸來月滿川。山鬼已磨蒼玉碧，要留名字與風烟。
家在清溪第幾峰，誰搴薜荔采芙蓉。漁歌未斷忽歸去，翠壁一重雲一重。
群仙曾此醉酰船，插向蒼厓不記年。蕙帳夜寒聞鶴語，人民城郭自堪憐。
宿雨留雲被半巖，晴光飄散雪毿毿。沾衣不識骨輕重，下有老龍無底潭。
竹繞寒棲蘚徑深，莖莖手種玉成林。翠屏向晚無人對，猶識先生一寸心。
又撑小艇過前灣，竹外庵居晝掩關。桃李無言開未了，春風元自不曾閑。
雲氣藏山雪卷灘，地靈不與俗人看。一篙略借秋崖便，九曲欲窮山雨寒。
莫説水窮山勢開，匆匆急棹酒船回。溪山欲盡興無盡，撑入白雲深處來。
乘興而來亦偶然，誰將陰壑作晴川。筍輿更問星村路，去看溪南一線天。《全宋詩》卷三一九八，

胡無人行二首

曹勛

明徐獻忠《樂府原》曰：「漢武時命衛、霍征匈奴，匈奴遠遁，漠南無王庭，故作《胡無人行》，見胡中已無人矣。其後單于王款塞，入朝未央前殿，後世因循爲歌曲。至晉五胡倡亂，此歌遂亡。」①明楊慎《升庵詩話》曰：「《古胡無人行》：『望胡地，何險側。斷胡頭，脯胡臆。』此古詞，雖不全，然李太白作《胡無人》，尾句全效，而注不知引。又郭氏《樂府》亦不載，蓋止此四句，而餘亡矣。」②

漢地山河遠，邊城草木長。西戎空大夏，北虜送君王。禮樂兼三統，車書混八荒。征伐司衛霍，奉使遣蘇張。號令知無外，衣冠入夜郎。蒐兵臨瀚海，郡縣裂姑臧。郵傳通族障，奚奴識憲章。華夷同正朔，天子坐明堂。西極奉龍馬，何用贄白狼。

① 《樂府原》卷九，四庫全書存目叢書，集部册 303，第 774 頁。
② 《升庵詩話新箋證》(上)卷七，第 360 頁。

胡無人，胡無人，嫖姚十八爲將軍。酒酣耳熱氣益振，胡兒百萬空成群。兵車轔轔動雷轂，漢軍霆擊崩屯雲。登封居胥轉瀚海，波澄萬里無纖塵。胡無人，胡無人，六驘夜遁徒苦辛。當時足雪平城耻，猶恨逋誅尚有人。《全宋詩》卷一八七九，册33，第21051頁

同前

薛季宣

胡無人，非無人。銀山蹀躞胡馬群，甲光射日開金鱗。鏃長飛雨旌填雲，轟庭雷鼓聲轔轔。柔然之蛇陣困蝓，傾河鞭石居逡巡。浩歌但來輕比鄰，白登豳國公當聞。帝羓久作冥漠君，高辛狗食吴將軍。胡兒弧矢非周身，控弦雖多將累人。狼跳鳥擊虚遊魂，驕矜一息爲微塵。梟雛井底蛙彌尊，餘殃積惡天公嗔。胡無人，聞不聞。衛青去病迹已陳，竇侯乳臭椒房親。胡無人，燕然錯落銘王勛。《全宋詩》卷二四七五，册46，第28695頁

胡無人

張舜民

洛陽一少年，善達古今事。意欲隳單于，慨然陳五餌。當時長安以爲笑，今日施行獲其利。

信哉敢謂胡無人，歲歲叩關來請吏。《全宋詩》卷八三七，册 14，第 9697 頁

同前

陸　游

鬚如猬毛磔，面如紫石棱。丈夫出門無萬里，風雲之會立可乘。追奔露宿青海月，奪城夜蹋黄河冰。鐵衣度磧雨颯颯，戰鼓上隴雷憑憑。三更窮虜送降款，天明積甲如丘陵。中華初識汗血馬，東夷再貢霜毛鷹。群陰伏，太陽升，胡無人，宋中興。丈夫報主有如此，笑人白首篷窗燈。《全宋詩》卷二一五七，册 39，第 24339 頁

卷七三　宋相和歌辭一七

楚調曲

白頭吟

邵雍

宋葛立方《韻語陽秋》曰：「《西京雜記》載司馬相如將聘茂陵人女爲妾，卓文君作《白頭吟》以自絶，相如乃止。《樂府詩集》謂《白頭吟》者，疾人以新間舊，不能至白首，故以爲名。余觀張籍《白頭吟》云：『春天百草秋始衰，棄我不待白頭時。羅襦玉珥色未暗，今朝已道不相宜。』李白《白頭吟》云：『妾有秦樓鏡，照心勝照井。願持照新人，雙對可憐影。』其語感人深矣！至劉希夷作《白頭吟》乃云：『寄言全盛紅顔子，須憐半死白頭翁。此翁白頭真可憐，伊昔紅顔美少年。』則是言男爲女所棄而作，與文君《白頭吟》之本意異矣。」①宋

①《韻語陽秋》卷六，《歷代詩話》，第536—537頁。

吕祖謙《詩律武庫》曰：「《西京雜記》：司馬相如將聘茂陵女子爲妾，文君乃作《白頭吟》以自絶。相如感之，乃止。其詞略云：『皚如山上雪，皎若雲間月。聞君有兩意，故來相决絶。』又云：『凄凄重凄凄，嫁娶不須啼。願得一心人，白頭不相離。』故東坡《回文詩》云：『羞看一首回文錦，錦似文君别恨深。頭白自吟悲賦客，斷腸愁是斷弦琴。』」①明許學夷《詩源辯體》曰：「卓文君樂府五言《白頭吟》，沛然從肺腑中流出，其晉樂所奏一曲，乃後人添設字句以配音節耳。樂府《滿歌行》《西門行》《東門行》及甄后《塘上行》皆然。昔人稱李延年善於增損古詞，則樂府于古詞，信有增損者。」②明馮夢龍《情史》曰：「唐張跂欲娶妾，其妻謂曰：『子試誦《白頭吟》，妾當聽子。』跂慚而止。夫情至之語，後世誦之，猶能堅人歡好，况當時乎。相如能爲人賦《長門》，而復使人吟《白頭》，又何也？」③明陳懋仁《續文章緣起》曰：「吟，漢卓文君作《白頭吟》，勾踐時有《木客吟》。吟者，有感於物，故吁嗟慨嘆，

①［宋］吕祖謙《詩律武庫》卷十五，叢書集成初編，册174，中華書局，1985年版，第107頁。
②［明］許學夷撰，杜維沫校點《詩源辯體》卷三，人民文學出版社，2001年版，第61頁。
③［明］馮夢龍評輯《情史》卷八，鳳凰出版社，2011年版，第167頁。

沈郁以吟其志也。《釋名》曰：『吟，嚴也。本出於憂愁，故其聲嚴肅，使人聽之悽嘆也。』」①

同前

邵雍

五福雖難備，三殤却不逢。太平無事日，得作白頭翁。《全宋詩》卷三七二，册7，第4577頁

同前

何人頭不白，我白不因愁。只被人多欲，其如我不憂。不憂緣不動，多欲爲多求。年老人常事，如何不白頭。《全宋詩》卷三七六，册7，第4632頁

同前

文同

憶昔宴華堂，金徽導幽意。雖知取名賤，越禮奉君子。相期本同穴，誰復耻犢鼻。一見茂

---

①［明］陳懋仁《續文章緣起》，王水照編《歷代文話》，册3，復旦大學出版社，2007年版，第2548頁。

陵人，烟霄與泥滓。願言保新愛，妾以甘自棄。恩義薄所終，多生於富貴。《全宋詩》卷四三二，册 8，第 5303 頁

同前

唐 庚

秋風團扇情，夜雨長門意。高鳥既已逝，前魚自當棄。賤妾白頭吟，知君懷異心。只知茂陵女，不憶臨邛琴。《全宋詩》卷一三二三，册 23，第 15019 頁

同前并序

曹 勛

詩序曰：「昔百里奚去虞，傭賃自給。秦以五羊之皮贖歸，任以國政，後悦秦女而疏其妻。司馬相如遊宦不遂，文君奔之，因其資，得極意於文詞。既貴，悦茂陵女子。文君見棄，作《白頭吟》以傷之。」

相如素貧賤，羽翼依文君。一朝富貴擅名價，文君見棄如束薪。五羖自傭賃，釋褐歸强秦。

鳴鐘列華屋，膳羞羅八珍。厭此糟糠妻，悦彼新美人。二子既失意，瑶瑟流埃塵。促軫不成曲，未唱先眉顰。一發動三嘆，泪下沾羅巾。通宵坐披衣，夙昔誰與陳。愁嘆不復道，平明白髮新。

《全宋詩》卷一八七八，册 33，第 21040 頁

同前一首

王銍

詩序曰：「《樂府題解》云：『司馬相如將聘茂陵女子，文君作《白頭吟》絶之。《宋書》志文君所作《白頭吟》云：凄凄重凄凄，嫁娶不須啼。但願同心人，歡愛不相離。』」

浮雲高映天上月，月華未落雲已滅。濁水長羨清路塵，濁水尚流塵已絶。人心不如雲與塵，變態無窮旋消歇。我家火齊堆金盤，朱樓鎖烟青冥端。昨憶聞琴纔等閒，夜奔臨邛相與還。鳳皇曲成保歡樂，驌驦裘典無艱難。當爐滌器兩憔悴，幾度暗啼愁遠山。君儕狗監動人主，君乘駟馬跨故園。檄書呵譏蜀父老，未足灑耻徒小恩。顔色何嘗不如舊，自是心存憎愛間。我方失意天地窄，君視浮雲江海寬。一身情易復情難，百年有來終有去。凄凄嫁娶不須啼，出門萬里淪中路。我憐秀色茂陵女，既有新人須有故。請把阿嬌作近喻，到底君王不重顧。若知此事

爲當然，千金莫换《長門賦》。《全宋詩》卷一九〇五，册34，第21286頁

同前

杜旗

長安春風萬楊柳，新人妖妍舊人醜。貧賤相從富貴移，舊時犢鼻今存否？長門作賦價千金，不知家有《白頭吟》。《宋詩紀事》卷五六，第14124頁

同前二首

楊萬里

文君自製《白頭吟》，怨思來時海未深。怨殺相如償底事，初頭苦信一張琴。

除却共姜是女師，《柏舟》便到《白頭》辭。勸渠莫怨終難勸，不道前夫怨阿誰。《全宋詩》卷二二九五，册42，第26360頁

同前

王炎

青絲織作雙鴛鴦，紫絲綉成雙鳳凰。在家不敢窺屏著，心願出門逐夫婿。琴中解道人心事，不辭半夜將身去。君親滌器妾當壚，豈料賦成天上知。臨邛舊事不記省，千金多買青蛾眉。嫁時衣裳今尚在，妾貌未衰君意改。當時去家恨太遲，今日思家翻自悔。玉環既斷不復連，青銅既破不復圓。古來佳人多薄命，不見鸞膠能續弦。但願新人同燕婉，桃花長春月長滿。《全宋詩》卷二五五九，册 48，第 29689 頁

同前

林泳

彈却眼中泪，自唱《白頭吟》。借君向時耳，明妾今朝心。身苦尚可忍，心苦不可禁。妾心似妾鏡，對景長相尋。君心似君琴，轉手成别音。失身妾命薄，輕身妾恨深。再唱白頭吟，擊碎青玉簪。《全宋詩》卷三四六八，册 66，第 41302 頁

皚如山上雪

曹勛

按，《樂府詩集》無此題，然曹勛《松隱集》置此詩于「古樂府」類，題即《樂府詩集》所收《白頭吟》古辭首句，故本卷置之于《白頭吟》題下。然題旨已異《白頭吟》。

皚如山上雪，凜冽生陰寒。狐狸卧深穴，猛虎饑不眠。下有千尺松，埋没多摧殘。山椒冠叢祠，寂寞無孤烟。傍有古戰場，鬼哭聲煩冤。燈火斷城郭，鷄犬雜喧喧。朝官急征夫，迫促争後先。柴門不得閉，行者不得還。何當霽風雪，巖岫開南山。《全宋詩》卷一八八二，册 33，第 21082 頁

卓文君

周南

詩序曰：「《西京雜記》載：司馬相如將聘茂陵人以爲妾，卓文君作《白頭吟》以自絶。因推其意爲《文君怨》。」

曠代佳人十六七，膚如凝脂髮抹漆。芙蓉爲臉玉爲容，淡拂眉尖遠山色。夜梧月落秋夜長，孤鸞三疊傳高堂。瑣窗認得琴心怨，直恐韶華不得當。瑤環潛送殷勤意，只今猶記來時事。殺身不贖父兄羞，圖得歲寒成共蒂。陽昌市裏鸘鸘裘，鸞鑑相看未白頭。試拈玉軫攏金撥，新聲比似舊聲愁。世間恩愛何時盡，流水落花皆往恨。不愁歸避茂陵人，羞逢往日臨邛令。鴛鴦并翅雙飛宿，欲話衷腸歌不足。古來應有白頭吟，誰念妾身今再辱。《全宋詩》卷二七三九，册52，第32253頁

梁甫吟與任向

張方平

宋姚寬《西溪叢語》曰：「《樂府解題》有《梁父吟》，《蜀志・諸葛亮傳》云：『亮躬耕隴畝，好爲《梁父吟》。』《藝文類聚》『吟門』云：『《蜀志》：諸葛亮《梁父吟》云：「日出齊城門，遥望蕩陰里。里中有三墳，纍纍正相似。問是誰家冢？田疆古冶氏。力能排南山，又能絶地紀。一朝被讒言，二桃殺三士。誰能爲此謀？相國齊晏子。」』又《青州圖經・臨淄縣》『冢墓門』云：『三士冢，在縣南一里。三墳周圍一里，高二丈六尺。』張朏《齊記》云，是烈士公孫捷、田開彊、古冶子三士冢，所謂『二桃殺三士』者。唐褚亮《梁甫吟》曰：『步出齊城

門，遥望蕩陰里。里内有三墳，纍纍皆相似。借問誰家冢？田疆古冶子。』李白有《梁甫吟》一篇，云：『力排南山三壯士，齊相殺之費二桃。』杜甫《李邕登歷下亭》云：『不阻蓬蓽興，得兼《梁父吟》。』又《登樓》詩云：『可憐後主還祠廟，日暮聊爲《梁父吟》。』陸士衡《擬今日良燕會》云：『齊僮《梁父吟》。』李善注云：『蔡邕《琴頌》曰：「梁父悲吟。」』不知名爲《梁父吟》何義。張衡《四愁詩》云：『欲往從之梁父艱。』注云：『泰山，東嶽也。君有德，則封此山。願輔佐君王，致于有德，而爲小人讒邪之所阻。梁父，泰山下小山名。』諸葛好爲《梁父吟》，恐取此意。」」①明徐獻忠《樂府原》曰：「梁甫在泰山下。此曲爲諸葛亮所作，本爲被讒而殺三士，亮蓋傷時之亂，托此以見不可輕仕，故寧卧草廬而不出也。郭茂倩以爲葬歌，如《泰山吟》，非也。」②

秋風吹空一横掃，秀桐芳蕙經宵老。晨鷄驚起窮丈夫，心骨凋殘感霜草。獨起過君喜君在，鷸裘同就旗亭解。酒酣氣壯把袂歸，吾曹心過中區大。君不見豐城兩龍思延平，氣凝愁紫

---

① [宋] 姚寬撰，孔凡禮點校《西溪叢語》卷上，中華書局，1993 年版，第 48—49 頁。

② 《樂府原》卷十，四庫全書存目叢書，集部册 303，第 775 頁。

牛間横。神物際會當有時，洛陽樓上逢張卿。古人率自窮途起，景略執畚南陽耕。《全宋詩》卷三〇八，册6，第3877頁

梁甫吟并序

曹勛

詩序曰：「昔人有壯歲從軍，老而還家，窮獨無依，晨行泰山下，因疾，哀歌以自傷。後人感之，陸機、沈約皆有此作，叙時運流邁，君子履信思順悲感之意，因申而廣之，爲變體云。」宋張端義《貴耳集》曰：「王景文質，興國人，在上庠，公私試必魁。一日試《文帝道德爲麗論》，終日閣筆，欲袖卷出。方擬議間，忽有人曰：『天下之至美，吾心之至樂。』景文得之，一筆而就，果爲魁首。其豪放不可及。有：『……何處難忘酒，英雄太屈蟠。時違聊置畚，運至即登壇。《梁甫吟》聲苦，干將寶氣寒。此時無一盞，拍碎玉闌干。』」①則《梁甫吟》曲調悲苦。

① [宋] 張端義《貴耳集》卷中，景印文淵閣四庫全書，册865，臺灣商務印書館，1986年版，第444頁。

晨行泰山下，興懷念梁甫。欲往失所從，荒途亘今古。却立空踟躕，憂來與誰語。日暮遵歸途，冥冥暗風雨。錯漠傷懷抱，僅得依門户。皤然賡長謡，培塿隘齊魯。何當執策從鑾旗，翼贊登封繼三五。《全宋詩》卷一八七八，册33，第21041頁

梁父吟

陳　輔

宋李彭《董真人煉丹井》曰：「税駕不忍去，遂歌《梁父吟》。」①宋周紫芝《次韻趙鵬翔秋夜嘆》曰：「朝彈雍門琴，暮歌《梁父吟》。」②宋鄭思肖《二礪二首》其一曰：「愁裏高歌《梁父吟》，猶如金玉戛商音。」③則宋時《梁父吟》似猶可歌。

梁父吟，泰山之頂可埋金。噫嘻蜀道徒崎嶔，南風來舜琴。梁父吟，佳人未偶頻傷心。四

①《全宋詩》卷一三八四，册24，第15896頁。
②《全宋詩》卷一五〇四，册26，第17154頁。
③《全宋詩》卷三六二八，册69，第43435頁。

時有恨秋偏深，緑絲空滿簪。《全宋詩》卷五七八，册 10，第 6791 頁

同前

張耒

豪俊昔未遇，白日無光輝。隆中卧龍客，長嘯視群兒。九州英雄争著鞭，黄星午夜照中原。君看慷慨有心者，乃是山東高帝孫。老瞞赤壁抱馬走，紫髯江左空回首。世上男兒能幾人，眼看袁吕真何有。永安受詔堪垂涕，手挈庸兒是天意。渭上空張復漢旂，蜀民已哭歸師至。堂堂八陣竟何爲，長安不見漢宫儀。鄧艾老翁夸至計，譙周鼠子辨興衰。梁父吟，君聽取，擊節高歌爲君舞。躬耕貧賤志功名，功名人手亡中路。逢時兒女各稱雄，運去英雄非曆數。梁父吟，悲復悲。古今人事半如此，所以達士觀如遺。龐公可是無心者，何事鹿門招不歸。《全宋詩》卷一一五六，册 20，第 13039 頁

同前并序

葉適

詩序曰：「諸葛亮生初平、建安時，值何、董交亂，豪傑并争，皆藉王室爲辭，知其勢非

代漢不已。又自量其材，非有超世之度者，亦莫能用也。耕于荆山之陽，以苟免不聞爲事，其甘窮約而不厭者，將終焉。然自是遂與劉備周旋於長阪、武林之間，使備得益州而相之，立禪拒丕，製天下之命。雖功業不究，然秦漢以來，可謂人臣之盛未有若此者。亮之未没也，自表後主曰：成都有桑八百株，薄田十五頃，子弟衣食自有餘饒。至於臣在外任日，别無調度，隨身衣食悉仰於官，不别治生以長尺寸。臣死之日，不使内有餘帛，外有餘財，以負陛下。及卒，如所言。余讀至此，未嘗不太息也，使亮終已不遇，而抱孫長息以老於隆中者，其躬耕之獲豈少此哉？何故自親漢魏之勞，至令遺恨以死。是殆以天下厚其身者乎？當幼孤之際，不潔其名；處富貴之隆，不安其利。伊尹、周公，蓋庶幾焉。豈與管仲能合諸侯，則二歸反坫；蕭何保關隴，乃賴田宅貰貸以自汙比哉？史記亮耕隴畝，好爲《梁父吟》，身長八尺。余既高孔明之行事，而想見其詠歌之思，於是追述其意爲《梁父詞》以傳於後。使讀是詞者，孔明之心猶有考也。詞曰……」

依大麓之遺址兮，儲后土之神靈。樂天地之休嘉兮，皇涓潔而薦誠。集后土之雍容兮，剌百聖之禮文。却大輅而御蒲秸兮，惟儉德之是崇。端一心而燔燎兮，卜仁義乎永年。刻玉檢而請命兮，何事秘而弗傳。嘉梁父之草木兮，被赫然之寵榮。咨梁父之遺老兮，悲忽不睹乎穆清。

維千乘萬騎之雜沓婐婉兮，猶彷徨其行聲。夫天運之適合兮，雖聖其猶莫知。彼河之洋洋兮，雖美而不濟。泰山之椒既風雨又艱險兮，乃登封以類告。豈其不可一兮，伊所遇之獨異也。雖伊周之輔世兮，曾何足以自喜。喟余生之孔棘兮，邈不及夫七十二君。日月幽而不明兮，遭玄夜之方長。競鈇鉞而日弊兮，逐亡鹿而裂其髀肩。漢氏之爲的兮，而不遺其餘民。余既朴陋而不能謀兮，又怯耎而畏兵。搢珽瑁于盗賊兮，何不朽之可幾。曾死亡之幾何兮，苟亂世以自免。幸此土之平樂兮，依鎮南之不遠。余耕兮隆中，地沃衍兮宜稑種。相原隰而下上兮，町厥壤之百畝。彼二代之民樂兮，豈不愛其皆有此。偷予腹之獨飽兮，視歲行其在酉。天既溉之以雨露兮，余又滋之以澮畎。禾穰穰而同穎兮，或一稃而二米。霜露下此秷穗兮，余與牧之豎枝之。雀鼠敗其秉穗兮，余與鄰之父刈之。貢龠合於許下兮，尚玉食之萬一。俾君父之啓魏兮，相祀事而勿失。昔文王之盛德兮，奔走商之暴虐。蔑君臣而自恣兮，吾何用乎此粟。黻冕兮茅蒲，衮衣兮襏襫。余力耕而胼胝兮，藉豐草而一息。扣牸角而長歌兮，聲中雲門之律。歷山已蕪兮，鳥下啄其鳧茈。有莘之臣日以遠兮，野老鋤其故泥。計其食此兮，月不能一鍾。耻一夫之釋未兮，故爲無所用於耕。嗟聖賢之心兮，余或識甚微隱。余誠遺望不可逮兮，復嗣歲之將興。

《全宋詩》卷二六六一，册50，第31216頁

同前

吴泳

梁父吟，維山高高維水深。白石爛兮飯牛曲，滄浪清兮鼓枻音。艾薪豈不賢，反被妻子瘖。投筆豈不壯，交友不諒心。用則宗彝在東序，不用土缶埋汾陰。梁父吟，問梁父，青史功名在何處。長須旨酒置高堂，莫使青葵委零露。臨風惝怳歌一曲，鳳舞鸞翔應簫玉。《全宋詩》卷二九四一，册 56，第 35048 頁

同前

于石

題注曰：「諸葛孔明好《梁父吟》，深不滿齊相二桃殺士之事，辭氣慷慨，可以想見其人。於戲！天若祚漢，孔明不死，天下事未可知，吾於此重不滿焉。」按，《全元詩》册一三亦收于石此詩，元代卷不復録。

建安天下如潰瓜，一榻之外非吾家。黄屋飄飖定何許，籠爲魚兮鼠爲虎。老瞞持力敢欺

天，朵頤漢鼎方垂涎。紫髯將軍一攘臂，控荆引越三千里。慷慨山東大耳兒，南飛烏鵲棲無枝。草廬一語君臣契，目中久已無吴魏。堂堂大義凛不磨，靈關劍閣争嵯峨。昨夜西南一星落，六尺之孤竟誰托。渭水旌旗歸故都，江上空存八陣圖。抱膝長歌出師表，古柏蒼蒼爲誰老。《全宋詩》卷三六七六，册70，第44132頁

卷七四　宋相和歌辭一八

擬梁父吟并引

周紫芝

詩引曰：「諸葛孔明耕南陽時，雅好擁膝爲《梁父吟》，而《三國志》不載其詞，唯秦佚文有之。觀其詞旨，非亮所作，特亮好歌此詩爾。其後晉陸機、宋沈約皆有之，其詞與亮所歌不同。余過淮陰，經韓將軍墓，追記田疆事，乃擬古詞而爲是詩。」

駕言方北征，遵彼淮陰路。悠悠墟落間，中有淮陰墓。將軍藴奇略，功名照今古。談笑下燕齊，北面師降虜。一朝遭讒誣，銜冤復誰訴。誰能爲此謀，宮中漢家婦。《全宋詩》卷一四九七，册26，第17094頁

前梁父吟

方一夔

按，《全元詩》册一四亦收此詩，作方夔詩，不復録。

朝趨梁父岑，暮投梁父麓。左肩抱長鑱，右手牽黄犢。禾生亘原隰，生計自爲足。罷耕還讀書，何必事精熟。茫茫萬古墳，苞括納心曲。琅山藹空青，淄水漲寒緑。嗟我七尺軀，披雲卧幽獨。抱膝一長吟，清響振空谷。《全宋詩》卷三五二九，册67，第42221頁

後梁父吟

方一夔

按，《全元詩》册一四亦收此詩，作方夔詩，不復録。

我生在畎畝，志願向此畢。糲飯爲我糧，醜女爲我室。英英帝家胄，屢駕款蓬蓽。片言誤相酬，攙我手不釋。立談豢吴兒，再戰走漢賊。托孤赴永安，仗鉞駐渭北。人生盛意氣，事會靡

終極。桑株渺何許，歲月去如擲。朗然舒卷心，始末本無隔。《全宋詩》卷三五二九，册67，第42221頁

擬東武曲二首

宋　祁

宋陸游《徐大用樂府序》曰：「古樂府有《東武吟》，鮑明遠輩所作，皆名千載。蓋其山川氣俗，有以感發人意，故騷人墨客，得以馳騁上下，與荆州、邯鄲、巴東三峽之類森然并傳，至於今不泯也。」①宋鄭樵《通志二十略·樂略一》「相和歌楚調十曲」曰：「《東武吟》，亦曰《東武琵琶吟行》。」②明徐獻忠《樂府原》曰：「燕齊之士類能神仙飛舉之談。東武在山東高密之墟，海上方士集焉。漢武東遊，以瑜璧獻諸海神，庶幾有所遇，此東武所由作也。陸機所擬僅用此意而未盡懷思之意。鮑照以從軍之士悲思少壯，與東武不合，李白末篇有旨。」③

① 《渭南文集校注》卷一四，册2，第123頁。
② 《通志二十略》，第901頁。
③ 《樂府原》卷十，四庫全書存目叢書，集部册303，第775頁。

甘泉烽火照黄昏，候騎騣騣入雁門。光禄塞前逢夜月，黄龍城下見愁雲。隱隱輕雷逐車轡，顔行使者樂相望。勞軍細柳尊亞夫，持節雲中赦魏尚。自從天子樂休牛，故障遺亭豈重修。李廣不生高祖世，豈得今封萬户侯。

我家世世山西士，二十期門從天子。始隨驃騎破祁連，晚逐樓船下牂水。漢北雰雰飛雪暗，海中跕跕翔鳶墜。歸來武庫祭蚩尤，得從甘泉參豹尾。何意一朝兵後期，簿責侵誣屬軍吏。黄金納贖爲庶人，白首還家事田里。結髮從軍七十戰，利鏃金痍猶可記。龍鍾雖入玉關門，止呵還遇灞陵尉。不及金張藉舊勛，七葉華貂長富貴。《全宋詩》卷二〇六，册4，第2357頁

怨詩二首

李　𩐳

明徐獻忠《樂府原》曰：「怨詩起于卞和，既刖足三哭，始剖之得玉，封爲陽陵侯，辭不受，而作怨歌焉。其後班婕妤托辭于紈扇，作《怨詩》自傷，皆是也。《樂府解題》引子建古辭……則是怨歸之周公矣。」①明陳懋仁《續文章緣起》曰：「怨，漢明妃王嬙作《怨詩》，《樂

① 《樂府原》卷十，四庫全書存目叢書，集部册303，第775頁。

府》有《獨處怨》。憤而不怒，傷而不激者，怨也。」①明費經虞《雅倫》曰：「怨亦本於樂府。……又有《怨詩》《怨詩行》《怨歌行》《怨篇》之類。」②清馮班《鈍吟雜録》曰：「班倢伃《怨詩》，亦樂府也。」③按，此爲集句詩。

綠蔓花綿綿，日晚梧桐落。所思終不來。蟲聲入羅幕。鮑溶、薛奇童、于濆、崔國輔

洞房秋月明，玉關芳信斷。含怨倚蘭叢，日驚羅帶緩。張修之、劉元濟，吴少微、李華

《全宋詩》卷三一三二，册59，第27459頁

古怨詩

劉敞

鴻雁飛矣，邕邕其族。孰是人斯，惸惸其獨。

①《續文章緣起》，《歷代文話》，册3，第2548頁。

②《雅倫》卷八，續修四庫全書，册1697，第153頁。

③《鈍吟雜録》卷三，叢書集成初編，册223，第38頁。

鴻雁飛矣，或群或伍。孰是人斯，惸惸其處。天兮地兮，戴且履兮。孰是人斯，莫我視兮。日兮月兮，出且没兮。孰是人斯，遠我忽兮。《全宋詩》卷四六三，册9，第5620頁

怨詩楚調示龐主簿及鄧治中

胡宿

題注曰：「此爲和陶潛同題次韻之作。」

我生豈不辰，貧賤亦偶然。讀書飯脱粟，差可樂餘年。藝麻室南端，種桑屋東偏。弱婦事紡績，丁男長力田。瓶儲苟不乏，安用三百廛。老翁飽食罷，日晏尚高眠。豈知天地間，陵谷有變遷。獨恨生苦晚，不在羲皇前。嘗聞父老言，醉鄉隔烽烟。安得盈觴酒，時復中聖賢。《全宋詩》卷一七九，册4，第2051頁

和陶怨詩示龐鄧

蘇　軾

當歡有餘樂，在戚亦頹然。淵明得此理，安處故有年。嗟我與先生，所賦良奇偏。人間少宜適，惟有歸耘田。我昔墮軒冕，毫釐真市廛。困來卧重裀，憂愧自不眠。如今破茅屋，一夕或三遷。風雨睡不知，黄葉滿枕前。寧當出怨句，慘慘如孤烟。但恨不早悟，猶推淵明賢。《全宋詩》卷八二四，册14，第9548頁

與子真諸人飲求仁不與作怨詩因戲答

晁補之

結習徐看蕩劫灰，天花從自落空階。似聞滿室唯澄水，投礫何因出定來。《全宋詩》卷一一四〇，册19，第12881頁

怨歌行

呂本中

唐吴兢《樂府古題要解》曰：「《怨歌行》一曰《怨詩行》。」①宋鄭樵《通志二十略・樂略一》「相和歌楚調十曲」曰：「《怨詩行》，亦曰《怨歌行》，亦曰《明月照高樓》。」②明費經虞《雅倫》曰：「《唐詩品彙》謂《挾瑟歌》《烏棲曲》《怨歌行》爲絶句之祖。」③明蔣一葵《堯山堂外紀》曰：「班倢伃，左曹越騎校尉況之女，少有才學，成帝選入宫以爲倢伃，後趙飛燕譖其咒詛，考問之，上善其對，遂求供養太后長信宫，作《怨歌行》曰：『新裂齊紈素，皎潔如霜雪。裁成合歡扇，團團似明月。出入君懷袖，動摇微風發。常恐秋節至，凉飆奪炎熱。棄捐篋笥中，恩情中道絶。』帝崩，充奉園陵，薨，因葬園中。」④清朱嘉徵《樂府廣序》曰：「《怨

① 《樂府古題要解》卷下，《歷代詩話續編》上，第45頁。
② 《通志二十略》，第901頁。
③ 《雅倫》卷二一，續修四庫全書，册1697，第200頁。
④ [明] 蔣一葵《堯山堂外紀》卷五，續修四庫全書，册1194，上海古籍出版社，2002年版，第62頁。

歌行》，歌君臣，陳古事，悟上也。忠而被謗，信而見疑。似與上審舉表同時作。」①

借君手中板，爲君歌一辭。辭中宛轉君不曉，爲君説盡長相思。輕霜夜度吴城暖，楓葉蘆花秋意晚。萬里春隨驛使歸，十年夢逐佳人遠。當時笑語似兒劇，象床玉手無消息。古岸風江千里船，咫尺春愁那得憐。君不見信陵門下客，侯嬴不用今頭白。《全宋詩》卷一六〇五，册28，第18036頁

同前

薛季宣

男兒多負心，女心良易知。琴音和且諧，何以得淫思。文君慕相如，殷勤夜于飛。不惜鷫鸘裘，愁成遠山眉。茂陵獨何事，爲顰效東施。興言念疇昔，卿紅泪如璣。彈作白頭吟，深心寫琴詩。郎聽弦上聲，妾志終不移。清商感人情，兩意亦以非。文君獲所願，相如悟沈迷。寧能已消渴，琴臺遂同歸。妾欲理絲桐，絲桐亮以悲。謂言無終極，當非長别離。《全宋詩》卷二四七五，

---

①《樂府廣序》卷一二，四庫全書存目叢書，集部册385，第727頁。

冊 46，第 28699 頁

團扇歌

曹 勛

按，《樂府詩集·相和歌辭》有班婕妤《怨歌行》曰：「新裂齊紈素，鮮潔如霜雪。裁爲合歡扇，團團似明月。出入君懷袖，動揺微風發。常恐秋節至，凉飆奪炎熱。棄捐篋笥中，恩情中道絶。」①蓋爲此題所本。故予收録，置《怨歌行》後。宋人同題之作，凡題旨與此同者，亦入本卷。《樂府詩集·清商曲辭》有《團扇郎》，與此不同。又，曹勛《松隱集》置此詩于「古樂府」類。

白露團玉階，秋風動羅幕。御幸各有宜，非爲君恩薄。《全宋詩》卷一八七八，冊 33，第 21046 頁

---

①《樂府詩集》卷四二，第 482 頁。

同前

王質

鸞背如花女，出自咸陽宫。不愁無主愛，惟怕見秋風。《全宋詩》卷二四九六，册46，第28854頁

同前

趙文

詩序曰：「晉王珉與嫂婢有情好。嫂鞭撻過苦。婢素善歌，而珉好持白團扇。故云：『團扇復團扇，許持自遮面。憔悴無復理，羞與郎相見。』」按，《全元詩》册九亦收趙文此詩，元代卷不復録。

私衣必見污，葛屨必遭踐。生世不爲男，托身況微賤。悲痛只在心，憔悴更障面。出入懷袖中，羡郎白團扇。《全元詩》，册9，第238頁

長門怨二首

陸　游

宋鄭樵《通志二十略・樂略一》「相和歌楚調十曲」曰：「《長門怨》，亦曰《阿嬌怨》。」①明費經虞《雅倫》曰：「怨亦本於樂府。如《玉階怨》《長門怨》《昭君怨》之類。」②按，宋人又有《長門曲》，當出於此，亦予收録。

寒風號有聲，寒日慘無暉。空房不敢恨，但懷歲暮悲。今年選後宮，連娟千蛾眉。早知獲譴速，悔不承恩遲。聲當徹九天，泪當達九泉。死猶復見思，生當長棄捐。《全宋詩》卷二一五七，册39，第24340頁

未央宮中花月夕，歌舞稱觴天咫尺。從來所恃獨君王，一日讒興誰爲直。咫尺之天今萬里，空在長安一城裏。春風時送簫韶聲，獨掩羅巾泪如洗。泪如洗兮天不知，此生再見應無期。

---

① 《通志二十略》，第901頁。
② 《雅倫》卷八，續修四庫全書，册1697，第153頁。

不如南粤匈奴使，航海梯山有到時。《全宋詩》卷二一七〇，册39，第24641頁

同前

趙蕃

衹看金屋貯，便有長門棄。始盛終當衰，人情亦天意。《全宋詩》卷二六三三，册49，第30754頁

同前

黄順之

錦瑟新添一歲塵，寶鸞空負百年身。建章萬户鶯花好，只有長門更不春。《全宋詩》卷二八八八，册55，第34441頁

同前

鄒登龍

怨殺宫門不忍開，無情孤月暗蒼苔。而今痛惜珊瑚枕，曾是君王賜御來。《全宋詩》卷二九三八，册56，第35016頁

同前

岳珂

鶯風不成雨，行雲去無踪。妾生三十年，著籍長門宫。宫車轆轆春雷曉，明星初熒緑雲擾。增成丙舍争迎鑾，惟有長門閉花鳥。黄門開玉匙，畫史圖蛾眉。金鋪振瓊鑰，玉秀生銅池。朝陽纔回金屋在，轉盼不堪人事改。入宫已作鄭袖啼，出塞那知延壽賣。花殘鳥語頻，長門春復春。花鳥易驚老，况復門内人。東風動地夜來惡，萬翠千紅繞簾幕。當熊自有匪石心，肯顧班姬秋扇薄。長門勿輕怨，視此篋中扇。白華兮緑衣，自古兮有之。《全宋詩》卷二九六六，册56，第35343頁

同前二首

許棐

妾身如蓮根，沉埋淤泥底。雖有白玉姿，無人爲拈洗。

妾身如亂絲，卷藏箱篋底。願上鴛鴦機，無人爲分理。《全宋詩》卷三〇九〇，册59，第36865頁

同前

宋无

按，《全元詩》册一九亦收宋无此詩，元代卷不復録。

金壺咽泪蓮花澀，銀箭浮遲渴烏泣。知更阿監羅襪冰，暝對星河玉階立。內官唱漏催曉籌，芙蓉夢破燕支愁。起來妝罷窺綉户，三十六院殘燭幽。建章風傳鳳吹遠，翠華晨幸昭儀館。箜篌不語心自語，愁長如天恨天短。紅裀暖踏楊花雪，絳縷閑封守宫血。鸚鵡空猜警蹕聲，春寒緊護流蘇結。《全宋詩》卷三七二三，册 71，第 44742 頁

同前

趙處澹

未央宫中花滿枝，笙歌不斷春風詞。玉階露冷與天近，霓裳舞罷瓊瑶卮。如今寂寂長門春，寒風蕭蕭愁殺人。花開花落泪如洗，轉眼身爲陌上塵。自笑夜來清夢斷，猶覺瑶池侍君宴。

《全宋詩》卷三七八四，册 72，第 45679 頁

卷七五　宋相和歌辭一九

長門怨代錢常熟

釋居簡

拜月歸來剪絳燈，誤占燈喜望承恩。斷魂薄命如初月，缺盡團團只一痕。菊到秋時獨擅奇，怕秋嫌唱菊花詞。花頭又似金錢小，不把金錢鬥葉兒。拍拍官溝碧卷羅，影窺明玉斂青娥。回頭趁撲雙雙蝶，恨殺春風獨管它。夢到昭陽與夢回，楚天雲雨隔陽臺。壁粘鹺鹵花如雪，賺殺羊車不入來。《全宋詩》卷二七九二，冊53，第33096頁

和長門怨

許景衡

長門沉沉人悄悄，滿庭紅葉驚秋早。窗底銀釭祇自明，却聞別院按歌聲。飛花滿地君恩去，覆水返瓶君或悟。人生離合自有時，多應不在相如賦。《全宋詩》卷一三五六，冊23，第15519頁

長門怨回文

林希逸

傷情暗斷恩和愛，拉泪空添怨與愁。霜透衣寒輕卷袖，月移窗去罷吹簫。《全宋詩》卷三一二四，册59，第37324頁

長門曲二首

劉　攽

凝笳來鳳輦，玉宇開深殿。君恩春風回，那向秋時怨。

君心似明月，月缺應再圓。但令黄河水，到海還上天。《全宋詩》卷六一四，册11，第7296頁

同前

陳允平

紫鳳雙飛曉鏡臺，玉樓春冷燕空來。蛾眉不及宫前柳，一度春風一度開。《全宋詩》卷三五一七，册67，第42009頁

同前

林　魯

因宿秋山懶畫眉，入宫歲早寵恩遲。詩成莫寫溝中葉，流到人間是幾時。《全宋詩》卷三七八四，册72，第45682頁

班婕妤

曹　勛

宋鄭樵《通志二十略·樂略一》「相和歌楚調十曲」曰：「《班婕妤》，亦曰《婕妤怨》。」①宋人又有《婕妤詞》，當出於此，亦予收録。

寵移非爲妒，花落不因風。來往長門月，羞將團扇同。《全宋詩》卷一八八二，册33，第21078頁

① 《通志二十略》，第901頁。

同前

劉克莊

妾命薄如紙，君恩冷似冰。生當事長信，死願奉延陵。《全宋詩》卷三〇四六，册58，第36335頁

同前

張玉娘

題注：「和王摩詰韻二章。」

一自憐捐棄，香迹玉階疏。聞道西宫路，近亦絶鑾輿。

翠箔玉蟾窺，天街仙籟絶。抱恨坐夜長，銀釭半明滅。《全宋詩》卷三七一五，册71，第44624頁

婕好怨

曹勛

唐吴兢《樂府古題要解》曰：「婕好，徐令彪之姑，況之女，美而能文。初爲帝所寵愛，

後幸趙飛燕姊娣，冠于後宮，婕妤自知恩薄，懼得罪，求供養皇太后于長信宮，因爲賦及《紈扇詩》以自傷。後人傷之，爲《婕妤怨》及擬其詩。」①

素媿河洲德，寧忘《卷耳》規。中闈知奉順，外戚敢營私。辭輦翻成妒，能歌復見知。自慚乖嫵媚，不及舞腰兒。《全宋詩》卷一八八〇，册33，第21062頁

同前

陸　游

妾昔初去家，鄰里持車箱。共祝善事主，門户望寵光。一入未央宫，顧盼偶非常。稚齒不慮患，傾身保專房。燕婉承恩澤，但言日月長。豈知辭玉陛，翩若葉隕霜。永巷雖放棄，猶慮重謗傷。悔不侍宴時，一夕稱千觴。妾心剖如丹，妾骨朽亦香。後身作羽林，爲國死封疆。《全宋詩》卷二一六四，册39，第24491頁

① 《樂府古題要解》卷下，《歷代詩話續編》上，第58頁。

同前

周密

金鑰封紫苔，錦茵濕紅泪。永巷無風月，深宮謾歌吹。恨如合歡扇，秋來共捐棄。願如合歡扇，薰風有時至。《全宋詩》卷三五六一，册67，第42561頁

同前

趙文

團圓一片冰，出自蠶女紅。何言入君手，動摇生清風。一朝棄篋笥，零落如秋蓬。時節自當爾，君子詎無終？《全宋詩輯補》，册6，第2651頁

按，《全元詩》册九亦收趙文此詩，元代卷不復録。

婕妤詞

戴復古

題注曰：「丹霞張誠子作此詞，出以示僕，僕疑其太文，因作此。」

紈扇六月時，似妾君恩重。避暑南薰殿，清風隨扇動。妾時侍君王，常得沾餘涼。秋風颯庭樹，團團無用處。妾亦寵顧衰，棲棲度朝暮。扇爲無情物，用舍不知恤。妾有深宫怨，無情不如扇。《全宋詩》卷二八一三，册54，第33466頁

秋扇詞

薛季宣

按，《樂府詩集·相和歌辭》無此題，然有劉孝綽《班婕妤》，詩有「妾身似秋扇，君恩絶履綦」句，《秋扇詞》或出於此。且薛季宣《浪語集》置此詩於「樂府」類，故予收録，置《班婕妤》題後。

少婦織流黄，織就中秋月。上有乘鸞女，肌膚皓冰雪。裝成一携手，奉君端暑月。感君清涼意，薰風爲君發。落葉下驚秋，與君此回訣。素質不勝愁，從衡網珠結。招摇邈烟露，青鸞影遼絶。有物感君懷，騰口知何説。分命故應然，不是君心别。《全宋詩》卷二四七五，册46，第28697頁

紈扇

連文鳳

按，《樂府詩集·相和歌辭》《婕妤怨》解題引《樂府解題》曰：「婕妤，徐令彪之姑，况之女。美而能文，初爲帝所寵愛。後幸趙飛燕姊弟，冠於後宫。婕妤自知見薄，乃退居東宫，作賦及紈扇詩以自傷悼。後人傷之而爲《婕妤怨》也。」①宋人《紈扇》《紈扇新體》，蓋本班婕妤事，故予收録。又，此詩詩題，《詩淵》作《秋扇詞》。②《全元詩》册一三亦收連文鳳此詩，元代卷不復録。

---

①《樂府詩集》卷四三，第492頁。
② 影印《詩淵》，册2，第1386頁。

露冷飄零半幅紈，傷心不見女乘鸞。歌殘春院桃花暖，愁殺秋庭木葉寒。滿地飛塵何處避，舊時明月向誰看。應思曾在君懷裏，一點恩情欲忘難。《全宋詩》卷三六二一，册69，第43363頁

七月二日戲爲紈扇新體

舒岳祥

按，《全元詩》册三亦收舒岳祥此詩，元代卷不復録。

美人弄紈扇，常恨無秋風。待得秋風至，棄置在篋中。棄置不自惜，物理有終窮。反恐美人寵，隨手亦成空。十五邯鄲女，玉指弄絲桐。秀慧解歌舞，艷彩敵芙蓉。一朝登上國，飛聲淩後宫。此日邢夫人，正自難爲容。紈扇手所題，主惠余其終。《全宋詩》卷三四三五，册65，第40901頁

長信宫中草

曹勛

按，《樂府詩集》無此題，曹勛《松隱集》置此詩于「古樂府」類，題即《樂府詩集・相和歌辭》所收崔國輔《婕妤怨》首句，故予收録。

長信宮中草，年來特地長。無人同步輦，門外度斜陽。《全宋詩》卷一八八一，册33，第21065頁

張玉娘

長信宮

《三輔黄圖》「漢宫」曰：「（長樂宫）有長定、長秋、永壽、永寧四殿。高帝居此宫，後太后常居之。」①《文選》謝玄暉《齊敬皇后哀策文》中『痛椒涂之先廓』句李善注引漢應劭《漢官儀》曰：「帝祖母爲太皇太后，其所居曰長信宫也。」②宋葉夢得《石林燕語》曰：「漢太皇太后稱長信宫，皇太后稱長樂宫，皇后稱長秋宫。本朝不爲定制，皇后定居坤儀殿，太皇太后、皇太后遇當推尊，則改築宫，易以嘉名，始遷入。百官皆上表稱賀，及賀兩宫。」③宋鄭樵《通志二十略·樂略一》「宫苑十九曲」有《長信宫》。宋人又有《長信宫詞》《長信秋》，當出於此，亦予收録。

① 何清谷校釋《三輔黄圖校釋》卷二，中華書局，2005年版，第110頁。
② ［梁］蕭統編，［唐］李善注《文選》卷五八，中華書局，1977年版，第799頁。
③ ［宋］葉夢得撰，宇文紹奕考异，侯忠義點校《石林燕語》卷八，中華書局，1984年版，第118頁。

珠箔疏流月，螢歸定綉裳。宫西燈火合，歌吹起昭陽。《全宋詩》卷三七一五，册71，第44629頁

長信宫詞

陸　游

憶年十七兮初入未央，獲侍步輦兮恭承寵光。地寒祚薄兮自貽不祥，讒言乘之兮罪釁日彰。禍來嵯峨兮勢如壞墻，當伏重誅兮鼎耳劍鋩。長信雖遠兮匪棄路旁，歲給絮帛兮月賜稻粱。君舉玉食兮犀箸誰嘗，君御朝衣兮誰進熏香。婕妤才人兮儼其分行，千秋萬歲兮永奉君王。妾雖益衰兮尚供蠶桑，願置繭館兮組織玄黄。欲訴不得兮仰呼蒼蒼，佩服忠貞兮之死敢忘。《全宋詩》卷二一五七，册39，第24340頁

長信詞

釋惠崇

陰井生秋早，明河轉曙遲。《全宋詩》卷一二六，册3，第1464頁

按，此爲殘句。

長信秋

宋无

長信秋來月自圓，夜香猶拜玉階前。妾今不願君王寵，惟願君王壽萬年。《全宋詩》卷三七二三，冊71，第44750頁

玉階怨

曹勛

堂上爐銀釭，閨中下羅幕。思君度遥夕，長於金井索。《全宋詩》卷一八八〇，冊33，第21063頁

宮怨

徐照

楊柳枝疏見月痕，夜香燒了鎖宮門。琵琶不有愁人聽，誰識聲中是怨言。《全宋詩》卷二六七二，冊50，第31401頁

同前

李　龏

按，此爲集句詩。

同前

司馬札

得寵憂移失寵愁，上皇行處不曾秋。淚痕不學君恩斷，空逐春泉出御溝。李商隱、長孫翺、劉媛、司馬札　《全宋詩》卷三一三三，册59，第37465頁

同前

胡仲參

泪粉羞臨寶鑑前，淡妝争似舊嬋娟。一言曾忤君王意，閉在長門十五年。《全宋詩》卷三三三七，册63，第39481頁

同前

聞人祥正

按，此爲集句詩。

金井梧桐影漸移，千門萬户掩斜暉。君看珠翠無顔色，故著尋常淡薄衣。秦觀、皮日休、白居易、白居易 《唐宋千家聯珠詩格校證》卷一六，第733頁

同前

黄庚

按，黄庚此詩《全宋詩》失收，今據《全元詩》收録，仍置本卷。

牡丹亭上君王醉，妾倚長門恨月斜。春色承恩沾雨露，此身不及御園花。《全元詩》，册19，第102—103頁

和宮怨

胡仲弓

斜日倒穿龍尾道，楊柳半枯秋色老。翠華西幸華清宮，長門落葉無人掃。《全宋詩》卷三三三五，冊63，第39807頁

同前

羅公升

竹葉垂黃雨露偏，羞緣買賦費金錢。有緣會有承恩日，莫遣蛾眉減去年。《全宋詩》卷三六九四，冊70，第44347頁

同前

陳子予

翠袖無香鏡有塵，一枝花瘦不藏春。十年不識君王面，始信嬋娟解誤人。《全宋詩》卷三七四八，冊72，第45199頁

西宫怨

梅堯臣

漢宫中選時，天下誰爲校。寵至莫言非，恩移難恃貌。一朝居别館，悔妒何由效。買賦豈無金，其如君不樂。《全宋詩》卷二三五，册5，第2738頁

故宫怨

方鳳

按，《全元詩》册九亦有收方鳳此詩，元代卷不復録。《全元詩》題注曰：「輯《月山野俎》。」①

白日欲落何王宫，腥雲頳樹生烈風。獼猱幾年争聚族，饑蟒獰猙攫人肉。熊豨肆毒夜横行，刺蛆封血多飛鼪。螢尻吐焰大如鶩，照見女鬼迎新故。寒更鵋吻空哀哀，誰能化鶴還歸來。

① 《全元詩》，册9，第330頁。

山都冶夷總難記，妖狐吹火月墮地。《全宋詩》卷三六一八，册69，第43335頁

雜怨二首

毛直方

種蓮恨不早，得藕常苦遲。誰知心中事，久已落懷思。

花開能夜合，草發解宜男。對花今有恨，見草祇應慚。《全宋詩》卷三六三九，册69，第43620頁

卷七六　宋清商曲辭一

商者五音之一。《管子》曰：「凡聽商，如離群羊。」①曲有主此音者，遂或以名。《韓非·十過》晉平公發最悲之問，則此曲悲幾極矣。《楚辭·惜誓》曰：「二子擁瑟而調均兮，余因稱乎清商。」②宋玉《笛賦》曰：「吟清商，追流徵。」③《後漢書·仲長統傳》曰：「彈《南風》之雅操，發清商之妙曲。」④此數者，能知曲名清商者，然不能知其詳。清商以名樂之類，似緣曹魏。曹魏設清商署，西晉襲之。後逢永嘉之亂，樂曲流散。至於劉宋，人或謂曹魏之樂爲清商。《宋書》録王僧虔表奏曰：「今之清商，實由銅雀，魏氏三祖，風流可懷，京洛相高，江左彌重。諒以金縣干戚，事絶於斯，而情變聽改，稍復零落，十數年間，亡者將

---

① 黎鳳翔撰，梁連華整理《管子校注》地員第五八，中華書局，2004 年版，第 1080 頁。
② 王泗原校釋《楚辭校釋》，中華書局，2014 年版，第 328 頁。
③ ［清］嚴可均輯《全上古三代秦漢三國六朝文·全上古三代文》卷十，中華書局，1958 年版，第 150 頁。
④ 《後漢書》卷四九，第 1644 頁。

半。自頃家競新哇，人尚謡俗，務在噍危，不顧律紀，流宕無涯，未知所極，排斥典正，崇長煩淫。」①北魏收前朝遺曲，并采南朝吴聲西曲，名之清商。隋文混一南北，亦兼其樂，置清商署以理之，改名清樂。後入七部樂，繼入九部樂。至唐太宗，又入十部樂。茂倩清商叙論述之已詳，然其相和叙論又言「清商三調歌詩」。後人惑之，持解不一。或以三調屬清商，或以三調屬相和。延訟逶迤，至成公案②。

今按「三調」歸屬，郭氏實已言明。其清商叙論曰：「清商樂，一曰清樂。九代之遺聲。

① ［梁］沈約《宋書》卷一九，中華書局，1974年版，第553頁。

② 梁啓超、朱自清、陸侃如、馮沅君、曹道衡認爲清商三調當屬清商樂，黄節、蕭滌非、逯欽立、王運熙認爲當屬相和歌。見梁啓超《中國之美文及其歷史》，東方出版社，1996年版；黄節、朱自清《樂府清商三調討論》，《朱自清古典文學論文集》，上海古籍出版社，1981年版；陸侃如、馮沅君《中國詩史》，百花洲文藝出版社，1999年版；曹道衡《相和歌與清商三調》，《文學評論叢刊》第9輯，1981年版；黄節《相和三調辨》，見蕭滌非《漢魏六朝樂府文學史》附録，人民文學出版社，2011年版；逯欽立《相和歌曲調考》，《文史》第14輯，中華書局，1982年版；王運熙《相和歌、清商三調、清商曲》，《樂府詩述論》，上海古籍出版社，1996年版。

其始即相和三調，并漢魏已來舊曲。其辭皆古調及魏三祖所作。」①相和叙論曰：「相和，漢舊曲也，絲竹更相和，執節者歌。本一部，魏明帝分爲二，更遞夜宿。本十七曲，朱生、宋識、列和等復合之爲十三曲。其後前晉荀勖又采舊辭施用於世，謂之『清商三調歌詩』，即沈約所謂『因弦管金石造哥以被之』者也。」②後説稱引《宋書》，去魏不遠。《宋書・樂志》更有「又有因弦管金石，造哥以被之，魏世三調哥詞之類是也」。③「清商三調歌詩，荀勖撰，舊詞施用者」。④《宋志》所録，即有三祖《短歌行》《燕歌行》等辭。即此數説，似可證《宋書・樂志》所言「清商三調歌詩」、「魏世三調歌辭」者，同指而異稱耳，其不以清商三調并入相和者，或因後者止録漢辭，前者已雜魏辭之故。

然魏氏三祖歌辭，何以遽名清商？此郭氏所未明，而後人疑之甚也。今審荀勖以「清商」名歌詩，非因調式，乃襲名司樂之署。署名清商，蓋取美妙音聲之義。司馬孚奏永寧

---

① 《樂府詩集》卷四四，第 499 頁。
② 《樂府詩集》卷二六，第 309 頁。
③ 《宋書》卷一九，第 550 頁。
④ 《宋書》卷二一，第 608 頁。

宫①，晉武帝出清商詔②，均證魏晉確有清商署。荀勖撰集歌詩，名曰「清商」，以表其源。名之「三調」，以顯明調式。此實漢魏之三調歌，故郭茂倩又名其相和三調。要之，「清商」本義調式，清商樂之名襲之樂署。西晉爲别于時樂，因其初起而名曰「魏世三調歌」，或并其樂署而名曰「清商三調」。

夫唐人所言清樂，有漢相和舊曲，《明君》《鳳將雛》是也；有南朝新出之聲，《白紵》《子夜》是也。然郭氏輯《樂府》，漢之舊曲，已入相和一卷，故其叙論清商，雖不能擯相和舊曲於外，然其清商所録，止吴聲、西曲、江南弄耳。其神弦之歌，本以娱神，至宋仍襲其用，李常《解雨送神曲》、龔頤正《迎享送神辭》、吴致堯《祈雨迎神辭》，皆娱神祈雨之作。

夫清商者，其源既遠，其流亦長。自曹魏設署，有樂得名清商，至於郭氏輯樂，清商之曲散佚增補皆衆。僧虔《技録》、杜佑《通典》，能略見其存佚之迹。其舊曲至趙宋仍傳唱者，所剩無幾。然《烏夜啼》《子夜歌》《後庭花》諸曲，既有擬作之詩，亦且演爲詞牌。本卷體例一仍《樂府》，以同題爲收録之據。其變爲詞體者，止録齊言之詩，不録雜言之辭。所

①［晉］陳壽撰，［南朝宋］裴松之注，《三國志》卷四《魏志・齊王芳紀》，中華書局，1982年版，第129頁。

②［晉］武帝《出清商掖庭詔》，《全上古三代秦漢三國六朝文・全晉文》卷六，第2992頁。

録多出《全宋詩》，於《訂補》《輯補》、宋人別集亦有輯録。

吴聲歌曲

吴歌

曹勛

吴歌者，吴地之歌也。唐徐堅《初學記》曰：「梁元帝《纂要》曰：『齊歌曰謳，吴歌曰歈，楚歌曰艷，淫歌曰哇。』」①宋時常見其歌，若宋馮山《和徐之才浮萍》曰：「晚入吴歌唱，晴邀漢女遊。」②宋曾鞏《南湖行二首》曰：「插花步步行看影，手中掉旅唱吴歌。」③宋梅堯臣《送李載之殿丞赴海州榷務》曰：「瓜蔓水生風雨多，吴船發棹唱吴歌。」④宋張耒《西湖

① 《初學記》卷一五，第376頁。
② ［宋］馮山撰《安嶽集》卷十，景印文淵閣四庫全書，册1098，臺灣商務印書館，1986年版，第323—324頁。
③ ［宋］曾鞏撰，陳杏珍、晁繼周點校《曾鞏集》，中華書局，1984年版，第67頁。
④ ［宋］梅堯臣著，朱東潤校注《梅堯臣集編年校注》，上海古籍出版社，1980年版，第883頁。

三首》其二曰：「水上亭臺涼氣多，扣舷倚棹唱吴歌。」①宋道潛《游葉城韓氏東園》曰：「松風菊露滋清夜，楚舞吴歌奉宴觴。」②宋陸游《采蓮》曰：「回首家山又千里，不堪醉裏聽吴歌。」③其《雨夜與鄰翁飲用前輩韻》曰：「我作吴歌君起舞，夜雨莫辭泥没屨。」④其《烟艇記》曰：「醉則散髮扣舷爲吴歌，顧不樂哉！」⑤宋陳文蔚《又和歐陽國瑞韻》曰：「中夜酒酣狂欲舞，停杯且復聽吴歌。」⑥皆此類也。明李日華《恬致堂詩話》曰：「吴音輕柔，歌則窈窕洞徹，沉沉綿綿，切於感慕，故樂府有《吴趨行》《吴音子》，又曰吴歈，皆以音擅於天下，他郡雖習之，不及也。」⑦明費經虞《雅倫》曰：「《彈雅》云：詩中用時俗字，獨宜於新聲，如

① [宋] 張耒撰，李逸安、孫通海、傅信校點《張耒集》，中華書局，1998 年版，第 465 頁。
② [宋] 道潛撰《參寥子集》卷一一，景印文淵閣四庫全書，册 1116，臺灣商務印書館，1986 年版，第 81 頁。
③ [宋] 陸游撰，錢仲聯校注《劍南詩稿校注》，上海古籍出版社，1985 年版，第 883 頁。
④《劍南詩稿校注》，第 4378—4379 頁。
⑤《全宋文》卷四九四一，册 223，第 84—85 頁。
⑥ [宋] 陳文蔚《克齋集》卷一六，景印文淵閣四庫全書，册 1171，臺灣商務印書館，1986 年版，第 123 頁。
⑦ [明] 李日華《恬致堂詩話》，中華書局，1985 年版，第 594 頁。

宫詞、謡諺、燕歌、吴歌、《柳枝》《竹枝》之類，其他即唐人平調，一字著不得也。」①又曰：「清商吴聲歌曲内《吴歌》《子夜歌》《子夜四時歌》《大子夜歌》《子夜警歌》《子夜變歌》《上聲歌》《歡聞歌》《歡聞變歌》《前溪歌》《阿子歌》《丁督護歌》《團扇郎》《七日夜》《女郎歌》《長史變歌》《黄生曲》《黄鵠曲》《碧玉歌》《桃葉歌》《長樂佳》《歡好曲》《懊儂歌》《華山畿》《讀曲歌》《春江花月夜》《玉樹後庭花》《泛龍舟》《黄竹子歌》《江陵女歌神》三十曲。要其聲調、辭氣，皆與《子夜》相近。」②明蔣一葵《堯山堂外紀》曰：「吴歌，惟蘇州爲佳。杭人近有作者，往往得詩人之體。如云『月子彎彎照九州，幾人歡樂幾人愁。幾人高樓行好酒，幾人飄蓬在外頭。』此賤體也。」③清徐軌《詞苑萃編》曰：「古詩者，《風》之遺，樂府者，《雅》之遺。蘇、李變而爲黄初，建安變而爲選體，流至齊梁及唐之近體而古詩亡。樂府變爲吴趨、越艷，雜以《捉搦》《企喻》《子夜》《讀曲》之屬，以下逮於詞焉，而樂府亦衰。然《子夜》《懊儂》，

---

① 《雅倫》卷一五，續修四庫全書，册 1697，第 232 頁。
② 《雅倫》卷七，第 142 頁。
③ 《堯山堂外紀》卷八十，續修四庫全書，册 1195，第 25 頁。

善言情者也。唐人小令尚得其意，則詩餘之作，不謂之直接樂府不可。」①

水滿長洲月滿樓，姑蘇臺榭鎖深秋。君王不見春花老，響屧廊中有勝遊。《全宋詩》卷一八七八，冊33，第21045頁

同前

陸游

勝負兩蝸角，榮枯一蟻窠。人情苦翻覆，吾意久蹉跎。困睫憑茶醒，衰顏賴酒酡。坐人能聽否，試爲若吴歌。《全宋詩》卷二二二六，冊41，第25540頁

同前

釋善珍

吴兒鳴艣吴波裏，作勞耳熱歌聲起。初猶哇咬雜吁巇，後方激訐如怨詈。芳洲日夕西風

① [清] 徐釚《詞苑萃編》卷中，《詞話叢編》第1756頁。

來，含情宛轉聲更哀。君不見杜老行吟曲江曲，楚臣羈思蘼蕪緑。世知忠義鑄偉辭，不知正是阮籍唐衢哭。吴時明月梧宫秋，月光曾照吴王愁。國人悲憐子胥死，寫出高臺草荒麋鹿游。詞亡千古留遺調，南檝北帆昏復曉。盡知往事秪蒼烟，渺渺漫漫飛白鳥。《全宋詩》卷三一五〇，册60，第37774頁

同前

朱繼芳

雁影江潭底，秋聲浦漵間。吴兒歌一曲，月子幾回彎。《全宋詩》卷三二七九，册62，第39073頁

吴歌爲吴季子作

曹勛

佳人一往兮不來自注：鄰知切，國爲墟兮莫知。儂自守兮誰依，俟河清兮幾時。悵姑蘇之崔嵬。《全宋詩》卷一八七八，册33，第21039頁

子夜吴歌

謝翱

宋鄭樵《通志二十略·樂略一》「清商曲七曲」曰：「《子夜》，亦曰《子夜吴聲四時歌》，亦曰《子夜吴歌》。」①明田汝成《西湖遊覽志餘》曰：「元時，錢唐駱生，無目而善歌，聲九皋贈之歌云：『駱生家在錢唐住，正近曲江蘇小墓。生來無目最善音，自小學歌今獨步。憶昔太平開樂府，新聲傳得宫中譜。摩訶兜勒西域來，子夜吴歌自風土。一聲悲壯梁塵飛，二聲激烈行雲低。三聲四聲山石裂，魑魅夜走猩猩啼。我來江上忽相見，聽我履聲如識面。殷勤道我攻詞章，吾今衰也何由羨。落花遊絲春寂寂，來前再拜當筵立。爲我揚袂歌一行，滿堂聞之皆動色。我本東西南北人，如今天地盡風塵。勞生觸事易成感，使我泣下沾衣巾。駱生駱生吾已老，往事悠悠勿復道。已將身世等浮雲，莫把新詞故相惱。掩琴罷坐求我歌，我歌哀樂何其多。人生百年能幾何？駱兮駱兮奈爾何。』」②按，《全元詩》册一

---

①《通志二十略》，第902頁。
②［明］田汝成《西湖遊覽志餘》卷一九，上海古籍出版社，1980年版，第350頁。

四亦收謝翱此詩，元代卷不復録。

玄髪照秋水，茱萸香未歇。風吹夜合花，露濕衣上月。《全宋詩》卷三六八九，册70，第44290頁

同前二章

章　淵

消梨得能冷，甘蔗復能甜。總應郎心上，爲儂素比縑。

桃根復桃葉，羅裙十二褶。阿郎歡自濃，小妻也是妾。《全宋詩輯補》，册7，第3321頁

俠客吴歌立秋日海上作

謝　翱

按，《樂府詩集》清商曲辭有《吴歌》，雜曲歌辭有《俠客行》，蓋爲此題所本。又，《全元詩》册一四亦收謝翱此詩，元代卷不復録。

潮動秋風吹牡荆，離歌入夜斗西傾。欲飛廟下蛇含草，青拭吴鈎入匣鳴。《全宋詩》卷三六八九，

册70，第44296頁

江舟捧夫有唱湖州歌者殊動家山之想賦吴歌行

袁説友

我家苕霅邊，更更聞夜船。夜船聲欸乃，腸斷愁不眠。一聲三四咽，掩抑含凄切。宛轉斷復連，盡是傷離别。兩月江頭程，杳不聞此聲。身游荆渚路，夢列湖州城。但聞空山女兒呼，不見前溪漁父嗚。今朝捧頭上，忽作吴歌唱。初聲與後聲，一一渾悲愴。問汝何所得。昔棹吴中航。吟得溪女曲，動君思故鄉。我方西上夜，夜夜家山側。聲聲勸早歸，霅水年年碧。《全宋詩》卷二五七四，册48，第29887頁

又爲子夜歌

龍　輔

按，宋前有《子夜四時歌》《大子夜歌》《子夜警歌》《子夜變歌》，皆出《子夜歌》。宋時《子夜》似仍可入樂，宋梅堯臣《詠官妓從人》曰：「無心歌《子夜》，有意學流黄。」①宋黄庭

---

①《梅堯臣集編年校注》，第90頁。

堅《南歌子》曰：「詩有淵明語，歌無《子夜》聲。」①宋胡宿《送君爲從事東歸》曰：「吴歌聞《子夜》，陶菊見重陽。」②宋晁説之《途中遇雪二絶句》曰：「使君此夕應難醉，紅玉看人《子夜歌》。」③晁公遡《口號》曰：「初陳樽俎歌《子夜》，便覺園林如午橋。」④皆此類也。宋吴曾《能改齋漫録》「前溪歌」條曰：「《子夜歌》，則樂府所謂『古有女，名子夜，造其歌』者也。」⑤宋嚴羽《滄浪詩話》曰：「論雜體，則有風人，上句述其語，下句釋其義，如古《子夜歌》《讀曲歌》之類，則多用此體。」⑥《子夜歌》曾入琴曲，任半塘據蘇軾《雜書琴曲十二首贈陳季常》斷其「北宋入琴曲。」⑦然現存蔣興疇《和文注音琴譜》有李白《子夜吴歌》一曲，則《子夜歌》

---

① [宋]黄庭堅撰，馬興榮、祝振玉校注《山谷詞校注》卷一，上海古籍出版社，2011年版，第156頁。
② [宋]胡宿《文恭集》卷二，中華書局，1985年版，第14頁。
③ [宋]晁説之《嵩山景迂生集》卷七，臺灣學生書局，1975年版，第366頁。
④ [宋]晁公遡《嵩山集》卷二七，景印文淵閣四庫全書，册1139，臺灣商務印書館，1986年版，第141—142頁。
⑤ [宋]吴曾《能改齋漫録》卷三，上海古籍出版社，1979年版，第55頁。
⑥ 《滄浪詩話校釋》，第100頁。
⑦ 任半塘《唐聲詩》下，上海古籍出版社，1982年版，第162頁。

入琴曲似在唐時①，未見蘇軾所謂之《琴曲十二首》，宋時他書亦無琴曲《子夜》。自明始多見，若明劉基《過蘇州九首》其五曰：「《子夜》一聲琴一闋，杜鵑聲在碧雲中。」②明楊士奇《齋宿次韻曾學士》曰：「茶送蒙山兼顧渚，琴彈《子夜》又陽春。」③則《子夜歌》明時爲琴曲無疑。《子夜歌》五代入詞調，李後主《子夜歌》別名《菩薩蠻》，王仲聞曰：「吕本《二主詞》，《全唐詩》調作《菩薩蠻》，《尊前集》《詞綜》調作《子夜》，汲古閣《詞苑英華》本《尊前集》注『即《菩薩蠻》』。」④任半塘曰：「五代有《子夜》，辭調雖同《菩薩蠻》，曲調必守其爲清商。《菩薩蠻》宜是裔樂。南宋亦有《子夜》，雖爲百十七字之慢辭，宜仍是清商之苗裔不改，皆活歌曲也。」⑤則五代《子夜》雖入詞調，然與南朝傳至唐之《子夜》相去未遠。宋人賀鑄有《子夜歌》（憶秦娥），彭元遜有《子夜歌》（和尚友），皆見《全宋詞》。此處于詞調《子夜歌》，均不收

---

① 中國藝术研究院音樂研究所、北京古琴研究會編《琴曲集成》，中華書局，2010 年版，册 12，第 185 頁。
② ［明］劉基撰，林家驪點校《劉基集》，浙江古籍出版社，1999 年版，第 506 頁。
③ ［明］楊士奇《東里集》卷二，景印文淵閣四庫全書，册 1238，臺灣商務印書館，1986 年版，第 347 頁。
④ ［南唐］李璟、李煜撰，王仲聞校訂《南唐二主詞校訂》，人民文學出版社，1957 年版，第 13 頁。
⑤ 《唐聲詩》下，第 18 頁。

録。明易恒《陶情集》卷二《雨中遣興七首》其七曰：「感慨《餘春賦》，凄凉《子夜歌》。」①則《子夜歌》風格凄凉。又，《陳繼儒著輯詞話》曰：「清商曲有《子夜》，即《白紵》。在吴歌爲《白紵》，在雅歌爲《子夜》。」②明程涓《千一疏》曰：「北音之始有娀氏二女也，南音之始有金山女媵也，東音之始孔甲也，西音之始右辛餘靡也。所謂四方之歌，風之始乎？古之秦青、虞公、韓娥、老姥、綿駒、王豹之流，榮也，類也，然皆獨歌，不合樂，以後江南《子夜》《前溪》《團扇》《懊儂》之屬，是其遺響。」③明郝敬《藝圃傖談》曰：「詩以道性情。古人托男女之情，啓發天真，疏其淹鬱，止其浮淫，導以禮義廉耻，化民正俗，故足貴耳。後世樂府《子夜》歌曲、《少年》《放歌》等行，輕佻陜輸，全無敦厚和平之意，祇足爲沈湎冒色之資。不然，則陵厲詬誶，長傲使氣而已矣。」④明費經虞《雅倫》曰：「《子夜歌》多雙闕意，七言甚少。」⑤

明朝將解纜，叮囑不曾離。文無識頃刻，不久便當歸。《全宋詩》卷三七八〇，册 72，第 45626 頁

---

① [明] 易恒《易恒詩話》，《明詩話全編》，册 1，第 202 頁。
② 鄧子勉《明詞話全編》，册 4，鳳凰出版社，2012 年版，第 2277 頁。
③ [明] 程涓《千一疏》卷一八，四庫禁毁書叢刊，子部册 1，北京出版社，1997 年版，第 600 頁。
④ [明] 郝敬《藝圃傖談》卷一，《郝敬詩話》，《明詩話全編》，册 6，第 5911 頁。
⑤ 《雅倫》卷一二，續修四庫全書，册 1697，第 209 頁。

卷七七　宋清商曲辭二

子夜四時歌

孔平仲

春

二月春色來，三月春色老。東風收花去，滿地留芳草。

夏

火雲堆長空，赤日沸岩瀑。芙蓉已焦死，不減篔簹緑。

秋

慘淡秋雲高，蕭瑟西風起。坐感歲華遷，悲歌泪如水。

冬

風淒薄愁雲，雨冷成飛雪。莫作苦寒吟，行行桃李月。《全宋詩》卷九二五，册16，第10859頁

同前

劉子卲

柳烟晨氣釃，花露春容濕。翠幕捲宮羅，翩翩雙燕入。無心補粟眉，閒對妝臺立。誰調紫鸞笙，晴響散空碧。

湘簟涌雙紋，冰山象群玉。神飆送荷香，冉冉度圓緑。雪腕蕩蘭舟，齊唱横塘曲。暗憶采蓮侶，横翠長眉蹙。

月痕抹宮簾，凉風滿仙腋。金閨歌吹深，不覺東方白。誰知長門宮，偏怪蟾漏澀。脉脉對曉蘭，風中抱香泣。

冰花生曲池，雲葉暗高閣。初筵動雲韶，寒氣不待却。翠茵承妙舞，拂衣燕低掠。翻愁回雪妒，不遺褭珠箔。《全宋詩》卷一六八〇，册29，第18829頁

和人子夜四時歌

李　復

井上梧桐樹，花黄落點衣。夜深花裏鳥，相并不相離。美人朝汲水，驚起却雙飛。
繅絲絲縷長，當窗織流黄。纖纖弄龍杼，不作舞衣裳。裁縫付邊使，豈待見秋霜。
蕭蕭庭下柳，曾學舞腰支。秋風吹暮夜，半落小蛾眉。人生自無定，空歡葉辭枝。
窈窕月華來，對月理瑶箏。將心托弦語，幾弄未成聲。非關霜氣澀，不忍苦分明。《全宋詩》卷一〇九四，册19，第12407頁

子夜春歌二絶

李　石

新挑錦字書，倒指歲月遠。愁眉要深黛，燈花已堪剪。
瘦玉薄薄衫，暈燈和月冷。獨夜不禁春，梨花碎簾影。《全宋詩》卷一九八九，册35，第22307頁

春歌

鄭思肖

去年秋日作秋歌，今年春日奈春何。往春疊疊疊萬古，來春冥冥春更多。青皇旌旆開天衢，三八二十四頭蒼龍車。大開東方宫殿坐，八荒之内交相賀。紅紫茸茸爛如纈，回首柳花撲晴雪。造物弄人祇片時，弄死世人人不知。我心清泠湛無邊，流光澒洞先天先。前身本在未鑄日月前，黄面瞿曇，長耳老聃，乃吾無量劫後之孫。後身復現搦碎虚空後，當知所南先生爲無量劫前之祖。人生精魄假合舞幻妄，紛如氣丸趒塵土。偶然而來托爲形，飄然而去若無主。今日之今，霍霍詡詡。少焉矚之，已化爲古。胡爲墮影黄泗浦，獨坐翛然看春雨。山蒼蒼，水茫茫，百歲劫劫太極長。我來濯形白雲鄉，大笑世上生顛狂。醉筆作歌字不訛，宛然蒼蛟老蜃勢相拏。《全宋詩》卷三六二五，册 69，第 43411 頁

秋歌

鄭思肖

涼風捲地吹秋來，秋之爲氣何清哉。紫簫露華浴萬宇，暑神欲駐難裴回。今年舍我去者二

百二十有五日，今日之後誰使來日來相催。琥珀滿巵，發越清奇。萬物脆而易化，五官靈而多知。一世之間幾千萬人，一人之心幾千萬變，碎裂神氣紛云爲。液槁矣而告憊，氣翻然而相辭，適之變化，不知其誰。氣母一丸，空虛跳躍。金浮木沉，老怪消鑠。我之變化，亦不知誰。蒼蒼茫茫萬萬古，玄瞳炯欻夜不瞽。醉中唤秋與秋語，秋辭淒脆咽不吐。忽欲騎鯨汗漫遊，海藏飛出白玉鼓。《全宋詩》卷三六二五，册69，第43410頁

丁督護曲

趙　文

詩序曰：「宋高祖女夫徐逵之，爲魯軌所殺。高祖使督護丁旿收斂之。逵之妻呼旿至閣下，自問斂送事，每問，輒嘆息曰『丁督護』，其聲哀切。後人因其聲，廣而爲歌焉。」

丁督護，爲我行。去時馬上郎，今作野外殤。男兒肯斷頭，婦女肯斷腸。
丁督護，聽我語。欲從君，臂不羽。嫁時所結髮，剪之隨君去。
丁督護，念我苦。未亡人，殤鬼婦。古若無銜冤，乾坤無風雨。《全宋詩》卷三六一一，册68，第43237頁

擬桃葉團扇歌三首并引

周紫芝

詩引曰：「王徽之愛姬作《團扇歌》三首，詞固佳絶而意若有未盡者，爲再作三詩以足其意。」按，《樂府詩集》無此題，詩引所叙王徽之愛姬作《團扇歌》，或即其族弟珸與嫂婢謝芳姿有愛作《團扇郎》事，然《樂府詩集》録六首，非詩引所云三首。宋鄭樵《通志二十略·樂略一》「佳麗四十七曲」有《情人桃葉歌》，亦曰《千金意》。① 又，周紫芝《太倉稊米集》置此詩於「樂府」類，本卷暫置《團扇郎》處。宋人所作《團扇歌》，凡題旨與《樂府詩集》之《團扇郎》相近者，亦入本卷。

倚杼織冰紈，殷勤作團扇。爲君惜朱顔，相期日相見。

裁紈作團扇，纖纖如白玉。歲寒不改姿，持用可郎目。

團扇復團扇，團扇亦已好。但恐秋風至，棄捐在中道。《全宋詩》卷一四九七，册26，第17095頁

① 《通志二十略》，第915頁。

團扇歌三首

薛季宣

按，薛季宣《浪語集》置此詩於「樂府」類。

田田白團扇，輕綃寫蟬雀。用之却炎暑，生風郎掌握。
團扇復團扇，羞郎引遮面。顧景强躊躇，隙月雲端見。
團團白紈扇，奉君揮素手。餘凉入長夏，結交貴經久。《全宋詩》卷二四七五，册46，第28695頁

同前

趙文

按，《全元詩》册九亦收趙文此詩，且據《天下同文集》卷四十四補詩序曰：「晉王珉與嫂婢有情好。嫂鞭撻過苦。婢素善歌，而珉好持白團扇。故云：『團扇復團扇，許持自遮面。憔悴無復理，羞與郎相見。』」又，《全元詩》首句據《天下同文集》卷四四改「夜」作

「衣」。① 本卷據《全宋詩》收録，元代卷不復録。

私夜必見汙，葛屨必遭踐。生世不爲男，托身況微賤。悲痛只在心，憔悴更障面。出入懷袖中，羨郎白團扇。《全宋詩》卷三六一一，册68，第43244頁

追和亡友杜仲觀古黄生曲三首

賀鑄

題注曰：「甲戌四月海陵獲仲觀遺編，追和此。」明費經虞《雅倫》曰：「曲者，樂府之總名也。無詩不可以名之者，如鼓吹曲、横吹曲、相和曲之類，亦有專以曲名者，如《黄生曲》《歡好曲》《雍州曲》之類。」②

朝爲去山雲，暮爲還山雨。誰謂物無情，歡期不知許。

① 《全元詩》，册9，第238頁。
② 《雅倫》卷八，續修四庫全書，册1697，第152頁。

歡歸夜何其，月照臨門别。後夜待歡來，開門但明月。
要知兩儂心，等是它山石。此誠不可轉，彼情無自入。《全宋詩》卷一一〇九，册19，第12584頁

碧玉歌

曹　勛

《碧玉歌》又名《情人碧玉歌》《千金意》，一曰晉孫綽作，一曰晉汝南王作。宋李昉等《太平御覽》引《古今樂録》曰：「《碧玉歌》，晉孫綽作。」①元馬端臨《文獻通考》曰：「《碧玉歌》，晉汝南王妾名，寵好，故作歌之。」②宋曾慥《類説》曰：「《碧玉歌》，孫綽《情人碧玉歌》云：『碧玉小家女，不敢扳貴卿。』」③宋鄭樵《通志二十略·樂略一》「佳麗四十七曲」有「孫

① 《太平御覽》卷五七三，第2589頁。
② 《文獻通考》卷一四二，第4292頁。
③ ［宋］曾慥《類説》卷五一，景印文淵閣四庫全書，册873，臺灣商務印書館，1986年版，第876頁。

綽《情人碧玉詩》」，①宋葉廷珪《海録碎事》「小家女」有「孫綽《情人碧玉歌》」二首。② 明楊慎《升庵詩話》曰：「《碧玉歌》一名《千金意》，晉孫綽作。」③清張德瀛《詞徵》曰：「考相和曲有《碧玉歌》《懊儂歌》《子夜歌》諸調，蓋創於典午之世。」④

南山有桂樹，上與浮雲齊。上巢雙鴛鴦，下合連理枝。不夭亦不傷，千載當若斯。《全宋詩》卷一八七八，册33，第21046頁

古懊惱歌六首

嚴 羽

宋戴埴《鼠璞》曰：「俗字皆有所出，《釋常談》載之詳矣。……《晉·禮儀志》有《懊儂

①《通志二十略》，第915頁。
②［宋］葉廷珪撰，李之亮校點《海録碎事》卷七，中華書局，2002年版，第281頁。
③《升庵詩話新箋證》卷二，第111頁。
④《詞話叢編》，第4076頁。

上，烏浩反；下，奴浩反歌》，即今之懊儂字。」①宋吴曾《能改齋漫録》「歡稱婦人」條曰：「晉吴聲歌曲，多以『儂』對『歡』，詳其詞意，則『歡』乃婦人，『儂』乃男子耳。然至今吴人稱儂者，唯見男子，以是知歡爲婦人必矣。《懊儂歌》云：『潭如陌上鼓，許是儂歡歸。』又云：『我與歡相憐。』又云：『我有一所歡，安在深閤裏。』又《華山畿》云：『歡若見憐時，棺木爲儂開。』又《讀曲歌》云：『思歡久，不愛獨枝蓮，只惜同心藕。』又云：『憐歡敢唤名，念歡不呼字。連唤歡復歡，兩誓不相棄。』予後讀《通典》，見序《常林歡》云：『江南謂情人爲歡。』然後始恨讀書之寡。」」②明劉績《霏雪録》曰：「嚴滄浪之於詩，刻意古作，卓然不爲流俗所染。……如《懊儂歌》云：『君子如白日，願得垂末光。妾心如螢火，安得久照郎。』『船在下江口，逆風不得上。結束作男兒，與郎索百丈。』又『朝亦出門啼，暮亦出門啼。蛛網挂風裏，遥思無定時。』」③清王夫之《薑齋詩話》曰：「清商曲起自晉、宋，蓋里巷淫哇，初非文人所作，猶今

---

① [宋] 戴埴《鼠璞》，中華書局，1985年版，第6頁。
② 《能改齋漫録》卷一，第6—7頁。
③ 《霏雪録》卷下，第691頁。

之《劈破玉》《銀紐絲》耳。操舢者即不惜廉隅，亦何至作《懊儂歌》《子夜》《讀曲》？」①清梁章鉅《稱謂録》曰：「『儂』，他也，《古樂府》有《懊儂歌》。《六書故》：『吴人謂人曰儂，即人聲之轉，甌人呼若能。』案：儂之稱已見『自稱門』，彼此各一義也。」②按，《宋詩紀事》止收「君子如白日」、「船在下江口」、「朝亦出門啼」三首，題作《懊儂歌》。③

五兩轉須臾，相望奈何許。寄語黄帽郎，船頭慢摇櫓。

君子如白日，願得垂末光。妾身如螢火，安能久照郎。

郎去無見期，妾死那瞑目。郎歸認妾墳，應有相思木。

船在下江口，逆風不得上。結束作男兒，與郎牽百丈。

朝亦出門啼，暮亦出門啼。蛛網挂風裏，遥思無定時。

懊惱復懊惱，懊惱無奈何。請郎且少住，聽妾懊惱歌。《全宋詩》卷三一一五，册59，第37204頁

① [清] 王夫之《薑齋詩話》卷下，《清詩話》，第21頁。

② [清] 梁章鉅撰，馮惠民等點校《稱謂録》卷三二，中華書局，1996年版，第517頁。

③ 《宋詩紀事》卷六三，第1592頁。

古相思

梅堯臣

郭茂倩《樂府詩集》之《懊儂歌》解題引《古今樂録》曰：「《懊儂歌》者，晉石崇緑珠所作，唯『絲布澀難縫』一曲而已。後皆隆安初民間訛謡之曲。宋少帝更製新歌三十六曲。齊太祖常謂之《中朝曲》，梁天監十一年，武帝敕法雲改爲《相思曲》。」①故本卷置此題於《懊儂歌》後。

劈竹兩分張，情知無合理。織作雙紋簟，依然泪花紫。泪花雖復合，疑岫幾千里。欲識舜娥悲，無窮似湘水。《全宋詩》卷二四二，册5，第2801頁

代古相思

郭祥正

妾面如花開，妾心似蘭死。花開色易衰，蘭死香不已。願持枯蘭心，終焉托君子。君行胡

① 《樂府詩集》卷四六，第519頁。

不歸，兩見秋風起。鴻雁只空來，音書無一紙。夜夜夢見君，朝朝懶梳洗。不憶霜月前，絲桐爲君理。千古萬古悲，悠揚逐流水。《全宋詩》卷七六六，册13，第8894頁

相思曲

劉才邵

題注曰：「按：《宋詩紀事》卷三八引《詩話補遺》，《廬陵詩存》卷二均載《夜度娘歌》。係截本題『菱花炯炯』四句而成。」按，《宋詩紀事》卷三八引《詩話補遺》復録「菱花炯炯垂鸞結，嬾學宫妝匀膩雪。風吹凉鬢影蕭蕭，一抹疏雲對斜月」四句，題作《夜度娘歌》。本卷《夜度娘》題後亦録。

長相思，懷百憂。誰憐方寸間，常貯一掬愁。年華過眼如川流，君亦何心長遠遊。菱花炯炯垂鸞結，懶學宫梅匀膩雪。風吹凉鬢影蕭蕭，一抹疏雲對斜月。紅樓曲檻凌高寒，秋色滿空風更酸。問征鴻兮倩爾傳素書，歲將闌兮君早還。何時失喜聽嘶馬，相迎小立珠簾下。《全宋詩》卷一六八一，册29，第18840頁

卷七八　宋清商曲辭三

春江花月詞

曹　勛

群芳珠箔映青樓，樓上珠簾卷玉鈎。十二香衢遍羅綺，青樓和月爲君愁。《全宋詩》卷一八八〇，册33，第21061頁

玉樹後庭花

曾　極

明卓明卿《卓氏藻林》曰：「《玉樹後庭花》：樂府名，陳後主所作，又有《臨春樂》等曲，大抵皆美張貴妃、孔貴嬪之容色。」①按，《玉樹後庭花》唐時曾傳入日本，然有譜無辭。黄遵憲《日本國志》曰：「由唐時傳授。樂曲有《萬歲樂》《回波樂》……《玉樹後庭花》《泛龍

---

① [明] 卓明卿《卓氏藻林》卷六，四庫全書存目叢書，子部册214，齊魯書社，1995年版，第431頁。

舟》《破陣樂》《拔頭》諸樂，然傳其譜，不傳其辭，所謂制氏能記其鏗鏘鼓舞而已。」①日本德川光圀《大日本史》「壹越調二十五曲」有《玉樹後庭花》，任半塘《唐聲詩》引之，②然非全貌。茲録《大日本史》所載全文如下：「《玉樹後庭花》，一名《玉樹曲子》，又《金釵兩臂垂》，又《霓裳羽衣曲》，又《陳宮怨》，又《壹越婆羅門》，即陳樂也。《隋書》《唐書》《文獻通考》按：《通考》《金釵兩臂垂》《霓裳羽衣》《玉樹後庭花》各爲別曲，而此爲同曲，蓋當時《金釵》《霓裳》唯傳舞曲，不傳聲樂，故舞此二曲，則奏《玉樹》，遂誤爲一曲也。新樂，中曲，一帖十四拍，七帖各十二拍。《仁智要録》《教訓抄》舞女十二人。《教訓抄》《體源抄》堀河帝嘗聞元興寺藏有《玉樹》裝束，遣左大辨大江匡房檢之，櫃上題曰《玉樹》《金釵兩臂垂》裝束二具。其裝束美麗無比，金冠貫以五色玉，飾以各色絲，似神女裝束，以目録校之，緑羅衣謂之碧衣，裲襠謂之金雀玉，青裳謂之翠翹，腰帶八條，兩端有三重文，羅袴上下長短不齊，金玉繫謂之金吐差，即瓔珞也。又有赤色衣覆裳前者，玉貫如天冠者，金釵皆繫采玉金玲，肩覆似八葉座，鳳舃以革造之。但二具朽損，制式不詳。伶官狛光季謂匡房曰：《玉樹》與《兩臂垂》爲一曲，題銘可證。今所傳《玉樹》舞與樂自別。樂即

① ［清］黃遵憲撰，陳錚編《黃遵憲全集·日本國志》卷三六，中華書局，2005年版，第1464—1465頁。

② 《唐聲詩》下，第74頁。

古之《玉樹》，唯舞以六七帖爲《霓裳羽衣曲》者非也。光季具奏之帝云。《續教訓抄》《體源抄》按：《玉樹後庭花》《金釵兩臂垂》，題銘既爲二具，《隋書》《通典》所載亦自別曲，光季説固可疑也。古別有裝束，今用常裝束，答舞《綾切》，《續教訓抄》或無答舞。《教訓抄》《體源抄》」①《玉樹後庭花》宋時仍見演唱。王安石《桂枝香》(金陵懷古)曰：「至今商女，時時猶唱，《後庭》遺曲。」②晁冲之《送王敦素》曰：「緩歌《玉樹》翻新曲，趣入金鑾續舊書。」③陳著《次韻弟觀送牡丹》曰：「極目風沙姚魏家，耳邊忍聽《後庭花》。」④劉克莊《商婦詞十首》其七曰：「客沽北府酒，女唱《後庭花》。」⑤黄今是《漁父詞》曰：「風雨滿天愁不動，隔江猶唱《後庭花》。」⑥又，宋張邦基《墨莊漫録》曰：「政和間，汴都平康之盛，而李師師、崔念月二妓名著一時，晁冲之叔用每會飲，多召侑席，其後十許年，再來京師，二人尚在，而聲名溢于京國。李生者，門地尤峻，叔用追

---

① [日] 德川光圀《大日本史》卷三四七，影印本德川總子明治四十年，第 14—15 頁。
② 《全宋詞》，册 1，第 204 頁。
③ [宋] 晁冲之《晁具茨詩集》卷九，續修四庫全書，册 1317，上海古籍出版社，2002 年版，第 42 頁。
④ [宋] 陳著《本堂集》卷三，景印文淵閣四庫全書，册 1185，臺灣商務印書館，1986 年版，第 15 頁。
⑤ [宋] 劉克莊撰，辛更儒箋校《劉克莊集箋校》卷四三，册 6，中華書局，2011 年版，第 2260 頁。
⑥ 《全宋詩》卷三六〇一，册 68，第 43125 頁。

感往昔，成二詩以示江子之。其一云：『少年使酒來京華，縱步曾遊小小家。看舞《霓裳羽衣曲》，聽歌《玉樹後庭花》。門侵楊柳垂珠箔，窗對櫻桃卷碧紗。坐客半驚隨逝水，吾人星散落天涯。』」①《玉樹後庭花》五代時變爲詞牌。宋王灼《碧鷄漫志》曰：「僞蜀時，孫光憲、毛熙震、李珣有《後庭花》曲，皆賦後主故事，不著宫調。兩段各四句，似令也。今曲在，兩段各六句，亦令也。」②宋人張先、許棐等皆有《後庭花》詞，均見《全宋詞》，本卷不録。

結綺臨春成草莽，繁華都入暮烟中。後庭玉樹迎秋色，猶帶張妃臉上紅。《全宋詩》卷二六八〇，册50，第31515頁

後庭花

朱淑真

豈意爲花屬後庭，荒迷亡國自兹生。至今猶恨隔江唱，可惜當時枉用情。《全宋詩》卷一五九七，

① [宋] 張邦基撰，孔凡禮點校《墨莊漫録》卷八，中華書局，2002年版，第222頁。
② [宋] 王灼撰，岳珍校正《碧鷄漫志校正》，巴蜀書社，2000年版，第127頁。

册 28，第 17993 頁

同前

洪　适

月滿臨春閣，雲隨張麗華。隔江雖度曲，破國不因花。《全宋詩》卷二〇八三，册 37，第 23498 頁

同前

許及之

葉如花傍砌，往事逐浮華。舊曲惟傳恨，人間復見花。《全宋詩》卷二四五六，册 46，第 28418 頁

同前

董嗣杲

有葉無花孰與同，緊誰指作雁來紅。翠梢潤色攢秋瓣，玉樹遺歌入野叢。混迹塵泥欺落日，强顔籬落媚西風。麗華曾灑當時泪，不把臙脂染井桐。《全宋詩》卷三五七三，册 68，第 42730 頁

堂堂

徐積

宋錢易《南部新書》曰：「永徽之理，有貞觀之遺風，製《一戎衣大定樂》曲。至永隆元年，太常悉李嗣真善審音律，能知興衰，云：『近者樂府有《堂堂》之曲，再言之者，唐祚再興之兆也。』」①明胡震亨《唐音癸籤》曰：「《堂堂》，隋樂府有《堂堂曲》，明唐再受命也。調露初，民間有『側堂堂』、『撓堂堂』之謡。側，不正；撓，不安。故武后戕宗室，易唐爲周，而孝和復反正爲唐。《樂苑》曰：『唐《堂堂》曲，角調也。』」②按，此詩原題作《九月九六首并序》，此處止録其五《堂堂并序》。《堂堂》詩序曰：「又《堂堂》一首，上煩通理朝奉一笑，所以酬『交鋒將壇』之句。如賜一再觀，即一再笑，至於撫掌也。蓋其力盡辭窮，緣大句而變爲此章也。」

---

① [宋]錢易撰，黄壽成點校《南部新書》，中華書局，2002年版，第90頁。

②《唐音癸籤》卷一三，第133頁。

堂堂兵陣列如山，羽檄交飛勢未閑。敵國正强無備處，我師潛遁若爲顔。已張火炬嚴刁斗，更使轅門置鐵關。欲就將軍送降款，金城萬雉莫能攀。《全宋詩》卷六五七 册 11，第 7710 頁

三閣詞

徐　照

龔孔與麗華，迷昏竟宵晝。只知歡似前，豈知禍萌後。三閣變瓦礫，歡樂一時休。草没石井欄，草亦爲汝羞。《全宋詩》卷二六七二，册 50，第 31401 頁

三閣曲

趙汝鐩

叔寶沉迷建鄴宫，厭厭夜飲清晝同。金碧三閣插晴漢，沉檀十里聞香風。疊石爲山水爲沼，後庭萬花坼春叢。狎客倡酬女學士，汙詞媚句争新工。被之弦歌恣酣樂，千娥行列紛青紅。將軍忽遇韓擒虎，江神今識清河公。憑欄璧月詞未終，誰知携手兩妃遊井中。《全宋詩》卷二八六四，册 55，第 34202 頁

人生不滿百

洪　适

按，《樂府詩集·清商曲辭》有《同生曲》，乃擬古詩《人生不滿百》作，首句即云「人生不滿百，常抱千歲憂。」①蓋爲此題所本。又，此詩原係組詩，總題作《擬古十三首》，此爲其十一。

人生不滿百，蟪蛄等春秋。花月多風雨，何不蠟屐遊。朱光忽以馳，退舍未易留。生前一杯樂，難與味者謀。臨流羨芳沚，歡言泛輕舟。《全宋詩》卷二〇七五，册37，第23413頁

擬人生不滿百

趙崇嶓

按，《全宋詩》卷三七六二據《永樂大典》卷三〇〇六引《江湖續集》復收此詩，題辭皆同，作無名氏詩，兹不復録。

① 《樂府詩集》卷四七，第532頁。

人生不滿百，譬如朝露晞。白日入虞淵，胡不秉燭嬉。大耋嗟晷短，多憂亦奚爲。君看玄廬道，輀車無停時。伺晨當及旦，佳會當及期。《全宋詩》卷三一七一，册60，第38073頁

神弦曲

劉才邵

古樹葉殘屯野烟，紅櫨鏤磉蟠蝸涎。清燈暈淺不成圓，神妃靈女對瓊筵。翠衫籠玉眉連娟，泠泠古曲五十弦。啼雲吊月愁遠天，山鬼窺窗風颯然。絳節遥遥歸洞府，門前赤豹青狸舞。《全宋詩》卷一六八一，册29，第18855頁

嶀臺神弦曲

高似孫

題注曰：「《神弦曲》出於唐，娱靈斿也。嶀臺介剡山水間，神境奇拔，中抱霖雨，時庸濯靈。似孫甲戌春奉先公綍車過臺下，酹江有祈風反，須臾一帆脱矢，直搗山步，灘磧不驚。神光赫流，肇敏桴鼓。乃依《楚辭》章句，度《迎神》《送神》辭，刻諸山中，用毋忘英造。」

迅雙槳兮刊中流，風與力兮帆無留。瞥逝鴻兮呵慵虯，芷泣香兮木鳴樛。宛有人兮山之幽，翠翦字兮旌柔柔。朝陽滋兮夕陰洲，月不動兮雪霜浮。期靈君兮一徠游，虚谷應兮寒飕飕。酒可醺兮蘋可羞，靈不鄙兮攄吾愁。

水清清兮石鑿鑿，浪攻崖兮風洗壑。天飛凉兮衆木作，元氣涌兮魚龍惡。若有人兮老叢崿，跨黄羆兮度蘅幄。夕鴻溟兮曉名嶽，懷霖雨兮時雹雹。靈來娭兮瑟蘭勺，水光開兮烟罷漠。律予辭兮徵眇邈，林劃嘯兮靈歎樂。《全宋詩》卷二七二〇，册51，第31994頁

神弦

范成大

雙娥一去三千秋，粉篁春泪凝古愁。神鼉悲鳴老龍怨，水爲翻瀾雲爲留。素空逗露晚花泣，神官行水鱗僮濕。潮聲不平江風急，蒼梧冥茫九山立。《全宋詩》卷二二四四，册41，第25766頁

同前

周　密

棘櫟叢祠晝淒楚，隱晝廊深山鬼語。香火千年古像昏，十圍老木藏飛鼠。芳蘭藉地羅蕙

蒸，陰風窸窣吹神燈。舞蠻姣服炫紅緯，雲旗飆御聲軏軏。藺甕千車麥雙穗，社主蠶姑拜神賜。鼓聲坎坎酒頻釃，神來不來巫自醉。《全宋詩》卷三五六〇，册 67，第 42554 頁

西曲歌

烏夜啼

宇文虛中

西曲歌《烏夜啼》乃舞曲，屬軟舞。唐崔令欽《教坊記》曰：「《垂手羅》《回波樂》《蘭陵王》《春鶯囀》《半社渠》《借席》《烏夜啼》之屬謂之軟舞。」①元馬端臨《文獻通考》曰：「唐教坊樂《垂手羅》《回陂樂》《蘭陵王》《春鶯囀》《半社渠》《借席》《烏夜啼》之屬謂之軟舞，《阿遼》《柘枝》《黄章》《拂林》《大渭州》《達摩支》之屬謂之健舞。」②《烏夜啼》亦琴曲。唐徐堅《初學記》引《琴歷》曰：「琴曲有《蔡氏五弄》……《烏夜啼》《楚明光》《石上流泉》……《中揮

---

① ［唐］崔令欽撰，任半塘箋訂《教坊記箋訂》，中華書局，1962 年版，第 28 頁。

② 《文獻通考》卷一四五，册 7，第 4382 頁。

清》《暢志清》《蟹行清》《看客清》《便僻清》《婉轉清》。」①唐後琴曲《烏夜啼》仍有流傳。宋黎廷瑞《聽琴》曰：「凄涼《烏夜啼》，怨抑《雉朝飛》。」②宋吴則禮《贈江貫道》曰：「老子從來知賀若，爲我剩彈《烏夜啼》。」③皆可證。明《吴昭明輯詞話》曰：「《石水》《流泉》《陽春》諸調，《風入松》《烏夜啼》，俱琴曲名。」④琴曲《烏夜啼》調式有二：一曰角調、一曰羽調。前者多見於唐，後者多見於明清。唐白居易《池鶴八絶句》之《烏贈鶴》曰：「與君白黑太分明，縱不相親莫見輕。我每夜啼君怨别，玉徽琴裏忝同聲。」小注曰：「琴曲有《烏夜啼》《别鶴怨》。」其《鶴答烏》曰：「吾愛棲雲上華表，汝多攫肉下田中。吾音中羽汝中角，琴曲雖同調不同。」小注曰：「《别鶴怨》在羽調，《烏夜啼》在角調。」⑤至明清，琴曲《烏夜啼》又有羽

---

①《初學記》卷十六，第 386 頁。

②［宋］黎廷瑞《芳洲集》卷一，［清］史簡編《鄱陽五家集》，景印文淵閣四庫全書，册 1476，臺灣商務印書館，1986 年版，第 275 頁。

③［宋］吴則禮《北湖集》卷二，景印文淵閣四庫全書，臺灣商務印書館，1986 年版，册 1122，第 434 頁。

④鄧子勉《明詞話全編》，册 4，第 2238 頁。

⑤［唐］白居易撰，朱金城箋校《白居易集箋校》卷三六，上海古籍出版社，1988 年版，第 2533—2534 頁。

調。清王錦《琴譜序》曰：「羽調有《烏夜啼》《玉樹臨風》，今無之，而益之以《漢宫秋》。」①又，明龔經《浙音釋字琴譜》屬《烏夜啼》於「羽意」，解題曰：「希仙曰：『考之羽數四十有八，聲陰中之陰，最清也。位於五弦，專之而爲羽調，有清爽之音。』」②宋《烏夜啼》亦詞牌名，一作《相見歡》。清王奕清《欽定詞譜》曰：「《相見歡》，唐教坊曲名……或名《烏夜啼》。」③又曰：「《烏夜啼》，唐教坊曲名。《太和正音譜》注『南吕宫』，又『大石調』。宋歐陽修詞名《聖無憂》，趙令畤詞名《錦堂春》。按，郭茂倩《樂府詩集》有清商曲《烏夜啼》，乃六朝及唐人古今體詩，與此不同。此蓋借舊曲名另翻新聲也。」④宋蘇軾、趙令畤、朱敦儒、蔣元龍、趙鼎、權無染、楊無咎、李石、陸游、辛棄疾、程垓、石孝友、李從周、盧祖皋、趙文皆有《烏夜啼》詞，均見《全宋詞》，本卷不録。又，宋人又有《啼烏詞》，當出於此，亦予收録。

① [清] 黄宗羲編《明文海》卷三一八，中華書局，1987 年版，第 3274 頁。
② 《琴曲集成》，册 1，第 230 頁。
③ [清] 王奕清等《欽定詞譜》卷三，中國書店出版社，2010 年版，第 153 頁。
④ 《欽定詞譜》卷六，第 388 頁。

汝琴莫作歸鳳鳴，汝曲莫裁白鶴怨。明珠破壁挂高城，上有烏啼人不見。堂中蠟炬紅生花，門前紺幰七香車。博山夜長香爐冷，悠悠蕩子留倡家。妾機尚餘數梭錦，織恨傳情還未忍，城烏爲我盡情啼，知道單棲泪盈枕。《全宋詩》卷一四三二，册25，第16502頁

同前

周紫芝

黄門急詔下，趣封南郡王。鸞輅儼且深，班劍列成行。建以左纛旆，樹以羽葆幢。骨肉厚恩義，門户生輝光。分封得大國，四境彌七疆。那知以嫌猜，將身觸嗔怒。徵我還上都，令我不得住。奪我封侯印，被我五兩組。低頭屏氣息，對客不敢語。紅窗昏夜燈，白泪墮秋雨。鬱鬱兩大樹，依依近墻宇。鴉鴉枝上啼，腷腷振兩羽。沉沉夜未央，紞紞方三鼓。侍兒聞之喜，攬衣中夜起。起敲齋閤門，秉燭具肴旨。再拜前致辭，靈烏未可鄙。吾聞烏夜啼，霈澤覃萬里。杲杲方平旦，使者已在門。官家有詔書，爲君敦厚恩。舊憤知已釋，徙封意增勤。客有鮑書記，當代稱能文。命作啼烏曲，樂府傳清芬。人生欲富貴，生身恨不早。富貴豈不好，危機亦難蹈。古來兄弟間，生死在一朝。煮豆然豆萁焦，靈烏莫厭聲嘵嘵。《全宋詩》卷一四九六，册26，第17085頁

同前

吴百生

夜夜烏來啼未央，明月出户空飛霜。吹笳征夫不就寢，宫筵列燭聲滿堂。《全宋詩》卷一八六九，册33，第20906頁

同前二首

曹勛

饑烏啞啞不肯棲，雄飛呼雌鳴聲悲。娼樓年少醉歌舞，幽閨思婦寂無語。將軍百戰未成功，坐數更籌聽金鼓。

月落啼烏近鎖窗，鎖窗深處綉鴛鴦。鴛鴦未就腸先結，馬踏天山夜飛雪。歸來且莫話封侯，同醉笙歌弄明月。《全宋詩》卷一八八一，册33，第21069頁

同前

郭世模

按，《全宋詩》卷一九七〇又作許志仁詩，題辭皆同，兹不復録。

碧烟障樓天欲暮，飛烏夜集蕪城戍。雲外畢逋銜尾來，月明膈膞同枝語。樓中有人輟機杼，玉筌怨咽凝江霧。惆悵幽棲夜未闌，桂樹秋風蘭葉露。《全宋詩》卷一九〇四，册33，第21270頁

同前

姜夔

老烏棲棲飛且號，晨來枝上啄楮桃。楮桃已空楮葉死，猶啄枯枝覓蟲蟻。老烏賦分何其貧，未啼已被鄰公嗔。吁嗟老烏不自省，墻頭屋上紛成群。吴中貴遊重鸜鵒，千金遠致能言語。花底紅絛鄭袖擎，盤中碧果秦宫取。天生靈物得人憐，過者須來鸜鵒邊。老烏事事無足録，人間猶傳夜啼曲。《全宋詩》卷二七二四，册51，第32042頁

同前

周文璞

何人彈阮咸，故故輕手摘。彈作烏夜啼，此意我所惻。南朝有帝子，作牧號侯伯。著身疑嫌間，生意日偪仄。愛妾聞啼聲，改鎮頒竹册。或云長安吏，性命在頃刻。小婦聞啼聲，赦令敷大澤。身雖不肖甚，幼小著蒼幘。再轉作縣佐，欲塞父祖責。濡墨決疑訟，行朱慰冤魄。群凶見之怒，極意便刳磔。首沮隸陽橋，公議亦已格。痛掠及庫胥，指作盜錢賊。胥既窘椎鑿，手墮面愈黑。書款自誣伏，身竟遭刻畫。酷毒一如斯，誰謂彼無策。謗書入外臺，遂坐使者劾。牽連入冶城，五載窮慘礉。陳詞叫穹旻，哀慟人叵測。若無磊落者，誰肯爲昭白。翻思受禍時，何但鎩羽翮。愁冤傳里巷，泣涕到臧獲。嫠母偕妻孥，惘惘望秋色。豈料今日下，置酒設豚拍。聽此哀絲鳴，但呼說不得。月明客已去，庭宇鳴啞啞。世人見慈烏，唖笑滿阡陌。誰知事乘除，禍去反爲福。蒼蒼上林枝，當去作謝客。《全宋詩》卷二八三二，册 54，第 33721 頁

同前

許棐

丈人屋侵雲，烏愛丈人屋。涂人亦愛烏，烏聲喜相續。屋底間蛾眉，環坐理絲竹。絲竹無新腔，寫汝聲爲曲。丈人一賞音，瓦礫棄珠玉。移噪鄰翁家，聞者皆唾逐。《全宋詩》卷三〇九〇，册59，第36864頁

同前

李龏

衆鳥各歸枝，落花香滿泥。狹斜柳樹烏争宿，夜夜夜半當户啼。浮萍摇盪門前水，九節菖蒲石上死。感郎中夜渡瀟湘，恩光暗入簾櫳裏。聶夷中、崔道融、李端、王建、楊巨源、李賀、劉方平、温飛卿《全宋詩》卷三一三二，册59，第37457頁

按，此爲集句詩。

同前

釋文珦

東家屋樹與雲齊，夜夜有烏來上棲。明月照樹棲烏啼，愁殺窗中戰士妻。官家遣夫戍遼西，三年不歸守空閨。烏啼不止婦增泣，泪痕如雨衣裳濕。《全宋詩》卷三三一九，册63，第39557頁

同前

宋无

元馮子振《翠寒集序》曰：「天詘西北曰無。曠古未有姓而以無爲之名者。吴人宋子虚乃以無爲之名。斯名也，殆自子虚始。無是公、烏有先生之始乎。……其《烏夜啼》《公無渡河》《戰城南》《公莫舞》至《妾薄命》《古硯歌》諸篇，皆古錦神林鬼冢外，帶三分鳳麟洲上飛仙羽翮格力。」①按，《全元詩》册一九亦收宋无此詩，元代卷不復録。

① 《全元文》卷六一八，第116—117頁。

露華洗天天墮水，燭光燒雲半空紫。西施夜醉芙蓉洲，金絲玉簧咽清秋。鼙鼓鞭月行春雷，洞房花夢酣不回。宮中夜夜啼棲烏，美人日日歌吴歈。吴王國破歌聲絶，鬼火青熒生碧血。千年壞冢耕狐兔，烏銜紙錢挂枯樹。髑髏無語滿眼泥，曾見吴王歌舞時。烏夜啼，啼爲誰。身前歡樂身後悲，空留瑟怨傳相思。烏夜啼，啼别離。《全宋詩》卷三七二三，册70，第44741頁

卷七九　宋清商曲辭四

啼烏詞

舒岳祥

月明雙影帶霜棲，長憶青梧玉井西。前度碧窗驚曉夢，女奴驅遣莫教啼。《全宋詩》卷三四四三，册65，第41016頁

城頭烏

劉敞

城頭月出天正白，衆烏驚飛啼夜色。枝高風多露新滴，畏聲惡影不能息。愁人感之援鳴琴，指弦成聲泪沾襟。嗟爾一生八九雛，游翔不過東西林。白頭反哺無所恨，桓山分飛獨何心。《全宋詩》卷四七七，册9，第5773頁

烏棲曲二首

司馬光

明黄溥《詩學權輿》曰：「抑揚其辭，比順其音，使高下長短各極其趣，因命曰『曲』。若梁簡文之《烏棲曲》、陶嬰《黄鵠曲》、李太白《清江曲》是已。」①明卓明卿《卓氏藻林》曰：「《烏夜啼》，樂府名，宋臨川王義慶爲江州，帝征還宅，大飲，伎妾夜聞烏啼聲，因作此歌，一曰《烏西曲》。」②

風破金鋪結綺錢，穿簾入幌舞垂蓮。可憐無人夜不曉，起視西窗月華皎。
星疏月明漏水長，羅幃翠帳華燈光。佳人起舞玉釵墮，門外烏棲雁南過。《全宋詩》卷四九八，册9，第6008頁

①《詩學權輿》卷一，四庫全書存目叢書，集部册292，第12頁。
②《卓氏藻林》卷六，四庫全書存目叢書，子部册214，第432頁。

同前

馮時行

黄河吹風暗平川，東流之水清且瀾。明月不如長年好，照我離離滿秋前。明年此夜月還明，我是荆江雲水人。勸君莫唱《烏棲曲》，千古悲凉鬼神哭。《永樂大典》卷二三四六　《全宋詩》卷一九三九，册 34，第 21653 頁

同前

陸　游

楚王手自格猛獸，七澤三江爲苑囿。城門夜開待獵歸，萬炬照空如白晝。樂聲前後震百里，樹樹棲烏盡驚起。宮中美人謂將旦，髮澤口脂費千萬。樂聲早暮少斷時，莫怪棲烏無穩枝。《全宋詩》卷二一八二，册 39，第 24850 頁

同前

釋文珦

白露生庭蕪，明月照棲烏。棲烏啼不已，閨人中夜起。起視西北方，翩翩雁南翔。幽燕戍未返，云胡不淒傷。《全宋詩》卷三三一六，册 63，第 39528 頁

同前

董嗣杲

按，《全元詩》册十亦收董嗣杲此詩，元代卷不復録。

緑陰涼透城頭樹，月明正照烏棲處。黄昏角起吹晴雲，烏欲啼愁愁夜分。夜分湖波幻絶境，境絶月漾玻璃冷。棲烏忽過别枝棲，何人采蓮移舴艋。《全宋詩》卷三五七〇，册 68，第 42678 頁

同前

吴龍翰

風敲玉鈎蝦鬚垂，寒烏棲月萬年枝。香薰翠被春宵冷名賢集作永，玉臂曲作珊瑚枕。《全宋詩》卷三五八八，册68，第42884頁

烏棲曲擬張司業

謝翶

按，《全元詩》册一四亦收謝翶此詩，元代卷不復録。

吴宫草深四五月，破楚門開烏啼歇。美人軍裝多在船，歸來把弓墮弓弦。越羅如粟越王獻，宫中養蠶不作線。轆轤出屋井水淺，梔樹花萎子如繭。烏棲烏啼宫燭秋，越女入宫吴女愁。《全宋詩》卷三六八九，册70，第44290頁

莫愁曲

徐　照

宋洪邁《容齋隨筆》之「兩莫愁」曰：「莫愁者，郢州石城人，今郢有莫愁村。畫工傳其貌，好事者多寫寄四遠。《唐書・樂志》曰：『《莫愁樂》者，出於《石城樂》，石城有女子名莫愁，善歌謡。』古詞曰『莫愁在何處？莫愁石城西。艇子打兩槳，催送莫愁來』者是也。李義山詩曰：『海外徒聞更九州，他生未卜此生休。空傳虎旅鳴宵柝，無復鷄人送曉籌。此日六軍同駐馬，他時七夕笑牽牛。如何四紀爲天子，不及盧家有莫愁。』此莫愁者，洛陽人，梁武帝《河中之歌》曰『河中之水向東流，洛陽女兒名莫愁。莫愁十三能織綺，十四采桑南陌頭。十五嫁爲盧家婦，十六生兒似阿侯。盧家蘭室桂爲梁，中有鬱金蘇合香。頭上金釵十二行，足下絲履五文章。珊瑚挂鏡爛生光，平頭奴子擎履箱。人生富貴何所望，恨不早嫁東家王』者是也。盧氏之盛如此，所云『恨不早嫁東家王』，莫詳其義。近世周美成樂府《西河》一闋，專詠金陵，所云『莫愁艇子曾繫』之語，豈非誤指石頭城爲石城乎？」①宋趙彦衛

---

①《容齋隨筆》三筆卷一一，第561頁。

《雲麓漫鈔》曰：「石頭城有二，又有石城。『鍾阜龍蟠，石城虎踞』，此金陵之石頭城也。梁蕭勃父子、余孝頃所據，此豫章之石頭城也。汪彦章爲《豫章石頭驛記》引洪喬附書投諸水事，乃金陵之石頭。周美成作《西河詞》有云：『莫愁艇子誰繫？』此郢州之石城，皆誤用。莫愁，郢人，古樂府云：『莫愁在何處？莫愁石城西。艇子打兩槳，催道莫愁來。』人不知考。」①宋曾三異《同話録》曰：「周美成詞《金陵懷古》用莫愁字，金陵石頭城非莫愁所在，前輩指其誤。予嘗守郢，郡治西偏臨莫江，上石崖峭壁可長數千丈，兩端以城續之，流傳此爲石頭城。莫愁名見古樂府，意者是神仙，漢江之西岸至今有莫愁村，故謂『艇子往來』是也。莫愁像有石本，衣冠甚古，不知何時流傳，郢中倡女常擇一人名以莫愁，示存古意，亦僭甚矣。」②清袁枚《隨園隨筆》「莫愁非女」條曰：「宋曾三異云：『莫愁乃古男子，神仙隱逸者流，非女子也。見劉向《列仙傳》：『楚之石城有莫愁石，象男子衣冠，甚偉。』』」③

① 《雲麓漫鈔》卷五，第 79 頁。
② [宋] 曾三異《同話録》，[明] 陶宗儀《説郛》卷二三，上海古籍出版社，1988 年版，第 1096—1097 頁。又見鄧子勉《宋金元詞話全編》中，鳳凰出版社，2008 年版，第 913 頁。
③ [清] 袁枚撰，王英志點校《袁枚全集》，江蘇古籍出版社，1993 年版，第 334 頁。

莫愁石城住，今來無莫愁。只重石城水，曾泛莫愁舟。《全宋詩》卷二六七二，册50，第31403頁

莫愁歌

周紫芝

按，周紫芝《太倉稊米集》置此詩於「樂府」類。《全元詩》册六五亦收此詩，作周竹坡詩，元代卷不復録。

蓮花深紅蓮葉緑，平沙月上鴛鴦宿。青腰三板蘭作橈，月下莫愁歌一曲。移船入花花轉深，花深調苦難爲音。江邊夜半誰爲語，只有嬋娟知此心。露華漸白月漸午，刺舟自覓來時路。明朝繫纜柳邊門，却在夜來潮落處。《全宋詩》卷一四九七，册26，第17095頁

估客樂

曹勛

明胡應麟《少室山房筆叢》論《估客樂》曰：「《估客樂》者，齊武帝之所作也，其辭曰：『昔經樊鄧後，阻潮梅根渚。感憶追往事，意滿辭不叙。』令釋寶月被之管弦，帝遂數乘龍舟

游江中，以紝越布爲帆，緑絲爲帆縴，鍮石爲篙足。篙榜者，悉著鬱林布作淡黄袴，舞此曲，用十六人云。按史稱齊武帝節儉，嘗自言：『朕治天下十年，當使黄金與土同價。』然其從流忘返之奢如此，貽厥孫謀，何怪乎金蓮步地也。」①

朝飲文君酒，莫宿邯鄲妓。近得浮梁書，春前辦行計。《全宋詩》卷一八八二，册33，第21078頁

同前

陸　游

長江浩浩蛟龍淵，浪花正白蹴半天。軻峨大艑望如豆，駭視未定已至前。帆席雲垂大堤外，纜索雷響高城邊。牛車轔轔載寶貨，磊落照市人争傳。倡樓呼盧擲百萬，旗亭買酒價十千。公卿姓氏不曾問，安知孰秉中書權。儒生辛苦望一飽，趑趄光範祈哀憐。齒摇髮脱竟莫顧，詩書滿腹身蕭然。自看賦命如紙薄，始知估客人間樂。《全宋詩》卷二一七二，册39，第24691頁

---

①［明］胡應麟《少室山房筆叢》卷二三，中華書局，1958年版，第309頁。

同前　　嚴羽

荆州人，來販穀。下江易，上江難。船頭鼓，波漫漫，長帆挽上五兩竿。《全宋詩》卷三一一六，册59，第37213頁

同前　　方回

按，《全元詩》册六亦收方回此詩，元代卷不復録。

爲吏受賕嬰木索，漢相忽遭東市斮。不如估客取邪贏，居貨罔人人不覺。布素寒儒守鄉學，夜夜孤燈同寂寞。不如估客醉名倡，百萬呼盧投六博。估客樂哉真復樂，大舶飛山走城郭。珊瑚未數緑珠樓，家僮多似臨邛卓。十牛之車三百車，雪象紅牙水犀角。養犬喂肉睡氈毯，馬厩驢槽亦丹雘。生不羨鳳凰池，死不愛麒麟閣，估客樂哉真復樂。邇來六月錢塘潮，一估傳呼千估愕。大風來自度朔山，吹倒岷峨舞衡嶽。一江一日殞千艘，四海五湖可踰度。諸寶下輸龍

王宫，蝦蟹龜鼉恣吞嚼。人言估客樂，估客有時也不樂。百年計較千年心，不禁一日風濤惡。

自注：近六月浙江風潮，失舟六百艘。《全宋詩》卷三四八九，册66，第41555頁

估客謡二首

董嗣杲

按，《樂府詩集·清商曲辭》有《估客樂》，此題所詠與《估客樂》同，或出《估客樂》，故予收録。又，《全元詩》册十亦收董嗣杲此詩，元代卷不復録。

浪兒重規利，半世家如寄。千金得美人，長向船窗醉。

溺利誰知輕，性流甚於水。東去復西回，難將逝水比。《全宋詩》卷三五七〇，册68，第42686頁

襄陽古樂府三首

蘇軾

按，蘇軾詩凡三首，止《襄陽樂》見《樂府詩集·清商曲辭》。然三首既總題《襄陽古樂府》，餘二首亦應爲《襄陽樂》，故予收録。蘇轍《襄陽古樂府二首》同此。趙文《野鷹來歌》

詩序言及東坡《野鷹來曲》，亦録此題後。

野鷹來

野鷹來，萬山下，荒山無食鷹苦饑，飛來爲爾繫彩絲。北原有兔老且白，年年養子秋食菽。我欲擊之不可得，年深兔老鷹力弱。野鷹來，城東有臺高崔巍。臺中公子著皮袖，東望萬里心悠哉。心悠哉，鷹何在？嗟爾公子歸無勞，使鷹可呼亦凡曹，天陰月黑狐夜嘷。

上堵吟

臺上有客吟秋風，悲聲蕭散飄入空。臺邊游女來竊聽，欲學聲同意不同。君悲竟何事，千里金城兩稚子。白馬爲塞鳳爲闕，山川無人空自閑。我悲亦何苦，江水冬更深，鯿魚冷難捕。悠悠江上聽歌人，不知我意徒悲辛。

襄陽樂

使君未來襄陽愁，提戈入市裹氈裘。自從氈裘南渡沔，襄陽無事多春遊。襄陽春遊樂何許，峴山之陽漢江浦。使君朱旆來翻翻，人道使君似羊杜。道邊逢人問洛陽，中原苦戰春田荒。

北人聞道襄陽樂，目送飛鴻應斷腸。《全宋詩》卷七八五，册 14，第 9099 頁

同前二首

蘇　轍

野鷹來

野鷹來，雄雉走。蒼茫荒榛下，毰毸大如斗。鷹來蕭蕭風雨寒，壯士臺中一揮肘。臺高百尺臨平川，山中放火秋草乾。雉肥兔飽走不去，野鷹飛下風蕭然。嵯峨呼鷹臺，人去臺已圮。高臺不可見，况復呼鷹子。長歌野鷹來，當年落誰耳。父生已不武，子立又不强。北兵果南下，擾擾如驅羊。鷹來野雉何暇走，束縛籠中安得翔。可憐野雉亦有爪，兩手捽鷹猶可傷。

襄陽樂

誰言襄陽苦，歌者樂襄陽。太守劉公子，千年未可忘。劉公一去歲時改，惟有州南漢水長。漢水南流峴山碧，種稻耕田泥没尺。里人種麥滿高原，長使越人耕大澤。澤中多水原上乾，越人爲種楚人食。火耕水耨古常然，漢水魚多去滿船。長有行人知此樂，來買槎頭縮項鯿。《全宋詩》卷八四九，册 15，第 9821 頁

野鷹來歌

趙文

詩序曰：「沔水南有景升臺，劉表所築。表好鷹，常登此臺歌《野鷹來曲》。」東坡作《野鷹來曲》，宜擬表語，今云：『嗟爾公子歸無勞，使鷹可呼亦凡曹。』此非表語也。」按，《全元詩》册九亦收趙文此詩，元代卷不復録。

野鷹來，高臺下。天寒鳥死狐兔伏，枯梢啄雪何爲者。宜城有酒煦爾寒，格高韝暖肉不乾，終日臂爾夜宿安。野鷹來，山中忍饑良獨難。天陰日落雪模糊，有虎有虎雄當塗，兩猿不飽睨我雛。鷹不來，將奈何。自注：當塗，魏也；兩猿，紹、術。

《全宋詩》卷三六一一，册68，第43237頁

襄陽曲

張耒

西津折葦鳴策策，蟾蜍光入芙蓉白。山頭不雨賈船稀，日日門前江水窄。將欲炟赫招行人，旋起丹樓照長陌。銀屏深蔽玉笙閑，自擘新橙飲北客。倏離暫合心未果，泪瑩雙眸爲誰墮。

夜度娘歌

劉才邵

《全宋詩》卷一一五五，册 20，第 13028 頁

明楊慎《升庵詩話》曰：「張文潛《蓮花》詩：『平池碧玉秋波瑩，緑雲擁扇青摇柄。水宫仙子鬭新妝，輕步凌波踏明鏡。』杜衍《雨中荷花》詩：『翠蓋佳人臨水立，檀粉不勻香汗濕。一陣風來碧浪翻，真珠零落難收拾。』此二詩絶妙。又劉美中《夜度娘歌》：『菱花炯炯垂鸞結，爛學宫妝勻膩雪。風吹涼鬢影蕭蕭，一抹疏雲對斜月。』寇平仲《江南曲》：『烟波渺渺一千里，白蘋香散東風起。惆悵汀州日暮時，柔情不斷如春水。』亡友何仲默嘗言宋人書不必收，宋人詩不必觀，余一日書此四詩訊之曰：『此何人詩？』答曰：『唐詩也。』余笑曰：『此乃吾子所不觀宋人之詩也。』仲默沉吟久之，曰：『細看亦不佳。』可謂倔强矣。」①

---

①《升庵詩話新箋證》卷一二，第 714 頁。

菱花炯炯垂鸞結，懶學宫妝勻膩雪。風吹凉鬢影蕭蕭，一林疏雲對斜月。《宋詩紀事》卷三八，第963頁

拔蒲曲

徐　照

拔蒲心，葉再抽。拔蒲根，種不留。《全宋詩》卷二六七二，册50，第21404頁

楊叛兒

薛季宣

宋鄭樵《通志二十略·樂略一》「清商曲七曲」曰：「《楊叛兒》，亦曰《西曲楊叛兒》。」①

宋蔡啓《蔡寬夫詩話》曰：「齊、梁以來，文士喜爲樂府辭，然沿襲之人，往往失其命題本意。……而甚有并其題失者，如《相府蓮》訛爲《想夫憐》，如《楊婆兒》訛爲《楊叛兒》之類

---

① 《通志二十略》，第905頁。

是也。」①

楊婆兒，共戲來。白門楊柳正依依，穩稱暝鴉棲。博山爐侈沈烟裊，儂心歡緒繆紛擾。語含別意泪空流，未掩宮闈齊閣曉。齊閣曉，祇傷悲，婆兒殺儂，那復相思。《全宋詩》卷二四七五，册46，第28697頁

① 郭紹虞《宋詩話輯佚》下，中華書局，1982年版，第379頁。

卷八〇　宋清商曲辭五

江南弄

龍笛曲

曹勛

美人滿酌金屈巵，勸我行樂當及時。艷歌流舞揚光輝。揚光輝，照春日。壽萬春，歡未畢。

《全宋詩》卷一八八〇，册33，第21059頁

采蓮曲

田錫

宋嚴羽《滄浪詩話》曰：「有古詩旁取六七許韻者。有古詩全不押韻者。古《采蓮曲》是也。」①明

① 《滄浪詩話校釋》，第73頁。

謝榛《四溟詩話》曰：「古《采蓮曲》《隴頭流水歌》，皆不協聲韻，而有《清廟》遺意。」①按，宋時又有《采蓮》《采蓮詞》《采蓮吟》《采蓮舟》《采蓮歸》《采蓮女》，當出於此，亦予收録。

南溪秋水深淪漣，南村美人來采蓮。蓮花灼灼葉田田，芳桂輕橈蘭作船。采采紅蓮幾成束，蓮枝交衮相撐緑。蓮蕊滿衣金粉撲，蓮子爲杯葉爲足。唱歌相并畫舸舷，願得采賢如采蓮。樊姬昔時進燕趙，幾人精彩朝霞鮮。中有二人賢於己，柔明婉順君王前。堪嗤羊侃錦綉妾，艷歌留怨朱絲弦。《全宋詩》卷四五，册1，第485頁

同前

文彦博

江南秋色蚤，江上蚤蓮芳。佳人采紅萼，兩槳渡横塘。翳日華芝薄，隨風錦原作綿，據四庫本改綷長。蕩舟方自樂，緑水任沾裳。《全宋詩》卷二七三，册6，第3474頁

---

① [明] 謝榛《四溟詩話》卷一，見《歷代詩話續編》，第1139頁。

同前

文　同

綠纈襠，紅綉裳，衫盤蜂蝶裙鴛鴦。雕瑰錯寶垂鬟長，紫冒翠蓋行新妝。蹁蹮曲堤下回塘，畫橈送入波中央。羅袖卷起金釧光，摇輕撼脆敲短芒。丹瓊紺玉低復昂，沾裛薄粉撲嫩黄。蠶腰蛛腹絲飄揚，列坐彩舫求比方。笑聲吃吃動明璫，挨蒲拂蓼次岸旁。風吹落霞供晚凉，西城鴉鴉啼女墻。歸來索酒酌滿觴，吴屏蜀帳圍象床。困卧不起燈燭張，琉璃盎缶叢生香。《全宋詩》卷四三二，册8，第5303頁

同前

吕本中

芳時并采曾蓮舟，一段相思水緩流。憎殺回風無意緒，解儂錦纜轉船頭。《全宋詩》卷一六二八，册28，第18264頁

同前二首

蕭德藻

清曉去采蓮，蓮花帶露鮮。溪長須急槳，不是趁前船。
相隨不覺遠，直到暮烟中。恐嗔歸得晚，今日打頭風。《全宋詩》卷二一〇八，册38，第23796頁

同前

陸 游

采蓬吴姝巧笑倩，小舟點破烟波面。雙頭折得欲有贈，重重葉蓋羞人見。女伴相邀拾翠羽，歸棹如飛那可許。傾鬟障袖不應人，遥指石帆山下雨。《全宋詩》卷二一八二，册39，第24849頁

同前

趙公豫

瀲灧溪光似輞川，新荷出水更嫣然。爲言全盛紅顔女，莫折花枝入畫船。《全宋詩》卷二五〇二，册46，第28942頁

同前二首

徐　照

行遍塘邊不肯歸，鴛鴦打起看雙飛。荷花近岸難攀折，蒲葦叢深露濕衣。
羅蓋初收晚日陰，野鳧飛起小魚沉。蓮蓬摘下留空柄，把向船前探水深。《全宋詩》卷二六七二，册50，第31400頁

同前

周獻甫

采蓮溪水東，采蓮溪水西，采蓮溪水南，采蓮溪水北。采蓮并食實，食實種蓮菂。種作團團荷葉碧，中有紅香一朶開。折來照水比顏色，顏色比花未端的。笑聲驚起雙鸂鶒，一隻飛東一隻西，舉頭凝望思依依。紅芳挼碎擲秋水，折取團團荷葉歸。《全宋詩訂補》，第525頁

同前　鄭起

郎采蓮，妾采蓬，蓮花開似妾初年。蓮房結實妾生子，郎今采取應相憐，暖香雖斷相牽連。

《全宋詩》卷三一八九，册 61，第 38260 頁

同前八首　俞桂

畫艇將歸笑語頻，鴛鴦對對起還沉。妾心先自懷郎苦，怕嚼蓮心苦轉深。《全宋詩》卷三二七七，册 62，第 39051 頁

朝露濕妾衣，暮霞耀妾矚。一葉小如瓜，去住無拘束。兀棹歌采菱，襲襲薰風足。蘆葉映港清，捉對鴛鴦浴。蓮中有苦心，欲折手還曲。折蓮恐傷藕，藕斷絲難續。

平湖淼淼蓮風清，花開映日紅妝明。一雙鸂鶒忽飛去，爲驚花底蘭橈鳴。蘭橈蕩漾誰家女，雲妥髻鬟黛眉嫵。采采荷花滿袖香，荷深忘却歸時路。

西湖西畔荷花多，扣舷女兒嬌唱歌。道旁駿馬金叵羅，欲住不住横秋波。放船却入花深

處，臨流照妝噤不語。南山起雲北山雨，折得荷花不歸去。弄波驚起鴛鴦雙，水珠濺濕芙蓉裳。恨無飛羽致汝旁，溯洄從之雲路長。

西風引袂凉雲起，鴛槳扶船浮渌水。露沁花脂茜粉香，滿柄鋒芒刺葱指。紅綃半妥金釧明，堤上六郎闕唱聲。湘中暮雨歡期失，各自東西空目成。船蕩波心烟漠漠，歸路花從唱邊落。緑艷紅妖江水深，水底靈均應不覺。

女伴歌采蓮，清聲度流水。無意驚鴛鴦，鴛鴦自飛起。荷葉籠頭學道情，花妝那似妾妝清。雙雙頭白猶交頸，翻笑鴛鴦不老成。拗落圓房響釧金，昔人細數子藏深。不嫌到手多尖刺，祇怕傷人有苦心。《全宋詩》卷三二七七，册62，第39055頁

同前

釋文珦

蕩槳入平湖，湖波渺無極。紅白芙蓉花，何如妾顔色。荷葉似儂鬟，荷花似儂妝。夫婿常别離，羞見雙鴛鴦。采蓮莫傷根，傷根不成藕。因思藕不成，悔作征人婦。

同前　吴　浚

采蓮惟采花，不敢采蓮子。其中有苦意，與妾心相似。《全宋詩》卷三三二五，册63，第39645頁

同前　何應龍

見蓮知菂實，尋藕□絲長。六月天邊路，何時結得霜。《全宋詩》卷三四三二，册65，第40843頁

同前　王　鎡

采蓮時節懶匀妝，日到波心撥棹忙。莫向荷花深處去，荷花深處有鴛鴦。《全宋詩》卷三五一八，册67，第42015頁

同前

羅裙濺濕鬢雲偏，摇落香風滿畫船。忽憶夜來憔悴夢，鴛鴦正在藕花邊。《全宋詩》卷三六〇八，册68，第43204頁

同前

張玉娘

女兒采蓮拽畫船，船拽水動波摇天。春風笑隔荷花面，面對荷花更可憐。《全宋詩》卷三七一五，册71，第44624頁

同前

俞君宣

小姨學采蓮，兩腕白於雪。花色妒緗裙，瓣瓣紅如血。西鄰小姑亦采蓮，隔岸徒聞語笑喧。從來不相識，相呼好并船。停橈花下勤把手，他年何處投箕帚。苦樂參差不可言，此日花開得來否。難割藕絲腸，怕逢游冶郎。歸去風吹小簟涼，時聞花外香。《全宋詩》卷三七七九，册72，第45612頁

同前

文同

岸幘客來橋上，濺裙人在湖中。桂楫蘭橈甚處，蓮花荷葉無窮。《全宋詩》卷四四六，册8，第5427頁

同前

秦　觀

若耶溪邊天氣秋，采蓮女兒溪岸頭。笑隔荷花共人語，烟波渺渺蕩輕舟。數聲水調紅嬌晚，棹轉舟回笑人遠。腸斷誰家遊冶郎，盡日踟躕臨柳岸。《全宋詩》卷一〇六八，册18，第12152頁

同前三首

陸　游

蘸水朱扉不上關，采蓮小舫夜深還。一樽何處無風月，自是人生苦欠閑。

雲散青天挂玉鈎，石城艇子近新秋。風鬟霧鬢歸來晚，忘却荷花記得愁。

帝青天映麴塵波，時有遊魚動緑荷。回首家山又千里，不堪醉裏聽吴歌。《全宋詩》卷二一六四，册39，第24489頁

同前三首

范成大

溪頭風迅怯單衣，兩槳凌波去似飛。折得蘋花雙葉子，緑鬟撩亂帶香歸。

藕花深處好徘徊，不奈華筵苦見催。記取南涇芰葉露，明明風熟更重來。

柔櫓無聲坐釣魚，浪花飛點翠羅裾。空江日暮無來客，腸斷三湘一紙書。《全宋詩》卷二二五二，册41，第25846頁

同前

陳元晉

春山懶婦忻晝眠，門前女伴邀采蓮。含嚬行過寒烟浦，瞥上蘭舟悄無語。尋花不見花深深，見花不折空愁心。停橈看花紅更膩，却自低頭照秋水。娟娟沙際月一痕，催歸幾棹菱歌喧。葉底忽逢花并蒂，折歸月下乞郎看。《全宋詩》卷三〇二三，册57，第36013頁

次韻采蓮

李之儀

聞道裁成十畝蓮，便思挑出杖頭錢。定知荇菜參差處，不是決明顏色鮮。紅日半移芳草岸，清歌低泛木蘭船。驚心未得同真賞，空愧諸豪白玉篇。《全宋詩》卷九五五，册17，第11183頁

卷八一　宋清商曲辭六

采蓮詞

趙崇嶓

别浦潮生花夢寒，片紅飛下粉痕乾。預知妾面如花面，泣向西風不忍看。《全宋詩》卷三一七一，册 60，第 38082 頁

采蓮吟

許彦國

按，《全宋詩》卷一九七〇又作許志仁詩，題辭皆同，兹不復録。

湖邊日落鴛鴦飛，羅衣香轉蘭舟移，蓮根斷處手滿絲。手滿絲，不能理，秋雲深，隔君子。《全宋詩》卷一〇九三，册 18，第 12400 頁

采蓮舟　洪适

聖得三峰藕，刳爲一瓣蓮。著身猶不穩，何用濟長川。《全宋詩》卷二〇八二，册37，第23489頁

同前　許及之

擬倩誰家女，相呼去采蓮。丁寧欸乃曲，隨意媚晴川。《全宋詩》卷二四五五，册46，第28402頁

采蓮歸　李龏

按，此爲集句詩

采蓮女，采蓮歸。落日晴江裏，蓮舟漸覺稀。蓮莖有刺不成折，争弄蓮花水濕衣。白練束腰袖半卷，不語低鬟幽思遠。碧玉搔頭落水中，粉痕零落愁紅淺。閻朝隱、王勃、劉方平、崔顥、孟遲、王

昌齡、張籍、毛熙震、白居易、温飛卿　《全宋詩》卷三一三二，册59，第37455頁

采蓮女

胡　宿

碧蓋緗葩映素秋，此中蘭棹好銷憂。相將共挈青絲籠，一笑同回翠羽舟。日暮鳴榔隨下瀨，夜深歸棹怯中流。東方自有羅敷婿，不顧江邊越鄂州。《全宋詩》卷一八三，册4，第2108頁

同前

黄　庚

按，《全元詩》册一九亦收黄庚此詩，元代卷不復録。

越女蘭舟泛緑漪，采蓮花露濕紅衣。萬荷影裏歌聲過，驚起鴛鴦貼水飛。《全宋詩》卷三六三八，册69，第43602頁

擬湖邊采蓮婦

吴　泳

短裙纈蕖衣製荷，采蓮女兒憑船歌。歌酣弭棹解塵袜，微步演迤凌寒波。薄言采采湖之沚，買鏡無錢賤生理。遥知浪水不可照，只仗清流作知己。蓀爲橈，桂爲棹，脈脈環湖翠烟草。急歸掩關中夜思，欲致美人伊有道。《全宋詩》卷二九四一，册56，第35047頁

采菱詞

吕本中

浩瀚湖光淹北皋，柳彎翠滿敢辭勞。青菰出水猶佳蔌，紫芰循溪作沚毛。楚水嗜奇聞辨論，輞川燈火正風騷。何當采掇秋光裹，遊嬉吴姬蕩小舠。《全宋詩》卷一六二九，册28，第18262頁

采菱曲

曹　勛

修渚通阿閣，蘭舟飾翠旗。吴姬年十五，乘舟泛緑池。菱花羞寶靨，皓腕發斜暉。行歌棹

船去，不覺白鷗飛。《全宋詩》卷一八八〇，册33，第21059頁

余久客都城秋風思歸作楚語和吴郎采菱叩舷之音

劉翰

秋風兮凄凄，山中兮桂枝。彈余冠兮塵墮，芳草緑兮未歸。家遥遥兮辭楚荆，傷去國兮重登臨。扶長劍兮增慨，復鳴鋏兮成音。采中洲兮蘭芷，望美人兮千里。我所思兮天一方，共明月兮隔秋水。《全宋詩》卷二四一二，册45，第27841頁

采菱

蘇泂

引蔓搴花釣艇妨，游颸錦浪霅溪傍。若教總不餐烟火，只采芳香亦味長。《全宋詩》卷二八五〇，册54，第33980頁

陽春歌二首并序

曹　勛

詩序曰：「日月易失，徂年不留。壯歲多艱，行及衰老。感此良辰，歌以見意。」

草木榮兮春歸，桃李芳兮菲菲。彼日月兮如馳，人生行樂兮能幾時。上林池館變荆棘，姑蘇臺榭游狐狸，人生行樂兮能幾時。能幾時兮可奈何，當歌莫惜朱顔酡。

漢家離宫三百所，高卷珠簾沸簫鼓。車如流水馬如龍，蘭麝飄香入烟雨。通衢夾道起青樓，金馬銅駝對公府。五侯同日拜新恩，七貴分封列茅土。玉窗朱户盡嬋娟，絲竹聲中喧笑語。玳筵珠翠照樽罍，繼燭臨芳醉歌舞。醉歌舞，醉歌舞，天長地久無今古。《全宋詩》卷一八七八，册33，第21044頁

陽春曲

張　詠

宋陳葆光《陳葆光詩話》曰：「《詩史》：商七七有異術，過潤州，與客飲云：『某有一藝

爲歡。』即顧屏上畫婦人曰：『可歌《陽春曲》。』婦人應聲遂歌，其音清亮，似從屏中出，歌曰：『愁見唱陽春，令人離腸結。郎去未歸家，柳自飄香雪。』如此者十餘曲。」①按，宋史達祖有詞《陽春曲》，與此不同。

同前

文彦博

東風習習吹庭樹，知道春權移日馭。青紅獨解露春心，凝冷無言避春去。大有閒階白日長，清詞麗句祝春皇。春皇不肯論功烈，惟有年年君道昌。《全宋詩》卷四八，册1，第523頁

頗傷金管遽，仍恨緹光促。四序若循環，百年如轉軸。佳人暮不歸，蘭苕春又緑。空持緑綺琴，愁弄陽春曲。《全宋詩》卷二七三，册6，第3474頁

① 《宋詩話全編》，册3，第2915頁。

同前

馮時行

柳帶抽春寒氣淺，風光曉引春樓怨。關山行人久不歸，鸞瘦舞腰雙綬緩。錦書難寄北征鴻，歸飛海燕翻晴空。芳菲韶景伴愁老，蘭苑桃花落照紅。《全宋詩》卷一九三六，册34，第21614頁

上雲樂

曹勛

宋鄭樵《通志二十略・樂略一》「神仙二十二曲」曰：「《上雲樂》，亦曰《洛濱曲》。」①明胡震亨《唐音癸籤》曰：「《上雲樂》乃俳樂獻壽之辭。」②明費經虞《雅倫》曰：「孫費錫璜曰：『按《上雲樂》，梁武製，以代西曲，董祀仙佛之樂也，宜附西曲後。《古樂苑》附《江南

---

①《通志二十略》，第921頁。

②《唐音癸籤》，第242頁。

弄》後，不知何故。』」①又曰：「爽然自怡曰樂，别有《食舉樂》《上雲樂》等音樂，與此不同。」②

方諸曲二首

曹勛

真王嚴仗衛，清道表前旌。翠輦浮龍藻，霜戈麗虎兵。哀笳鳴廣路，警蹕過曾城。後乘超王屋，前驅上玉京。諸天觀鼓節，列聖肅儀刑。朝謁虚皇罷，麾幢下始青。蒐兵寧紫户，閲籍按黄庭。十洲皆承事，九宇仰裁成。暇豫迎春宴，還宫召百靈。緑室陳歌舞，陽臺焕日星。玉酒浮樽滿，天花覆坐馨。空謡洞真唱，遐覽悲劫齡。俯盼紅塵子，起滅輕浮萍。《全宋詩》卷一八七九，册33，第21048頁

任半塘《唐戲弄》曰：「陳僧智匠《古今樂録》曰：『《方諸曲》，《三洲》韻。』『三洲』指《三洲歌》，乃商賈所唱之情歌，吴安泰曾采其腔入《江南上雲樂》，而换上一個神仙色彩之名

---

①《雅倫》卷七，續修四庫全書，册1697，第143頁。
②《雅倫》卷八，續修四庫全書，册1697，第155頁。

目——方諸曲。」①

方諸限弱水，高出扶桑東。霞波環玉壘，雲幄護青宮。珠臺錦複道，寶閣亘飛虹。翠節迎琱輦，瓊車駕彩龍。群真瞻日御，列聖從青童。朝退聯旌旆，杯行奏鼓鐘。靈璈激虛籟，雅舞流神風。真王拊節和，清響流絶空。哀歌悲五濁，胡爲棲樊籠。長生有真訣，劫齡安可終。迢迢方諸宮，玉闕排霄起。扶桑高扶疏，森聳數千里。碧椹雜青葱，蟠桃映瑶水。離離間朱實，鳳鳥護丹蕊。靈風灑蘭林，空歌洞霄紫。青童會群真，趣節召揚許。安妃從元君，鸞旗翳滄渚。翩翩八景輿，鳴珂下容與。拊手揚玉音，妙響翔天宇。真氣凄金石，聆之廓丹府。靈波濯曜羅，朝元道笳鼓。《全宋詩》卷一八八〇，冊 33，第 21057 頁

鳳凰曲

曹勛

帝子學鳳吹，逸響縈回風。雙飛翔紫霞，駕景凌輕虹。戢影入青靄，聲斷彩雲空。《全宋詩》

① 任半塘《唐戲弄》，上海古籍出版社，1984 年版，第 1253 頁。

卷一八八〇，册33，第21060頁

同前

陳起

丹穴來鳳皇，彩羽輝朝陽。緑竹清溪邊，激揚鳴宫商。嗈嗈鳳皇曲，清風輕度竹。明時自歌舞，款步踏寒玉。啾啁雀聲喧，去覓梧桐宿。《全宋詩》卷三〇八三，册58，第36781頁

蕭史曲

曹勛

按，曹勛《松隱集》置此詩于「古樂府」類。

玉簫散奇響，真氣凄金石。招携偶冥會，理愜心自適。富貴如朝華，况復多得失。胡不希長年，練氣固形質。高舉凌仙翰，雙飛上層碧。揮手謝時人，去來空役役。《全宋詩》卷一八八〇，册33，第21058頁

卷八二　宋舞曲歌辭一

舞者，樂之大宗也。傳黄帝《雲門》、堯之《大咸》、舜之《大韶》、禹之《大夏》、殷之《大濩》、周之《大武》，皆有舞也。舞之所由起，或曰聖人假干戚羽旄以表其容，發揚蹈厲以見其意，或曰人有情動於衷，永歌不能足，而手足自奮。《周禮》謂舞可明功象德，陳宗廟，教冑子，和邦國，諧萬民，安賓客，説遠人，是則舞之用大矣，而古之貴冑必學焉。觀舞知德之説，時見典籍。另有宴樂之舞，紂之北山之類，發源亦早，君子謂之失德，後世演之彌劇。窮漢隔式舞且歌，人情之自然，《史》《漢》所記，時而有之。少子失立，高祖楚歌于漢室。窮漢隔絶，降將悲聲於别筵。情動於衷，意形於外，上下皆然也。

舞辭之源，頗多歧見。《荀子・樂論》曰：「舞《韶》歌《武》，使人之心莊。」①《漢書・郊祀志》曰：「歌大吕，舞《雲門》，以竢天神，歌太蔟，舞《咸池》，以竢地祇，其牲用犢，其席稾

① 〔戰國〕荀况撰，〔唐〕楊倞注，耿芸標校《荀子》卷一四，上海古籍出版社，2014年版，第250頁。

稽，其器陶匏，皆因天地之性，貴誠上質，不敢修其文也。」①古舞似已有辭焉。陳思《鼙舞詩序》，因舞而作辭也。《晉書·樂志》載《正德舞歌》《鼙舞歌詩五篇》《拂舞歌詩五篇》，《宋書·樂志》載太樂諸歌舞詩，《隋書·經籍志》載《太樂備問鍾鐸律奏舞歌》，似皆舞之辭也。《南齊書·樂志》曰：「舞曲，皆古辭雅音，稱述功德，宴享所奏。傅玄歌辭云：『獲罪於天，北徙朔方，墳墓誰掃，超若流光。』如此十餘小曲，名爲舞曲，疑非宴樂之辭。然舞曲總名起此矣。」②其言舞曲者，亦即舞辭也。《晉書·樂志》載《巴渝》舞曲四篇，曰《矛渝本歌曲》《安弩渝本歌曲》《安臺本歌曲》《行辭本歌曲》。名稱舞曲，實亦舞辭也。然鄭樵《樂略》稱「舞之有辭，自晉始」③，未知何據。今人深非之，云舞辭實始於漢，亦不能窮其説④。始晉

① 《漢書》卷二二五，第 1256 頁。
② [梁] 蕭子顯《南齊書》卷一一，中華書局，1972 年版，第 191 頁。
③ 《通志二十略》，第 885 頁。
④ 梁啓超認同此説，其《中國之美文及其歷史》曰：「《舞曲》、《琴曲》，則古代皆有曲無辭，如《小雅》之六《笙詩》，其辭大率六朝以後人補作也。」蕭滌非不以爲然，其《漢魏六朝樂府文學史》曰：「後漢東平王蒼嘗造《武德舞歌》，載之《東觀漢記》。而《宋書·樂志》亦有《漢鼙舞歌》五篇之目……并章帝時造。夫既名之曰歌，亦似非無辭者。且曹植作有《鼙舞歌》五篇，亦在張華前。然則舞之有辭，實起於漢，不得云自晉始也。特以西晉當三國分崩之後，成統一之局，上承漢魏遺聲，旁采江南新曲。如《拂舞》《白紵舞》，并出吴地。故舞曲較前獨盛耳。」

始漢，兩説稍異。自晉則《小雅》《笙詩》爲後補，始漢則《鞞舞》諸篇非無辭。唯西晉上承漢魏遺聲，旁采江南舊曲，舞曲較前獨盛，此兩説所同者耳。舞有雅、雜之別。雅舞之源，典籍溯之極遠。軒轅《雲門》，實肇其迹。六代皆有所作，至秦唯存《武》《韶》。漢魏以後，咸有改革。然其所用，文、武而已。文以象德，武以明功。名雖不同，不變其舞。自漢以後，又有廟舞，各用其廟，亦皆雅舞。《樂府》輯辭，列於郊廟。

有宋雅舞，變異頗頻。或易體式以協古，或易名號以矜功。建隆元年，竇儼主議諸樂，文舞徑名《文德》，武舞徑名《舞功》。樂章十二，一係「安」名。稍後數年，和峴欲褒受禪，文舞序先武舞，殿舞别立新名。舞之體式，遠紹唐初。行八列倍，以應八佾。文舞著履執拂，武舞被甲執戟。武舞六變，極寫開國征戰，一變六師初舉，二變上党克平，三變維揚底定，四變荆湖歸復，五變邛蜀納款，六變兵還振旅。淳化二年，和㠓以正會之樂已改，殿庭之舞宜新。不惟二舞俱用新名，六變名號更爲夸飾。真、仁、英、徽諸朝，改易尤爲繁劇，要之文舞漫夸神聖，武舞張皇武功，體式欲依古制，古制屢議難明。南渡之後，亦頗集舞，然國勢日怵，小祀不興。諸舞流變之脈，《樂志》《會要》記之。《樂志》尤重儀軌，能寫場面之盛，今録一則如下：

「武舞服平巾幘，左執干，右執戈。二工執旌居前；執鼗、執鐸各二工；金錞二，四工舉；二工執鐲、執鐃；執相在左，執雅在右，亦各二工；夾引舞者，衣冠同之。分八佾于南表前，先振鐸以通鼓，乃擊鼓以警戒，舞工聞鼓聲，則各依酇綴總干正立定位，堂上長歌以詠嘆之。於是播鼗以導舞，舞者進步，自南而北，至最南表，以見舞漸。然後左右夾振鐸，次擊鼓，以金錞和之，以金鐲節之，以相而輔樂，以雅而陔步。舞者發揚蹈厲，爲猛賁趫速之狀。每步一進，則兩兩以戈盾相嚮，一擊一刺爲一伐，四伐爲一成，成謂之變。至第二表爲一變；至第三表爲二變；至北第一表爲三變；舞者覆身嚮堂，却行而南，至第三表爲四變；乃擊刺而前，至第二表回易行列，舂、雅節步分左右而跪，以右膝至地，左足仰起，象以文止武爲五變；舞蹈而進，爲兵還振旅之狀，振鐸、摇鼗、擊鼓，和以金錞，廢鐲鳴鐃，復至南第一表爲六變而舞畢。古者，人君自舞《大武》，故服冕執干戚。若用八佾而爲擊刺之容，則舞者執干戈。」①

雅舞之奏於郊廟者，其辭賴郊廟歌存之。諸帝獻祔之舞，《大善》《大寧》之類，均有歌辭留存。皇祐《威功睿德》曾奏廟祀，亦有辭存。其餘殿庭之舞，歌辭傳者絶少。

---

①《宋史》卷一二七，第 2975—2976 頁。

雅舞之外，又有雜舞，茂倩曰「雅舞用之郊廟、朝饗，雜舞用之宴會」。① 雜舞其源亦早，惟當時學者，以其不經國事，導人淫放，故棄而不録。漢晉之間，或以「小大殊用，鄭雅異宜，弛張之度，聖哲所施」。② 故傅毅《舞賦》，極逞其妍態，文人辭章，間存其名式。茂倩謂「始皆出自方俗，後寖陳於殿庭」，③是説頗爲允當。魏晉之後，北族南向，戎事方殷，諸舞或采江南雜曲，或參北方戎伎，一時稱盛。至隋唐之際，牛弘請存四舞，共雜技而佐宴會。貞觀始造宴樂，分兩部而設坐立。開元舞名益繁，分兩類而別軟健。嗣後不惟舞曲漸多，場面亦盛。至文宗，教坊進《霓裳羽衣舞》，舞者臻於三百。

茂倩叙論雜舞，其名甚備：曰漢魏兩晉之《公莫》《巴渝》《槃舞》《鞞舞》《鐸舞》《拂舞》《白紵》，曰南北朝之西傖羌胡雜舞，曰貞觀中之坐立二部伎舞，曰開元中之軟健舞《涼州》《緑腰》《蘇合香》《屈柘枝》《團亂旋》《甘州》《回波樂》《蘭陵王》《春鶯囀》《半社渠》《借席烏夜啼》《大祁》《阿連》《劍器》《胡旋》《胡騰》《阿遼》《柘枝》《黄麞》《拂菻》《大渭州》《達磨支》，

① 《樂府詩集》卷五二，第 581 頁。

② [東漢] 傅毅《舞賦》，《文選》卷一七，第 122 頁。

③ 《樂府詩集》卷五三，第 591 頁。

曰文宗時教坊舞《霓裳羽衣》。然觀郭氏所録雜舞歌辭，則南北朝之西傖羌胡舞皆未見録，唐之坐立二部伎舞，軟舞、健舞、教坊舞，收録亦少，其辭則多入近代。

宋時雜舞，近承唐及五代。《胡旋》《白紵》《柘枝》《伊州》《石州》《六么》《垂手》諸舞，宋時仍存。李壁《浣溪沙》（人日過靈泉寺次韻少莊）曰：「上客長謡追楚些，嬌娃短舞看胡旋。」①鄭獬《勸客飲》曰：『誰解西回滄海波，且聽《白苧》數聲歌。』②王義山《樂語》曰：「天上蟠桃又熟，暈酡顏、紅染芳顋，年年摘取獻天階，齊舞《柘枝》來。」③張先《減字木蘭花》曰：「舞徹《伊州》，頭上宫花顫未休。」④歐陽修《浣溪沙》曰：「翠袖嬌鬟舞《石州》。」⑤吴文英《惜秋華》（木芙蓉）曰：「愁邊暮合碧雲，倩唱入、《六么》聲裏。風起。舞斜陽、闌干十

---

① ［宋］李壁《浣溪沙》，《全宋詞》，册4，第2234頁。
② ［宋］《全宋詩》卷五八四，册10，第6867頁。
③ ［宋］王義山《樂語》，《全宋詞》，册4，第3061頁。
④ ［宋］張先《減字木蘭花》，《全宋詞》，册1，第68頁。
⑤ ［宋］歐陽修《浣溪沙》，《全宋詞》，册1，第143頁。

二。」①范成大《次韻季陵貢院新晴》曰：「徑欲觴公後堂酒，倘煩春衫《小垂手》。」②此數例中，地兼南北，時歷兩宋，舞曲皆自前代，歌辭之舊作新製，誠難詳審。

有宋新製雜舞，亦常見於典籍。明道初年，太后御前殿，有舞名《厚德無疆》《四海會同》，即趙宋新製。至道元年，太宗見西南使，使者舞《水曲》，似出方俗。

宋時隊舞亦雜舞，尤甚矚目。《樂志》見録，殊爲真切。曰「小兒隊」、「女弟子隊」者，皆分小隊，其名各十，因其名而著彩衣，執器仗，聯綴而出，從宜變異，各舞其狀，或呈現程式場面，或演繹情節故事，春秋聖節三宴，皆爲伴宴。《東京夢華録》記表演之狀，其勾隊、放隊、致語、唱念、問答，故作情態，已稍具戲劇之雛形，楊蔭瀏稱其已然成獨立體系之歌舞劇。③亦録之如下：

「參軍色執竹竿子作語，勾小兒隊舞。小兒各選年十二三者二百餘人，列四行，每行隊頭一名，四人簇擁，并小隱士帽，著緋緑紫青生色花衫，上領四契義襴，束帶，各執花枝排定。

①［宋］吴文英《惜秋華》，《全宋詞》，册4，第2913頁。
②《全宋詩》卷二二四九，册41，第25816頁。
③楊蔭瀏《中國古代音樂史稿》（上），人民音樂出版社，2004年版，第342頁。

先有四人裹卷脚幞頭紫衫者，擎一綵殿子内金貼字牌，擂鼓而進，謂之『隊名』，牌上有一聯，謂如『九韶翔綵鳳，八佾舞青鸞』之句。樂部舉樂，小兒舞步進前，直叩殿陛。參軍色作語問，小兒班首近前進口號，雜劇人皆打和畢，樂作，群舞合唱，且舞且唱，又唱破子畢，小兒班首入進致語，勾雜劇入場，一場兩段，是時教坊雜劇色：鱉膨、劉喬、侯伯朝、孟景初、王彦喜而下，皆使副也。内殿雜戲，爲有使人預宴，不敢深作諧謔，惟用群隊裝其似像市語，謂之『拽串』。雜戲畢，參軍色作語，放小兒隊。又群舞《應天長》曲子出場，下酒：群仙炙、天花餅、太平畢羅，乾飯、縷肉羹、蓮花肉餅。駕興歇座。百官退出殿門、幕次。須臾追班，起居再坐。」①再如：「第七盞御酒，慢曲子，宰臣酒，皆慢曲子，百官酒，三臺舞訖，參軍色作語，勾女童隊入場。女童皆選兩軍妙齡容艷過人者四百餘人，或戴花冠，或仙人髻，鴉霞之服，或卷曲花脚幞頭，四契紅黄生色銷金錦綉之衣，結束不常，莫不一時新妝，曲盡其妙。杖子頭四人，皆裹曲脚向後指天幞頭簪花，紅黄寬袖衫義襴，執銀裹頭杖子，皆都城角者。當時乃陳奴哥、俎姐哥、李伴奴、雙奴，餘不足數。亦每名四人簇擁，多作仙童丫髻仙裳，執花舞步，進前成列。或舞采蓮，則殿前皆列蓮花。檻曲亦進隊名，參軍色作語問隊，杖子頭者進口號，且舞

① [宋] 孟元老撰，伊永文箋注《東京夢華録箋注》卷九，中華書局，2006 年版，第 833—834 頁。

且唱。樂部斷送采蓮訖，曲終復群舞，唱中腔畢。女童進致語，勾雜戲入場，亦一場兩段訖，參軍色作語。放女童隊，又群唱曲子，舞步出場。比之小兒，節次增多矣。」①隊舞體式宏巨，非親貴聚宴，難以陳奏，然亦有具體而微者。史浩《鄮峰真隱漫録》載《采蓮舞》《太清舞》《柘枝舞》《花舞》《劍舞》《漁父舞》，與之稍類，且有歌辭留存。另據周密《武林舊事》，尚有民間舞七十餘種，若《村田樂》《劃旱船》《耍和尚》《撲蝴蝶》《撲旗子》《踏蹺》《舞判》《竹馬兒》諸種，亦或成隊，然去宫廷體式遠矣。

本卷所録，仍循《樂府》體例，以同題爲收録之據。然趙宋雅舞，名多新製，辭多存於郊廟，凡此悉入郊廟歌辭。雜舞原歸近代者，一仍其舊，餘則同題相從，收入本卷。趙宋新創之他舞，凡有歌辭留存者，亦予收録。本卷所輯舞辭，多出《全宋詩》《全宋詞》，所録不惟朝廷樂歌，亦兼文人擬作。

殿前生桂樹

文同

宋郭茂倩《樂府詩集・舞曲歌辭》《魏陳思王鼙舞歌五首》解題引《古今樂録》曰：「《鞞

① 《東京夢華録箋注》卷九，第 834—835 頁。

舞》，梁謂之《鞞扇舞》，即《巴渝》是也。鞞扇，器名也。鞞扇上舞作《巴渝弄》，至《鞞舞》竟，豈非《巴渝》一舞二名，何異《公莫》亦名《巾舞》也。漢曲五篇：一曰《關東有賢女》，二曰《章和二年中》，三曰《樂久長》，四曰《四方皇》，五曰《殿前生桂樹》，并章帝造。魏曲五篇：一《明明魏皇帝》，二《大和有聖帝》，三《魏曆長》，四《天生烝民》，五《爲君既不易》，并明帝造，以代漢曲。其辭并亡。陳思王又有五篇：一《聖皇篇》，以當《章和二年中》；二《靈芝篇》，以當《殿前生桂樹》；三《大魏篇》，以當漢吉昌，四《精微篇》，以當《關中有賢女》；五《孟冬篇》，以當狡兔。按漢曲無漢吉昌、狡兔二篇，疑《樂久長》、《四方皇》是也。」①

童童彼芳桂，藹藹生廣内。靈根浹和液，柯葉冬不改。日月最臨照，雨露偏汪濊。願保剛勁質，與君同萬歲。《全宋詩》卷四三二，册8，第5300頁

① 《樂府詩集》卷五三，第595—596頁。

公莫舞

宋　无

按，《全元詩》册一九亦收宋无此詩，元代卷不復録。

公莫舞，公莫舞，鴻門王氣歸真主。何人睚眦赤龍子，手循玉玦目相語。令公莫舞公楚舞，劍光射日白虹吐。人發殺機天不與，撞斗帳中唉亞父，霸業明朝棄如土。《全宋詩》卷三七二三，册 71，第 44742 頁

臨碣石并序

曹　勛

按，《樂府詩集·舞曲歌辭》有《碣石篇》，解題引《樂府解題》曰：「《碣石篇》，晉樂，奏魏武帝辭。首章言東臨碣石，見滄海之廣，日月出入其中。二章言農功畢而商賈往來。三章言鄉土不同，人性各異。四章言老驥伏櫪，志在千里，烈士暮年，壯心不已也。」①《樂府

① 《樂府詩集》卷五三，第 609 頁。

詩集》所收《相和大曲》之《步出夏門行》亦有《碣石篇》，與此不同。曹勛《松隱集》置此詩于「古樂府」類，詩序曰：「魏武作四章爲樂府，今亡。沈約作五言，但叙登臨感遇之旨。今爲四言三章。一章言聖人在上，物遂其性；二章言樂不可極，居安慮危；三章言思聖人君子以永成功云。」詩序與舞曲歌辭《碣石篇》解題同，故收入本卷。

肅我嚴駕，登彼絶阪。目極天淵，曾不知遠。曜靈舒光，樂彼鰷鰋。
杲日既升，我徒既盈。願言斯適，至樂無聲。撫躬增愧，臨深可驚。
陟彼崇高，慨覽遐宇。前迹可究，興亡可悟。安得英雄，廓彼神武。澤及飛沉，致馨粱甫。

《全宋詩》卷一八八一，册33，第21071頁

白苧歌

周紫芝

宋葛立方《韻語陽秋》曰：「《宋書·樂志》有《白紵舞》，《樂府解題》謦白紵曰：『質如輕雲色如銀，製以爲袍餘作巾，袍以光軀巾拂塵。』王建云：『新縫白紵舞衣成，來遲邀得吴

王迎。』元稹云：『西施自舞王自管，白紵翻翻鶴翎散。』則白紵，舞衣也。」①明費經虞《雅倫》曰：「雜舞曲有俞兒舞、鼙舞、鐸舞、巾舞、公莫舞、拂舞、白紵舞、杯盤舞等曲，唯白紵舞後世多擬之」②明卓明卿《卓氏藻林》曰：「《白紵》：白紵舞，樂府名，吴舞也，又有《四時白紵歌》。」③按，《全宋詩》卷一九七〇又作許志仁詩，題辭皆同，兹不復録。

大垂手，小垂手，江南白符世希有。吴姬十指玉纖纖，白苧新裁舞衣小。秋江四面繞吴宮，吴宮霜橘樹樹紅。吴王夜燕不知曉，但見紅日升曈曨。美人低鬟復回袖，持酒獻君君一笑。人生得意不行樂，白日如梭夜催晝。吴山依舊吴江清，離宮故苑難爲情。不知誰遣南山鹿，還向姑蘇臺下行。《全宋詩》卷一四九六，册26，第17082頁

---

①《韻語陽秋》，第199頁。
②《雅倫》，卷七，續修四庫全書，册1697，第144頁。
③《卓氏藻林》，四庫全書存目叢書，子部册121，第432頁。

同前

釋居簡

經紗纔上機，梭飛玉纖纖。怕君尋春遲，落機寬裁衫。春心亂如蓬，冉冉隨春霏。芳逕曉沾露，軟塵紅上衣。歸來恨塵污，湔衣浣紗處。難湔芳露痕，易湔衣上塵。《全宋詩》卷二七九五，册53，第33175頁

同前

戴復古

宋魏慶之《詩人玉屑》引宋黄升《黄升詩話》曰：「趙懶庵爲戴石屏選詩百餘篇，南塘稱其識精到。其間《白紵歌》最古雅，今世難得此作，云：『雪爲緯，玉爲經，一織三滌手，織成一片冰……』」①

① 《詩人玉屑》卷一九，第622頁。

雪爲緯，玉爲經。一織三滌手，織成一片冰。清如夷齊原校：一作齊夷，可以爲衣。陟彼西山，于以采薇。原注：黄玉林云，趙懶庵爲戴石屏選詩百餘篇，南塘稱其識精到。其間《白苧歌》最古雅，語簡意深，今世難得，所謂一不爲少。

《全宋詩》卷二八一三，册54，第33454頁

白紵歌

滕岑

白紵舞女楊花輕，玉笙學得悲鳳鳴。爛然繁星上華檠，凉苑夜宴風氣清。美人酒半妝臉明，寶釵縮髻歌欲傾。良宵人人願君醉，豈問遍誰得君意，君其歡娱至萬歲。白紵舞衫記初着，月明侍宴臨飛閣。舞餘香暖苒浮襟，進前持酒力不任。君王凝笑杯未覆，不惜低徊重舞曲。當時一身備百好，月不長圓秋易老。白紵淒凉棄篋中，不悲見棄悲秋風。

《全宋詩》卷二五五三，册47，第29613頁

同前

謝翱

元龍輔《女紅餘志》「白紵歌」條曰：「沈約《白紵歌》五章，舞用五女，中間起舞，四角各

奏一曲，至翡翠群飛以下，則合聲奏之，梁塵俱動，舞已，則舞者獨歌末曲以進酒。」①按，《全元詩》册一四亦收謝翶此詩，元代卷不復録。

江頭蓬沓走吳女，浣水爲花朝浣紵。晝隨晴綱曬日中，夜覆井闌飄白露。織成素雪裁稱身，夫爲吳王戍柏舉。田家歲績供布縷，獨夜詎如妾愁苦。《全宋詩》卷三六八九，册70，第44295頁

白紵辭上蘇翰林二首

晁補之

白紵棼莫緝，紉蘭作衣袪。朝兮日所暴，暮兮雨所濡。木瓜諒微物，期報乃瓊琚。芳華辭甚妙，贈我不如無。

上山割白紵，山高葉摵摵。持歸當户績，爲君爲絺綌。不惜潔如霜，畏君莫我即。誰言菖蒲花，可聞不可識。《全宋詩》卷一一二一，册19，第12759頁

① [元] 龍輔《女紅餘志》卷上，四庫全書存目叢書，子部册120，第21頁。

白紵辭

李　丙

嬌如花，美如玉，越溪女兒十五六。光風入簾睡初足，起畫修眉遠山緑。飛香走紅三月心，一聲白紵千黄金。高堂客散燈火深，醉鬟斜釵夜沈沈。《全宋詩》卷二五三五，册47，第29316頁

白紵詞二首效鮑照

張　耒

摇輕裾，曳長袖，爲楚舞，千萬壽。新詞白紵聲按舊。朔風捲地來峥嶸，燕雁避霜饑不鳴。高堂酒多華燈明。

回纖腰，出素手，髻墮鬟傾釵欲溜，爲君歌舞君飲酒。歲云暮矣七澤空，湯湯漢沔天北風。玉壺之酒樂未終。《全宋詩》卷一一五五，册20，第13033頁

白紵詞

郭晞宗

遥夜迢迢夜未央，井梧月色啼寒螿，感時念往誰不傷。婕妤寵絶辭昭陽，手中團扇篋中藏。吴姬織紵秋蟬翼，一絲往復千情積。金粟尺量金斗熨，爲君裁袍爲君惜，同盛同衰莫相失。《全宋詩》卷二六五八，册50，第31157頁

同前

葉適

有美一人兮表獨處，陟彼南山兮伐寒紵。挑燈細緝抽苦心，冰花織成雪爲縷。不憂絶技無人學，只愁不堪嫁時著。鄭僑吴札今悠悠，争看買笑錦纏頭。《全宋詩》卷二六六一，册50，第31219頁

同前

翁卷

翩翩長袖光閃銀，綉羅帳密流香塵。歌分四時舞一色，渌觴傳處馳金輪。急竹繁絲互催逼，吴娘嬌濃玉無力。呵星唤月留夜長，十二圍屏暖山色。《全宋詩》卷二六七三，册50，第31409頁

同前

吴龍翰

吴宫烟水碧迢迢，瓊樓十二凌青霄。北方佳人顔如花，素衣濯濯明朝霞。雲母屏風珍珠箔，香銷金鴨春寒薄。璧月流光羅綺筵，白紵舞殘月欲落。君看月落夜潮平，吴江闊兮越江深，

吴王醉兮越王醒。《全宋詩》卷三五八七，册68，第42874頁

園中戲作白紵

晁説之

人間春色不須臾，芳草妒華不縈紆，楊花不分上空虚。宓妃一去百代無，不如雲外萬樂俱。南斗鼓瑟北斗竽，與酬酢者非君徒。《全宋詩》卷一二〇七，册21，第13690頁

夏白紵二首并序

陸游

詩序曰："「古有四時《白紵》，亦有止作一時者。丙申五月在成都，烈暑可畏，戲作《夏白紵》二首。」

雲母屏薄望如空，水精簾疏不礙風。美人獨立何所似，白玉芙蕖秋水中。素綃細織冰蠶縷，清寒不受人間暑。晚來浴罷緑窗閑，自把新詩教鸚鵡。

翔鸞矯矯離風塵，眼明見此絶代人。紗窗弄筆消永日，臨得《黄庭》新逼真。飛樓縹緲今何

夕，月與玉人同一色。下簾不爲九霄寒，自要玲瓏看團璧。《全宋詩》卷二一六〇，册39，第24403頁

白紵歌舞四時詞

楊萬里

春

人生春睡要足時，海波可乾山可移。珠宮宴罷曉星出，不是天上無鳴鷄。昨來坐朝到日落，君王何曾一日樂。上林平樂半蒼苔，桃花又去楊花來。

夏

四月以後五月前，麥風槐雨黃梅天。君王若道嫌五月，六月炎蒸又何説。水精宮殿冰雪山，芙蕖衣裳菱芡盤。老農背脊曬欲裂，君王猶道深宮熱。

秋

星芒欲滅天風急，月輪猶帶銀河濕。青女椎冰作冷霜，吹到璇閨飛不入。苧羅山下浣紗人，萬妃無色抵一身。嬌餘貴極醉玉軟，强爲君王踏錦絪。

冬

祇愁窮臘雪作惡，不道雪天好行樂。玻璃盞底回青春，蒲萄錦外舞玉塵。陽春一曲小垂手，勸君一杯千萬壽。今年斛穀纔八錢，明年切莫羨今年。《全宋詩》卷二二九四，册 42，第 26348 頁

四時詞四首

蘇　軾

春雲陰陰雪欲落，東風和冷驚簾幕。漸看遠水緑生漪，未放小桃紅入萼。佳人瘦盡雪膚肌，眉斂春愁知爲誰。深院無人剪刀響，應將白紵作春衣。

垂柳陰陰日初永，蔗漿酪粉金盤冷。簾額低垂紫燕忙，蜜脾已滿黄蜂静。高樓睡起翠眉嚬，枕破斜紅未肯勻。玉腕半揎雲碧袖，樓前知有斷腸人。

新愁舊恨眉生緑，粉汗餘香在蘄竹。象床素手熨寒衣，爍爍風燈動華屋。夜香燒罷掩重扃，香霧空濛月滿庭。抱琴轉軸無人見，門外空聞裂帛聲。

霜葉蕭蕭鳴屋角，黄昏陡覺羅衾薄。夜風摇動鎮帷犀，酒醒夢回聞雪落。起來呵手畫雙鴉，醉臉輕勻襯眼霞。真態生香誰畫得，玉如纖手嗅梅花。《全宋詩》卷八〇四，册 14，第 9313 頁

古樂府白紵四時歌

黄庭堅

題注曰：「按：《年譜》編入治平三年。」

桃李欲開風雨多，籠弦束管奈春何。風休雨静花滿地，時節去我如驚波。少年志願不成就，日月星辰役昏晝。俟河之清未有期，斗酒聊爲社公壽。

日晴桑葉緑宛宛，春蠶忽忽都成繭。繅車宛轉頭緒多，相思如此心亂何。少年志願不成就，故年主人且恩舊。及河之清八月來，斗酒聊爲社公壽。

絡緯驚秋鳴唧唧，美人停燈中夜織。回文中有《白頭吟》，人生難得相知心。少年志願不成就，故年主人且恩舊。及河之清八月來，斗酒聊爲社公壽。

北風降霜松柏彫，天形慘澹光景銷。山河夜半失故處，何地藏舟無動摇。少年志願不成就，故年主人且恩舊。及河之清八月來，斗酒聊爲社公壽。《全宋詩》卷一〇一九，册17，第11634頁

白苧行

王雱

按，此爲《白苧行》殘句。

君心莫厭頻歡樂，請看雲間日西入。《全宋詩》卷九七八，册17，第11315頁

龜兹舞

沈遼

龜兹舞，龜兹舞，始自漢時入樂府。世上雖傳此樂名，不知此樂猶傳否。黄扉朱邸晝無事，美人親尋教坊譜。衣冠盡得畫圖看，樂器多因西域取。紅緑結裀坐後部，長笛短簫形制古。鷄婁楷鼓舊所識，鐃貝流蘇分白羽。玉顏二女高髻花，孔雀羅衫金畫縷。紅靴玉帶踏筵出，初驚翔鸞下玄圃。中有一人奏羯鼓，頭如山兮手如雨。其間曲調雜晉楚，歌詞至今傳晉語。須臾曲罷立前廡，嘆息平生未嘗睹。清都閬苑昔有夢，寂寞如今在何所。我家家住江海涯，上國樂事殊未知。玉顏邀我索題詩，它時有夢與誰期。《全宋詩》卷七一六，册12，第8260頁

采蓮舞

史 浩

宋孟元老《東京夢華録》「宰執、親王、宗室、百官入内上壽」曰：「第七盞御酒……當時乃陳奴哥、俎姐哥、李伴奴、雙奴，餘不足數。亦每名四人簇擁，多作仙童丫髻仙裳，執花舞步，進前成列。或舞采蓮，則殿前皆列蓮花。檻曲亦進隊名，參軍色作語問隊，杖子頭者進口號，且舞且唱。樂部斷送采蓮訖，曲終復群舞。」①元脱脱《宋史·樂志》曰：「女弟子隊凡一百五十三人：一曰菩薩蠻隊……六曰采蓮隊，衣紅羅生色綽子，繫暈裙，戴雲鬟髻，乘彩船，執蓮花。」②按，以下所録，《采蓮令》外，尚有《漁家傲》《畫堂春》《河傳》諸曲，其句式參差，已出樂府藩籬，然能見宋隊舞之全貌，所録隊舞歌辭亦有此效。本卷史浩舞辭《全宋詞》皆據彊村叢書本《鄮峰真隱大曲》收録。又見史浩《鄮峰真隱漫録》卷四五。

① 《東京夢華録箋注》卷九，第834—835頁。
② 《宋史》卷一四二，第3350頁。

五人一字對廳立，竹竿子勾念：「伏以濃陰緩轡，化國之日舒以長；清奏當筵，治世之音安以樂。霞舒絳彩，玉照鉛華。玲瓏環佩之聲，綽約神仙之伍。朝回金闕，宴集瑤池。將陳倚棹之歌，式侑回風之舞。宜邀勝伴，用合仙音。女伴相將，采蓮入隊。」

勾念了，後行吹《雙頭蓮令》，舞上，分作五方。竹竿子又勾念：「伏以波涵碧玉，搖萬頃之寒光；風動青蘋，聽數聲之幽韻。芝華雜遝，羽幰飄飖。疑紫府之群英，集綺筵之雅宴。更憑樂部，齊迓來音。」

勾念了，後行吹《采蓮令》，舞轉作一直了，衆唱《采蓮令》：

練光浮，烟斂澄波渺。燕脂濕、靚妝初了。緑雲傘上露滚滚，的皪真珠小。籠嬌媚、輕盈佇眺。無言不見仙娥，凝望蓬島。玉闕葱葱，鎮鎖佳麗春難老。銀潢急、星槎飛到。暫離金砌，爲愛此、極目香紅繞。倚蘭棹。清歌縹緲。隔花初見，楚楚風流年少。

唱了，後行吹《采蓮令》，舞分作五方。竹竿子勾念：伏以遏雲妙響，初容與於波間；回雪奇容，乍婆娑於澤畔。愛芙蕖之艷冶，有蘭芷之芳馨。躞蹀凌波，洛浦未饒于獨步；雍容解佩，漢皋諒得以齊驅。宜到階前，分明祇對。

花心出，念：但兒等玉京侍席，久陟仙階；雲路馳驂，乍遊塵世。喜聖明之際會，臻夷夏之清寧。聊尋澤國之芳，雅寄丹臺之曲。不慚鄙俚，少頌升平。未敢自專，伏候處分。

竹竿子問，念：既有清歌妙舞，何不獻呈。

花心，答問：舊樂何在。

竹竿子再問，念：一部儼然。

花心答，念：再韻前來。

念了，後行吹《采蓮》曲破，五人衆舞。到入破，先兩人舞出，舞到裀上住，當立處訖。又二人舞，又住，當立處。然後花心舞徹。竹竿子念：伏以仙裾摇曳，擁雲羅霧縠之奇；紅袖翩翻，極鸞翮鳳翰之妙。再呈獻瑞，一洗凡容。已奏新詞，更留雅詠。

念了，花心念詩：我本清都侍玉皇。乘雲馭鶴到仙鄉。輕舠一葉烟波闊，嗜此秋潭萬斛香。

念了，後行吹《漁家傲》。花心舞上，折花了，唱《漁家傲》：

蕊沼清泠涓滴水。迢迢烟浪三千里。微孕青房包綉綺。薰風裏。幽芳洗盡閑桃李。羽氅飄蕭塵外侶。相呼短棹輕偎倚。一片清歌天際起。聲尤美。雙雙驚起鴛鴦睡。

唱了，後行吹《漁家傲》。五人舞，换坐，當花心立人念詩：「我昔瑶池飽宴游，朅來樂國已三秋。水晶宫裏尋幽伴，菡萏香中蕩小舟。」

念了，後行吹《漁家傲》。花心舞上，折花了，唱《漁家傲》：

翠蓋參差森玉柄。迎風浥露香無定，不著塵沙真體净。蘆花徑。酒侵酥臉霞相映。棹撥木蘭烟水暝。月華如練秋空静。一曲悠颺沙鷺聽。牽清興。香紅已滿蒹葭艇。

唱了，後行吹《漁家傲》。五人舞，换坐，當花心立人念詩：「我弄雲和萬古聲。至今江上數峰青。幽泉一曲今憑棹，楚客還應著耳聽。」

念了，後行吹《漁家傲》。花心舞上，折花了，唱《漁家傲》：

草軟沙平風掠岸。青蓑一釣烟江畔。荷葉爲裀花作幔。知誰伴，醇醪只把鱸魚换。盤縷銀絲杯自暖。篷窗醉著無人唤。逗得醒來横脆管。清歌緩。彩鸞飛去紅雲亂。

唱了，後行吹《漁家傲》。五人舞，换坐，當花心立人念詩：我是天孫織錦工。龍梭一擲度晴空。蘭橈不逐仙槎去，貪擷芙蕖萬朵紅。

念了，後行吹《漁家傲》。花心舞上，折花了，唱《漁家傲》：

太華峰頭冰玉沼。開花十丈干雲杪。風散天香聞四表。知多少。亭亭碧葉何曾老。試問霏烟登鳥道。丹崖步步祥光繞。折得一枝歸月嶠。蓬萊島。霞裾侍女争言好。

唱了，後行吹《漁家傲》。五人舞，换坐，當花心立人念詩：「我入桃源避世紛。太平纔出報君恩。白龜已閲千千歲，却把蓮巢作酒尊。」

念了，後行吹《漁家傲》。花心舞上，折花了，唱《漁家傲》：

珠露溥溥清玉宇。霞標綽約消煩暑，時馭清風之帝所。尋舊侣，三千仙仗臨烟渚。舴艋飄飖來復去。漁翁問我居何處。笑把紅蕖呼鶴馭。回頭語。壺中自有朝天路。

唱了，後行吹《漁家傲》。五人舞，换坐如初。竹竿子勾念：「伏以珍符洊至，朝廷之道格高深；年穀屢豐，郡邑之和薰遐邇。式均歡宴，用樂清時。感游女於仙衢，詠奇葩于水國。折來和月，露浥霞腮；舞處隨風，香盈翠袖。既徜徉於玉砌，宜宛轉於雕梁。爰有佳賓，冀聞清唱。」

念了，衆唱《畫堂春》：

彤霞出水弄幽姿。娉婷玉面相宜。棹歌先得一枝枝。波上畫鯨飛。　向此畫堂高會。幽馥散、堪引瑶巵。幸然逢此太平時。不醉可無歸。

唱了，後行吹《畫堂春》。衆舞，舞了又唱《河傳》：

蕊宫閬苑。聽鈞天帝樂，知他幾遍。争似人間，一曲采蓮新傳。柳腰輕，鶯舌囀。逍遥烟浪誰羈絆。無奈天階，早已催班轉。却駕彩鸞，芙蓉斜盼。願年年，陪此宴。

唱了，後行吹《河傳》，衆舞。舞了，竹竿子念遣隊：「浣花一曲湄江城，雅合鳧鷖醉太平。楚澤清秋餘白浪，芳枝今已屬飛瓊。歌舞既闌，相將好去。」

念了，後行吹《雙頭蓮令》。五人舞轉作一行，對廳杖鼓出場。 《全宋詞》，册 2，第 1251 頁

太清舞

史 浩

按，此詩又見史浩《鄮峰真隱漫録》卷四五。

後行吹《道引》曲子，迎五人上，對廳一直立。樂住，竹竿子勾念：「洞天門闕鎖烟蘿。瓊室瑶臺瑞氣多。欲識仙凡光景異，歡謡須聽太平歌。」

花心念：「伏以獸爐縹緲噴祥烟，玳席熒煌開邃幄。諦視人間之景物，何殊洞府之風光。恭惟衮綉主人，簪纓貴客。或碧瞳漆髮，或緑鬢童顔。雄辯風生，英姿玉立。曾向蕊宫貝闕，爲逍遥遊；俱膺丹篆玉書，作神仙伴。故今此會，式契前蹤。但兒等偶到塵寰，欣逢雅宴；欲陳末藝，上助清歡。未敢自專，伏候處分。」

竹竿問，念：「既有清歌妙舞，何不獻呈。」

花心答，念：「舊樂何在？」

竹竿子問，念：「一部儼然。」

花心答，念：「再韻前來。」

念了，後行吹《太清》，衆舞訖，衆唱：

武陵自古神仙府。有漁人迷路。洞户迸寒泉，泛桃花容與。尋花迤邐見靈光，舍扁舟、飄然入去。注目渺紅霞，有人家無數。

唱了，後行吹《太清歌》，衆舞，舞訖，花心唱：

須臾却有人相顧。把肴漿來聚。禮數既雍容，更衣冠淳古。漁人方問此何鄉，衆顰眉、皆能深訴。元是避嬴秦，共携家來住。

唱了，後行吹《太清歌》，衆舞，换坐，當花心一人唱：

當時脱得長城苦。但熙熙朝暮。上帝錫長生，任跳丸烏兔。種桃千萬已成陰，望家鄉、杳然何處。從此與凡人，隔雲霄烟雨。

唱了，後行吹《太清歌》，衆舞，换坐，當花心一人唱：

漁舟之子來何所。盡相猜相語。夜宿玉堂空，見火輪飛舞。凡心有慮尚依然，復歸指、維舟沙浦。回首已茫茫，嘆愚迷不悟。

唱了，後行吹《太清歌》，衆舞，换坐，當花心一人唱：

我今來訪烟霞侶。沸華堂簫鼓。疑是奏鈞天，宴瑶池金母。却將桃種散階除，俾華實、須看三度。方記古人言，信有緣相遇。

唱了，後行吹《太清歌》，衆舞，换坐，當花心一人唱：

雲軿羽幰仙風舉。指丹霄烟霧。行作玉京朝，趁兩班鵷鷺。玲瓏環佩擁霓裳，却自有、簫韶隨步。含笑囑芳筵，後會須來赴。

唱了，後行吹《太清歌》，衆舞，舞訖，竹竿子念：「欣聽嘉音，備詳仙迹。固知玉步，欲返雲程。宜少駐於香車，佇再聞於雅詠。」

念了，花心念：「但兒等暫離仙島，來止洞天。屬當嘉節之臨，行有清都之覲。芝華羽葆，已雜遝於青冥；玉女仙童，正逢迎於黄道。既承嘉命，聊具新篇。」

篇曰：「仙家日月如天遠，人世光陰若電飛。絶唱已聞驚列坐，他年同步太清歸。」

念了，衆唱《破子》：

游塵世，到仙鄉。喜君王。躋治虞唐。文德格遐荒。四裔盡來王。干戈偃息歲豐穰。三萬里農桑。歸去告穹蒼。錫聖壽無疆。

唱了，後行吹《步虚子》，四人舞上，勸心酒，花心復勸。勸訖，衆舞列作一字行。竹竿子念遣隊：「仙音縹緲，麗句清新。既歸美於皇家，復激昂於坐客。桃源歸路，鶴馭迎風。抃手階前，相將好去。」

念了，後行吹《步虚子》，出場。　　《全宋詞》，册2，第1254頁

柘枝舞

史　浩

宋趙彦衛《雲麓漫鈔》曰：「古之禮樂，于野人尚有可髣髴者。今之響鐵，即編鐘，今之舞《蠻牌》即古武舞，舞《三臺》與《調笑》，即古文舞，蓋古舞皆有行綴。自胡舞入中國，《大曲》《柘枝》之類是也，古舞亡矣。」①宋沈括《夢溪筆談》曰：「《柘枝》舊曲遍數極多，如《羯鼓録》所謂『渾脱解』之類，今無復此遍。寇萊公好《柘枝舞》，會客必舞《柘枝》，每舞必盡日，時謂之『柘枝顛』。今鳳翔有一老尼，猶是萊公時柘枝妓，云『當時《柘枝》尚有數十遍。今日所舞《柘枝》，比當時十不得二三。』老尼尚能歌其曲，好事者往往傳之。」②元脱脱《宋史・樂志》曰：「隊舞之制，其名各十。小兒隊凡七十二人：一曰柘枝隊，衣五色綉羅寬

---

① 《雲麓漫鈔》卷一二，第262頁。
② 《夢溪筆談》卷二，第43頁。

袍，戴胡帽，繫銀帶。」①按，此詩又見史浩《鄮峰真隱漫録》卷四五。

五人對廳一直立，竹竿子勾念：「伏以瑞日重光，清風應候。金石絲竹，閑六律以皆調；儛侏兜離，賀四夷之率伏。請翻妙舞，來奉多歡。鼓吹連催，柘枝入隊。」

念了，後行吹《引子》半段，入場，連吹《柘枝令》，分作《五方舞》。舞了，竹竿子又念：「適見金鈴錯落，錦帽蹁躚。芳年玉貌之英童，翠袂紅綃之麗服。雅擅西戎之舞，似非中國之人。宜到階前，分明祗對。」

念了，花心出，念：「但兒等名參樂府，幼習舞容。當芳宴以宏開，屬雅音而合奏。敢呈末技，用贊清歌。未敢自專，伏候處分。」

念了，竹竿子問，念：「既有清歌妙舞，何不獻呈。」

花心答，念：「舊樂何在？」

竹竿問，念：「一部儼然。」

花心答，念：「再韻前來。」

念了，後行吹《三臺》一遍，五人舞拜，起舞，後行再吹射雕遍連歌頭。舞了，衆唱《歌頭》：

□人奉聖□□朝□□□主□□□□□留伊。得荷雲戲、幸遇文明、堯階上、太平時。

□□□□何不罷歲□征舞柘枝。

---

①《宋史》卷一四二，第3350頁。

唱了，後行吹《朵肩遍》。吹了，又吹《撲蝴蝶遍》，又吹《畫眉遍》。舞轉，謝酒了，衆唱《柘枝令》：

我是柘枝嬌女。□□多風措。□□□□住。深□妙學得柘枝舞。□□頭戴鳳冠□□□□纖腰束素。□□遍體錦衣裝，來獻呈歌舞。

又唱：

回頭却望塵寰去。喧畫堂簫鼓。整雲鬟、搖曳青綃，愛一曲柘枝舞。好趁華封盛祝笑，共指南山烟霧。蟠桃仙酒醉升平，望鳳樓歸路。

唱了，後行吹《柘枝令》，衆舞了，竹竿子念遣隊：「雅音震作，既呈儀鳳之吟；妙舞回翔，巧著飛鸞之態。已洽歡娛綺席，暫歸縹緲仙都。再拜階前，相將好去。」

念了，後行吹《柘枝令》，出隊。《全宋詞》，册2，第1255頁

和永叔柘枝歌

梅堯臣

題注曰：「留守相公南莊按舞。」

漁陽三疊音隆隆，紅蕖亂坼當秋風。披香擁霧出妖嫮，嫵眉壯髮翩驚鴻。鏘鏘雜珮離芳渚，珠帽紅靴振金縷。相迎垂手勢如傾，障袂倚歌詞欲吐。最憐應節乍低昂，便轉疾徐皆可睹。

飄揚初認雪回風，躑躅還看繭繆緒。小小寧聞怨曲長，盈盈自解依儔侶。藝奇體妙按者誰，金貂大尹宴清池。綺茵綉幄粲輝映，玳簪珠履何委蛇。是時郊原新退暑，天清氣爽過林墅。淮王載酒昔嘗聞，謝公携妓那能數。始知事簡樂民和，不厭來觀柘枝舞。《全宋詩》卷二三三，册5，第2726頁

花舞

史浩

唐段安節《樂府雜録》曰：「舞有健舞、軟舞、字舞、花舞、雁舞。」①明胡震亨《唐音癸籤》曰：「《字舞》以舞人亞身於地，布成字，爲字舞。合成花字者，又爲花舞，則亦字舞也。」②按，此詩又見史浩《鄮峰真隱漫録》卷四六。

兩人對廳立，自勾，念：「伏以騷賦九章，靈草喻如君子；詩人十詠，奇花命以佳名。因其有香，尊之爲客。欲知標格，請覩一字之褒；爰藉品題，遂作群英之冠。適當麗景，用集仙姿。玉質輕盈，共慶一時之會；金尊瀲灩，式均四坐之歡。女伴相將，折花入隊。」

① 《樂府雜録校注》，第59頁。
② 胡震亨《唐音癸籤》卷一四，第157頁。

念了，後行吹《折花三臺》。舞，取花瓶。又舞上，對客放瓶，念《牡丹花詩》：「花是牡丹推上首，天家侍宴爲賓友。料應雨露久承恩，貴客之名從此有。」

念了，舞，唱《蝶戀花》，侍女持酒果上，勸客飲酒。

貴客之名從此有。多謝風流，飛馭陪尊酒。持此一卮同勸後。願花長在人長壽。

舞唱了，後行吹《三臺》。舞轉，換花瓶。又舞上，次對客放瓶，念《瑞香花詩》：「花是瑞香初擢秀。達人鼻觀通廬阜。遂令聲價滿寰區，嘉客之名從此有。」

念了，舞，唱《蝶戀花》，侍女持酒果上，勸客飲酒。

嘉客之名從此有。多謝風流，飛馭陪尊酒。持此一卮同勸後。願花長在人長壽。

舞唱了，後行吹《三臺》。舞轉，換花瓶。又舞上，次對客放瓶，念《丁香花詩》：「花是丁香花未剖，青枝碧葉藏瓊玖。如居翠幄道家妝，素客之名從此有。」

念了，舞，唱《蝶戀花》，侍女持酒果上，勸客飲酒。

素客之名從此有。多謝風流，飛馭陪尊酒。持此一卮同勸後。願花長在人長壽。

舞唱了，後行吹《三臺》。舞轉，換花瓶。又舞上，次對客放瓶，念《春蘭花詩》：「花是春蘭棲遠岫，竹風松露爲交舊。仙家劍佩羽霓裳，幽客之名從此有。」

念了，舞，唱《蝶戀花》，侍女持酒果上，勸客飲酒。

幽客之名從此有。多謝風流，飛馭陪尊酒。持此一卮同勸後。願花長在人長壽。

舞唱了，後行吹《三臺》。舞轉，換花瓶。又舞上，次對客放瓶，念《薔薇花詩》：「花是薔薇如綺綉，春風滿架暉晴晝。爲多規刺少拘攣，野客之名從此有。」

念了，舞，唱《蝶戀花》，侍女持酒果上，勸客飲酒。

野客之名從此有。多謝風流，飛馭陪尊酒。持此一卮同勸後。願花長在人長壽。

舞唱了，後行吹《三臺》。舞轉，换花瓶。又舞上，次對客放瓶，念《酴醾花詩》：「花是酴醾紆翠袖，釀泉曾入真珠溜。更無塵氣到杯盤，雅客之名從此有。」

念了，舞，唱《蝶戀花》，侍女持酒果上，勸客飲酒。

雅客之名從此有。多謝風流，飛馭陪尊酒。持此一卮同勸後。願花長在人長壽。

舞唱了，後行吹《三臺》。舞轉，换花瓶。又舞上，次對客放瓶，念《荷花詩》：「花是芙蕖冰玉潄，人間暑氣何曾受。本來泥滓不相關，净客之名從此有。」

念了，舞，唱《蝶戀花》，侍女持酒果上，勸客飲酒。

净客之名從此有。多謝風流，飛馭陪尊酒。持此一卮同勸後。願花長在人長壽。

舞唱了，後行吹《三臺》。舞轉，换花瓶。又舞上，次對客放瓶，念《秋香花詩》：「花是秋香偏鬱茂，姮娥月裏親栽就。一枝平地合登瀛，仙客之名從此有。」

念了，舞，唱《蝶戀花》，侍女持酒果上，勸客飲酒。

仙客之名從此有。多謝風流，飛馭陪尊酒。持此一卮同勸後。願花長在人長壽。

舞唱了，後行吹《三臺》。舞轉，换花瓶。又舞上，次對客放瓶，念《菊花詩》：「花是菊英真耐久，長年只有臨風嗅。東籬况是見南山，壽客之名從此有。」

念了，舞，唱《蝶戀花》，侍女持酒果上，勸客飲酒。

壽客之名從此有。多謝風流，飛馭陪尊酒。持此一卮同勸後。願花長在人長壽。

舞唱了，後行吹《三臺》。舞轉，换花瓶。又舞上，次對客放瓶，念《梅花詩》：「花是寒梅先節候。調羹須待青如豆。爲於雪底倍精神，清客之名從此有。」

念了，舞，唱《蝶戀花》，侍女持酒果上，勸客飲酒。

清客之名從此有。多謝風流，飛馭陪尊酒。持此一卮同勸後。願花長在人長壽。

舞唱了，後行吹《三臺》。舞轉，换花瓶。又舞上，次對客放瓶，念《芍藥花詩》：「芍藥來陪群客後，矜其未至當居右。奇姿獨許侍花王，近客之名從此有。」

念了，舞，唱《蝶戀花》，侍女持酒果上，勸客飲酒。

近客之名從此有。多謝風流，飛馭陪尊酒。持此一卮同勸後。願花長在人長壽。

舞唱了，後行吹《三臺》。舞轉，换花瓶。又舞上花裀，背花對坐，唱《折花三臺》：

算仙家，真巧數，能使衆芳長綉組。羽軿芝葆，曾到世間，誰共凡花爲伍。桃李漫夸艷陽，百卉又無香可取。歲歲年年長是春，何用芳菲分四序。

又唱：

對芳辰，成良聚，珠服龍妝環宴俎。我御清風，來此縱觀，還須折枝歸去。歸去蕊珠繞頭，一一是東君爲主。隱隱青冥怯路遥，且向臺中尋伴侶。

唱了，起舞，後行吹《折花三臺》一遍。舞訖，相對坐，取盆中花插頭上，又唱：

嘆塵寰，烏兔走，花謝花開能幾許。十分春色，一半遣愁，那堪飄零風雨。爭似此花自然，悄不待、根生下土。花既無凋春又長，好帶花枝傾壽醑。

又唱：

是非場，名利海，得喪炎涼徒自苦。至樂陶陶，唯有醉鄉，誰向此間知趣。花下一杯一杯，且莫把、光陰虛度。八極神游長壽仙，蜾蠃螟蛉休更覷。

唱了，侍女持酒果置裀上，舞相對自飲。飲訖，起舞《三臺》一遍，自念遣隊：「伏以仙家日月，物外烟霞。能令四季之奇葩，會作一筵之重客。莫不香浮綺席，影覆瑶階。森然群玉之林，宛在列真之府。相逢今日，不醉何時。敢持萬斛之流霞，用介千春之眉壽。歡騰絲竹，喜溢湖山。觀者雖多，嘆未曾有。更願九重萬壽，四海一家。屢臻年穀之豐登，永錫田廬之快樂。於時花驄嘶晚，絳蠟迎宵。飲散瑶池，春在烏紗帽上；醉歸蕊館，香分白玉釵頭。式因天上之芳容，流作人間之佳話。尚期再集，益侈遐齡。歌舞既終，相將好去。」

念了，後行吹《三臺》，出隊。

《全宋詞》，册 2，第 1256 頁

劍舞

史浩

元脱脱《宋史·樂志》曰：「隊舞之制，其名各十。小兒隊凡七十二人：一曰柘枝隊……二曰劍器隊，衣五色綉羅襦，裹交脚襆頭，紅羅綉抹額，帶器仗。」①按，此詩又見史浩《鄮峰真隱漫録》卷四六。

二舞者對廳立裀上。竹竿子勾，念：「伏以玳席歡濃，金尊興逸。聽歌聲之融曳，思舞態之飄颻。爰有仙童，能開寶匣。佩干將莫邪之利器，擅龍泉秋水之嘉名。鼓三尺之瑩瑩，雲間閃電；横七星之凜凜，掌上生風。宜到芳筵，同翻雅戲。」

二舞者自念：「伏以五行擢秀，百煉呈功。炭熾紅爐，光噴星日；硎新雪刃，氣貫虹霓。斗牛間紫霧浮游，波濤裏蒼龍締合。久因佩服，粗習回翔。兹聞閬苑之群仙，來會瑶池之重客。輒持薄技，上侑清歡。未敢自專，伏候處分。」

竹竿子問：「既有清歌妙舞，何不獻呈。」

二舞者答：「舊樂何在。」

竹竿子再問：「一部儼然。」

二舞者答：「再韻前來。」

樂部唱《劍器曲破》，作舞一段了，二舞者同唱《霜天曉角》：

熒熒巨闕，左右凝霜雪。且向玉階掀舞，終當有、用時節。　唱徹。人盡說。寶此制無折。内使奸雄落膽，外須遣、豺狼滅。

---

①《宋史》卷一四二，第 3350 頁。

樂部唱曲子，作舞《劍器曲破》一段。舞罷，二人分立兩邊。别兩人漢裝者出，對坐，卓上設酒果。竹竿子念：「伏以斷蛇大澤，逐鹿中原。佩赤帝之真符，接蒼姬之正統。皇威既振，天命有歸。勢雖盛於重瞳，德難勝於隆準。鴻門設會，亞父輸謀。徒矜起舞之雄姿，厥有解紛之壯士。想當時之賈勇，激烈飛颺；宜後世之效顰，回旋宛轉。雙鸞奏技，四坐騰歡。」

樂部唱曲子，舞《劍器曲破》一段。一人左立者上裀舞，有欲刺右漢裝者之勢。又一人舞進前翼蔽之。舞罷，兩舞者并退，漢裝者亦退。復有兩人唐裝出，對坐。卓上設筆硯紙，舞者一人换婦人裝立裀上。竹竿子勾，念：「伏以雲鬟聳蒼璧，霧縠罩香肌。袖翻紫電以連軒，手握青蛇而的皪。花影下，游龍自躍；錦裀上，蹌鳳來儀。軼態横生，瑰姿譎起。傾此入神之技，誠爲駭目之觀。巴女心驚，燕姬色沮。豈唯張長史草書大進，抑亦杜工部麗句新成。稱妙一時，流芳萬古。宜呈雅態，以洽濃歡。」

樂部唱曲子，舞《劍器曲破》一段，作龍蛇蜿蜒曼舞之勢。兩人唐裝者起。二舞者，一男一女對舞。結《劍器曲破》徹，竹竿子念：「項伯有功扶帝業，大娘馳譽滿文場。合兹二妙甚奇特，堪使佳賓釂一觴。霍如羿射九日落，矯如群帝驂龍翔。來如雷霆收震怒，罷如江海凝清光。歌舞既終，相將好去。」

念了，二舞者出隊。　《全宋詞》，册 2，第 1259 頁

漁父舞

史　浩

按，此詩又見史浩《鄮峰真隱漫録》卷四六。

四人分作兩行迎上，對筵立。漁父自勾，念：「鄮城中有蓬萊島，不是神仙那得到。萬頃澄波舞鏡鸞，千尋疊嶂環旌纛。光

天圓玉夜長清，襯地濕紅朝不掃。賓主相逢欲盡歡，升平一曲《漁家傲》。」

勾念了，二人念詩：「渺渺平湖浮碧滿，奇峰四合波光暖。緑蓑青笠鎮相隨，細雨斜風都不管。」

念了，齊唱《漁家傲》。舞，戴笠子。

細雨斜風都不管，柔藍軟緑烟堤畔。鷗鷺忘機爲主伴。無羈絆。等閒莫許金章换。

唱了，後行吹《漁家傲》，舞。舞了，念詩：「喜見同陰垂匝地，瓊珠簌簌隨風絮。輕絲圓影兩相宜，好景儂家披得去。

念了，齊唱《漁家傲》。舞，披蓑衣。

好景儂家披得去。前村雪屋雲深處。一棹清歌歸晚浦。真佳趣。知誰畫得歸縑素。

唱了，後行吹《漁家傲》，舞。舞了，念詩：「波面初驚秋葉委，風來又覺船頭起。滔滔平地盡知津，濟涉還渠漁父子。」

念了，齊唱《漁家傲》。舞，取楫鼓動。

濟涉還渠漁父子。生涯只在烟波裏。練静忽然風又起。贏得底。吹來别浦看桃李。

唱了，後行吹《漁家傲》，舞。舞了，念詩：「碧玉粼粼平似掌。山頭正吐冰輪上。水天一色印寒光，萬斛黄金迷俯仰。」

念了，齊唱《漁家傲》，將楫作摇櫓勢。

萬斛黄金迷俯仰。輕舠不礙飛雙槳。光透碧霄千萬丈。真堪賞。恰如鏡裏人來往。

唱了，後行吹《漁家傲》，舞。舞了，念詩：「手把絲綸浮短艇，碧潭清泚風初静。未垂芳餌向滄浪，已見白魚翻翠荇。」

念了，齊唱《漁家傲》，取釣竿作釣魚勢。

已見白魚翻翠荇。任公一擲波千頃。不是六鼇休便領。清晝永。悠颺要在神仙境。

唱了，後行吹《漁家傲》，舞。舞了，念詩：新月半鈎堪作釣。釣竿直欲干雲表。魚蝦細碎不勝多，一引修鱗吾事了。

念了，齊唱《漁家傲》。釣，出魚。

一引修鱗吾事了。棹船歸去歌聲杳。門俯清灣山更好。眠到曉。嗚榔艇子方雲擾。

唱了，後行吹《漁家傲》，舞。舞了，念詩：「提取赬鱗歸竹塢，兒孫迎笑交相語。西風滿袖有餘清，試倩霜刀登玉縷。」

念了，齊唱《漁家傲》，取魚在杖頭，各放魚，指酒尊。

試倩霜刀登玉縷。銀鱗不忍供盤俎。擲向清波方圉圉。休更取。小槽且聽真珠雨。

唱了，後行吹《漁家傲》，舞。舞了，念詩：「明月滿船唯載酒，漁家樂事時時有。醉鄉日月與天長，莫惜清尊長在手。」

念了，齊唱《漁家傲》，取酒尊，斟酒對飲。

莫惜清尊長在手。聖朝化洽民康阜。説與漁家知得否？齊稽首。太平天子無疆壽。起，面外稽首祝聖。

唱了，後行吹《漁家傲》，舞。舞了，漁父自念遣隊：「湖山佳氣靄紛紛，占得風光日滿門。賓主相陪歡意足，却横烟笛過前村。歌舞既終，相將好去。」

念了，後行吹《漁家傲》，舞者兩行引退，出散。　　《全宋詞》，第 1260 頁

掃市舞

潘　闐

按，《樂府詩集》無此題，然該曲名見于唐崔令欽《教坊記》，當爲唐人樂舞，故予收録。

明胡震亨《唐音癸籤》曰：「《掃市舞》，楊虞卿善歌此詞，白樂天哭之，有『何日重聞《掃市

歌》之句。宋潘閬謫信州，戲爲《掃市舞詞》云：『出砒霜，價錢可。贏得撥灰兼弄火，暢殺我。』其遺調也。」①

出砒霜，價錢可。贏得撥灰兼弄火。暢殺我。《全宋詞》，册1，第6頁

嵇康小舞詞并序

錢　易

詩序曰：「薛九，江南富家子，得侍宫中。善歌舞《嵇康》。《嵇康》，江南曲名也。學舞于鍾離氏。建業破，零落於江北。予遇於洛陽福善坊趙春舍，飲酣，於是歌《嵇康》，其詞即後主所製焉。嘗感激，坐人皆泣。春舉酒請舞，謝曰：『老矣，腰腕衰硬，無復舊態。』乃强起小舞，終曲而罷。座有王生者，請予爲《嵇康小舞詞》。」按，《樂府詩集》無此題，唐崔令欽《教坊記》有《嵇琴子》。據宋錢易《嵇康小舞詞》詩序，《嵇康》出自江南，乃歌舞曲，宋時仍舞。明胡震亨《唐音癸籤・樂通二》「唐曲」有《嵇康》，題下小注曰：「江南曲，後主所制。

① 《唐音癸籤》卷一三，第139頁。

國亡後，有薛九能歌之，見王銍《侍兒小名録》。」①則此曲至明仍存。宋人《嵇康》，或出於此，故予收録。

薛九三十侍中郎，蘭香花態生春堂。龍盤王氣變秋霧，淮聲哭月浮秋霜。宜城酒烟濕羈腹，與君强舞當時曲。玉樹遺辭莫重聽，黄塵染鬢無前緑。我聞襄陽白銅鞮，荒情古艷傳幽悲。凄涼不抵亡國恨，塵中苦泪飛柔絲。洛陽公子擎銀觴，跪奴和曲生輝光。茂陵旅夢無春草，彤管含羞裁短章。《全宋詩》卷一〇四，册2，第1186頁

嵇康

韓維

儵然柳下鍛，豈不遺世喧。一忤貴公子，鳴弦竟誰冤。性烈才且隽，有味孫登言。《全宋詩》卷四一八，册8，第5127頁

① ［明］胡震亨《唐音癸籤》卷十三，上海古籍出版社，1981年版，第142頁。

同前

錢選

中散不偶世，本自餐霞人。形解驗默仙，吐論知凝神。立俗迕流議，尋山洽隱淪。鸞翮有時鎩，龍性誰能馴。《全宋詩》卷三五八二，册 68，第 42803 頁

同前

陳普

銅駝荆棘夜深深，尚想清談撼竹林。南渡百年無雅樂，當年猶惜廣陵音。自注：渡江，二郊無樂，宗廟唯有登歌，而無二舞。至宋文帝元嘉末，南郊始設登歌。《全宋詩》卷三六五一，册 69，第 43832 頁

同前

徐鈞

臥龍并論恐非倫，望重宜爲世所珍。大抵重名人敬仰，如何名重反傷身。《全宋詩》卷三五八五，册 68，第 42847 頁

效晉樂志拂舞歌淮南王二篇

鄧林

東昏侯，自言安，仙華玉壽浮雲端。綉窗錦幔飄蜚仙，丹青美女侍七賢。侍七賢，奏笙歌，笙歌逸響哀怨多。苑中花木費綺羅。我欲逾城城有圍，願作雙黄鶴，棲瑶池。棲瑶池，辟塵垢，至尊屠肉，潘妃酤酒。石頭江上龍駒走，三月春風吊楊柳。

唐明皇，自言榮，金輿翠輦游華清。廣寒宫殿凝水晶，霓裳羽衣沈香亭。沈香亭，泛流霞，流霞瀲灩隊五家。誰知野鹿銜宫花。我欲度關關有兵，願作雙丹鳳，蜚瑶京。蜚瑶京，隱烟霧，錦綳酥酪，香囊塵土。劍閣縈紆家何許，梧桐葉葉鳴秋雨。《全宋詩》卷三五二〇，册67，第42034頁

淮南行二首

曹勛

按，曹勛《松隱集》置此詩于「古樂府」類，題注曰：「代小山作。」郭茂倩《樂府詩集·舞曲歌辭》有《淮南王篇》，解題引崔豹《古今注》曰：「《淮南王》，淮南小山之所作也。淮南王

服食求仙，遍禮方士，遂與八公相携俱去，莫知所往。小山之徒，思戀不已，乃作《淮南王曲》焉。」①《淮南行》或出於此。《樂府詩集·琴曲歌辭》又有劉安《八公操》，本事亦同此，解題曰：「一曰《淮南操》。《古今樂録》曰：『淮南王好道，正月上辛，八公來降，王作此歌。』」②

人去宫門寂，丹成寶鼎空。砌下苔錢紫，庭中霜葉紅。思君聽松籟，精魄上高穹。月冷桐陰静，霜紅桂影寒。碧蘚封丹室，青松覆玉壇。如何後鷄犬，不得厠驂鸞。《全宋詩》卷一八七九，册33，第21053頁

① 《樂府詩集》卷五四，第610頁。
② 《樂府詩集》卷五八，第654頁。

卷八五　宋琴曲歌辭一

琴者，弦樂之器，傳爲神農所造。聖人御之以化成天下，君子鼓之以禁邪修身。桓譚《新論》，推爲八音之首，應劭《通義》，推稱諸樂之統。自《左傳》首稱其德，至《琴操》《琴訣》諸書，莫不美之。愛者既衆，爲名亦雅。號鍾、繞梁，古君主之名琴；緑綺、焦尾，後名士之愛器。琴名或象意志，或托高逸，或記典故，或奇材質，《永樂琴書集成》舉琴名百數，莫不高潔雅致，響逸流俗。琴既君子常御，善琴名士，亦歷代所推重。師襄、師文，聖人引爲師友，伯牙、子期，世人共推知音。梁國龍德，協樂律於漢室；渤海趙定，發悲音於案前。趙耶利弟子三人，隋唐間琴道不輟；董庭蘭胡笳七弦，天寶時孰不識名。若夷以賜緋名調，敬傲以《廣陵》傳人，其餘鄭宥子儒數人，名係逸事，世傳風流。趙宋文雅遍被，知音者衆，善琴之士，遠邁前代。琴以撫弦爲音，弦之數，初則以五，周增以七，《説文》《廣雅》記之。至宋其數益繁，以一至九，取奇數而主陽，爲絲部之五器。又新製兩弦，以象二儀。另有十三及他數者，度數形名，皆有比附。以至齒折額闊之數，亦以比附四時節氣。

琴曲之名，始見《吴越春秋》。蕭繹《纂要》，謂有暢、操、引、弄。經虞《雅倫》，别列歌、曲與拍。古人以暢者和樂而作，美暢其志；操者憂愁而作，窮善厥身；引者序而推之，進德修業；弄者情性和舒，寬泰閑暢。此或望文生訓，未達真的。今按此或撫奏之法，可別琴曲之屬類，先時多綴曲名後。古琴曲有五曲、九引、十二操。五曲者，一曰《鹿鳴》，二曰《伐檀》，三曰《騶虞》，四曰《鵲巢》，五曰《白駒》。九引者，一曰《烈女引》，二曰《伯妃引》，三曰《貞女引》，四曰《思歸引》，五曰《霹靂引》，六曰《走馬引》，七曰《箜篌引》，八曰《琴引》，九曰《楚引》。十二操者，一曰《將歸操》，二曰《猗蘭操》，三曰《龜山操》，四曰《越裳操》，五曰《拘幽操》，六曰《岐山操》，七曰《履霜操》，八曰《朝飛操》，九曰《別鶴操》，十曰《殘形操》，十一曰《水仙操》，十二曰《襄陵操》。鄭樵《通志二十略》列「琴操五十七曲」，於九引、十二操之外，又有三十六雜曲。曰《河間雜弄》二十一章、曰《蔡氏五弄》、曰《雜鸞》、曰《歸風》、曰《送遠》、曰《幽蘭》、曰《白雪》、曰《長清》、曰《短清》、曰《長側》、曰《短側》、曰《清調》、曰《大遊》、曰《小遊》、曰《明君》、曰《胡笳》、曰《白魚嘆》、曰《廣陵散》、曰《楚妃嘆》、曰《風入松》、曰《烏夜啼》、曰《楚明光》、曰《石上流泉》、曰《臨汝侯子安之》、曰《流漸涸》、曰《雙燕離》、曰《陽春弄》、曰《悅人弄》、曰《連珠弄》、曰《中揮清》、曰《暢志清》、曰《蟹行清》、曰《看客清》、曰《便僻清》、曰《婉轉清》。昔安世仕漢，善爲《雙鳳離鸞》之曲；飛燕專寵，能撫《歸風送遠》之操；道強在齊，妙絶《單鳧寡鶴》；叔夜棄晉，深悲《廣陵》之散，是皆古曲之聞名者。

漢魏以降，作者相繼，曲目浸繁，各自創調，不綴類名。唐薛易簡苦心周遊，可彈雜調三百，大弄四十，其《三峽》《流泉》《南風》《遊弦》《天弄》諸曲，俱無類屬之綴。又陳康士能自創調，淹有百章，亦不屬類名。宋太宗喜賀若十調，增弦改名，亦無類屬之綴。

琴曲記譜之法頗異，譜在則音傳，琴備而聲得，無多借傍，故古曲傳于宋者仍衆。曰《平戎》、曰《賀若》、曰《桃源》、曰《秋思》、曰《秋泉》。歐陽公《聽平戎操》，嘆不能起予；晁補之聽《平戎操》，盛稱其器；蘇子瞻《聽彈賀若》，思慕陶潛；許志仁聽《桃源春曉》，發思清幽；許及之《聽彈秋思》，吴潛《聽彈秋泉》，皆情隨聲發，意在弦凝。可知琴曲未絶，回響於百代，而人情各異，泣涕於樽前。宋人時新度曲，多出舊題之外，趙普《雪窗夜話》、林逋《梅梢月》、石揚休《猿鶴雙清》、沈遵《醉翁吟》《曉鶯啼》《隱士操》、普庵《普安咒》（又名《釋談章》）、郭沔《瀟湘水雲》《步月》《秋雨》，謝翱《哀江南》，薛季宣《適薄歌》《采薇歌》《麥秀歌》《丘陵歌》《梁山歌》，洪咨夔《山中吟》，皆有宋之新題。

或謂琴之始也，有聲無辭。君子但取其聲，以寄發幽懷。後以無所憑依，取事比附，遂有歌辭。是爲疑古之説，幾成不易之論。然《南風》之詩，不能盡辨其僞；援琴而歌，亦且君子常情。琴歌本事，後儒或有加工；均爲向壁，不免厚誣古人。琴曲之制，貴在聲義兩得。取聲上追古雅，高遠可喜；製辭近溺流俗，難逮其意。琴曲歌辭，在宋多擬舊題。或本事古辭俱存，擬作推注淵源，但尊其體，此皆《琴操》所載，《猗蘭操》《神人暢》《南風歌》《拘幽操》《文王操》《克商操》《越裳操》《岐山操》《神鳳操》《履霜操》《雉朝飛操》《别鶴操》《襄陵操》《將歸操》《霹靂引》諸曲皆是；或則本事存而古辭佚，擬作爲之補寫歌辭，《水仙操》《襄陵操》《箕山操》《招隱操》諸曲皆是；或則事與辭俱無，附事擬辭，若《雙燕離》諸曲。然宋人新度琴曲，務求古雅，率多無辭。歐陽修天下文宗，所製《醉翁吟》，和者云衆，允爲一時佳話。葉夢得許人作歌，雖增損舊辭，數載難成，足知斯事之難。惟朱子新擬《招隱》，題古辭新，意興超遠。然今所輯宋之琴曲歌辭，新製實寥。

琴者既可協鳴鐘鼓，陳奏於廟堂，亦可獨撫清室，申志於雅集。協奏鐘鼓者，其譜或列在典籍。不及廟堂者，其事多散於私著。宋之琴書，或載辭，或記譜，或述法，或録事。積案盈箱，不可指數。見載于《宋史・藝文志》者，則有：太宗《九弦琴譜》二十卷，《琴譜》六卷，陳拙《琴籍》九卷，趙惟簡《琴書》三卷，崔遵度《琴箋》一卷，陳康士《琴調》三卷、《琴調》十七卷，《琴書正聲》十卷，《琴調》十七卷，《琴譜記》一卷，《琴調譜》一卷，李約《琴曲東杓譜序》一卷，《琴調廣陵散譜序》一卷，齊嵩《琴雅略》一卷，僧辨正《琴正聲九弄》九卷，朱文濟《琴雜調譜》十二卷，張淡正《琴譜》一卷，蔡翼《琴調》一卷，僧道英《琴德譜》一卷，王邈《琴譜》一卷，沈氏《琴書》一卷（失名），《琴譜調》八卷（李翱用指法），《琴略》一卷，《琴式圖》一卷,《琴譜纂要》五卷,吴良輔《琴譜》一卷,王大方《琴聲韻圖》一卷,《昭微古今琴樣》一卷,劉籍《琴義》一卷,馬少良《琴譜三均》三卷,《琴説》一卷,《琴箋知音操》一卷,《仿蔡琰胡笳十八拍》,僧則全《則全和尚節奏指法》,朱長文《琴史》,蘇軾《雜書琴事》,釋居月《琴曲譜録》《琴書類集》,荀以道《琴筌》,闕名《琴苑要録》。近世《中國古代音樂文獻集成》及林晨《觸摸琴史:近現代琴史叙事》所附《琴書存目》,亦録宋琴書之目。其異于《宋史·藝文志》者,《集成》有陳暘《琴聲經緯》一卷、徐理《琴統》一卷附《外篇》一卷、虞汝明《古琴疏》一卷。《存目》有阮逸《琴集圖》一卷、《琴準》,令狐子先《琴譜》,吴良輔《仿胡笳十八拍》四卷,朱伯原(長文)《浙操琴譜》一卷,《紹興内府琴譜》十册,周紫芝《琴譜》,朱熹《琴律説》,姜夔《琴瑟考古譜》一卷,張岩《琴譜操》十五卷,《調譜》四卷,石孝隆《琴譜》十六卷,騰康叔《韶武遺音》一卷,徐于《徐門琴譜》十卷,石汝礪(碧落子)《斵琴記》一卷,齊松《琴記》,趙夕曠《琴指法》,趙維則《注明蔡邕指法》,楊纘《紫霞洞琴譜》十三卷。近世又有《琴曲集成》,爲古琴曲譜集大成之作,其中不乏趙宋琴曲譜。有宋琴曲卷帙之繁,於此可見。

本卷所輯琴曲歌辭多出《全宋詩》,據《樂府》同題收録,宋時新出之琴曲,凡可確認者,宋人别集歸於「琴曲」、「琴操」、「操」、「引」類者,亦予收録。

白雪歌并序

曹　勛

詩序曰：「樂府有題而亡詞，今補之。」晉張華《博物志》附録佚文曰：「《白雪》是天帝使素女鼓五十弦曲名，以其調高，人和遂寡。」①

白雪如玉，皇人壽穀。白雪如霜，皇人樂康。還余駕兮歸來，覃威德於八荒。《全宋詩》卷一八七八，册33，第21044頁

白雪曲

張玉娘

明胡震亨《唐音癸籤》「琴曲」有《高宗白雪曲》，題下小注曰：「顯慶中，帝以琴曲失傳，令有司修習。太常丞吕才言：琴曲本宜合歌，請依琴中舊曲，以御製《雪詩》爲《白雪歌

---

① [晉] 張華撰，唐子恒點校《博物志》，鳳凰出版社，2017年版，第138頁。

辭》。又古今樂府奏正曲後，復有送聲，亦君唱臣和之義，請以群臣長孫無忌、于志寧、許敬宗等所和詩爲送聲，合十六節。帝善之，乃命太常著於樂府。才復譔琴歌《白雪》等曲，帝亦製歌詞十六，皆著樂府。」①

簾白明窗雪，風急寒威冽。欲起理冰弦，如凝指尖折。霜幃眠不穩，愁重腸千結。閑看臘梅梢，埋没清塵絶。《全宋詩》卷三七一五，册 71，第 44624 頁

白雪詞四首

舒岳祥

一雪林屋净，二雪皋隰新。三雪爲瑞應，伊耆氏作春。濛濛接白雲，皎皎混清月。長歌古人句，山明望松雪。半空分下鶴，千尺矯游龍。再歌古人句，晴雪落長松。古人不可見，物色故依然。二麥何人種，忍凍及豐年。《全宋詩》卷三四四二，册 65，第 41003 頁

① 《唐音癸籤》卷一三，第 148 頁。

雪歌

陸　游

按，宋鄭樵《通志二十略·樂略一》「時景二十五曲」有《雪歌》，故予收録。宋人又有《前雪歌》《後雪歌》，或均出於此，亦予收録。

黑雲黯黯如翻鴉，急霰颯颯疑投沙。初聞萬竅號地籟，已見六出飛天花。寧論異事吠群犬，且喜和氣連千家。穿簾投隙矜嫵媚，平坑塞谷迷谽谺。遥遥林塔出玉筍，渺渺江路蟠修蛇。扣門方擬貰鄰酒，篝火更欲尋僧茶。懸知朝士集闕角，靴聲入賀趨正衙。吾衰久矣尚何説，所幸一稔均幽遐。《全宋詩》卷二一八八，册40，第24952頁

前雪歌

鄭思肖

玄冥玄玄玄又玄，一夜一尺平階前。故現幻化瞞俗眼，忽變境界爲神仙。彌望潔净失污穢，與世坦蕩忘欹偏。混沌有影晝短短，穹窿無縫雲懸懸。慢飄如倦欲止歇，斜灑似舞争便嬛。

萬物根蔕不可見，數筆圖畫安能傳。詩戰素手白相敵，酒潮赧臉紅不鮮。老龜縮殼息飲氣，卧龍哆口寒凝涎。木帝舍暖施下土，火精氣馭行中天。須臾被野盡錦綉，四望四野春無邊。《全宋詩》卷三六二五，册69，第43412頁

後雪歌

鄭思肖

不知今日是何年，忽然生白照無邊。全體瑩净妙無象，還我太極未分前。開口大笑説不得，一日一夜獨自顛。與君同此光明域，有辭難鑄玄中玄。醉吐大語吞六合，前古朽言無光鮮。浩然之氣開虚空，舉頭渺渺皆青天。《全宋詩》卷三六二五，册69，第43412頁

神人暢

薛季宣

詩序曰：「堯事天理人，堯民賡歌其聖作。」《樂書》曰：「然琴之爲樂，所以詠而歌之也，故其别有暢，有操，有引，有吟，有弄，有調。堯之《神人暢》，爲和樂而作。舜之《思親操》，爲孝思而作也。《襄陽》《會稽》之類，夏后氏之操也。《訓佃》之類，商人之操也。《離

憂》之類，周人之操也。謂之引，若魯有《關雎引》，衛有《思歸引》之類也。謂之吟，若《箕子吟》《夷齊吟》之類也。謂之弄，若《廣陵弄》之類也。謂之調，若《子晉調》之類也。」①

浹神人。莫莫昊天，莫夥烝民，感兮格兮君之仁。混茫萬宇，自都于野，余一人爰主。于何道兮，暢浹神人。于何道兮，神人我與。蕩蕩兮帝德，高高兮不極。吾不知其名兮，命焉弗得。其人則天兮，天乎其仁。吾不知其際兮，究焉無適。伊神人之交暢兮，其帝之力。《全宋詩》卷二四七六，册46，第28709頁

思歸操

薛季宣

題注曰：「亦曰《思親操》。」詩序曰：「舜耕歷山，見鳩母子相哺，思念父母作。」明謝天瑞《謝天瑞詩話》曰：「操體：操者，操也。君子操守有常，雖阨窮，猶不失其操也。若《南

① 《樂書》卷一一九，册211，景印文淵閣四庫全書，第390頁。

風》《思親》《拘幽》《猗蘭》等操，皆聖人之詞，未敢以爲信。然後之作者蓋擬之。」①

彼美鳩雛，歸哺嗚嗚。所哺伊何，曰父母且。匪生何父，匪育何母。歷山之居，居庸可久。念念思歸，不歸何俟。《全宋詩》卷二四七六，册 46，第 28709 頁

舜操

薛季宣

詩序曰：「舜立爲天子，思事親之樂，謂巍巍之位不足保作。」按，《樂府詩集》無《舜操》，然薛季宣《浪語集》置其于「琴曲」類，故予收録。薛季宣自序記其所詠本事，與《思歸操》如出一轍，故本卷置於《思歸操》後。

黄屋兮巍巍，人道兮委蛇，念父母兮庭闈。三牲日饋兮，夫豈不時也。憯不如在野兮，親几履也。惟昔樂而勞今兮，吾將已也。《全宋詩》卷二四七六，册 46，第 28709 頁

① 《明詩話全編》，册 10，第 11256 頁。

南風歌

薛季宣

詩序曰：「舜治天下作。」宋陳善《捫虱新話》曰：「舜《南風歌》、楚《白雪辭》，本合歌舞。」①

慪彼夏日，熇熇其暑。毒我下民，辟焉無所。慪彼夏夜，鬱蒸其雨。民之慍結，莫安其處。凱風自南，發于茂林。實彼百穀，紓我慍心。《全宋詩》卷二四七六，册46，第28710頁

和南風歌

程公許

題注曰：「悦齋先生于寶慶丙戌爲那君叔明賦《南風之歌》，寄意深婉。後五年，自遂寧藩牧開府，盡護蜀師；又三年，端平改元，以憲部尚書召。叔明袖詩渡瀘，訪余於滄洲書

① [宋] 陳善《捫虱新話》卷一，叢書集成初編，册310，中華書局，1985年版，第2頁。

堂，輒賡元韻。」

華清舞徹《霓裳》散，五音繁會宵達旦。人間何限失意人，西商凄切《離騷》亂。我所思兮在東周，《小雅》盡廢心之憂。更堪羌調日嘈雜，徑欲洗耳寒江流。那君十指含清風，家無卓錐心願豐。仙翁賞音那易得，水流益濬山益崇。疲氓望翁起憔悴，蒲輪加璧幸可致。請君抱琴往從之，解愠阜財皇有意。《全宋詩》卷二九八八，册57，第35541頁

湘妃怨并序

曹勛

詩序曰：「讀陳羽《湘妃怨》，怪其鄙野，爲變體三首。」宋吴曾《能改齋漫録》曰：「《樂府叙篇》云：『洞庭之山，帝之二女居之。郭璞云：「天帝之女，處江爲神，即《列仙傳》所謂江妃二女也。」劉向《列女傳》：「帝堯之二女，長曰娥皇，次曰女英，堯以妻舜于嬀汭。舜既爲天子，娥皇爲后，女英爲妃。舜死於蒼梧，二妃死于江湘之間，俗謂之湘君。」《湘中記》曰：「舜二妃，死爲湘水神，故曰湘妃。」韓愈《黄陵廟碑》曰：「秦博士對始皇帝云，湘君者，堯之二女，舜妃者也。」劉向、鄭康成，亦皆以二妃爲湘君。而《離騷》《九歌》，既有湘君，又

有湘夫人。王逸以爲湘君者，自其水神；而言湘夫人乃二妃。璞與逸俱失也。堯之長女娥皇，爲舜正妃，故曰君；其次女女英，自宜降曰夫人也。故《九歌》謂娥皇爲君，女英爲帝子，各以其盛者推言之也。《禮》有小君，明其正自得稱君也。」以上皆《樂府叙篇》。余嘗考之，若《叙篇》以郭璞、王逸爲失者，甚當。然《山海經》《列仙傳》《湘中記》、韓愈碑，亦未爲得。案《禮・檀弓》曰：『舜葬於蒼梧之野，蓋三妃未之從也。』故康成注曰：『帝嚳立四妃，但象后妃四星。其一明者爲正妃，餘三小者爲次妃，帝堯因焉。至舜不告而娶，不立正妃，但三妃而已，謂之三夫人。《離騷》所歌湘夫人，舜妃也。夏后氏增以三，三而九，合十二人。《春秋説》云：『天子娶十二，即夏制也。』凡康成之論，本取《帝王世紀》耳。《世紀》云：『長妃娥皇，無子；次妃女英，生商均；次妃癸比，生二女，宵明、燭光是也。』乃知康成所注爲有據依。又案《秦紀》云：『死而葬焉。』今王逸乃以爲溺死，益非矣。諸人皆以爲二女，當以《檀弓》《世紀》有三妃爲正。」①

委瓊珮兮重淵，税鸞車兮深山。望蒼梧兮不極，與流水而潺湲。

---

① 《能改齋漫録》卷五，第100—101頁。

風凄凄兮山之阻，雲溟溟兮湘之浦。落日黄兮明月輝，古木蒼烟號兕虎。雨瀟瀟兮洞庭，烟霏霏兮黄陵。望夫君兮不來，波渺渺而難升。《全宋詩》卷一八八〇，册33，第21062頁

同前

鄭　樵

黄埃游輦轂，翳日冷旌旗。龍去攀髯遠，鸞孤對影微。魂沉江縹渺，泪染竹依稀。枯樹空千載，寒松已十圍。蘆花深月色，燐火劇螢飛。横笛瀟湘暮，哀猿何處歸。《全宋詩》卷一九四九，册34，第21780頁

湘夫人歌

劉才邵

宋鄭樵《通志二十略·樂略一》「佳麗四十七曲」曰：「《湘夫人》，亦曰《湘君》，亦曰《湘妃》」。①

① 《通志二十略》，第915頁。

湘山影落重湖中，中有菌閣臨珠宮。霞衣蘭佩雜香風，蓮旂閃閃拖晴紅。朱弦淒怨指法鬆，緑烟洗盡山重重。湘雲遠與蒼梧通，騰空宛轉如游龍。雲中帝子謁重瞳，寶車倏忽穿遥空。

《全宋詩》卷一六八一，册 29，第 18839 頁

蒼梧帝

高似孫

題注曰：「湘夫人。」

攬九州兮余憂，民將魚兮誰瘳。水受令兮安流，菱芃芃兮方秋。老帝力兮茫茫，射神魚兮飛舟。朝帝君兮不下，莽故疆兮生埃。踏蒼龍兮倏東，棲靈游兮故宮。擢桂棟兮蘭房，蕙幬兮荃床。翳殘書兮鏄鏽，杳空山兮神揚。神揚兮何極，有人來兮爲之太息。濕刓石兮酒寒，隱懷君兮傷惻。蓀橈兮桂楫，海若兮獻月。采水碧兮紫淵，弄蠙珠兮冰穴。無一芳兮可酬，心難吐兮猶咽。砥柱兮湯湯，龍門兮阻長。事難古兮悲傷，迹蒼奔兮蹇余以何往。朝欲逝兮河津，夕濯衣兮西瀲。花漲兮波惡，魚鬥兮雲舞。沐余冠兮嵯嵯，濯予瑫兮楚楚。靈心懌兮來下，乃遺余兮芳杜。玩芳杜兮三嗅，時不來兮孰與。

《全宋詩》卷二七二〇，册 51，第 21990 頁

卷八六　宋琴曲歌辭二

襄陵操

薛季宣

詩序曰：「禹治水作。」

湯湯洚水兮，懷山襄陵。浩浩滔天兮，昏墊生靈。導之入于海兮，王事有程。啓呱弗子兮，匪我忘情。《全宋詩》卷二四七六，册46，第28710頁

霹靂引

薛季宣

詩序曰：「禹僇防風氏作。」宋鄭樵《通志二十略·樂略一》「琴操五十七曲」曰：「《霹靂引》，亦曰《吟白虎》，亦曰《舞玄鶴》。」①明王昌曾《詩話類編》曰：「如古《霹靂引》《走馬

① 《通志二十略》，第908頁。

引》《飛龍引》，述事本末曰『引』。」①明費經虞《雅倫》論「引」曰：「費經虞曰：『引亦始於樂府，如《箜篌引》《霹靂引》之類。』孫錫瑸曰：『引者，唱曲之始，如今唱曲者先唱引子也。』」②

箕子操

薛季宣

詩序曰：「箕子爲奴作。」按，宋人又有《廣箕子操》，當出於此，亦予收録。

天地肅兮陽伏藏，以時出兮萬物攸行。聲砰訇兮，蟄蟲咸作。蟄蟲不作兮，自底天亡。象震出兮惟君王，發號令兮驚四方。惛封禺之守臣兮，自爲聾聵。死霹靂之下兮，式彼天常。噫，余非好殺兮，刑憲有章。《全宋詩》卷二四七六，册46，第28710頁

① 《詩話類編》卷一，四庫全書存目叢書，集部册419，第8頁。
② 《雅倫》卷八，續修四庫全書，册1697，第132頁。

天道渾渾兮不享，緊神器從神兮適彼西鄰。泯社稷之阽危兮君無與守，將正而斃兮誰善其後。負罪囚奴兮九疇我保，庶湯孫之復兮載興商道。《全宋詩》卷二四七六，册46，第28710頁

廣箕子操

金履祥

按，《樂府詩集·琴曲歌辭》有《箕子操》，《廣箕子操》當出於此，故予收録。又，詩寫温州先賢陳宜中事，繆荃孫《記題詠陳宜中詩》收此詩，并云：「爲相者蓋陳宜中也。」①

炎方之將，大地之洋。波湯湯，翠華重省方，獨立回天天無光。此志未就，死矣死南荒。不作田横，横來者王。不學幼安，歸死其鄉。欲作孔明，無地空翱翔。惟餘箕子，仁賢之意留蒼茫，穹壤無窮此恨長。千世萬世，聞者徒悲傷。《全宋詩》卷三五六三，册68，第42593頁

① 潘猛補《從温州地方文獻訂補〈全元詩〉》，《温州大學學報》2017年第2期。

拘幽操

曹　勛

詩序曰：「文王拘羑里所爲作也。」

風入我室兮，霜入我衣。言不敢發兮，聲不敢悲。惟皇考有訓兮，余罪之歸。余心耿耿兮，其知者爲誰。《全宋詩》卷一八七七，册33，第21037頁

文王操

薛季宣

詩序曰：「商末，鳳鳥集于周作。」宋周必大《書譚該樂府後》曰：「世謂樂府起于漢魏，蓋由惠帝有樂府令，武帝立樂府采詩夜誦也。唐元稹則以仲尼《文王操》、伯牙《水仙操》、齊犢牧《雉朝飛》、衛女《思歸引》爲樂府之始，以予考之，乃賡載歌『熏兮』、『解愠』，在虞舜時，此體固已萌芽，豈止三代遺韻而已！」①

① 《全宋文》卷五一三三，册230，第434頁。

鳳兮鳳兮，鳥之王兮。覽德輝兮，爲嘉祥兮。匪下昌兮，我王明兮。《全宋詩》卷二四七六，册46，第28711頁

克商操

薛季宣

詩序曰：「武王作。」

天命文考，翦滅大商。發將天命，戈矛有光。非余武兮，獨夫自亡。非余武兮，天啓先王。《全宋詩》卷二四七六，册46，第28711頁

越裳操

曹勛

詩序曰：「周公思文武之勤勞，傷時君之德不能致越裳之臣也。」宋鄭樵《通志二十略·樂略一》「琴操五十七曲」曰：「《越裳操》，世言周公作。越裳國獻白雉，周公作是

歌。」①宋龔頤正《芥隱筆記》「退之越裳操辨田字」小注曰：「越裳在交趾之南。」②越南黎崱《安南志略》曰：「安南自古交通中國。顓頊時，北至幽陵，南至交趾。堯命羲和宅南交，舜命禹南撫交趾。周成王時，越裳氏重九譯來貢，曰：『天無烈風淫雨，海不揚波，三年矣。意者中國有聖人乎？盍往朝之！』周公作《越裳氏瑟操》云：『於戲嗟嗟，非旦之力，文王之德。』越裳即九真，在交趾南。應劭《漢官儀》曰『始開朔方，遂方於南，爲子基阯。』今作『址』，非。」③同書又曰：「古南交，周號越裳，秦名象郡。秦末，南海尉趙佗擊并之，自立爲國，僭號。西漢初，高帝封爲南越王。歷數世，其相吕嘉叛，殺其王及漢使者。孝武遣伏波將軍路博德平南越，滅其國，置九郡，設官守任。今安南居九郡之内，曰交趾、九真、日南是也。後歷朝沿革，郡縣不一。五季間，愛州人吴權據交趾。後丁、黎、李、陳相繼篡奪。宋因封王爵，官制刑政，稍效中州。其郡邑或仍或革，姑概存之。」④

① 《通志二十略》，第909頁。
② [宋] 龔頤正《芥隱筆記》，景印文淵閣四庫全書，册852，臺灣商務印書館，1986年版，第487頁。
③ [越] 黎崱《安南志略》總序，中華書局，2000年版，第12—13頁。
④ 《安南志略》卷一，第17頁。

彼雲雨兮，曾莫之私。黍稷繁蕪兮，草木其宜。田野不辟兮，其誰荒之。遠人之思兮，其誰來之。其勤其施，惟先君之思。《全宋詩》卷一八七七，册33，第21036頁

岐山操

曹勛

詩序曰：「周公患時黷武，思大王之德所爲作也。」

豳之土兮，民之所宜。豳之居兮，民之所依。予何爲兮尸之。我將全汝兮，之岐之陽。汝其保寧兮，無越汝疆。斯歸斯徂兮，其誰之將。嗟今之人兮，何思何傷。《全宋詩》卷一八七七，册33，第21037頁

神鳳操

薛季宣

詩序曰：「成王以鳳鳥至，歸美周公作。」明費經虞《雅倫》曰：「費經虞曰：『琴曲多名操，如《神鳳操》《陬操》《猗蘭操》之類。』」①

① 《雅倫》卷八，續修四庫全書，册1697，第153頁。

大樂和諧兮，神鳳來儀。彼周公之聖兮，余何德以堪之。《全宋詩》卷二四七六，册46，第28712頁

履霜操

曹　勛

詩序曰："尹吉甫子爲後母見逐，晨行太山下，感帝舜之事所爲作也。"宋鄭樵《通志二十略·樂略一》"琴操五十七曲"曰："《履霜操》，世言尹吉甫子伯奇無罪，爲後母所譖見逐，自傷而作也。追帝舜之事，明怨其身之不爲父母憐也。言人之不得于父母者，當益親也。"①明黄溥《詩學權輿》曰："操，劉向云：『其道閉塞，悲愁而作者，其曲名曰"操"。』蓋以遇災害憂虞而不失其守故也。若尹伯奇之《履霜操》，孔子之《倚蘭操》是也。"②

皇之車兮，僕夫馳之。皇之輿兮，僕夫乘之。沉沉廣宇兮，燕雀安之。晨羞夕膳，誰其視

---

①《通志二十略》，第909頁。

②《詩學權輿》卷一，四庫全書存目叢書，集部册292，第11頁。

之。親不我思兮，我寧不悲。皚皚繁霜，兒則履之。父兮母兮，兒知兒非。《全宋詩》卷一八七七，册33，第21037頁

雉朝飛操

曹　勛

詩序曰：「牧犢子行年七十無妻，見雉雙飛，感之而作。」明郎瑛《七修類稿》曰：「《雉朝飛》，《樂府解題》《古今注》俱曰：『齊沐犢子作也。』别書又稱牧犢子寒食之事，《左傳》以爲介子推，《琴操》以爲介子綏，《説苑》諸書皆曰介子推。二名俱不知孰是也，拈書質諸博雅。」①

雉兮朝飛，鳴聲相隨。朝刷其羽兮，夕哺其兒。雖有風雨兮，莫或仳離。嗟余之人兮，曾莫汝爲。《全宋詩》卷一八七七，册33，第21037頁

① [明] 郎瑛《七修類稿》卷一五，上海書店出版社，2001年版，第118頁。

雉朝飛

王　炎

飛飛野雉雄挾雌，相與孳尾爲之妃。人生誰不有配偶，我生垂老爲鰥夫。永巷蛾眉幾千指，一妻一妾庶人禮。壯年受室不及時，老去自憐身獨處。短布單衣誰爲縫，東皋種黍誰共舂。蒼天高高不可問，顧照衡茅有孤悶。《全宋詩》卷二五五九，册 48，第 29688 頁

同前

釋文珦

春日遲遲，有雉朝飛。一雄自得，群雌相隨。自西自東，飲啄不違。牧犢采薪，見而感之。我生徒爲人，七十反無妻。嘗聞二南世，天下無鰥嫠。萬物得其所，婚姻皆以時。《全宋詩》卷三三二七，册 63，第 39688 頁

思歸引

田　錫

宋鄭樵《通志二十略·樂略一》「琴操五十七曲」曰：「《思歸引》，亦曰《離拘操》。」①

河朔受詔書，移官向湖外。初問禁法茶，次問丁身税。税口徵四百，茶利高十倍。老死及充軍，縣籍方消退。采摘不入官，公家定科罪。何以升平時，遺民猶未泰。何以在位者，興利不除害。我願罷秩歸，天顔請轉對。一言如沃心，恩波必霶霈。《全宋詩》卷四六，册1，第495頁

同前三首

釋重顯

一住翠峰頂，兩見溪草緑。不知朝市間，幾番生榮辱。蕭條巖上雲，冷淡水邊竹。報誰歸去來，向此空踟躅。

① 《通志二十略》，第908—909頁。

常憶在廬山，隨時寄瓶錫。五百與一千，聚頭同遣日。猿攀影未回，鶴望情還失。教他王老師，癡鈍無處覓。

時雨洒如膏，萬卉皆滋益。枯根甘自休，也似春無力。耕夫曉尚眠，蠶婦夜多息。從茲家業荒，共落風塵迹。《全宋詩》卷一四七，册3，第1640頁

同前

曹勛

歲峥嶸以高逝兮，辰一往而不返。夫君胡爲乎，伏幽陵而連蹇。邈佳人之懷余兮，策予馬之不前。亘川塗之修阻以紛錯兮，積雪漫漫而蔽天。期百舍之不息兮，命予駕而勉旃。《全宋詩》卷一八七九，册33，第21049頁

同前

陸游

善泅不如穩乘舟，善騎不如謹持轡。妙於服食不如寡欲，工於揣摩不如省事。在天有命誰得逃，在我無求直差易。散人家風脱糾纏，烟蓑雨笠全其天。蓴絲老盡歸不得，但坐長饑須俸

錢。此身不堪阿堵役，寧待秋風始投檄。山林聊復取熊掌，仕宦真當棄鷄肋。錦城小憩不淹遲，即是輕舠下峽時。那用更爲麟閣夢，從今正有鹿門期。《全宋詩》卷二一五六，册39，第24314頁

同前

嚴羽

海上之草緑芊芊，洞門一閉今幾年。仙驥去時留紫鞭，挂壁見之心惘然。欲歸即歸亦夏校本作一由我，不待功成何不可。堯舜不能屈由巢，自餘王侯何足交。武陵春水緑堪染，就中亦有桑麻郊。近聞秦人笑相語，待我東溪種碧桃。《全宋詩》卷三一一六，册59，第37207頁

古思歸引

郭祥正

題注曰：「石季倫有其序而亡其詞。」

昔人思歸兮，宅林藪之邃深。阻長隄而臨清渠兮，芬翳翳以交陰。有觀閣池沼兮，通泉溜而附嶔崟。蹇美羽之翔集兮，嘉魚樂而浮沉。時則命宴於芳晨兮，連親戚與佳賓。執樂而侍

兮，列於秦趙之豔人。管弦奏兮，歌悠揚而絶塵。槳蘭桂兮，羞肴珍。左琴右書兮，助爲娱而養真。又期于不朽兮，志傲然而陵雲。孰能婆娑於九列兮，顧牽羈於繁文。曲有弦而無辭兮，述予懷以自信自注：申。歌曰：日轂馳兮老將至，鑠外紛兮中繫累。歸去來兮予之思，放吾形兮聊逍遥以卒歲。《全宋詩》卷七五六，册 13，第 8806 頁

猗蘭操

曹　勛

詩序曰：「孔子傷不逢時作。」按，《猗蘭操》一曰《幽蘭操》。《樂府詩集・琴曲歌辭》《猗蘭操》題解曰：「一曰《幽蘭操》。《古今樂録》曰：『孔子自衛反魯，見香蘭而作此歌。』《琴操》曰：『《猗蘭操》，孔子所作。孔子歷聘諸侯，諸侯莫能任。自衛反魯，隱谷之中，見香蘭獨茂，喟然嘆曰：『蘭當爲王者香，今乃獨茂，與衆草爲伍。』乃止車，援琴鼓之，自傷不逢時，托辭于香蘭云。』《琴集》曰：『《幽蘭操》，孔子所作也。』』①宋鄭樵《通志二十略・樂

---

①《樂府詩集》卷五八，第 646 頁。

略一》「琴曲五十七曲」曰：「《猗蘭操》，亦曰《幽蘭操》。」①按，宋人又有《猗蘭曲》《幽蘭》，當出於此，亦予收録。

猗蘭曲

李　龏

猗嗟蘭兮，其葉萋萋兮。猗嗟蘭兮，其香披披兮。胡爲乎生兹幽谷兮，不同雲雨之施。紛霜雪之委集兮，其茂茂而自持。猗嗟蘭兮。《全宋詩》卷一八七七，册33，第21036頁

湘花小朵分幽春，封根苔土如蛇鱗。東風曉剥兔豪殼，青瑶斛冷香吹人。滋香夜滴金蟾水，緑葉紫莖光韡韡。佩囊荒破赤龍愁，壁月斜沉泣騷鬼。《全宋詩》卷三一三〇，册59，第37421頁

① 《通志二十略》，第908頁。

幽蘭

文彦博

燕姞夢魂唯是見，謝家庭户本來多。好將緑葉親芳穗，莫把清芬借敗荷。避世已爲騷客佩，繞梁還入郢人歌。雖然九畹能香國，不奈三秋鶗鴂何。《全宋詩》卷二七三，册6，第3478頁

幽蘭次十八兄韻六言四首

薛季宣

宛在一人空谷，居然九畹深林。襟袖不盈披拂，車轍無踪可尋。

有美中郎芝砌，言采淵明菊叢。會取個中香氣，蕭然林下家風。

舞奏八風薌澤，頌聲炎氏遺音。允也不夷不惠，悠哉非古非今。

超出世間凡品，叵聞鼻觀餘香。春入有花不艷，院小無人自芳。《全宋詩》卷二四七一，册46，第28667頁

次韻陳介然幽蘭翠柏之作

李　綱

按，李綱此題下又有《幽蘭》《翠柏》二題，本卷止録前者。

幽蘭出深林，得上君子堂。置之顧盼地，藹藹振餘光。春風茁其芽，暗淡飄天香。刈防豈無用，授夢方薦祥。紉佩美屈子，披風快襄王。秋高白露下，摧折增感傷。願與菊同瘁，羞隨蕕并長。收根歸舊林，肯改無人芳？

温風茁幽蘭，采掇置中堂。孤根亦何有，借此軒墀光。耿耿不自惜，凄微泛餘香。蕭然山林姿，詎是邦家祥。譬猶美芹子，乃以薦君王。棄置固其宜，零落誰復傷。賦詩慰寂寞，念子故意長。願言同心人，去去揚清芳。《全宋詩》卷一五四五，册27，第17550頁

卷八七　宋琴曲歌辭三

將歸操

曹　勛

詩序曰：「孔子之趙，聞殺鳴犢作。」按，曹勛有《琴操》并序，録曲十，曰《將歸操》《猗蘭操》《龜山操》《越裳操》《拘幽操》《岐山操》《履霜操》《雉朝飛操》《别鶴操》《殘形操》，本卷據《樂府詩集·琴曲歌辭》分録各題之下。其序曰：「唐韓愈依古述《琴操》十篇，詞存而義不復概見。又《聲譜》僅可傳其彷彿，而莫知其由。是故悲思怨刺，抑揚折中，皆不切其旨。夫所謂操者，言其志節之不可以變，而衆人之莫吾知，而一歸於時命，將感激以自傷，寄之於音聲者也。大抵皆賢聖憤懣之所爲作也。今依韓愈先後之次，復述十首，各冠其事於首篇云爾。」①

① 《全宋詩》卷一八七七，册 33，第 21035 頁。

水之深兮，可以方舟。人之非兮，不可以同游。斯人斯游，吾心之憂。《全宋詩》卷一八七七，册33，第21036頁

鄒操并序

黄庭堅

詩序曰：「晉人以幣交孔子而召之，禮際甚善。孔子將渡河，聞趙簡子殺鳴犢、舜華，臨河而不進，曰：『洋洋乎，丘之不濟，此命也！』夫學者常以事不經見，相與獻疑，以爲魯哀、季桓不足與有爲也，公山、佛肸足與有爲也。衛以家聽南子，齊以國聽田常，陽貨亂人，原壤之不肖，與之酬酢，雍容禮貌而弗絶也。簡子殺大夫，何得罪之深歟？彼蓋不知亡國之祥，莫大乎殺賢大夫。無罪而戮一民，士可以舍禄。無罪而殺一士，大夫可以命車。無罪而殺賢大夫，鉏國之幹也。鉏國之幹而不得罪于國人，國非君之有也。推此以行，其孰不翦刈。故君子見微歸，在鄒作《鄒操》。」

歸歟懷哉，此邦不可以遊。眷吾車而有梶，非河滸之無舟。政何君而莫與，君何國而莫求。歲荏荏而老至，慨時運之不逑。洋洋乎水哉，丘之不得濟也。昊天不吊，仁者此無罪也。攬國

辟而家擅，幾何而不殆也。心病不可藥，手足未有害也。烏覆巢於主人，鳳摩天而逝也。求所用生喪其生，吾不忍幪此蠆也。豈曰如之何，然後求諸蔡也。已乎已乎！鳥獸山林，則以食也。天下有道，丘不與易也。歸我休矣，奉帝則也。大同至小，天地德也。小物自私，智之賊也。國無知兮，我非傷悲兮。騶御委轡，四牡馳兮。心不慊於前驅，又欲下而走兮。中園有林，斧所相兮。大厦峨峨，不謀匠兮。往者不可及，來者吾猶望兮。《全宋詩》卷一〇二五，册 17，第 11725 頁

陬操

王　令

題注曰：「孔子去趙作。」

行曷爲兮天下，老吾身而不歸。人固舍吾而弗從，吾安得徇人而從之。昔所聞其是兮，今也見之則非。嗟若人之弗類，尚何足以與爲。彼天下之皆然，嗟予去此而從誰。信亦命已矣夫，固行兮而曷疑。《全宋詩》卷六九〇，册 12，第 8070 頁

龜山操

曹　勛

詩序曰：「孔子以季桓子受齊女樂，諫之不從，因以去魯，望龜山而作。」

龜之卉兮萋萋，龜之雲兮霏霏，余之行兮遲遲。龜兮龜兮，魯之所依。匪顛匪危兮，靡扶靡持。余之行兮，余心其悲。《全宋詩》卷一八七七，册33，第21036頁

殘形操

曹　勛

詩序曰：「曾子夢狸不見其首，感之而作。」

狸之文兮，蔚乎其成章。身之孔昭兮，而其智之不揚。維元首之昧昧兮，而股肱孰爲其良。吁嗟乎，狸之祥兮。非吾之傷兮，其誰爲傷？《全宋詩》卷一八七七，册33，第21038頁

水仙操

文　同

按，《樂府詩集》無此題，然郭茂倩琴曲歌辭叙論引《琴論》稱古琴曲有十二操，第十操曰《殘形操》，十一操曰《水仙操》，故本卷置《水仙操》於《殘形操》後。

嗟哉先生去何所兮，杳不可尋。舍我於此使形影之外兮，唯莽蒼之山林。仰圓嶠之峨峨兮，俯大壑之沉沉。長波澒涌以蕩潏兮，群鳥翻翻而悲吟。寂擾擾之煩慮兮，納冥冥之至音。先生將一我之正性兮，何設意之此深。我已窮神而造妙兮，達真指於素琴。先生盍還此兮，度明明乎我心。《全宋詩》卷四三二，册8，第5302頁

同前

薛季宣

詩序曰：「伯牙學琴於成連，成連與東之海山，操舟而去。伯牙居歲所，因觀感而得琴道作。」

海山中兮四無居人，海之濤兮渺漠而無垠。浮空輿地兮，風雲濫其出没。朝而潮夕而汐兮，浩兔烏之吐吞。彼烏兮鳴飛，彼鹿兮跂跂。聊淹留兮歲聿其暮，鼓絲桐兮從夫君而與歸。《全宋詩》卷二四七六，册46，第28713頁

雙燕離

張玉娘

明費經虞《雅倫》論「離」曰：「離本於樂府，如《古别離》《長别離》《生别離》《雙燕離》之類。」①

白楊花發春正美，黄鵠簾垂低。燕子雙去復雙來，將雛成舊壘。秋風忽夜起，相呼度江水，風高江浪危，拆散東西飛。紅徑紫陌芳情斷，朱户瓊窗旅夢違。憔悴衛佳人，年年愁獨歸。《全宋詩》卷三七一五，册71，第44624頁

① 《雅倫》卷八，續修四庫全書，册1697，第155頁。

貞女吟

文同

按，《樂府詩集·琴曲歌辭》有《貞女引》，宋鄭樵《通志二十略·樂略一》「佳麗四十七曲」有《貞女》，宋人未見作《貞女引》《貞女》者，《貞女吟》或出於此，故予收録。

身外無一簪，何以供鉛華。飾行不飾容，濁水白藕花。藕心亂如絲，妾心圓如珠。絲亂端緒多，珠圓瑕纇無。焉得偶君子，奉之此高節。所生雖至親，此意安可說。《全宋詩》卷四三三，册8，第5313頁

別鶴操

釋顯萬

三山邈何許，烟霧如海深。兩鶴翅相接，意欲棲瑶林。驚風起中路，沙塵揚夕陰。哀鳴失儔侶，俯啄何苦心。《全宋詩》卷一六二九，册28，第18276頁

同前

曹勛

詩序曰：「商陵穆子取妻五年無子，父母欲其改取。其妻聞之，中夜悲嘯。穆子感之而作。」

明月皎皎兮，霜風凄凄，摧雲翼兮天之涯。望昆丘之路兮，不可以同歸。子其棄予兮，予將疇依。月皎皎兮風凄凄。《全宋詩》卷一八七七，册33，第21037頁

别鶴曲

李復

題注曰：「寄李成季。」

碧海漫漫烟霧低。三山風驚别鶴飛。千年華表會能歸，不及雙烏乘夜棲。烏來相喜啞啞啼，寒月影移庭樹枝。枝上營巢庭下食，追隨應笑塵中客。人生聚散羨雙烏，烏若别離頭已白。

光陰百歲共有幾，空有相思泪如水。因君試寫《别鶴吟》，拂弦欲動悲風起。《全宋詩》卷一〇九六，册19，第12432頁

别鶴

薛嵎

見説瀛洲萬里程，相思猶覬下青冥。已歸天上神仙籍，不就人間飲啄腥。昨夜月明如失友，故園籠在且休扃。鄰家亦有雛堪待，丹頂微微振薄翎。《全宋詩》卷三三三九，册63，第39898頁

走馬引

文同

群蹄踏空山，半夜若風雨。平明即其地，已復天上去。惟予迫大義，盍免以名捕。蟠蝸入寒殼，此豈謂安處。脱身入浩渺，固有神物護。禮謂不戴天，天知天亦許。《全宋詩》卷四三二，册8，第5304頁

同前

釋文珦

走馬官奴金縷衣，食人膏血如瓠肥。田夫力耕猶餓死，爾曹醉飽忘年饑。天視生民同一子，胡爲不平乃如此。人衆勝天且勿驚，天若定時天《詩淵》作當自平。《全宋詩》卷三三一九，册 63，第 39563 頁

天馬引

吴　泳

按，《樂府詩集·琴曲歌辭》《走馬引》解題曰："一曰《天馬引》。"①

隴西之野龍駒驤，追風脅月坤爲裳。佇雲亭亭廣顙直，夾鏡炯炯雙瞳光。飯以玉山禾，飲以瑶池漿。自成骨格異赭白，活出神采遺玄黄。三千牝，十二閑，俛視但覺皮毛凡。飲江曾濡

① 《樂府詩集》卷五八，第 651 頁。

六轡濕，致遠又逐雙旌揚。牧則在坰野，貢則歸天潢。寫圖仍上穆天子，跛鱉但笑群牴羊。《全宋詩》卷二九四一，册56，第35047頁

昭君操

沈遼

宋胡仔《苕溪漁隱叢話》曰：「韓子蒼《昭君圖叙》云：『《漢書》：竟寧元年，呼韓邪來朝，言願婿漢氏。元帝以後宮良家子王昭君字嬙配之，生一子，株累立，復妻之，生二女。至范曄書，始言入宮久不見御，積怨，因掖庭令請行。單于臨辭大會，昭君豐容靚飾，顧影徘徊，竦動左右。帝驚悔，欲復留，而重失信夷狄。然曄不言呼韓邪願婿，而言四五宮女，又言字昭君，生二子，與前書皆不合。其言不願妻其子，而詔使從胡俗，此是烏孫公主，非昭君也。《西京雜記》又言：『元帝使畫工圖宮人，宮人皆賂畫工，而昭君獨不賂，乃惡圖之。既行，遂按誅毛延壽。』《琴操》又言：『本齊國王穰女，端正閑麗，未嘗窺看門户，穰以其有異，人求之不與，年十七，進之帝，以地遠不幸。欲賜單子美人，嬙對使者越席請往，後不願妻其子，吞藥而卒。』蓋其事雜出，無所考正，自信史尚不同，况傳記乎？要之《琴操》最抵牾矣。』按昭君，南郡人。今秭歸縣有昭君村，村人生女，必灼艾

灸其面，慮以色選故也。昭君卒葬，匈奴謂之青冢，晉以文王諱『昭』，故號『明妃』云。」①按，《樂府詩集·琴曲歌辭》無《昭君操》，然有《昭君怨》《明妃怨》，詠昭君出塞事，《昭君操》所詠與之同，且辭有「獨自援琴彈作譜」句，則必琴曲歌辭無疑，故予收録。又，操、引、弄爲琴曲歌辭詩題標記，宋人有《明妃小引》《明妃引》，所詠本事仍爲昭君出塞事，故亦予收録，置於《昭君操》後。

王昭君，漢宮女。漢宮女，嫁配虜。生如桃李花，皖皖托朝露。春風一摧折，零落在泥土。君王委心事匈奴，不知匈奴在何處。黄門扶我上車去，遥望漢君隔烟霧。十年簾下學畫眉，不知還爲娥眉誤。當時恩怨或易忘，今日悲愁那可訴。夢中往往作歌舞，滿目異類誰與語。但見驚風吹塵沙，豈識春還復秋暮。山林强鬼向夜哭，夜夜氈車宿荒戍。胡人從來不照鏡，但見白髮垂霜縷。念知此意終不傳，獨自援琴彈作譜。彈作譜，寄與漢宮人，一曲未終泪如雨。《全宋詩》卷七一七，册12，第8264頁

① 《苕溪漁隱叢話》後集卷四十，第329—330頁。

明妃小引

歐陽修

漢宫諸女嚴妝罷，共送明妃溝水頭。溝上水聲來不斷，花隨水去不回流。上馬即知無返日，不須出塞始堪愁。《全宋詩》卷二九〇，册6，第3663頁

明妃引

邢居實

原注曰：「十四歲作。」宋王直方《王直方詩話》曰：「邢居實字惇夫，年少豪邁，所與游皆一時名士。方年十四五時，嘗作《明妃引》，末句云：『安得壯士霍嫖姚，縛取呼韓作編户。』諸公多稱之。」①宋葛立方《韻語陽秋》曰：「古今人詠王昭君多矣，王介甫云：『意態由來畫不成，當時枉殺毛延壽。』歐陽永叔云：『耳目所及尚如此，萬里安能制夷狄。』白樂天云：『愁苦辛勤憔悴盡，如今却似畫圖中。』後有詩云：『自是君恩薄於紙，不須一向恨丹

① [宋] 王直方《王直方詩話》，《宋詩話輯佚》卷上，第83頁。

青。』李義山云：『毛延壽畫欲通神，忍爲黄金不爲人。』意各不同，而皆有議論，非若石季倫、駱賓王輩徒序事而已也。邢惇夫十四歲作《明君引》，謂『天上仙人骨法别，人間畫工畫不得。』亦稍有思致。」①

漢宫有女顔如玉，淺畫蛾眉遠山緑。披香殿裏夜吹笙，未央宫中朝理曲。絳紗蒙籠雙蠟燭，簫鼓聲傳春漏促。玉輦三更别院歸，夜深月照黄金屋。莓苔滿院無行迹，總爲君王未相識。上天仙人骨法别，人間畫工畫不得。嫣然一笑金輿側，玉貌三千斂顔色。羅幃綉户掩風香，一朝遠嫁單于國。金鳳羅衣爲誰縷，長袖弓彎不堪舞。一别昭陽舊院花，泪灑胭脂作紅雨。回頭不見雲間闕，黄河半渡新冰滑。馬蹄已踏遼碣塵，天邊尚挂長門月。黄沙不似長安道，薄暮微雲映衰草。羌人馬上鳴胡笳，緑髮朱顔爲君老。西風蕭蕭郅水寒，啼痕不斷幾闌干。年年看盡南飛雁，一去天涯竟不還。少年將軍健如虎，日夕撞鐘搥大鼓。寶刀生澀旌旗卷，漢宫嫁盡嬋娟女。寂寞邊城日將暮。三尺角弓調白羽。安得猛士霍嫖姚，縛取呼韓作編户。《全宋詩》卷一三〇二，册22，第14810頁

① 《韻語陽秋》卷一八，第260—261頁。

同前

孫嵩

明妃如花顔，高出漢宫右。可憐君王目，但寄丹青手。寂寂保孤妍，悠悠成僞醜。坐此嫁穹廬，流落無時回。無時回，琵琶未闋邊笳催。哀弦流入千家譜，明妃只作鬩支舞。年年猶借南來風，吹得青青一抔土。君不見漢家嫁得幾娉婷，不聞一一琵琶聲。禍起當年婁敬謬，後人獨恨毛延壽。《全宋詩》卷三六〇三，册68，第43156頁

渡易水

周密

宋蔡絛《鐵圍山叢談》曰：「曲凡有謂之均、謂之韻。均也者，宫、徵、商、羽、角、合、變徵爲之，此七均也。變徵，或云殆始于周。如戰國時，燕太子丹遣荆軻于易水之上，作變徵之音，是周已有之矣。韻也者，凡調各有韻，猶詩律有平仄之屬，此韻也。」①明王士性《廣志繹》曰：「燕、趙古稱多悲歌慷慨之士。即如太子丹一事，何一時俠烈者之多也！千古俠骨如荆軻，不惜己頭爲然諾如樊於期，以死明不言如田光先生，荆卿所待與俱如狗屠，矐目而筑撲秦王如高漸離，報仇而護窮交如燕丹。當時聖澤未遠，皆一行偏才，以末世視之，種種亦何可及。至於荆軻《易水歌》，與《史》稱『賓客皆白衣冠送』與『荆軻就車而去，終已不

① [宋] 蔡絛《鐵圍山叢談》卷二，中華書局，1983年版，第23頁。

顧」二語，俱千古造化之筆。」①清陸烜《梅穀偶筆》曰：「又謂宋玉『曲彌高，和彌寡』向來誤解，此『歌曲』非『作曲』也，豈若後世詩人訕唱論詞意佳否者？《陽春》《白雪》必是高調之曲，而又有高字，歌喉峻者始能及之，和之所以益寡也。又謂第六調凡字調即爲變征之宮。中呂之宫，五清聲盡入首調虚位。第五調已難歌，至此則雖最峻歌喉，當亦聲澌調嗄而不可廢者，天下固有繞樑裂石之聲，或能及也。荆軻《易水之歌》，當即此調。若以聲言，不過出調高聲，首調高凡，纔及斯調之五，何足深訝而感人至怒髮裂眦耶？」②

丈夫一死已許人，高歌忼慨西入秦。一旦直欲揕吕政，何異雙手批逆鱗。舞陽色變衮龍絶，環柱模糊八創血。督亢地圖秦已知，强燕反是速燕滅。壯志不就千古悲，易水蕭蕭雲垂垂。尺八匕首何足恃，當時枉殺樊於期。《全宋詩》卷三五五六，册67，第42503頁

① 〔明〕王士性撰，吕景琳點校《廣志繹》卷二，中華書局1981年版，第19頁。
② 〔清〕陸烜《梅穀偶筆》卷二三，叢書集成續編，册90，上海書店出版社，1994年版，第825頁。

補易水歌

郭祥正

燕雲悲兮易水愁，壯士行兮專報仇。車轔轔兮馬蕭蕭，客送發兮酌蘭椒。擊筑兮暗咽，歌變徵兮思以絶。易水愁兮燕雲悲，四座傷兮皆素衣。歌復羽兮慷慨，髮上指兮泪交揮。又前爲歌曰：風蕭蕭兮易水寒，壯士一去兮不復還。《全宋詩》卷七五六，册 13，第 8807 頁

補易水歌效郭青山

艾性夫

按，《全元詩》册一九亦收艾性夫此詩，元代卷不復録。

朝隨寒雲度陰山，暮指落月槌函關。函關牡鑰泥爲丸，陰山俠客鐵作肝。秦如虎狼生羽翰，飛食六國俱創殘。生角雨粟憐吾丹，舍生取義我則安。古劍錯落黄金鐶，劍光苦短不足看。雕弓矢矯烏犀盤，弓弦易折不足彎。右携地圖墨漫漫，左提髑髏血斑斑。祖龍見此生歡顔，便可快意須臾間。我以至易圖至難，聽我抵掌歌酒闌。

歌曰：風蕭蕭兮易水寒，壯士一去兮不復還。

又進而歌曰：壯士一去兮不復還，不意咸陽殿上有柱尚可環。無且藥囊利鏌干，我志不遂節則完。《全宋詩》卷三七〇一，册70，第44429頁

易水辭

白玉蟾

天爲燕丹畜趙高，風嗚易水止荆軻。不令劉季身秦怨，却速吴陳此水過。秦王環柱劍光急，尺八匕首手死執。伊獨徒木信市人，殿下鈐奴嬴得立。《全宋詩》卷三一三六，册60，第37514頁

虞美人

王安石

按，《樂府詩集・琴曲歌辭》《力拔山操》解題曰：「按《琴集》有《力拔山操》，項羽所作也。近世又有《虞美人曲》，亦出於此。」①則宋人所作《虞美人》或出《虞美人曲》，故予收

① 《樂府詩集》卷五八，第653頁。

録。此爲集句詩。

虞美人，態濃意遠淑且真。同輦隨君侍君側，六宮粉黛無顔色。楚歌四面起，形勢反蒼黄。夜聞馬嘶曉無迹，蛾眉蕭颯如秋霜。漢家離宫三十六，緩歌慢舞凝絲竹。人間舉眼盡堪悲，獨在龍舒本作背陰崖結茅屋。美人爲黄土，草木皆含愁。紅房紫萼處處有，聽曲低昂如有求。青天漫漫覆長路，今人犁田昔人墓。虞兮虞兮奈若何，不見玉顔空死處。《全宋詩》卷五七四，册10，第6762頁

同前

方翥

生犀百萬環帳立，漏聲未殘楚聲急。拔山男子心轉柔，夜倚芙蓉秋露泣。帳中别酒苦如茶，不是嬋娟害霸圖。鄣人憤死愁雲氣，吕氏田頭見老夫。漢宫三萬六千日，得意蛾眉亦陳迹。至今一曲唱虞姬，恨草摇摇向春碧。《全宋詩》卷二〇〇五，册35，第22455頁

同前

徐鈞

帳下悲歌勢已孤，美人忠憤慨捐軀。山河莫道全歸漢，墓草青青尚姓虞。《全宋詩》卷三五八四，册68，第42833頁

同前

連文鳳

帳中對飲復高歌，飲罷歌殘泪雨多。自是天將亡楚國，不因紅粉失山河。《全宋詩》卷三六二一，册69，第43366頁

項王歌

曹勛

詩序曰：「古樂府有鮑幾《項王詞》。斷章云『悲看騅馬去，泣望艤舟來。』氣格媮懦不稱，因續而起之。」

提三尺兮臣諸侯，爭天下兮裂九州。時不利兮絶淮流，江雖可渡兮吾何求，寧鬥死兮羞漢囚。《全宋詩》卷一八七八，册33，第21046頁

項王

胡宏

宋鄭樵《通志二十略·樂略一》「人物九曲」曰：「《項王》，亦曰《蓋世》。」①

快戰馬知霸術疏，烏江亭上獨欷歔。萬人三尺俱無用，可惜當年不讀書。《全宋詩》卷一九七二，册35，第22106頁

采芝歌

錢時

題注曰：「巖桂始花，涼風颯爽，有善鼓《商山采芝操》者，因以歌之。」

① 《通志二十略》，第921頁。

巖花開兮香滿堂，秋旻杲杲兮秋風長。采芝一曲兮何荒唐，爲秦而遁兮出爲子房。天下有道兮登姚皇，共鯀斥兮夔龍驤。山中人兮樂時康，采芝采芝兮無褰我裳。《全宋詩》卷二八七六，册55，第34350頁

四皓歌

劉敞

詩序曰：「四皓之意，傷秦之虐，而劉、項之暴又甚，故往而不反也。漢已平天下，又耻高祖侮予，故云爾。」宋周密《齊東野語》「四皓之名」條曰：「四皓之名，見於《法言》。《漢書・樂書》多不同，前輩嘗辨之。王元之在汝日，以詩寄畢文簡曰：『未必頸如樗里子，定應頭似夏黄公。』文簡謂綺里季夏，當爲一人，黄公則別一人也。杜詩云：『黄綺終辭漢。』王逸少有《尚想黄綺帖》。陶詩云：『黄綺之南山。』又云：『且當從黄綺。』《南史》，阮孝緒辭梁武之召云：『周德雖興，夷齊不厭薇蕨；漢道方盛，黄綺無間山林。』蓋各以首一字呼之。於是元之遂改此句，後皆以文簡爲據。然漢刻四皓神坐，一曰(東)園公，二曰綺里季，三曰夏黄公，四曰甪里先生。按《三輔舊事》云：『漢惠帝爲四皓作碑。』當時所鐫，必無誤書，然則元之所用非誤也。蓋昔人論四皓，或云園、綺，或云綺、夏，亦未必盡舉首一字。或淵明自讀作『綺里季、

夏』，亦不可知。周燮曰：『追綺季之迹。』《世説》曰：『綺季、東園公、夏黄公、甪里先生，謂之四皓。』《姓書》有綺里先生，季，其字也。是則爲夏黄公，益可信矣。按《風俗通》，楚鬻熊之後爲圈。鄭穆公之子圈，其後爲姓。至秦博士逃難，乃改爲園。《陳留風俗記》乃圈稱所撰。蓋圈公自是秦博士。周庚以嘗居園中，故謂之園公。《陳留志》謂圈公名秉，字宣明。蔡伯喈集有圈典，魏有圈文生，皆其後也。古字禄與甪通用，故《樂書》作觮。鄭康成於《禮書》，甪皆作禄。《陳留志》則又作角，唐李涪嘗辨之矣。然《史記·留侯世家》注云：『東園公姓庚，以居園中，因以爲號。夏黄公姓崔，名廣，字少通，齊人，隱居夏里，故號夏黄公。甪里先生，河内人，太伯之後，姓周，名術，字元道。京師號曰霸上先生，一曰甪里先生。』此又何邪？又《吴俗紀》云：『先生吴人，姓周氏。今太湖中有禄里村、甪頭寨，即先生逃秦聘之地。』《韓詩》：『虎有爪兮牛有角，虎可搏兮牛可觸。』蔡氏注：『角，觸，協音也。』淳化中，崔偓佺判國子監，有字學。太宗問曰：『李覺嘗言四皓中一人姓甪，或云用上加一撇，或云用上加一點。果何音？』偓佺曰：『臣聞刀下用乃榷音，兩點下用乃鹿音。用上一撇一點，俱不成字。』然甪里作角里，亦非也。後漢有甪善叔，乃讀作覺音，何邪？」①明郎瑛《七修類稿》「四皓考」條曰：「按《陳

---

①《齊東野語》卷五，第75頁。

留志》云：東園公姓唐，名秉，字宣明，襄邑人，常居園中，因以爲號。夏黄公姓崔，名廓，字少通，齊人，隱居夏里修道，故號夏黄公。甪里先生，河内軹人，泰伯之後，姓周，名術，字元道，號曰霸上先生。却欠綺里季。皇甫謐《高士傳》載綺里季姓朱，名暉，字文季，四人詳矣。然《索隱》亦引《陳留志》，則園公又欠名，黄公更廓曰廣，鄭志又以黄公姓黄，蘇州志又載甪里先生宅在太湖中，今包山有甪里村，是其處也。予以《索隱》既引《陳留志》，欠園公之名，失寫也。廓與廣同姓黄非崔，文義順也。甪里既稱泰伯之後，必蘇人，或寓居於軹也。或者又疑此四人爲無有，以其能隱于秦者，漢初一書即肯來耶？是張良假之者也，後不言之可知矣。予又意不應各書詳載如此，而《齊東野語》復辨如彼，《東觀餘論》又辨園當作圈最詳，則尚當有之也。又北齊徐伯珍弟兄四人，白首相對，亦號四皓。」①明陳繼儒《書蕉》「四皓」條曰：「東園公，姓唐，名秉，字宣明。綺里季，姓吴，名寶，字子景。夏黄公，姓崔，名廣，字少通。甪里先生，姓周，名術，字元道。隱商洛山，爲四皓。」②明錢希言《戲瑕》曰：「四皓者，皆河内軹人也，或在汲。一曰東園公，二曰甪里先生，三曰綺里季，四曰夏黄

---

① [明] 郎瑛《七修類稿》卷二三，上海書店出版社，2001 年版，第 243 頁。
② [明] 陳繼儒《書蕉》卷上，叢書集成初編，册 2929，中華書局，1985 年版，第 12 頁。

公，皆修道潔己，非義不動。秦始皇時，見秦政虐，乃退入藍田山而作歌。據皇甫謐《高士傳》所載如此，而《陳留志》則曰：『韋庚，字宣明，襄邑人也。常居園中，故世謂之園公，與河内軹人角里先生、綺里季、夏黄公爲友，皆修道潔己，非義不踐。當秦末，避亂入商洛山，隱居自娱，此説與《高士傳》相合。然而獨載園公姓名字里，亦不稱東園公也。余又嘗見一書，載四皓姓字極詳，別當再考。」①按，宋人又有《四皓吟》，或出于此，亦予收録。

與汝携手，南山之阿。富貴多憂，孰知其他。大風横厲，江海蕩波。嗟汝鱗介，傷如之何。高巖有薇，深谷有芝。人生實難，委曲何爲。《全宋詩》卷四六三，册9，第5620頁

四皓吟

釋智孜

忠義合時難，雲林共掩關。因秦生白髮，爲漢出青山。不顧金章貴，終披白氅還。如今明

① [明] 錢希言《戲瑕》卷三，叢書集成初編，册2945，中華書局，1985年版，第42頁。

聖代，高躅更難攀。《全宋詩》卷七八一，册 13，第 9055 頁

昭君怨

呂本中

明卓明卿《卓氏藻林》曰：「《明妃怨》：樂府名，言王昭君嫁匈奴事，亦名《昭君怨》。」①明彭大翼《山堂肆考》曰：「漢武帝元封中，以江都王建女細君爲公主，妻烏孫王昆邪爲右夫人，念其行道思慕，使知音者馬上奏琵琶以慰之。又元帝，王昭君初適匈奴，在路愁怨，遂於馬上彈琵琶以寄恨，至今傳之，以爲《昭君怨》。」②明費經虞《雅倫》論「怨」曰：「怨亦本於樂府，如《玉階怨》《長門怨》《昭君怨》之類。又有《怨詩》《怨詩行》《怨歌行》《怨篇》之類。」③清張廷玉《新傳理性元雅》釋《昭君怨》曰：「是曲又名《龍翔操》，王嬙作也。

---

① 《卓氏藻林》，景印文淵閣四庫全書，册 214，第 3943 頁。
② 《山堂肆考》卷一六二，景印文淵閣四庫全書，册 974，第 2226 頁。
③ 《雅倫》卷八，續修四庫全書，册 1697，第 153 頁。

當漢元帝時，匈奴懼其征伐，故自來朝，願爲漢婿以保塞外。」①宋人亦有長短句《昭君怨》，與此不同。宋人又有《昭君詞》，當出于此亦予收録。

延壽無金翠鈿銷，銅丸擿鼓晚來朝。寧爲龍塞青青草，不作昭陽細細腰。《全宋詩》卷一六二八，册28，第18264頁

同前四首

曹勛

人生無定端，萬事固難料。美好招世患，讒諂過忠告。正淑不自媚，私謁事妍笑。入宫逾十年，嫉妒掩稱道。疏賤難爲容，况復昧傾巧。一朝見排棄，衆笑蛾眉好。驅車臨出門，盛飾舒懷抱。不怨君王遠，不怨父兄老。唯怨蛾眉誤一生，榮枯不得同百草。

再拜升車望已過，却教紅粉保山河。當時豈止毛延壽，對面欺君事更多。

從來貧賤少先容，况復嬌癡入漢宫。一朝掩面辭君去，始悔無金買畫工。

① [清] 張廷玉《新傳理性元雅》卷三，四庫全書存目叢書，子部册74，齊魯書社，1997年版，第253頁。

盛飾容儀舍掖庭，豈知妍醜誤丹青。不羞見辱單于室，羞見年名作竟寧。《全宋詩》卷一八八〇，冊33，第21062頁

同前

鄭　樵

長謝椒房草，終爲薄命身。那教蘭蕙質，翻與雪霜親。臉膩勻脂淺，妝殘促恨顰。故知關北夜，無分漢南春。紅泪殘胡月，輕衣半洛塵。琵琶凄切語，愁殺路傍人。《全宋詩》卷一九四九，冊34，第21781頁

同前

嚴　粲

欲洗鉛華净，那須畫手工。玉顏翻自誤，不似舊圖中。《全宋詩》卷三一二九，冊59，第37391頁

同前

葉茵

塞上將軍且罷兵，一身萬里自經營。將軍歌舞升平日，却調琵琶寄怨聲。《全宋詩》卷三一八八，册61，第38244頁

同前

陳杰

玉箸暈深宮領巾，金槽夜琤出塞新。風沙隴上歲摇碧，一掬猶殘長樂春。六奇計醜書來慢，曾是控弦三十萬。沼仇無術遣蛾眉，此日天驕更須豢。黄鵠傳歌天爲悲，邊笳按拍鵲南飛。琵琶遠恨無人省，灼面東家曉妝影。《全宋詩》卷三四五〇，册65，第41110頁

按，《全元詩》册一二亦收陳杰此詩，元代卷不復録。

同前

吴龍翰

漢家金屋貯蛾眉，六宫何啻三千姬。中有一姬傾國色，可憐不到君王知。毛生筆下真少恩，玉顔黑子迷妍媸。君王按圖不入眼，出身遠嫁單于妻。盈盈泪眼邊月照，蕭蕭愁鬢胡風吹。不憂死作龍城鬼，貞魂長在深宫裏。猶勝男兒未貴時，咫尺金門如萬里。《全宋詩》卷三五九〇，册68，第42895頁

同前

江　砢

按，《全元詩》册八亦收江砢此詩，元代卷不復録。又，《全元詩》江砢此詩末有小注曰：「方虛谷云：石卿詩，他人千言斂以數語，十步而近，折旋二三，能簡又能委曲，一奇也；古瓢詩律皆氣勁律嚴，又一奇也。」

萬里勞邊算，堪嗟孤冢青。君王何不悟，咫尺是宫庭。《全宋詩輯補》，册6，第2893頁

昭君怨戲贈

劉攽

武皇聽歌長太息，傾城不難難絶色。連娟脩嫮果自得。三十六宫寵無敵。君不見孝宣既没王業衰，優游時事牽文辭。延壽丹青最叵信，無鹽侍側捐毛施。此時昭君去宫掖，邊風侵肌雪滿磧。穹廬旃墻燒煼蠡，琵琶怨思胡笳悲。猶憐敵情不消歇，子孫累世稱閼氏。傳聞漢宫翻可愁，紈扇緑衣長信秋。燕啄皇孫兩凄惻，當時無事成深仇。覆杯反水難再收，深淵瞬息爲高丘。塵沙蕭條猛虎塞，邊民獨記和親侯。《全宋詩》卷六〇四，册11，第7137頁

解昭君怨

王叡

宋趙令時《侯鯖録》曰：「余崇寧中，坐章疏，入籍爲元祐黨人。後四年，牽復過陳，張文潛、常希古皆在陳居，相見慰勞之。余答曰：『炙轂子王叡作《解昭君怨》，殊有意思，能到人妙處。詞云：『……』文潛云：『此真先生所謂「篤行而剛」者也。』」①宋何汶《竹莊詩

① ［宋］趙令時撰，孔凡禮點校《侯鯖録》卷二，中華書局，2002年版，第64頁。

話》曰：「《詩事》云：『炙轂子王叡作《解昭君怨》，殊有思，能道人好處。』」①

莫怨工人醜畫身，莫嫌明主遣和親。當時若不嫁胡虜，祇是宮中一舞人。《全宋詩》卷一三七一，冊24，第15758頁

昭君詞

趙　文

詩序曰：「《琴操》載：昭君，夔王穰女，端正閑麗。穰獻於元帝，帝不幸，積五六年，每游後宮，常怨不出。後單于遣使朝，帝宴之，召後宮，昭君盛飾至。帝問欲以一女使單于，能者往。昭君越席願往。時單于使在旁，帝驚恨不及。昭君至，單于大悅，以漢厚我，報漢珍寶。昭君恨帝不見遇，作《怨歌》。單于死，子世達立。昭君謂之曰：『爲胡者妻母，漢者更娶。』世達曰：『欲作胡。』昭君乃服藥死。荆公云：『漢恩自淺胡自深，人生樂在相知心。』蓋用《琴操》本意，而讀者往往不察。」按，《樂府詩集》相和歌辭有《昭君詞》，琴曲歌辭

---

①［宋］何汶《竹莊詩話》卷二〇，中華書局，1984年版，第383頁。

有《昭君怨》，然據詩序，此詩蓋本琴曲，故收入本卷。又，《全元詩》册九亦收趙文此詩，元代卷不復録。

蜀江洗妍姿，萬里獻君王。君王不我幸，棄置何怨傷。君王要寧胡，借問誰能行。女伴各懼怯，畏此道路長。慨然欲自往，詎忍别恩光。倘於國有益，尚勝死空房。行行涉沙漠，風霜落紅妝。得爲胡閼氏，揣分已過當。單于感漢恩，邊境得安康。一朝所天死，掩泣涕沾裳。胡俗或妻母，何異豺與狼。仰天自引决，愛此夫婦綱。大忠與大義，二者俱堂堂。可憐千古無人説，只道琵琶能斷腸。《全宋詩》卷三六一一，册 68，第 43236 頁

卷八九　宋琴曲歌辭五

淥水辭

張方平

宋吴曾《能改齋漫録》曰：「自昔歌辭，或謂之曲，未見其始。《琴書》曰：『蔡邕嘉平初入青溪，訪鬼谷先生所居。山有五曲，一曲製一弄：山之東曲，常有仙人游，故作《遊春》；南曲有澗，冬夏常淥，故作《淥水》；中曲即鬼谷先生舊所居也，深邃岑寂，故作《幽居》；北曲高岩，猿鳥所集，感物愁坐，故作《坐愁》；西曲灌木吟秋，故作《秋思》。三年曲成，出示馬融，甚異之。』然漢蘇武詩云：『幸有弦歌曲，可以喻中懷。』則音韻稱曲，其來久矣。又按，《韓詩章句》『有章曲曰歌，無章曲曰謡』。」①明費經虞《雅倫》曰：「孫費錫璜：按蔡邕五弄：《游春》《淥水》《幽居》《坐愁》《秋思》并亡。」②淥水，或作「緑水」，見《李長吉歌詩匯解》。

① 《能改齋漫録》卷一，第7—8頁。
② 《雅倫》卷七，續修四庫全書，册1697，第145頁。

山翁貌清聳，膝橫古桐彈。泛弄《淥水曲》，滿弦流潺潺。初調意緒微，漫流動斜暉。劃然響嘈嘈，秋風駕怒濤。數聲細更大，澗泉咽復快。曲終急以停，驟雨齊無聲。西壁月華白，萬壑松風清。灝然太古氣，使人塵慮平。山翁彈罷抱琴去，歸處一峰烟翠横。《全宋詩》卷三〇八，册 6，第 3880 頁

淥水詞

許　琮

緑草回波漾青草，鵁鶄聲緊連枝老。苔陰欲上簾影低，鳥語催人天未曉。曉起輕寒奈薄羅，風前縷帶不勝波。練裙香動竹葉小，玉燕斜簪霧色多。霧色花光鏡裏過，年年歌吹復如何。妾身不及桃花葉，猶逐輕風渡隔河。《全宋詩》卷二六六〇，册 50，第 31184 頁

緑水曲

曹　勛

春光有餘輝，入水可攬結。予亦淡蕩人，照影空明滅。《全宋詩》卷一八八〇，册 33，第 21060 頁

秋思

許及之

按，《樂府詩集·琴曲歌辭》有《秋思》一題，收詩九首，或止言秋色，或亦及思婦征夫。宋詩以《秋思》爲題者甚衆，本卷止録題旨近《樂府》《秋思》者。

秋色已彊半，秋光纔較清。捲簾爲月地，入户得潮聲。螢度催兒課，蛩吟覺婦驚。起看河漢畔，星象濕晶瑩。《全宋詩》卷二四四七，册46，第28319頁

同前二首

白玉蟾

萬蠢懼寒皆向蟄，千巖凉風舞黄葉。雨痕印水如撮纈，蟲聲入夜如彈鑷。酒澆心緒轉悽愴，帶減腰圍增瘦怯。夢向西湖采芙蓉，覺來山外青猿泣。《全宋詩》卷三一三七，册60，第37571頁

滴盡池荷無奈雨，吹翻井葉可憐風。溪毛山骨猶無恙，尚有蘆花對蓼紅。《全宋詩》卷三一三八，册60，第37608頁

同前

釋斯植

雨過山城日又西，西風一陣木犀開。莫將心事憑秋雁，恐帶邊愁入夢來。《全宋詩》卷三三〇一，冊63，第39336頁

同前

釋道璨

草根無數候蟲鳴，月在梧桐樹上明。庭院無人過夜半，自携團扇繞階行。《全宋詩》卷三四五五，冊65，第41175頁

同前二首

張玉娘

秋入銀床老井梧，能言鸜鵒日相呼。蘭閨半月閑鍼線，學得崔徽一鏡圖。《全宋詩》卷三七一五，冊71，第44630頁

爽籟生靈逕，清秋澹碧空。乘涼賖月色，問夜出簾櫳。獨坐憐團扇，羅衣吹暗風。《全宋詩》卷三七一六，册71，第44641頁

猗蘭秋思三首

方回

按，《樂府詩集・琴曲歌辭》有《猗蘭操》，又有《秋思》，蓋爲《猗蘭秋思》所本。又，《全元詩》册六亦收方回此詩，元代卷不復録。

猗蘭奕葉曉疏晴，栩栩秋光小蝶輕。皂翅綉花三五點，庾郎無句畫難成。

緑葉枝頭紫粟叢，素花抽雪細茸茸。國香政要枯如腊，旋買《離騷》置册中。

老子今年忽不貧，價方玉佩有蘭紉。一枝半朵懸衣帶，肯羨腰間大羽人。《全宋詩》卷三四九八，册66，第41718頁

胡笳十八拍

王安石

宋邵博《邵氏聞見後録》曰：「李士寧，蓬州人，有異術，王荆公所謂『李生坦蕩蕩，所見實奇哉』者。熙寧中，宗室世居，獄連士寧，吕惠卿初叛荆公，欲深文之，以侵荆公。神宗覺之，亟復相荆公。荆公平生好辭官，至是不復辭。自金陵連日夜以來，惠卿罷去，士寧止從編置。初，士寧贈荆公詩，多全用古人句，荆公問之，則曰：『意到即可用，不必皆自己出。』又問：『古有此律否？』士寧笑曰：『《孝經》，孔子作也。每章必引古詩，孔子豈不能自作詩者，亦所謂意到即可用，不必皆自己出也。』荆公大然之。至辭位還觀音院，題薛能、陸龜蒙二詩於壁云：『江上悠悠不見人，十年一覺夢中身。殷勤爲解丁香結，放出枝頭自在春。蠟屐尋苔認舊踪，隔溪遥見夕陽春。當年諸葛成何事？只合終身作卧龍。』用士寧體也。後又多集古句，如《胡笳曲》之類不一，《夫子曳杖之歌》有『泰山其頽，哲人其萎』之語。」①宋王炎《雙溪類稿》曰：「風雅遠矣，自柏梁賡詠以來，詩體不一，最後始有集句。曩時荆國

① [宋] 邵博撰，李劍雄、劉德權點校《邵氏聞見後録》卷一七，中華書局，1983年版，第134頁。

王文公喜爲之，有《胡笳十八拍》，最高妙。」①宋吴曾《能改齋漫録》曰：「王觀國《學林新編》曰：『秦再思《紀異録》云：「琴譜《胡笳曲》者，本昭君見胡人卷蘆葉而吹之，昭君感焉，爲製曲，凡十八拍。」』觀國以爲董祀妻蔡琰文姬爲胡騎所獲，歸作詩二章。今世所傳《胡笳曲十八拍》，亦用文姬詩中語，蓋非文姬所撰，乃後人所撰，以詠文姬也。《紀異》謂昭君製曲，則誤矣。王荆公作《集句胡笳曲十八拍》，首言『中郎有女能傳業』者，亦詠蔡文姬也。王昭君未嘗有《胡笳曲》傳於世。』以上皆王説。予按，《琴集》曰：『《大胡笳十八拍》《小胡笳十九拍》，并蔡琰作。』及案蔡翼《琴曲》，有大小《胡笳十八拍》。《大胡笳十八拍》，沈遼集，世名『沈家聲』。《小胡笳》又有契聲一拍，共十九拍，謂之『祝家聲』。祝氏不詳何代人。李良輔《廣陵止息譜》序曰：『契者，明會合之至理，殷勤之餘也。』李肇《國史補》曰：『唐有董庭蘭，善沈聲，蓋大小《胡笳》云。』以此校之，觀國謂非文姬所撰，亦非矣。予又按，謝希逸《琴論》曰：『平調《明君》三十六拍，胡笳《明君》二十八拍，清調《明君》十三拍，間弦《明君》十九拍，蜀調《明君》十二拍，吴調《明君》十四拍，杜瓊《明君》二十一拍，凡有七曲。』然則《明君》亦有胡笳，但拍數不同耳。庾信詩云：『方調琴上曲，變入胡笳聲。』觀國謂昭君

① [宋] 王炎《雙溪類稿》卷二四，景印文淵閣四庫全書，册 1155，臺灣商務印書館，1986 年版，第 245 頁。

不能製曲，又非也。」①宋趙與旹《賓退録》曰：「王荆公一日訪蔣山元禪師，坐閒談論，品藻古今。元曰：『相公口氣逼人，恐著述搜索勞役，心氣不正。何不坐禪，體此大事？』又一日，謂元曰：『坐禪實不虧人。余數年欲作《胡笳十八拍》不成，夜坐間已就。』元大笑。事見《宗門武庫》。」②宋洪邁《容齋隨筆》曰：「王荆公《集古胡笳詞》一章云：『欲問平安無使來，桃花依舊笑春風。』後章云：『春風似舊花仍笑，人生豈得長年少？』二者貼合，如出一手，每嘆其精工。其上句蓋用崔護詩，後一句久不見其所出。近讀范文正公《靈巖寺》一篇云：『春風似舊花猶笑。』以『仍』爲『猶』，乃此也。李義山又有絶句云：『無賴夭桃面，平明露井東。春風爲開了，却擬笑春風。』語意兩極其妙。」③宋魏慶之《詩人玉屑》曰：「集句惟荆公最長，《胡笳十八拍》，混然天成，絶無痕迹，如蔡文姬肝肺間流出。」④按，《胡笳十八拍》宋時仍有表演，宋朱翌《聞鄰舟琵琶》曰：「無限柔情指下生，誰道彈絲不如竹。谷兒指

① 《能改齋漫録》卷五，第 97—98 頁。
② [宋] 趙與旹《賓退録》卷五，《宋元筆記小説大觀》，册 4，上海古籍出版社，2007 年版，第 4184 頁。
③ 《容齋隨筆》五筆卷五，第 882 頁。
④ 《詩人玉屑》卷二，第 28 頁。

法來帝城，曹供奉傳新曲名。香山居士家有此，何况更聞江上聲。路轉溪回雙櫓咽，彈盡《胡笳十八拍》。」①宋釋慧性《偈頌一百零一首》之一五曰：「隔山人唱太平歌，元是《胡笳十八拍》。」②宋白玉蟾《琴歌》曰：「瓊樓冷落琪花空，更作《胡笳十八拍》。君琴妙甚素所慳，知我知音爲我彈。」③其《贈陶琴師》亦曰：「惠然爲我鼓長琴，聲裏《胡笳十八拍》。」④其《贈藍琴士三首》又曰：「逍遥閣下暮烟生，相對無言坐復行。彈盡《胡笳十八拍》，床頭劍吼月三更。」⑤皆可證。又，宋釋慧遠《頌古四十五首》其一四曰：「短帽輕衫宫樣窄，舞徧《胡笳十八拍》。曲罷酒闌猶未歸，歸來月色和雲白。」⑥則宋時《胡笳十八拍》有舞。元李冶《敬齋古今注》曰：「諸樂有拍，惟琴無拍，祇有節奏。節奏雖似拍而非拍也，前賢論今琴曲已是鄭衛，若又作拍，則淫哇之聲有甚于鄭衛者矣。故琴家謂遲亦不妨，疾亦不妨，所最

①《全宋詩》卷一八三三，第20421頁。
②《全宋詩》卷二七八一，第32904頁。
③《全宋詩》卷三一三七，第37577頁。
④《全宋詩》卷三一三七，第37573頁。
⑤《全宋詩》卷三一三八，第37607頁。
⑥《全宋詩》卷一九四五，第21751頁。

忌者，惟其作拍。而《能改齋漫録》論《胡笳十八拍》，引謝希逸《琴論》云：『平調《明君》三十六拍，胡笳《明君》二十六拍，清調《明君》十三拍，間弦《明君》九拍，蜀調《明君》十二拍，吴調《明君》十四拍，杜瓊《明君》二十一拍。』七曲皆言拍，果是希逸語否？在《琴操》，其實不當言拍，止可言幾奏也。今琴譜載大小《胡笳十八拍》，或《十九拍》者，乃後世琴工相傳云爾。」①明胡廣《集句詩序》曰：「若王文公之送劉貢甫、吴顯道，及《明妃曲》《虞美人》《胡笳十八拍》諸歌詞之類，雖强張遊戲，然脱灑流麗，不涉形迹，尤爲絶倡。」②明于慎行《穀山筆麈》曰：「觱篥，葭管也。卷蘆爲頭，截竹爲管，出於胡中。唐時編入鹵簿，名爲笳管，即胡笳也。」③明蔣一葵《堯山堂外紀》曰：「蔡文姬既歸，胡人思慕之，乃卷蘆葉爲吹笳，奏哀怨之音，後董生以琴寫胡笳聲，爲十八拍。」④明費經虞《雅倫》論「四體即集句」曰：「嚴儀卿

---

① [元] 李治撰，劉德權點校《敬齋古今注》逸文二，中華書局，1995年出版，第182—183頁。
② [明] 胡廣《胡文穆公文集》卷一二，四庫全書存目叢書，集部册29，齊魯書社，1997年版，第55頁。
③ [明] 于慎行《谷山筆麈》卷一四，中華書局，1984年版，第155頁。
④《堯山堂外紀》卷七，續修四庫全書，册1194，第76—77頁。

云：『集句惟荆公最長，《胡笳十八拍》混然天成，如文姬肝肺間流出。』」①又曰：「蔡琰以琴寫胡笳聲，始有《十八拍》之名。」②

中郎有女能傳業，顔色如花命如葉。命如葉薄將奈何，一生抱恨常咨嗟。良人持戟明光裏，所慕靈妃媲簫史。空房寂寞施繐帷，棄我不待白頭時。

天不仁兮降亂離，嗟余去此其從誰。自胡之反持干戈，翠蕤雲旓相蕩摩。流星白羽腰間插，疊鼓遥翻瀚海波。一門骨肉散百草，安得無泪如黄河。

身執略兮入西關，關山阻修兮行路難。水頭宿兮草頭坐，在野只教心膽破。更鞴雕鞍教走馬，玉骨瘦來無一把。幾回抛鞚抱鞍橋，往往驚墮馬蹄下。

漢家公主出和親，御厨絡繹送八珍。明妃初嫁與胡時，一生衣服盡隨身。眼長看地不稱意，同是天涯淪落人。我今一食日還并，短衣數挽不掩脛。乃知貧賤别更苦，安得康强保天性。

十三學得琵琶成，綉幕重重卷畫屏。一見郎來雙眼明，勸我酤酒花前傾。齊言此夕樂未

---

①《雅倫》卷九，續修四庫全書，册 1697，第 179 頁。
②《雅倫》卷八，續修四庫全書，册 1697，第 144 頁。

央，豈知此聲能斷腸。如今正南看北斗，言語傳情不如手。低眉信手續續彈，彈看飛鴻勸胡酒。

青天漫漫覆長路，一紙短書無寄處。月下長吟久不歸，當時還見雁南飛。彎弓射飛無遠近，青冢路邊南雁盡。兩處音塵從此絶，唯向東西望明月。

明明漢月空相識，道路只今多擁隔。去住彼此無消息，時獨看雲泪横臆。豺狼喜怒難姑息，自倚紅顏能騎射。千言萬語無人會，漫倚文章真末策。

死生難有却回身，不忍重看舊寫真。暮去朝來顔色改，四時天氣總愁人。東風漫漫吹桃李，盡日獨行春色裏。自經喪亂少睡眠，鶯飛燕語長悄然。

柳絮已將春去遠，攀條弄芳畏晼晚。憂患衆兮歡樂鮮，一去可憐終不返。日夕思歸不得歸，山川滿目泪沾衣。罼圭苑裏西風起，嘆息人間萬事非。

寒聲一夜傳刁斗，雲雪埋山蒼兕吼。詩成吟詠轉凄凉，不如獨坐空搔首。漫漫胡天叫不聞，胡人高鼻動成群。寒盡春生洛陽殿，回首何時復來見。

晚來幽獨恐傷神，唯見沙蓬水柳春。破除萬事無過酒，虜酒千杯不醉人。含情欲説更無語，一生長恨奈何許。饑對酪肉兮不能餐，强來前帳臨歌舞。

歸來展轉到五更，起看北斗天未明。秦人築城備胡處，擾擾唯有牛羊聲。萬里飛蓬映天龍舒本作水過，風吹漢地衣裳破。欲往城南望城北，三步回頭五步坐。

自斷此生休問天，生得胡兒擬棄捐。一始扶床一初坐，抱携撫視皆可憐。寧知遠使問名姓，引袖拭泪悲且慶。悲莫悲于生别離，悲在君家留二兒。

鞠之育之不羞耻，恩情亦各言其子。天寒日暮山谷裏，腸斷非關隴頭水。兒呼母兮啼失聲，依然離别難爲情。灑血仰頭兮訴蒼蒼，知我如此兮不如無生。

當時悔來歸又恨，洛陽宫殿焚燒盡。紛紛黎庶逐黄巾，心折此時無一寸。慟哭秋原何處村，千家今有百家存。争持酒食來相饋，舊事無人可共論。

此身飲罷無歸處，心懷百憂復千慮。天翻地覆誰得知，魏公垂泪嫁文姬。天涯憔悴身，托命於新人。念我出腹子，使我嘆恨勞精神。新人新人聽我語，我所思兮在何所。母子分離兮意難任，死生不相知兮何處尋。

燕山雪花大如席，與兒洗面作光澤。怳然天地半夜白，閨中祇是空相憶。點注桃花舒小紅，與兒洗面作華容。欲問平安無使來，桃花依舊笑春風。

春風似舊花仍笑，人生豈得長年少。我與兒兮各一方，憔悴看成兩鬢霜。如今豈無騕褭與騂騮，安得送我置汝傍。胡塵暗天道路長，遂令再往之計墮眇芒。胡笳本出自胡中，此曲哀怨何時終。笳一會兮琴一拍，此心炯炯君應識。《全宋詩》卷五七四，册10，第6760頁

同前

李綱

詩序曰：「昔蔡琰作《胡笳十八拍》，後多仿之者。至王介甫集古人詩句爲之，辭尤麗縟凄婉，能道其情致，過於創作，然此特一女子之故耳。靖康之事，可爲萬世悲。暇日效其體集句，聊以寫無窮之哀云。」

第一拍

四海十年不解兵，朝降夕叛幽薊城。殺氣南行動天軸，犬戎也復臨咸京。鐵馬長鳴不知數，虜騎憑陵雜風雨。自是君王未備知，一生長恨奈何許。

第二拍

黑雲壓城城欲摧，赤日照耀從西來。虜箭如沙射金甲，甲光向日金鱗開。昏昏閶闔閉氛祲，六龍寒急光徘徊。黄昏胡騎塵滿城，百年興廢吁可哀。

第三拍

千乘萬騎出咸陽，百官跣足隨天王。翠華摇摇行復止，黄塵暗天道路長。金盤玉箸無消息，色難腥腐餐風香。晚將末契托年少，遂令再往之計墮渺茫。

第四拍

筋斡精堅胡馬驕，猛蛟突獸紛騰逃。春寒野陰風景暮，塵埃不見咸陽橋。中原格鬥且未歸，隴山蕭瑟秋雲高。安得壯士兮守四方，一豁明主正鬱陶。

第五拍

漢家離宫三十六，緩歌慢舞凝絲竹。鐵騎突出刀槍鳴，驚破霓裳羽衣曲。明眸皓齒今何在，細柳青蒲爲誰緑。桃花依舊笑春風，風動落花紅蔌蔌。

第六拍

憶昔霓旌下南苑，攀條弄芳畏晼晚。只今飄泊干戈際，寒盡春生洛陽殿。梨園弟子散如烟，白馬將軍若雷電。城上春雲覆苑墻，回首何時復來見。

第七拍

星宫之君醉瓊漿，矯如群帝驂龍翔。龍池十日飛霹靂，齊言此夕樂未央。玄圃滄洲莽空闊，羽人稀少不在傍。深山窮谷不可處，托身白雲歸故鄉。

第八拍

黄塵散漫風蕭索，殺氣森森到幽朔。五十年間似反掌，瑶池侍臣已冥寞。千崖無人萬壑静，旌旗無光日色薄。萬事反覆何所無，注目寒江倚山閣。

第九拍

五陵佳氣無時無，龍種自與常人殊。一去紫臺連朔漠，骨肉滿眼身羈孤。金鞭斷折九馬死，邂逅豈即非良圖。人間俯仰成今古，豈憶當殿群臣趨。

第十拍

人生失意無南北，去住彼此無消息。黄蒿古城雲不開，時復看雲泪横臆。猛將腰間大羽箭，一箭正墜雙飛翮。汝休枉殺南飛鴻，道路只今多擁隔。

第十一拍

天子不在咸陽宫，翠華拂天來向東。江間波浪兼天涌，中有雲氣隨飛龍。干戈兵革鬬未止，無復射蛟江水中。江邊老人錯料事，時危慘澹來悲風。

第十二拍

漁陽突騎獵青丘，天馬跋足隨犛牛。幕前生致九青兕，苦寒贈我青羔裘。萬里飛蓬映天過，歲云暮矣增離憂。如今正南看北斗，長安不見使人愁。

第十三拍

聖朝尚飛戰鬥塵，椎鼓鳴鐘天下聞。岸上荒村盡豺虎，衣冠南渡多崩奔。何時鑄戟作農器，欲傾東海洗乾坤。干戈未定失壯士，舊事無人可共論。

第十四拍

大麥乾枯小麥黄，問誰腰鐮胡與羌。漢家戰士三十萬，此豈有意仍騰驤。安得突騎只五千，長驅東胡胡走藏。近静潼關掃螻蟻，爲留猛士守未央。

第十五拍

我生之後漢祀衰，經濟實藉英雄姿。遥拱北辰纏寇盗，杳杳南國多旌旗。傷心不忍問耆舊，垂老惡聞戰鼓悲。中夜起坐萬感集，誰家擣練風凄凄。

第十六拍

雨聲颼颼催早寒，歲暮窮陰耿未已。燕山雪花大如席，寒刮肌膚北風利。群胡歸來血洗箭，陣前部曲終日死。漫漫胡天叫不聞，日夜更望官軍至。

第十七拍

時危始識不世材，成王功大心轉小。豺狼塞路人斷絶，一門骨肉散百草。江頭宫殿鎖千門，不知明月爲誰好。何時眼前突兀見此屋，鷄鳴問寢龍樓曉。

第十八拍

風塵澒洞昏王室，咫尺波濤永相失。漂然時危一老翁，灑血江漢長衰疾。笳一會兮琴一拍，青山落日江潮白。身欲奮飛病在床，此心炯炯君應識。《全宋詩》卷一五五九，册27，第17701—17704頁

卷九〇　宋琴曲歌辭六

胡笳曲二首

曹　勛

按，宋鄭樵《通志二十略·樂略一》「琴操五十七曲」有《胡笳》。①

江南春草緑，江北未開花。佳人在何處，遷謫寄長沙。
漢使通沙漠，胡人過渭橋。春風吹客恨，千里去迢迢。《全宋詩》卷一八八〇，册33，第21058頁

同前

文天祥

詩序曰：「庚辰中秋日，水雲慰予囚所，援琴作《胡笳十八拍》，取予疾徐，指法良可觀

① 《通志二十略》，第912頁。

也。琴罷，索予賦胡笳詩，而倉卒中未能成就。水雲別去，是歲十月復來，予因集老杜句成拍，與水雲共商略之。蓋囹圄中不能得死，聊自遣耳，亦不必一一學琰語也。水雲索予書之，欲藏於家，故書以遺之。浮休道人文山。」

風塵澒洞昏王室，天地慘慘無顏色。而今西北自反胡，西望千山萬山赤。嘆息人間萬事非，被驅不異犬與鷄。不知明月爲誰好，來歲如今歸未歸。右一拍

獨立縹緲之飛樓，高視乾坤又何愁。江風蕭蕭雲拂地，笛聲憤怒哀中流。鄰鷄野哭如昨日，昨日晚晴今日黑。蒼皇已就長途往，欲往城南忘南北。右二拍

三年奔走空皮骨，三年笛裏關山月。中天月色好誰看，豺狼塞路人烟絕。寒刮肌膚北風利，牛馬毛零縮如蝟。塞上風雲接地陰，咫尺但愁雷雨至。右三拍

黃河北岸海西軍，翻身向天仰射雲。胡馬長鳴不知數，衣冠南渡多崩奔。山木慘慘天欲雨，前有毒蛇後猛虎。欲問長安無使來，終日戚戚忍羈旅。右四拍

北庭數有關中使，飄飄遠自流沙至。胡人高鼻動成群，仍唱胡歌飲都市。中原無書歸不得，道路只今多擁隔。身欲奮飛病在床，時獨看雲泪沾臆。右五拍

胡人歸來血洗箭，白馬將軍若雷電。蠻夷雜種錯相干，洛陽宮殿燒焚盡。干戈兵革鬥未

已，魑魅魍魎徒爲爾。慟哭秋原何處村，千村萬落生荆杞。右六拍

憶昔十五心尚孩，莫怪頻頻勸酒杯。孤城此日腸堪斷，如何不飲令人哀。一去紫臺連朔漠，月出雲通雪山白。九度附書歸洛陽，故國三年一消息。右七拍

只今年纔十六七，風塵荏苒音書絶。胡騎長驅五六年，弊裘何啻連百結。愁對寒雲雪滿山，愁看冀北是長安。此身未知歸定處，漂泊西南天地間。右八拍

午夜漏聲催曉箭，寒盡春生洛陽殿。漢主山河錦綉中，可惜春光不相見。自胡之反持干戈，一生抱恨空咨嗟。我已無家尋弟妹，此身那得更無家。南極一星朝北斗，每依南斗望京華。右九拍

今年臈月凍全消，天涯涕泪一身遥。諸將亦自軍中至，行人弓箭各在腰。白馬嚼齧黄金勒，三尺角弓兩斛力。胡雁翅濕高飛難，一箭正墜雙飛翼。右十拍

冬至陽生春又來，口雖吟詠心中哀。長笛誰能亂愁思，呼兒且覆掌中杯。雲白山青萬餘里，壁立石城横塞起。元戎小隊出郊坰，天寒日暮山谷裏。右十一拍

洛陽一别四千里，邊庭流血成海水。自經喪亂少睡眠，手脚凍皴皮肉死。反鏁衡門守環堵，稚子無憂走風雨。此時與子空歸來，喜得與子長夜語。右十二拍

大兒九齡色清徹，驊騮作駒已汗血。小兒五歲氣食牛，冰壺玉衡原作鑑，據韓本、四庫本改懸清

秋。罷琴惆悵月照席，人生有情泪沾臆。離别不堪無限意，更爲後會知何地。酒肉如山又一時，只今未醉已先悲。右十三拍

北歸秦川多鼓鼙，禾生隴畝無東西。三步回頭五步坐，誰家搗練風凄凄。已近苦寒月，慘慘中腸悲，自恐二男兒，不得相追隨。去留俱失意，徘徊感生離。十年蹤蹟將雛遠，目極傷神誰爲携。此别還須各努力，無使霜露沾人衣。右十四拍

寒雨颯颯枯樹濕，坐卧只多少行立。青春欲暮急還鄉，非關使者徵求急。欲别上馬身無力，去住彼此無消息。關塞蕭條行路難，行路難行澀如棘。男兒性命絶可憐，十日不一見顔色。右十五拍

乃知貧賤别更苦，况我飄轉無定所。心懷百憂復千慮，世人那得知其故。嬌兒不離膝，哀哉兩决絶。也復可憐人，里巷盡嗚咽。斷腸分手各風烟，中間消息兩茫然。自斷此生休問天，看射猛虎終殘年。右十六拍

江頭宫殿鎖千門，千家今有百家存。面妝首飾雜啼痕，教我嘆恨傷精魂。自有兩兒郎，忽在天一方。胡塵暗天道路長，安得送我置汝傍。右十七拍

事殊興極憂思集，足繭荒山轉愁疾。漢家山東二百州，青是烽烟白人骨。入門依舊四壁空，一斛舊水藏蛟龍。年過半百不稱意，此曲哀怨何時終。右十八拍

《全宋詩》卷三五九八，册 68，第 43048 頁

飛龍引

劉才邵

憶昔遊洛川，投宿龍門中。遠意托清夢，緱山訪遺蹤。道逢王子晉，瓊輪駕飛龍。幢蓋紛颯沓，導從千玉童。行行躡清塵，遂到紫翠峰。整冠叩仙閽，獲禮冰雪容。瓊觴酌霞醴，勞苦問所從。授以龜臺書，玉笈啓靈封。勸我勤修煉，他時會方蓬。再拜領真訣，永永藏丹衷。俯仰十載餘，光景如飄風。常恐年歲晏，難收梨棗功。願言堅此心，真緣儻潛通。相與乘飛霞，謁帝青琳宫。《全宋詩》卷一六八〇，册29，第18827頁

同前

曹勛

炎精應運開真籙，神母嗷嗷夜潛哭。五星同軌莅秦雍，十二真人翔水曲。斷蛇約法授天人，項籍叱吒徒驅逐。蕭曹翼翼冠元功，三十一君兆開國。君兮臣兮俱會同，灑掃乾坤開壽域。

《全宋詩》卷一八七九，册33，第21048頁

宛轉歌并序

曹勛

詩序曰：「按《齊諧記》云，昔晉劉明惠女妙容之所作也。」明胡震亨《唐音癸籤》「琴曲」有《郎大家宋氏宛轉歌》，其題下小注曰：「王敬伯遇神女所歌曲。」①

明月皎皎兮江水清，促瑶軫兮寫余情。有若人兮鏘珮瓊，申婉約兮揚新聲。托明君之幽怨兮，留遲風以掩抑。借餘音于宛轉兮，韻繁諧以周密。悵流月之西傾兮，恨彌襟而嘆息。歌宛轉兮情無極。《全宋詩》卷一八七八，册33，第21045頁

三峽流泉歌

曹勛

詩序曰：「古詞皆亡，《琴集》云初阮咸所作，今新而補之。」

---

① 《唐音癸籤》卷一四，第148頁。

草木摇落兮露爲霜，三峽之水兮流湯湯。我欲絶之兮恨無梁，邈佳人兮天一方。明月皎皎兮，泉流湯湯。《全宋詩》卷一八七八，册33，第21043頁

秋風曲

翁宏

按，《樂府詩集·琴曲歌辭》有《秋風》，多言征人思婦、游子思婦。宋人《秋風》諸題，本卷止録題旨近《樂府詩集·琴曲歌辭》之《秋風》者。宋史衛卿《聽演師琴》曰：「禪悟却參琴，山高水復深。七弦手共語，萬籟耳無音。激烈鬼神泪，發揮天地心。《秋風》時一曲，懷古更傷今。」①則《秋風》宋時亦可入樂。

又是秋殘也，無聊意若何。客程江外遠，歸思夜深多。峴首飛黄葉，湘湄走白波。仍聞漢都護，今歲合休戈。《全宋詩》卷十五，册1，第214頁

---

① 《全宋詩》卷三六一三，第30270頁。

秋風歌

曹　勛

按，曹勛《松隱集》置此詩於「古樂府」類。

蕭蕭兮寂寥，勞心兮忉忉。交河水冷胡四庫本作驄馬驕，良人萬里從嫖姚。羅衣寬盡慵梳掠，翡翠無光香自消。《全宋詩》卷一八七八，册33，第21044頁

秋風引

曹　勛

閶闔天門開九重，金莖肅蕭摇霜風。吴江木落龍庭空，鷄鳴起舞何匆匆。胡塵高翳山□東，邊聲夜入烏號弓。《全宋詩》卷一八七九，册33，第21055頁

明月引

張玉娘

按，宋時又有詞調《明月引》，趙白雲初賦，爲自度腔。後陳允平、劉壎、周密皆有作，周密詞序稱其實即《梅花引》。①

明月度天飛，團團散清暉，中有后羿妻，竊藥化蟾蜍。碧海心如夢，澹澹生寒虛。關山一夜愁多少，照影令人添慘凄。《全宋詩》卷三七一五，册71，第44624頁

明月歌二首

米芾

高高凝碧夜色卷，八荒更無纖雲屯。冰輪直壓巨鼇首，東海萬里齊崩奔。仰觀左右毛骨竦，徐掃澄烟攝群動。寥泬初疑玉兔跳，銀潢更恐金波涌。兒童爭指桂枝好，遊人不厭嫦娥老。

①《全宋詞》，册6，第3284頁。

苦留清景拂疏星，要與羲和接昏曉。光到長門知不知，猶勝關山人未歸。清風著我生雙翼，來作蟾宮變化飛。

姮娥竊藥爲飛仙，夜食丹霞凌紫烟。瞥開銀碧排翠鈿，信手拂掠新妝妍。蛾眉點出争嬋娟，皎然嬌額臨風前。佳人再拜心拳拳，多生端有好姻緣。掀雲直指烏號懸，下射萬頃楊花氈。南飛驚鵲殊可憐，北堂人冷空無眠。彩霞欲掣舞衣揎，水精梳插籠鬢蟬。方諸滴瀝生流泉，老蚌呼吸凝芳鮮。誰家破鏡飛上天，滿林玉玦相勾連。多情應照載花船，無窮解趁尋春鞭。蓂莢自與桂華偏，駒隙誰争白兔先。斯須幾望摶清圓，白毫宛轉吞大千。纖埃不隔知無邊，蕊宫可掬疑深穿。瓊華隨步翻綉筵，琉璃倒海傾長川。買來曾不用一錢，笙歌醉賞須年年。《全宋詩》卷一〇七五，册 18，第 12257 頁

同前

姜特立

月在天兮何高，我居世兮何卑。高卑相去幾萬里，年年夜夜長相隨。明月入我懷，我攬明月輝。妙明中間含萬象，此時此境誰能知。《全宋詩》卷二一四三，册 38，第 24172 頁

擬司馬相如琴歌代文君答二首并引

周紫芝

詩引曰：「卓文君欲奔司馬相如，相如以琴心挑之。今樂府有《琴歌》二首，而無文君詞。爲代文君作答歌以補其闕云。」

鳳兮鳳兮胡不歸，胡爲四海求其雌。其室良邇知者誰，邂逅相遇君獨知。彼美人兮偉容儀，願與君兮相追隨，歸丹山兮棲高枝。

鳳兮鳳兮鳴噰噰，雄將飛兮雌將從。天寒慘慘多悲風，雙翮欲舉心所同。山石可鑿金可鎔，妾心皎皎如日中。《全宋詩》卷一四九七，册26，第17094頁

琴歌

白玉蟾

宋葉廷珪《海録碎事》曰：「《琴歌》《酒賦》，皆逸人之事。」①

月華飛下海棠枝，樓頭春風鼓角悲。玉杯吸乾漏聲轉，金劍舞罷花影移。蕊珠仙子笑移燭，唤起蒼潭老龍哭。一片高山流水心，三奏《霓裳羽衣曲》。初如古澗寒泉鳴，轉入哀猿凄切聲。吟猱撚抹無盡意，似語如愁不可聽。神霄宫中歸未得，天上此夕知何夕。瓊樓冷落琪花空，更作胡笳十八拍。君琴妙甚素所慳，知我知音爲我彈。瑶簪琅佩不易得，渺渺清飆吹廣寒。人間如夢只如此，三萬六千一彈指。蓬萊清淺欲桑田，君亦輟琴我隱几。爲君歌此幾操琴，琴不在曲而在心。半聾如苦萬緑縷，一笑不博千黄金。我琴無徽亦無軫，瓠巴之外餘可哂。指下方爾春露晞，弦中陡覺和風緊。琴意高遠而飄飄，一奏令人萬慮消。凄凉孤月照梧桐，斷續夜雨鳴芭蕉。我琴是謂造化柄，時乎一彈混沌聽。見君曾是蕊珠人，欲君琴與造化并。昔在神霄

① [宋] 葉廷珪撰，李之亮校點《海録碎事》卷八，中華書局，2002 年版，第 380 頁。

莫見君，蕊珠殿上如曾聞。天上人間已如隔，極目靄靄春空雲。《全宋詩》卷三一三七，册60，第37577頁

同前

王謹禮

詩末注曰：「《古琴疏》：『王敬伯琴曰感靈。舊説敬伯一日泊江渚中，是夜月明露下，敬伯凄然心動，援琴微弄，因感劉惠明亡女之靈，相就如平生。敬伯復撫弦歌云云，女和之曰：「歌宛轉，琴復哀，願爲烟與霧，氛氲共此懷。」故成此名。』」

低露下，深幕垂，月照孤琴空弦咽，宵泪誰憐此夜心。《全宋詩》卷三二三二，册61，第28590頁

同前

按，此詩本出蘇軾《仙姑問答》，見《蘇軾文集》卷七二①。《全宋詩輯補》作「黄州三

① [宋]蘇軾撰，孔凡禮點校《蘇軾文集》卷七二，册5，中華書局，1986年版，第2315頁。

姑」詩。

七弦品弄仙人有，留待世人輕插手。一聲欲斷萬里雲，山林鬼魅東西走。況有離人不忍聽，纔到商音泪漸傾。雁柱何須夸鄭聲，古風自是天地情。伯牙死後無人知，君侯手下分巧奇。月明來伴青松陰，露齒笑彈風生衣。山神不敢隱踪迹，笑向山陰懼傷擊。一曲未終風入松，玉女驚飛來住側。勸君休盡指下功，引起相思千萬滴。《全宋詩輯補》，册 7，第 3104—3105 頁

古琴歌

周文璞

山人袖携古琴來，形模拙醜腹破穿。上兩金字亦殘漫，自云得自十年前。十年前宿野店間，野店岑寂無炊烟。只將百錢乞翁媪，回買濕薪煨澗泉。老翁持出一木段，刀痕鑿痕斧痕滿。秀才望見三嘆羨，學琴以後何曾見。此是成都雷氏爲，揩摩雷字分明現。持歸修治調曲成，曲成他人不肯聞。初彈《羑里》可釋憾，再鼓《廣陵》如雪冤。將歸古操次第傳，龍入我舟何可憐。

《全宋詩》卷二八三二，册 54，第 33722 頁

贈陳高士琴歌

白玉蟾

昨夜西風起白蘋，從前湖海幾酸辛。感今懷古無限事，拄頰閑思一愴神。瓊窟先生鼓玉琴，一調一弄符我心。屈平宋玉不可挽，西風黄葉爲知音。初聞如風吹梧桐，次聽如雨鳴芭蕉。淒然如雁聲遥遥，温然如鶯暖夭夭。忽而轉調緩復急，海風吹起怒濤立。夜深星月墮蓬山，神官不管蛟龍泣。頓又换指清而和，牡丹芍藥香氣多。露橋月榭風雨夕，如此杜鵑愁奈何。浩浩長風送急雨，寂寞孤鴻落寒渚。昏昏月色老猿啼，藹藹風光新燕語。又如晴鶴唳蒼烟，倏似寒鴉噪晴川。良宵砌畔響秋蛩，清晝林間悲風蟬。我思此聲不堪比，使人欲悲復欲喜。五月葛亮渡瀘溪，九月荆軻過易水。此聲喜喜復哀哀，我志渺然在江淮。方且琵琶亭下坐，倏又鬱孤臺上回。琴聲展轉我心碎，我心多少平生事。弦中招我棲林泉，指下呼我入富貴。上界瑶池玉浪寒，鳳凰閣下羅千官。紫皇宴坐蒼琳宫，豈復知我猶人間。龜臺烟冷風蕭蕭，十萬彩女歌雲璈。自憐踪迹今塵土，安得金妃復賜桃。青琅真人騎白鸞，日往日復玉京山。不念曾與同僚時，清都絳闕何時還。紫清夫人侍帝軒，朝朝嫣然妙華門。盍思人世此淒苦，金魚玉雁憑誰傳。琪花開遍翠微臺，彩鳳舞徹賓雲仙。麒麟守住虎關嚴，獅豸時復森其前。不成終身只人世，吾身不翩心亦翅。粗且神霄覓一官，早作嘯風鞭霆計。此曲此曲君休彈，老眼無泪徒悲酸。自知逍遥時節近，與君一笑開懽顔。太華宫中多白蓮，以金爲花玉爲根。上有瓊甲金絲龜，夜吸珠露花間眠。紫琅殿深不可詰，時有火鈴飛出入。殿中仙君乘雲輧，三千玉娥傍侍立。此般景象猶未忘，所以思念時悲傷。聞君琴聲洗我心，自盍泰然發天光。我昔神霄西臺裏，雪肌玉膚冰霜齒。長歌一曲驚帝閽，解使八鸞舞神水。又嘗飛過廣寒宫，一見嫦娥瓊玉容。不敢稽首便行過，條復呼我醉瑶鍾。水府左仙萼緑華，身居東華帝子家。時以瑶琴鳴五霞，一聲彈落瓊臺花。上元太真安長仙，日事玉皇上君前。玉龍嬌癡不肯舞，獨自奏帝鳴鸞弦。此聲遠矣吾不見，人間琴聲更多變。誰能以此清净心，許多悲歡相練纏。瓊窟先生然我言，我是霆司筆墨仙。昔爲東華校籍吏，屢亦舞筆靈君前。失身墮世自嘆息，東華欲歸歸未得。翠娥掩泪香骨寒，長天遠水日相憶。君知否，吾將呼起大鵬駕瓊雲，手持百萬蒼鷹兵。前驅天丁後火鈴，飛罡躡紀下太清。又將東海捕金鯨，騎之去謁蟾蜍精。却持萬陣貔虎人，下來紅塵揚鼓鉦。更煩先生試一舉，爲我調中作金鼓。爲我唤起李太白，與我浩歌拍掌舞。君琴定是天上琴，天上曲調人間音。爲君醉中一狂歌，千巖萬壑白雲深。《全宋詩》卷三一三七，册60，第37558頁

卷九一　宋琴曲歌辭七

醉翁吟

歐陽修

詩序曰：「余作醉翁亭於滁州，太常博士沈遵，好奇之士也，聞而往遊焉。愛其山水，歸而以琴寫之，作《醉翁吟》三疊。去年秋，余奉使契丹，沈君會余恩、冀之間。夜闌酒半，援琴而作之，有其聲而無其辭，乃爲之辭以贈之。其辭曰：……」

始翁之來，獸見而深伏，鳥見而高飛。翁醒而往兮，醉而歸。朝醒暮醉兮，無有四時。鳥鳴樂其林，獸出遊其蹊。咿嚶啁哳于翁前兮，醉不知。有心不能以無情兮，有合必有離。水潺潺兮，翁忽去而不顧；山岑岑兮，翁復來而幾時？風裊裊兮山木落，春年年兮山草菲。嗟我無德於其人兮，有情於山禽與野麋。賢哉沈子兮，能寫我心而慰彼相思。《歐陽修詩文集校箋》卷十五，上海古籍出版社，2009年版，第486頁

同前

梅堯臣

題注曰：「此琴曲也，二字至七字增減詩。見殘宋本，他本皆無。」

翁來，翁來，翁乘馬。何以言醉，在泉林之下。日暮烟愁谷暝，蹄聳足音響原野。月從東方出照人，攬暉曾不盈把。酒將醒，未醒又挹玉斝向身瀉，翁乎醉也。山花炯兮，山木挺兮，翁酩酊兮。禽鳴右兮，獸鳴左兮，翁魍魎兮。蟲蜩嚎兮，石泉嘈兮，翁酕醄兮。翁朝來以暮往，田叟野父徒倚望兮。翁不我搔，翁自陶陶。翁舍我歸，我心依依。博士慰我，寫我意之微兮。《全宋詩》卷二五七，册5，第3193頁

贈沈博士歌

歐陽修

題注曰：「遵原校，一作《醉翁吟》。嘉祐二年。」按，歐陽修另有《贈沈遵》，一作《贈沈博士歌》并序。嘉祐元年作，非琴曲。其詩序曰：「予昔於滁州作醉翁亭，於琅琊山有記刻

石，往往傳人間。太常博士沈遵，好奇之士也。聞而往遊焉，愛其山水，歸而以琴寫之，作《醉翁吟》一調，惜不以傳人者五六年矣。去年冬，予奉使契丹，沈君會予恩冀之間，夜闌酒半，出琴而作之。予既嘉君之好尚，又愛其琴聲，乃作歌以贈之。」

沈夫子，胡爲醉翁吟，醉翁豈能知爾琴。滁山高絶滁水深，空巖悲風夜吹林。山溜白玉懸青岑，一瀉萬仞源莫尋。醉翁每來喜登臨，醉倒石上遺其簪，雲荒石老歲月侵。子有三尺徽黄金，寫我幽思窮崎嶔。自言愛此萬仞水，謂是太古之遺音。泉淙石亂到不平，指下嗚咽悲人心。時時弄餘聲，言語軟滑如春禽。嗟乎沈夫子，爾琴誠工彈且止。我昔被謫居滁山，名雖爲翁實少年。坐中醉客誰最賢，杜彬琵琶皮作弦。自從彬死世莫傳，玉練鎖聲入黄泉。死生聚散日零落，耳冷心衰翁索莫。國恩未報慚禄厚，世事多虞嗟力薄。顔摧鬢改真一翁，心以憂醉安知樂。沈夫子謂我，翁言何苦悲，人生百年間，飲酒能幾時。攬衣推琴起視夜，仰見河漢西南移。《全宋詩》卷二八八，册 6，第 3641 頁

效醉翁吟

王　令

題注曰：「一本云《寄題醉翁亭》。」

山巖巖兮谷幽幽，水無人兮自流。始與誰兮樂此。昔之遊者兮今非是。清吾樽兮潔吾斝，欲御以酒兮誰宜壽者。山蘼春兮野鹿游，亭無人兮飛鳥下。喜公有遺兮樂相道語，從人以遊兮告以其處。高公所望兮卑公所遊，公爲廬兮燕笑以休。摭山果以侑酒，登溪魚而供自注：去聲羞。仰春木以搴華，俯秋泉而漱流。公朝來兮暮去，肩乘輿兮馬兩御。來與我民兮不間以處，誰不此留兮公則去遽。花垂實兮樹生枝，我公之去兮今忽幾時。知來之不可望兮，悔去而莫追。人皆可來兮公何不歸，青山宛宛兮誰爲公思。《全宋詩》卷六九一，册12，第8073頁

醉翁操

郭祥正

題注曰：「效東坡，注原缺，據《至元嘉禾志》補。」詩序曰：「予甥法真禪師以子瞻内相

所作《醉翁操》見寄，予以爲未工也，倚其聲和之，寫呈法真，知可意否。

泠泠潺潺。寒泉。瀉雲間。如彈。醉翁洗心逃區寰。自期猿鶴俱閑。情未闌。日暮向深源。異芳誰與搴。忘還。自注：泛聲同。瓊樓玉闕，歸去何年。遺風餘思，猶有猿吟鶴怨。花落溪邊。蕭然。鶯語林中清圜。空山。春又殘。客懷文章仙。度曲響涓涓。泛商回徵星斗寒。

《全宋詩》卷七五六，册 13，第 8806 頁

同前并引

蘇軾

詩引曰：「琅邪幽谷，山水奇麗，泉鳴空澗，若中音盧校作首會。醉翁喜之，把酒臨聽，輒欣然忘歸。既去十餘年，而好奇之士沈遵聞之，往遊焉，以琴寫其聲，曰《醉翁操》，節奏疏宕而音指華暢，知琴者以爲絶倫。然有其聲而無其辭，翁雖爲作歌，而與琴聲不合。又依楚辭作《醉翁引》，好事者亦倚其辭以製曲，雖粗合均度，而琴聲爲辭所繩約，非天成也。後三十餘年，翁既捐館舍，而遵亦殁久矣。有廬山玉澗道人崔閑，特妙於琴，恨此曲之無詞，乃譜其聲，而請于東坡居士以補之云。」宋蘇軾《書士琴二首・書〈醉翁操〉後》曰：「二水同

器，有不相入，二琴同手，有不相應。今沈君信手彈琴，而與泉合，居士縱筆作詩，而與琴會。此必有真同者矣。本覺法真禪師，沈君之子也，故書以寄之。願師宴坐静室，自以爲琴，而以學者爲琴工，有能不謀而同三令無際者，願師取之。元祐七年四月二十四日。」①宋黄庭堅《元師自榮州來追送余於瀘之江安綿水驛復用舊所賦此君軒詩韻贈之并簡元師法弟周彦公》曰：「余舊得東坡所作《醉翁操》善本，嘗對元道之。元欣然曰：『往歲從成都通判陳君頎得其譜。』遂促琴彈之，詞與聲相得也。蜀人由是有《醉翁操》。」②黄庭堅《跋子瞻醉翁操》曰：「人謂東坡作此文，因難以見巧，故極工。余則以爲不然，彼其老于文章，故落筆皆超軼絶塵耳。」③宋孫覿《滁州重建醉翁亭記》曰：「東陽沈遵不遠千里援琴聽泉，寫其聲爲《醉翁操》，而蘇東坡爲之辭。」④宋江少虞《宋朝事實類苑》曰：「太常博士沈遵，好

---

① 《蘇軾文集》卷七一，册5，第2249頁。
② ［宋］黄庭堅撰，［宋］任淵等注，劉尚榮點校《黄庭堅詩集注》，中華書局，2003年版，第1482頁。
③ 《全宋文》卷二三〇八，册106，第180頁。
④ ［宋］孫覿《鴻慶居士集》卷二二，景印文淵閣四庫全書本，册1135，臺灣商務印書館，1986年版，第222頁。

奇之士，聞而往遊。愛其山水秀絶，以琴寫其聲，爲《醉翁吟》，蓋宫聲三迭。後會公河朔，遵援琴作之，公歌以遺遵，并爲《醉翁引》以叙其事。然詞不主聲，爲知琴者所惜。後三十餘年，公亮、遵亦投其山。道人崔閑，遵客也，妙於琴理，常恨此曲無詞，乃譜其聲，請于東坡居士蘇子瞻，以補其闕。然後聲詞皆備，遂爲琴中絶妙。」①按，此詩《全宋詞》亦收，題辭皆同。

琅然，清圜。誰彈，響空山。無言，惟翁醉中和其天。月明風露娟娟，人未眠。荷蕢過山前，曰有心也哉此賢。醉翁嘯詠，聲和流泉。醉翁去後，空有朝吟夜怨。山有時而童顛，水有時而回川。思《鐵網珊瑚》作惟翁無歲年，翁今爲飛仙。此意在人間，試聽徽外三兩弦。《全宋詩》卷八三一，册 14，第 9627 頁

同前

辛棄疾

詩序曰：「頃余從廓之求觀家譜，見其冠冕蟬聯，世載勛德。廓之甚文而好修，意其昌

① ［宋］江少虞撰，霍濟蒼點校《宋朝事實類苑》卷三四，上海古籍出版社，1981 年版，第 434 頁。

未艾也。今天子即位，覃慶中外，命國朝勛臣子孫之無見仕者官之。先是，朝廷屢語甄録元祐黨籍家。合是二者，廓之應仕矣。將告諸朝，行有日，請予作歌以贈。屬予避謗，持此戒甚力，不得如廓之請。又念廓之與予遊八年，日從事詩酒間，意相得歡甚，於其别也，何獨能恝然。顧廓之長於楚詞，而妙於琴，輒擬《醉翁操》，爲之詞以叙别。異時廓之綰組東歸，僕當買羊沽酒，廓之爲鼓一再行，以爲山中盛事云。」按，蘇軾改《醉翁吟》爲《醉翁操》且作辭後，樓鑰即擬作，題名體式一如蘇詩，兩作皆雜言，《全宋詩》《全宋詞》均收。故辛棄疾《醉翁操》雖雜言，亦予收録。

七月上浣游裴園醉翁操

樓　鑰

長松。之風。如公。肯余從。山中。人心與吾兮誰同。湛湛千里之江。上有楓。噫，送子東。望君之門兮九重。女無悦己，誰適爲容。不龜手藥，或一朝兮取封。昔與游兮皆童。我獨窮兮今翁。一魚兮一龍。勞心兮忡忡。噫，命與時逢。子取之食兮萬鍾。《全宋詞》，第1939頁

按，《全宋詞》亦收，題作《醉翁操》。

茫茫，蒼蒼。青山，繞千頃。波光。新秋露風荷吹香。悠颺心地翛然，生清涼。古岸揺垂楊，時有白鷺飛來雙。隱君如在，鶴與翱翔。老仙何處，尚有流風未忘。琴與君兮宫商，酒與君兮杯觴。清歡殊未央，西山忽斜陽。欲去且徜徉，更將霜鬢臨滄浪。《全宋詩》卷二五四〇，册 47，第 29406 頁

和東坡醉翁操韻詠風琴

樓　鑰

按，《全宋詞》亦收，題作《醉翁操》。

泠然，輕圓。誰彈，向屋山。何言，清風至陰德之天。悠颺餘響嬋娟，方晝眠。迴立八風前，八音相宣知孰賢。有時悲壯，鏗若龍泉。有時幽杳，彷佛猿吟鶴怨。忽若巍巍山顛，蕩蕩幾如流川。聊將娱暮年，聽之身欲仙。弦索滿人間，未有逸韻如此弦。《全宋詩》卷二五四〇，册 47，第 29406 頁

招隱操

朱熹

詩序曰：「淮南小山作《招隱》，極道山中窮苦之狀，以風切遁世之士，使無遐心，其旨深矣。其後左太冲、陸士衡相繼有作，雖極清麗，顧乃自爲隱遁之辭，遂與本題不合。故王康琚作詩以反之，雖正左、陸之誤，而所述乃老氏之言，又非小山本意也。十月十六夜，許進之挾琴過予書堂，夜久月明，風露凄冷，揮弦度曲，聲甚悲壯。既乃更爲《招隱之操》，而曰：『穀城老人嘗欲爲予依永作辭，而未就也。』予感其言，因爲推本小山遺意，戲作一闋，又爲一闋以反之。口授進之，并請穀城七者及諸名勝相與共賦之，以備山中異時故事云。」

按，據詩序，《招隱操》乃宋新出琴曲，雖《樂府詩集》無此題，亦予收録。又，宋黄庚《秋夕和呂講師韻》曰：「誰彈《招隱操》，雲外伴清幽。」①宋仇遠《和子野郊居見寄》其四曰：「愛把琴彈《招隱操》，忍拈筆寫絶交書。」②可知《招隱操》宋時亦可演奏。宋人又有《招隱》《招隱辭》《招隱歌》《招隱吟》，均當出《招隱操》，亦予收録。

① 《全宋詩》卷三六三六，册69，第43557頁。
② 《全宋詩》卷三六八二，第44215頁。

南山之幽，桂樹之稠。枝相樛，高拂千崖素秋，下臨深谷之寒流。王孫何處，攀援久淹留。聞説山中，虎豹晝嘷。聞説山中，熊羆夜咆。叢薄深林鹿呦呦。獮猴與君居，山鬼伴君遊。君獨胡爲自聊，歲云暮矣將焉求。思君不見，我心徒離憂。

右招隱

南山之中，桂樹秋風，雲冥濛。下有寒棲老翁，木食澗飲迷春冬。此間此樂，優游渺何窮。我愛陽林，春葩晝紅。我愛陰崖，寒泉夜淙。竹柏含烟悄青葱。徐行發清商，安坐撫枯桐。不問簞瓢屢空，但抱明月甘長終。人間雖樂，此心與誰同？

右反招隱　《全宋詩》卷二三八三，册44，第27462頁

招隱

劉敞

宋鄭樵《通志二十略·樂略一》「神仙二十二曲」列《招隱》入樂府。宋趙鼎《發杭州有訝太遽者》曰：「未著《絶交》論，但歌《招隱》詩。」①宋劉子翬《續賦家園七詠·桂岩》曰：

① 《全宋詩》卷一六四四，册28，第18403頁。

「誰歌《招隱詞》，吾生付長鑱。」①宋范成大《古風送南卿》曰：「誰能撫孤桐，爲奏《招隱曲》。」②宋黄順之《聽悟師彈招隱》曰：「悟師手携清風琴，爲我再奏《招隱吟》。」③宋方回《次前韻述將歸》曰：「於是自歌《招隱歌》，歌曰：鶴怨猿驚兮在空谷。」④知宋時《招隱》《招隱辭》《招隱歌》《招隱吟》皆可演入樂。又，范成大《湘潭道中詠芳草》曰：「驅馬去不顧，斷腸《招隱曲》。」⑤知《招隱曲》風格悲凉。

鱣鱘不容池，鴻鵠常畏網。全真貴遠到，先覺每獨往。綺皓遺秦憂，季鷹樂吴壤。知幾效來世，前識妙難賞。勿謂鳥獸群，高山適予仰。《全宋詩》卷四六七，册 9，第 5657 頁

① 《全宋詩》卷一九一九，册 34，第 21415 頁。
② 《全宋詩》卷二二七三，册 41，第 26045 頁。
③ 《全宋詩》卷二八八八，册 55，第 34440 頁。
④ 《全宋詩》卷三四九四，册 66，第 41635 頁。
⑤ 《全宋詩》卷二二五四，册 41，第 25861 頁。

同前二首

盧　襄

有玉人兮山之隅，騎蒼龍兮歌步虛。薜荔衣兮女蘿裾，餐瓊蕊兮被玉書。朝玉皇兮遊上都，擘麟脯兮邀麻姑。胡不舍此而來兮吾與俱。

日旋月轉兮能幾時，人間不可以久留兮，緇塵染予素衣。何不讀青苔之篇兮，歌白雲之詩。玉書金簡號仙籍兮，留芳名其庶幾。然後左蒼龍而右青螭，飛羽蓋兮張雲旂。黄鵠引兮歸瑶池，汝將舍此兮安之。《西征記》《全宋詩》卷一四〇八，册 24，第 16215 頁

同前二首

陳傅良

將子無登山，山上岡復岡。朝爲朱陽煒，暮作陰飆凉。磴滑幽鳥啼，林深山鬼翔。子兮何所求，樂此魑魅鄉。國人佇齊軾，吾黨多魯狂。望子子不來，翠袖天風揚。緇塵擺落盡，幽願次第償。焦鵬入冥雲，蟣虱寬貝陽。子兮竟誰從，獨樂無已康。豈其羊之饑，而可穀與臧。

將子無涉水，水深下無極。儵魚舞浮陽，螭首鬭陰碧。弱去一羽沉，惡來萬波激。子兮何

所求，快此蛟涎滴。議諫起陽城，拾遺招李渤。望子子不來，羊裘號逋客。踞坐山石粗，晞髮朔風疾。亂流兩白足，何日踔疏逸。自注：扶疏、清逸，倉司二亭。子兮寧不悲，饑氓俟唐稷。豈其洛之涯，而可温與石。《全宋詩》卷二五二九，册47，第29243頁

同前三首

何夢桂

昔年有約共投簪，回首紅塵白髮新。物外烟霞逢野逸，山中風雨望佳人。好憑野鶴尋和靖，莫待山靈唤孔賓。遲暮不來松蔭落，飛柯恐解折車輪。

別後頻驚束帶寬，相逢亦復笑蒼顔。祇今歲月青牛老，何處烟波白鳥閑。千古心期寒緑綺，十年世事墮黄間。修篁倚遍空江暮，枉殺招呼費小山。

回頭五十九年非，千里晨風翼倦飛。門外黄塵時事改，樽前白髮故人稀。金河沙暖春鴻去，朱雀橋空海燕歸。惟有嚴陵灘下路，年年潮水上漁磯。《全宋詩》卷三五二七，册67，第42174頁

再次韻作招隱篇

陳　造

我家五畝園，泉細地不渴。載酒噬肯遊，開門誰汝遏。典衣買花栽，種十八九活。繁華出荒穢，天巧容人奪。三徑紆曉步，兩部厭晴聒。長日岸幘嘯，看人曳裾謁。伸屈較倚伏，烜赫藏戾孽。蠻觸勝負間，吾老飽所閲。孰知花藥疇，細炷沈檀屑。此樂彼莫顧，渠愛我已割。微吟會心處，山鳥亦欣説。焉得喙三尺，佳處爲君説。秋蘭媚幽芳，野竹挺高節。當知陶一觴，可敵蕭八葉。駢來作螟蠃，獨立耿玉雪。《全宋詩》卷二四二五，册 45，第 28007 頁

卷九二　宋琴曲歌辭八

招隱三章贈李洋自號同初子

洪咨夔

按,《宋詩紀事》卷六一止録其一,題作《天目山招隱歌》。

雲氣斂兮天目之顛,濤江綫横兮海門濺濺。扶桑子半兮陽烏翩,可俯而掬兮咽以天井無聲之泉。子其隱乎,吾與子兮拾荃。

雲氣冒兮天目之趾,疊湫噴薄兮洞石齒齒。列缺正晝兮睡蛟起,可仰而攖兮浴以天河倒流之水。子其隱乎,吾與子兮采芷。

雲氣吐吞兮天目之腹,乳潭沉沉兮鴨潭煜煜。徐伍朝往而暮來兮雙碧鹿,可挽而舞兮侑以天風步虚之曲。子其隱乎,吾與子兮蒔菊。《全宋詩》卷二八九三,册55,第34537頁

疊字招隱二首

白玉蟾

逐逐何時知足。來歸山，共種菊。有松爲酒，有藜當肉。亦有澗底芝，亦有巖上瀑。白日自覺如年，青山長是對目。閑雲與充封門人，清風爲作掃室僕。朝宴息乎長松之陰，夜偃仰乎冷翠之谷。我無涕唾津精氣血液，了絶喜怒哀樂愛惡欲。練空碧毓紫冲兮身如玉，乘氣御飛兮詠九霞之曲。

逐逐且貪怎足。戀松楸，愛蓮菊。食玉衣錦，池酒林肉。甕埋地閣鍾，月瀉天窗瀑。鄭衛殆塞其聰，趙燕可盲其目。鏡盟釵詛謾交交，馬迹車塵何僕僕。名傷神兮寵辱若驚，事掣肘兮進退惟谷。一真妄兮故知空不空，觀徼妙兮常有欲無欲。吾將先天後天明月之珠，裁作左仙右仙賓雲之曲。《全宋詩》卷三一三九，册 60，第 37632 頁

用前人韻賦招隱

文天祥

釣魚船上聽吹笛，煨芋爐頭看下棋。剩有晚愁歸別浦，已無春夢到端闈。去年尚憶桃紅

處，好景重逢橘緑時。珍重山人招隱意，猿啼鶴嘯白雲飛。《全宋詩》卷三五九六，册68，第42970頁

反招隱

劉敞

宋鄭樵《通志二十略・樂略一》「神仙二十二曲」列《反招隱》入樂府。宋劉敞《賀王純臣》曰：「請歌《反招隱》，以激南州士。」①則《反招隱》宋時可歌。

伊尹樂堯舜，伯夷傲姬周。顏生一簞瓢，陋巷亦自休。豈不困寂寞，時俗非所謀。脱身灑泥滓，緬與前人遊。嗟哉波上鳧，徒爲信沈浮。鴻鵠假長風，不能占渠溝。晞羽扶桑阿，刷翼滄海流。世途既超邈，矰繳何足愁。所以狂接輿，肆歌悟東丘。觸時懷慷慨，視世悲蜉蝣。哲人有先覺，達者無近憂。綺皓吾所師，緒言起長謳。《全宋詩》卷四六七，册9，第5657頁

① 《全宋詩》卷四七〇，册9，第5698頁。

同前

曹勛

騁騮天下駿，所制在服箱。蘇秦天下辯，所失戀冠裳。達人貴自重，出處保龍光。山花麗雲錦，鳥語調絲簧。清泉激鳴琴，掩抑合宫商。芝术勝粱肉，蘭菊有餘芳。白雲結山友，來往俱相忘。世路甚溪谷，簪笏誠羈繮。人心若丘山，咫尺不可量。猿鶴熟可馴，人熟不可防。留侯從赤松，范蠡辭越王。二子保令終，避世容何傷。王孫促歸軫，吾徒方退藏。《全宋詩》卷一八八一，册33，第21068頁

同前

朱繼芳

木末徑微微，誰敲白板扉。緩行松葉滑，小摘藥苗稀。山色自今古，塵寰多是非。昂昂千歲鶴，便肯傍人飛。《全宋詩》卷三二七九，册62，第39065頁

次少伊韻反招隱

周行己

詩序曰：「伏蒙少伊察院和篇，有招隱之句。夫言歸者，衰病之所慕也，公方振職臺綱，四方想望以爲重，詎可云乎爾？輒次元韻《反招隱》以復之。」

我已逾衰齒，公猶小五年。少時能作賦，平日不言錢。風采桓公雅，詩情白樂天。朝綱方有賴，未可話歸田。《全宋詩》卷一二七二，册22，第14366頁

次劉明遠宋子飛反招隱韻二首

朱熹

先生留落歲時多，氣涌如山不易磨。却學幽人陶靖節，正緣三徑起弦歌。

榮醜窮通祇偶然，未妨閑共聳吟肩。君能觸處真齊物，我亦平生不怨天。《全宋詩》卷二三八六，册44，第27538頁

和卧龍招隱吟

釋道璨

題注曰：「孔明卧龍在南陽，朱晦庵卧龍在廬山。」

武侯與晦翁，千載兩名流。各以一臂力，能鎮百世浮。神遊天地間，或爲山阿留。心期有佳人，駕言寫幽憂。水流崖華開，山空明月秋。桂樹影團團，乳鹿鳴呦呦。薦菊秋盈筐，酌茶花滿甌。兩翁來不來，徘徊駐歸騶。《全宋詩》卷三四五五，册 65，第 41164 頁

招隱吟

連文鳳

碧澗清泉白石寒，神仙一往不可攀，蓬瀛縹緲非人寰。天風高兮翔青鸞，欲往從之春花秋葉殘。歸去來兮，畏途而惡灘。歸去來兮，緑水與青山。衣蓑笠箬，烟幌雲關。揖許由，拉巢父，相與徜徉兮廣莫之間。黄塵不飛兮白日閑，芝苓森森兮風露漫漫。《全宋詩》卷三六二〇，册 69，第 43350 頁

招隱辭并序

唐庚

詩序曰：「出左綿城，南渡涪水，至南山下，并江而東行三四里，有居民數十家，以捕魚爲生，世不易業，不知其幾千百年。古木參天，自江北望之，鬱然幽深，《圖經》號漁父村，蓋昔時涪翁隱居處也。吾泛舟至其下，未嘗不悠然遐想，慷慨嘆息，徘徊不忍去。世言前代隱士，大率多虚名，少實效，此誠有之，然不可一概以此量天下士。蓋昔人諭隱士者必首稱涪翁、河上丈人，二人之道，實并駕而齊驅者也。河上丈人教安期生，安期生教毛翕翁，毛翕翁教樂瑕翁，樂瑕翁教樂臣公，樂臣公教蓋公，蓋公教平陽侯曹參，爲漢相國，而高、惠之間天下無事，民務稼穡，衣食滋殖。蓋自河上丈人至曹參，更六七傳，授受失真，去祖風益遠，而措之天下，已奇偉卓絶如此。使齊驅并駕者得行其意，獨不能處其君堯舜乎？河上丈人之裔嘗一顯於時，而涪翁之後獨無其人，然江鄉澤國，安知其果無有也。試爲長言以招之。其詞曰：……」

子誰友兮涪之雲，出爲雨兮澤斯人。子誰親兮涪之水，朝於海兮日千里。趣子之駕兮舍子

之舟，子不我信兮與雲水謀。《全宋詩》卷一三二六，册23，第15051頁

北山四時招隱辭

周密

緑意動兮崇蘭，暖回薄兮千巖。蘼蕪齊兮綉谷，芳菲菲兮鳥關關。步桃塢兮曲折，叩蘭若兮檀欒。珮九莖兮窈窕，采三秀兮巑岏。石田肥兮可蒔，溪毛秀兮堪餐。賦榮木兮胥悦，浩生意兮修蕃。田歌起兮啁哳，殷社鼓兮紞紞。山中春兮可樂，王孫不來兮誰留兮他山。

草木舞兮山深，蜩蛩弄兮淙鏗。息瓊阜兮嘉蔭，漱玉澗兮甘清。泛夫容兮十頃，搴朱實兮千尋。虬松兮五鬣，鳳草兮三稜。雨龍歸兮靈洞，夜鶴化兮仙岑。羌誰招兮太史，耿清夕兮猿吟。逃暍影兮散慮，極幽討兮峥嶸。樂吾山兮長夏，歸來兮濯滄浪之塵纓。

灝氣泛兮虚寥，商籟發兮蕭騷。策逍遥兮玉囿，駕言陟兮弁之椒。石林林兮獻狀，浮空倒影兮清苕。滮具區兮瀉碧，若杯水兮堂坳。披素懷兮佩明月，嗢然嘯兮泠飆。閲古今兮宇宙，一日非近兮千載非遥。嗟湛輩兮堙滅其奚數，慨其感兮臨高。水竹清兮秋晚，賦叢桂兮誰招。

風栗栗兮雲黄，梅事動兮貞芳。紛白月兮廣野，屑寶璐兮平岡。雲可怡兮日可獻，野可擷兮水可湘。拾樵蘇兮野爨，儲橡栗兮山糧。竹房深兮雲暖，芸几净兮春薌。官無徵兮村静，年

屢有兮金穰。我今不樂兮歲遲暮，處嘉遁兮徜徉。擊鮮拊缶兮聊以卒歲，誰争子所兮樂其樂兮無央。《全宋詩》卷三五五六，册67，第42498頁

趙平甫幽居八操

楊萬里

按，《樂府詩集》無此題，然詩題有琴曲歌辭標記「引」，或爲宋時琴曲，故予收録。

筠居操

公子誅茅，不木不土。此君惠然，聿來胥宇。

我娱齋操

一室容膝，納萬壑而有餘。一几凝塵，載千古而不重。暮四朝三，吾不復夢。

醉石操

望之温其玉，即之寒於冰。一飲五斗，一石解酲。衆人皆醉石獨醒。

竹齋操

客來何聞，客去何嗔。左右前後惟此君。德不孤，必有鄰。

北窗操

一枕之甘，萬户不願。清風之快，萬玉不價。爲我謝避俗翁，誰在羲皇之下。

梅亭操

竹屋夜明，竹户寒聲。幽人舍琴而起視，香通國而白連城。梅耶雪乎，四問而四不應。

棋臺操

争名不亢則朝者嘻，争利不贏則市者吁。君子無所争，必也弈乎。

龜潭操

風耆其武，波赫斯怒。油然者淵，未遽如許。《全宋詩》卷二三一七，册42，第26672—26673頁

續琴操哀江南

謝翱

詩序曰：「宋季有以善鼓琴見上者，出入宫掖間，汪姓，忘其名。臨安不守，太后嬪御北，汪從之行，留薊門數年。而文丞相被執在獄，汪上謁，且勉丞相必以忠孝白天下，予將歸死江南。及歸，舊會者十八人，釃酒城隅與之别，援琴鼓再行，泪雨下，悲不自勝，後竟不知所在。噫！汪蓋死矣。客有感之者，爲續琴操曰《哀江南》，凡四章。」按，琴師或即汪元量。元量號水雲，度宗咸淳三年以琴事謝太后，恭帝德祐二年臨安陷，隨謝太后北赴大都。元世祖至元十七年後，數謁文天祥於獄，至其就義。至元二十五年，出家爲道士，獲南歸。次年抵錢塘。後往來江西、湖北、四川之間，終老湖山。① 宋劉辰翁序汪元量《湖山類稿》曰：「杭汪水雲……又或至文丞相鋃鐺所，爲之作《拘幽》以下十操，文山亦倚歌而和之。」②《琴操》中本無《哀江南》曲，蓋因庾信國亡後羈留北國，作《哀江南賦》，文信國國破

① 孔凡禮《汪元量事迹紀年》，[宋] 汪元量，孔凡禮輯校《增訂湖山類稿》，中華書局，1984 年版，第 249—296 頁。
② [宋] 劉辰翁《湖山類稿序》，《增訂湖山類稿》，第 185 頁。

後被繫大都，情形相似，故有此名。辭感信國忠義，托元量故事，有「歸死江南」之語，且言接續《琴操》，故予收録。又，《全元詩》册一四亦收謝翱此詩，元代卷不復録。

我赴薊門四之一

我赴薊門，我心何苦。我本南人，我行北土。視彼翼軫，客星光光。自陪輦轂，久涉戎行。靡歲不戰，何兵不潰。偷生有感，就死無罪。莽莽黄沙，依依翠華。我皇何在，忍恤我家。

瞻彼江漢四之二

瞻彼江漢，截淮及楚。起兵海隈，亡命無所。枕戈待旦，憤不顧身。我視王室，誰非國人。噫嘻昊天，使汝縲絏。奸黨心寒，健兒膽裂。黄河萬里，冰雪峨峨。爾死得死，我生謂何。

我操南音四之三

我操南音，爰酤我酒。風摧我裳，冰裂我手。薄送于野，曷云同歸。自貽伊阻，不得奮飛。持此盈觴，化爲别泪。昔也姬姜，今焉憔悴。山高水遠，無相見時。各保玉體，將死爲期。

興言自古四之四

興言自古，使我速老。麋鹿是游，姑蘇荒草。起秣我馬，裴回舊鄉。江山不改，風景忘亡。誰觸塵埃，不見日月。梨園雲散，羽林鳥没。吞聲躑躅，悲風四來。爾非遺民，胡獨不哀。《全宋詩》卷三六九二，册70，第44336頁

箕山操并序

曹勛

詩序曰：「《琴集》有名無辭，今補而廣之，庶乎後之覽者可以彷佛前人之心云。」

草可以爲衣兮，木可以爲廬。水清石白兮，渴飲有時而飢食有餘。止不知其吾之有影兮，而行不知其吾之有軀。彼日月之自明兮，吾又安知其所如。君乎君乎，且將涴我以天下，而無乃不幾於贅乎。《全宋詩》卷一八八二，册33，第21074頁

澤畔吟

曹勛

按，《楚辭·漁父》曰："屈原既放，游于江潭，行吟澤畔。"①後常以貶謫所作爲"澤畔吟"。唐李白《流夜郎至西塞驛寄裴隱》曰："空將澤畔吟，寄爾江南管。"②唐賈至《岳陽樓宴王員外貶長沙》（一題作南州有贈）曰："忽與朝中舊，同爲澤畔吟。"③唐戎昱《送鄭煉師貶辰州》曰："計日西歸在，休爲澤畔吟。"④宋賀鑄《送陳傳道攝官雙溝》曰："應醉杯中物，誰聞澤畔吟。"⑤宋李新《呈恩主户部郎中》其三曰："翠輅行色倦秋陰，且聽新來澤畔

① ［漢］劉向輯，王逸注，［宋］洪興祖補注《楚辭》卷七，上海古籍出版社，2015年版，第227頁。
② 《全唐詩》卷一七三，第1774頁。
③ 《全唐詩》卷二三五，第2596頁。
④ 《全唐詩》卷二七〇，第3013頁。
⑤ 《全宋詩》卷一一〇六，册19，第12547頁。

吟。」①宋張嵲《遊岳麓寺三首》其三曰：「傷時訪古堪流涕，徙倚聊爲澤畔吟。」②皆用屈子典。宋有琴曲曰《澤畔吟》，亦本屈子事。明朱權《神奇秘譜》解題曰：「是曲也，或言雪江之所擬也。」③清孔興誘《琴苑心傳》解題亦曰：「雪江之擬《澤畔吟》，與昌黎之作《羑里》，蘇武之操《思君》，忠義之心，千世如一，令人撫弦不覺掩涕神傷。」④雪江者，宋琴師徐天明也，號雪江，又號瓢翁，嚴陵（今屬浙江）人，以琴聞。曹勛此題當擬天明《澤畔吟》，《松隱集》置其于「古樂府」類，故予收録。

駕文螭兮翔九天，天路遠兮中道還。邈故國兮懷所安，心耿耿兮循江干。紉秋蘭以爲裳兮，采杞菊以爲餐。望佳人之不來兮，暗修途之莫前。瞰江流之無垠兮，仰蒼蒼而漫漫。想荆門之遐阻兮，壽春杳隔于大淵。痛靈修之獨處兮，誰復與之寤言。氣填膺以拂鬱兮，泪承睫而

① 《全宋詩》卷一二五八，册 21，第 14200 頁。
② 《全宋詩》卷一八四二，册 32，第 20511 頁。
③ [明] 朱權《神奇秘譜》卷下，《琴曲集成》，册 1，中華書局，1981 年版，第 157 頁。
④ [清] 孔興誘《琴苑心傳全編》卷一六，《琴曲集成》，册 11，中華書局，1992 年版，第 410 頁。

漣漣。悼已往之修繫兮，欲易道而改轅。顧和璧之三獻兮，冀識者之一觀。阻風雨之慘慘兮，而夜不得明。哀時運之若此兮，余又何默默於久生。寧懷沙抱石以自沉兮，庶齎志而下信。雖世人之不吾悲兮，吾容能不悲夫若人。吾願托夷齊以爲紹介兮，修請謁于黄虞。吊巫咸于帝閽兮，友陽侯於子胥。幾江神之不我瀆兮，吾容委質於淵魚。已乎已乎，其靈修終不得而見乎。

《全宋詩》卷一八七八，册33，第21040頁

歸耕操

薛季宣

詩序曰：「曾子學於孔子十年，眷然念二親之養不備作。」宋葉廷珪《海録碎事》曰：「《琴操》曰：《歸耕》者，曾子所作也。曾子事孔子十有餘年，念二親年衰，養之不備，於是援琴鼓之曰：『歔欷歸耕來兮，安祈耕歷山盤兮。』」①按，《樂府詩集》無此題，薛季宣《浪語集》置此詩于「琴曲」類，故予收録。

① 《海録碎事》卷一六，第785頁。

我欲仁，違離二親。自我不見，于今十春。心雖不去，情不親。聞師教有年，子不曰夫，孝終立身而始事親。求仁斯得仁，事斯語足以窮吾年，歸耕乎休。歷山之下有良田，參來其誰芸，歸耕乎休。以一貫道者，吾夫子之言也。去不我留者，年也。不可得而再事者，親也。歸耕乎休，耒耜足以待豐年也，禾黍足以奉吾親也，樂道足以富吾仁也。歸耕乎休，如是夫豈食吾貧也。《全宋詩》卷二四七六，册46，第28712頁

卷九三　宋琴曲歌辭九

汾亭操

薛季宣

詩序曰：「文中子去隋作。」按，《樂府詩集》無此題，然薛季宣《浪語集》置之于「琴曲」類，故予收録。

我思周道兮，適彼鎬京。遵逵孔直兮，踖踖其行。驅車潼華兮，草莽胃余，軸限河渭兮，濟無津梁。日銜山兮天欲夜，愁雲結兮不成雨。我心惻兮思故鄉，汾亭寂兮汾之陽。陶唐氏之遺風湣兮其若亡，眷吾徒兮狷或狂。振還轅兮去京邑，泪涂泥兮道猶澀。汾亭上兮有六世之遺書，野有田兮汾有魚，宵續經兮晝狎佃漁。闤闠里兮薙萊蕪，倡弦誦兮開群儒，神交周孔兮獨樂有餘。神交周孔兮獨樂有餘。《全宋詩》卷二四七六，册 46，第 28713 頁

沈舟操

薛季宣

題注曰：「走夢濟江而船首折作，九月九日。」按，《樂府詩集》無此題，然薛季宣《浪語集》置之于「琴曲」類，故予收録。

悠悠之川兮泛彼淘河，一江動蕩兮恬風静而騰波。瀾翻下瀨聲渢渢兮柂師不可以告語，沈舟折首兮天其奈何。愚夫婦兮中倉不濡，行䄍遷于高岸兮婦沾漬之長吁。凡之亡兮，凡存不害。渺江波之瀰漫，走於行之不濟也。嘻！命矣夫。《全宋詩》卷二四七六，册46，第28713頁

適薄歌

薛季宣

詩序曰：「夏民去桀歸湯作。」按，《樂府詩集》無此題，然薛季宣《浪語集》置之于「琴曲」類，故予收録。

瞻彼薄兮，俗灝灝兮。父母邦兮，蔑强暴兮。瞻彼薄兮，俗洋洋兮。父母邦兮，蔑暴强兮。茫茫禹迹，紊其經紀。適彼薄兮，言歸父母。《全宋詩》卷二四七六，册46，第28710頁

采薇歌

薛季宣

詩序曰：「伯夷、叔齊餓于首陽作。」按，《樂府詩集》無此題，然薛季宣《浪語集》置之于「琴曲」類，故予收録。

陟彼首陽，言采其薇。可以充腸，可以樂飢。采薇采薇，首陽之下。可以全身，可以安處。采薇采薇，首陽之巔。可以適己，可以窮年。在彼亦食，在此亦食。雖傾天爾力，父子有常職。《全宋詩》卷二四七六，册46，第28711頁

麥秀歌

薛季宣

題注曰：「箕子過殷墟作。」按，《樂府詩集》無此題，然薛季宣《浪語集》置之于「琴曲」

類，故予收録。

麥秀漸漸，殷商宫兮。肅肅清廟，儼惟墉兮。城郭依然，澮畎通兮。惻我心摧，悼人亡兮。寤彼盛時，阜熙雍兮。車蓋幢幢，來朝宗兮。自我成湯，德顒顒兮。恍如夢驚，留眼中兮。今我不見，内猶霧兮。《全宋詩》卷二四七六，册46，第28711頁

丘陵歌

薛季宣

詩序曰：「孔子歸魯，傷道不行作。」按，《樂府詩集》無此題，然薛季宣《浪語集》置之于「琴曲」類，故予收録。

陟彼丘陵，岡阜逶迤。莫適所窮，曷知所止。泰山蒼昂，西國之望。人之弗登，道舊云亡。顧瞻周道，坦平如砥。捷徑斜欹，小人所履。豈不由乎，此式遵乎。彼大路棘矣，何能久矣。《全宋詩》卷二四七六，册46，第28712頁

梁山歌

薛季宣

詩序曰：「曾子耕于泰山，雨雪旬日，思歸温父母而不得作。」按，《樂府詩集》無此題，然薛季宣《浪語集》置之于「琴曲」類，故予收録。

雨雪霏霏，梁山之下。樸遬其凝，皓其郊野。凜其寒矣，曷藏曷御。親庭孔邈，孰爲温者。台不能此處，歸途無所。台不能此處，曷其疾去。《全宋詩》卷二四七六，册46，第28712頁

山中吟

洪咨夔

詩序曰：「幽居多暇，隱括《黄庭内篇》賦《山中吟》，俾善琴者倚操而歌之。」按，《樂府詩集》無此題，然據詩序知爲宋時琴曲，故予收録。

蕊珠閒居兮作七言，琴心三疊兮舞胎仙。呼吸日月下上雲烟兮，回紫抱黄入丹田。一面宗

泥丸，六府主丹元。七蕤應兩扉，九微徹三關。明堂閟虎章，玄闕森龍幡。素衣翠重裏朱帶，緑華裙上有黄裳。子丹兮常在兩眉端。欲求泥丸滿，直須丹元存。靈臺貯清明，太極涵肹暉。升坎降離凝正一而融三五兮，付之靈堅童子玉池太和官。重樓十二環兮蘭玕，朱鳥白石源兮潺湲。專閉御景而握固兮，嗽咽金液溉靈根。胎津溢而琅英飽兮，積精累氣而成真。高研恬淡兮道之園，物物不干兮泰而平。身披鳳衣銜虎符兮，控駕三素躡飛霞而升廣寒。東西兩目兮倚天，木陰陰兮泉涓涓。一唱三嘆兮玄鶴下其蹁躚，八景二十四真兮吾亦不知其然而然。《全宋詩》卷二八九三，册 55，第 34541 頁

倚楹操并序

王　令

詩序曰：「魯漆室女倚柱悲吟，鄰人疑其有淫心而欲嫁也。漆室女曰：『楚人得罪於其君，逃吾東家，馬逸，蹈吾園葵，使吾終年不食菜。吾西鄰失羊，請吾兄追之，霧濁水出，使吾兄溺死。終身死兄，政之致也。吾憂國傷人，心悲而嘯，豈欲嫁哉？』自傷爲人所疑，入山林，見女貞之木，嘆息弦歌，作二操而自經死。」按，《樂府詩集》無此題，然題名有琴曲歌辭標記「操」，或爲宋時琴曲，故予收録。

馬則食葵，而余則饑。盜則得羊，而余無兄。知誰爲此兮，余不聊生。誰余哀兮余思深，中忽忽兮外不知其嘯吟！野哉鄰妻兮，曾謂余淫；以己逆人兮，余不知其何心！

亡羊奔奔，豈不有鄰，子可閉門。亡羊不復，去何自逐。身則非牧。霧濛濛兮水湔湔，謂兄無行兮兄行。不忍一失於鄰而忍失厥身，雖然殞子之身兮，其亦如亡羊之鄰！《全宋詩》卷六九〇，册12，第8067—8068頁

鼷鼠操并序

王令

詩序曰：「魯文公七年，鼷鼠食郊牛之角。魯南之野老，聞而嘆曰：『不可不知懼也。』既而又曰：『天下之事備矣！』」按，《樂府詩集》無此題，然題名有琴曲歌辭標記「操」，或爲宋時琴曲，故予收録。

鼷鼠鼷鼠，實食其牛，牛則不知。彼牛彼牛，既卜以郊，傷則免之！自注：鼷鼠傷物而物不知，故世謂之甘口鼠。《全宋詩》卷六九〇，册12，第8068頁

噫田操四章章六句寄呈王介甫

王令

按，《樂府詩集》無此題，然題名有琴曲歌辭標記「操」，或爲宋時琴曲，故予收録。

田彼黍矣，則食於秋。我人之耕，載芟載薅。豈不憚勞，將食無攸！
田彼黍矣，幾不螽蝝。我人之耕，而不謀年。唯其不謀年，是用卒食于田！
伐木伐木，無廢於勤。不足柱榱，猶用以薪。豈弟君子，無易於人！
誰能一本作云采芹，不適有獲。果蓏樹之，則食其實。豈弟君子，孔敬且力！《全宋詩》卷六九〇，冊12，第8068頁

終雌操

王令

按，《樂府詩集》無此題，然題名有琴曲歌辭標記「操」，或爲宋時琴曲，故予收録。

林鳩之雌兮，不有巢而子兮，而有巢以止兮，吁嗟乎已兮！終雌之從兮，吁嗟乎雄兮！終巢之樂兮，吁嗟乎鵲兮！《全宋詩》卷六九〇，册 12，第 8068 頁

終風操

王 令

按，《樂府詩集》無此題，然題名有琴曲歌辭標記「操」，或爲宋時琴曲，故予收録。

雲之揚揚，油油其蒙，望我以雨，卒從以風。雲之油油，揚揚其去，我挽不可，泣立以佇。終風不休，終雲不留。不雨我田，不穀我收。巖巖南山，有川其下。徒能必雲，不能必雨。蓁蓁者林，有越而樛。人伐以歸，我徂安休？嗟今之人，顧己是求！有頎者木，曷爲而材？大折以薪，小生何哉！嗟今之人，誰同我哀？《全宋詩》卷六九〇，册 12，第 8069 頁

夕日操

王 令

《全宋詩》題注曰：「按：全詩原連爲一操，據沈校改爲三操。」按，《樂府詩集》無此題，然題名有琴曲歌辭標記「操」，或爲宋時琴曲，故予收録。

煜煜夕日，逝何忽兮！有輝而星，爾留曷其！我視而冥，我適不行，我盡日乃傾，獨何求於爾星？煜煜夕日，不尚有朝。皦皦君子，去誰繇招？死如可從，生百不聊！繹繹道周，伊誰之園！夙不築自垣，今安以樊？人各有心，亦不思旃！《全宋詩》卷六九〇，册12，第8069頁

於忽操并序

王令

詩序曰：「劉表見龐公，將起之而公不顧也。表曰：『然則何謂？』公曰：『我可歌乎？』既歌，命弟子治之，凡三操。」按，《樂府詩集》無此題，然題名有琴曲歌辭標記「操」，或爲宋時琴曲，故予收録。

於忽乎，不可以爲，其又奚爲？離婁之精，夜何有於明。瞽曠之耳，聾者亦有爾。束王良之手兮，後車載之；前行險以既覆兮，後逐逐其猶來。雖目盼而心駭兮，顧其能之安施？委墨繩以聽人兮，雖班輸亦奚以爲！

於忽乎，不可以爲，其又奚爲？椽櫨桷榱之累重，顧柱小之奈何！方風雨之晦陰，行者艱而

莫休，居者坐以笑歌。不知壓之忽然兮，其謂安何？於忽乎，不可以爲，其又奚爲？謂鷄斯飛，誰得而羈？謂豕斯突，何取於縛？是皆以食而得之，吾方飢而噫。鷄兮豕兮，死以是兮！《全宋詩》卷六九〇，册12，第8069頁

辭粟操并序

王　令

詩序曰：「子列子辭鄭子陽粟，歸而作是操。」按，《樂府詩集》無此題，然題名有琴曲歌辭標記「操」，或爲宋時琴曲，故予收録。

食人之粟，飽復何爲？當人之賜，罪亦何辭？有以我爲是兮，豈無以我爲非？已兮已兮！吾何以勝人之言兮！《全宋詩》卷六九〇，册12，第8070頁

陬操

王　令

題注曰：「孔子去趙作。」按，《樂府詩集》無此題，然題名有琴曲歌辭標記「操」，或爲宋

時琴曲，故予收録。

行曷爲兮天下，老吾身而不歸。人固舍吾而弗從，吾安得徇人而從之？昔所聞其是兮，今也見之則非。嗟若人之弗類，尚何足以與爲？彼天下之皆然，嗟乎去此而從誰？信亦命已矣夫，固行兮而曷疑！《全宋詩》卷六九〇，册12，第8070頁

樗高操

王　令

題下原校曰：「一云仙樗。」詩序曰：「惠子去聖，望大樗而作。」按，《樂府詩集》無此題，然題名有琴曲歌辭標記「操」，或爲宋時琴曲，故予收録。

崇崇北丘，其上有樗。遠者以爲梁，或者争以柱。就而睨一本作視之，曾無事於欂櫨。嗚呼！木乎！期我於遠者歟？《全宋詩》卷六九一，册12，第8071頁

松休操

王　令

按,《樂府詩集》無此題,然題名有琴曲歌辭標記「操」,或爲宋時琴曲,故予收録。

蔚彼南山,有松其猗。孰堂而基,孰壞不支。遠莫與識,其斬以狙猿之杙。是近是度,謂家之無桷。嗚呼!松乎!余歸此休乎?《全宋詩》卷六九一,册12,第8071頁

載欣并序

曾　丰

詩序曰:「淳熙丙午夏,陳伯英爲知己入廣爲幕賓。曁秋,翩然而返,取陶淵明《歸去來辭》中語,揭所遊息曰《載欣》。廬陵曾丰聞之,托於琴,爲賦連韻。」按,《樂府詩集》無此題,據詩序知爲宋時琴曲,故予收録。

伯牙家有焦尾琴，朱弦長挂窗壁陰。出大都邑初何心，直爲鍾期舊知音。玉軫調罷不自禁，聲諧匏土革木金，試彈一曲萬籟瘖，動盪南風鼓精祲。長養餘恩到魚禽，齊娥趙女秋夜砧。怨入離鸞别鶴聲，轉調忽落思歸吟。元亮歸歟故丘林，粉黛候門玉差參。卓氏心挑泪空淫，鐵脚豈受魔女侵。撫玩無弦喜不任，羲皇遺意弦外尋。阿舒阿宣立森森，大孫倚膝小捉衿。上百千壽酒再斟，爛醉欲眠不脱簪。大槐宫裏無升沉，醒浮烟浦登雲岑。高山流水吊古今，墨子從今突長黔。《全宋詩》卷二五九九，册48，第30189頁

春風引

曹　勛

題注曰：「建康作。」按，《樂府詩集》無此題，然曹勛《松隱集》置之于「古樂府」類，且有琴曲歌辭詩題標記「引」，當爲宋時琴曲，故予收録。

憶昔上國宣和初，時平比屋驪唐虞。天王愷樂縱遊豫，翔風和氣凌天衢。蒼龍頒春動時輅，晴光彩錯明金鋪。扶晨官師會朝請，雜沓劍珮諸侯趨。仗移走馬退東掖，闐闐車騎喧傳呼。笙簫合沓送歌酒，遊人買笑捐金珠。太平一百六十載，四夷面内無征誅。歌聲未斷霓裳舞，胡

兵直指隳神都。蒼茫萬乘扣軍壘，六龍不御鶩鏷鐔。陰虹當天變白晝，中原化作羊犬區。黄旗悠悠渡江漢，百僚竄伏天一隅。南極三吴北燕薊，西秦東魯殘羌胡。至今甲曆遍三四，生民散盡悲巢烏。我每思家限淮水，摇摇心與飛雲孤。江城春風漲白浪，鷄聲可數屋可踰。兵纏九宇無花木，憔悴春風空緑蕪。《全宋詩》卷一八七九，册33，第21049頁

日出引

曹勛

按，《樂府詩集》無此題，然曹勛《松隱集》置之于「古樂府」類，且有琴曲歌辭詩題標記「引」，當爲宋時琴曲，故予收録。

雲冥冥，風凄凄。綺疏未白鷄已啼，角聲纔斷闢朱扉。闢朱扉，款朝日。君王劍珮朝諸侯，赫赫明明光萬國。《全宋詩》卷一八七九，册33，第21049頁

雲山操爲吴子才賦

嚴　羽

按,《樂府詩集・琴曲歌辭》無此題,然嚴羽《滄浪集》置之於「操」類,且《滄浪詩話・辨體》云「樂府具備諸體,兼統衆名也。有琴操……有謡……」①嚴羽既以「操」爲樂府諸體之一,又以「操」「謡」等分其詩集,則集中「操」類當爲琴曲歌辭,故予收録。

山巃嵸兮白雲,雲冥冥兮高山。若有人兮居其閒,超逍遥兮盤桓。芸櫨兮菌桷,羅橘柚兮爲堂,塗予室兮楓香。擥葛藟兮爲帷,繭蘤雜兮佩幃。穹岫兮玄崖,瀑流兮相豗,皎積雪兮奔雷。攢林杳其蔽日兮,挂飛猱之清哀。雲中之君兮騎白鹿,山靈繽兮下空谷,風蕭蕭兮灌木。雲山兮幽幽,羌躑躅兮夷猶。惆悵兮余懷,非夫君兮誰思。投余簪兮太息,從夫君兮歸來。《全宋詩》卷三一一六,册59,第37206頁

① 《滄浪詩話校釋》,第78頁。

塗山操

嚴　羽

按，《樂府詩集》琴曲歌辭無此題，然雜歌謡辭有《塗山歌》，解題引《吴越春秋》曰：「禹年三十未娶，行塗山，恐時暮失嗣，辭云：『吾之娶也，必有應也。』乃有白狐九尾造於禹，禹曰：『白者，吾之服也；九尾者，王之證也。』於是塗山之人歌之。禹因娶塗山，謂之女嬌。」①嚴羽《滄浪集》置此詩於「操」類，當爲琴曲。詩所詠本事與《塗山歌》同，或爲據《塗山歌》新創之琴曲，故予收録。又，《全元詩》册六八亦收此詩，録於嚴丹丘名下。②嚴羽字丹丘，且此詩見録于嚴羽《滄浪集》，故可知《全元詩》誤收。③本卷據《全宋詩》收録，元代卷不復録。

---

①《樂府詩集》卷八三，第885頁。

②《全元詩》，册68，第189頁。

③鄧國華《全元詩補遺與辨誤》，《古籍整理研究學刊》2015年第3期。

天蒼蒼，河水黄。河流決，大野茫。伯鯀治水，九年無功。四海赤子，化爲魚龍。鯀殛死，堯震怒。乃命禹，平水土。水土平，禹功成，魑魅奔走人安寧。平地栽桑麻，山頭種蕎麥。赤驥騰櫪，黄牛上軛，諸侯會同三千國。嗟爾防風，後至奚爲。悠悠塗山，今昔所悲。《全宋詩》卷三一一六，册59，第37206頁

廣陵散

張方平

按，《樂府詩集》無此題。宋李昉《太平御覽》引《琴歷》曰：「琴曲有《蔡氏五弄》《雙鳳》《離鸞》《歸風》《送遠》《幽蘭》《白雪》《長清》《短清》《長側》《短側》《清調》《瑟調》《大游》《小遊》《昭君》《胡笳》《廣陵散》《白魚嘆》《楚妃嘆》《風入松》《烏夜啼》《楚明光》《石上流泉》《臨汝侯》《子安之》《流澌洄》《雙燕離》《陽春弄》《悦弄》《連弄》《悦人弄》《連珠弄》《中揮清》《暢志清》《看客清》《僻清》《婉轉清》。」①引《靈異志》曰：「嵇中散神情高邁，任心遊憩。嘗行西南出，去洛數十里，有亭名華陽，投宿，夜了無人，獨在亭中。此亭由來殺人，宿者多凶。

① 《太平御覽》卷五七八，第2608頁。

至一更中，操琴，先作諸弄，而聞空中稱善聲。中散撫琴而呼之曰：『君何以不來？』此人便云：『身是古人，幽没於此數千年矣。聞君彈琴，音曲清和，故來聽耳。而就終殘毁，不宜以接侍君子。』向夜髣髴漸見，以手持其頭，遂與中散共論聲音，其辭清辯。謂中散：『君試過琴！』於是中散以琴授之。既彈，悉作衆曲，亦不出常，惟《廣陵散》絶倫。中散纔從受之，半夕悉得，與中散誓，不得教他人，又不得言其姓也。」①引《竹林七賢傳》曰：「嵇康臨死，顧視日影，索琴彈之，曰：『袁孝尼嘗從吾學《廣陵散》，吾每惜，固不與，《廣陵散》於是絶矣。』」②引《世説》曰：「會稽賀思令善彈琴，嘗夜在月中坐，臨風鳴弦。忽有一人，形貌甚偉，著械，有慘色，在中庭稱善，便與共語，自云是嵇中散，謂賀云：『卿手下極快，但於古法未備。』因授以《廣陵散》，遂傳之，於今不絶。」③引《大周正樂》曰：「嵇康，字叔夜。有邁俗之志，爲中散大夫。或傳晉人，非也。常宿王伯通館，忽有八人云：吾有兄弟爲樂人，不

① 《太平御覽》卷五七九，第2613頁。
② 《太平御覽》卷五七九，第2614頁。
③ 《太平御覽》卷五七九，第2615頁。

勝羈旅，今授君《廣陵散》。甚妙，今代莫測。」①宋李昉《太平廣記》引《盧氏雜説》曰：「韓臯生知音律，嘗觀彈琴，至《止息》，嘆曰：『妙哉！嵇生之爲是也。其當晉魏之際，其音主商，商爲秋聲。秋也者，天將摇落肅殺，其歲之晏乎。又，晉承金運之聲也。此所以知魏之季，而晉將代之也。慢其商弦，以宫同音，是臣奪君之義也。此所以知司馬氏之將篡也。司馬懿受魏明帝顧托，後返有篡奪之心，自誅曹爽，逆節彌露。王陵都督揚州，謀立楚王彪。毌丘儉、文欽、諸葛誕，前後相繼爲揚州都督，咸有匡復魏室之謀，皆爲懿父子所殺。叔夜以揚州故廣陵之地，彼四人者，皆魏室文武大臣，咸散敗於廣陵，故名其曲爲《廣陵散》。言魏氏散亡，自廣陵始也。《止息》者，晉雖暴興，終止息於此也。其哀憤戚慘痛迫切之音，盡在於是。永嘉之亂，是其應乎。叔夜撰此，將貽後代之知音者，且避晉禍，所以托之鬼神也。臯之於音，可謂至矣。」②據上述所載，則《廣陵散》爲琴曲無疑，故予收録。《盧氏雜説》又曰：「唐乾符之際，黄巢盜據兩京，長安士大夫避地北遊者多矣。時有前翰林待詔王敬傲，長安人，能碁善琴，風骨清峻。初自蒲阪歷於并。并帥鄭從讜，以相國鎮汾晉。

①《太平御覽》卷五七九，第2616頁。
②［宋］李昉《太平廣記》卷二〇三，中華書局，1961年版，第1540頁。

傲謁之，不見禮。後又之鄴，時羅紹威新立，方撫士卒，務在戰争。敬傲在鄴中數歲。時李山甫文筆雄健，名著一方，適於道觀中與敬傲相遇。又有李處士，亦善撫琴。山甫謂二客曰：『《幽蘭》《緑水》，可得聞乎？』敬傲即應命而奏之，聲清韻古，感動神。曲終，敬傲潸然返袂云：『憶在咸通王庭秋夜供奉至尊之際，不意流離於此也。』李處士亦爲《白鶴》之操。山甫援毫抒思，以詩贈曰：『《幽蘭》《緑水》耿清音，嘆息先生枉用心。世上幾時曾好古，人前何必苦沾襟。』餘句未成，山甫亦自黯然，悲其未遇也。王生因别彈一曲，坐客彌加悚敬，非尋常之品調。山甫遂命酒停弦，各引滿數杯，俄而玉山俱倒。洎酒醒，山甫方從客問曰：『向來所操者何曲？他處未之有也。』王生曰：『某家習正音，奕世傳受，自由德、順以來，待詔金門之下，凡四世矣。其常所操弄，人衆共知，唯嵇中散所受伶倫之曲，人皆謂絶於洛陽東市，而不知有傳者。余得自先人，名之曰《廣陵散》也。』山甫早疑其音韻，殆似神工，又見王生之説，即知古之《廣陵散》或傳於世矣，遂成四韻，載於詩集。今山甫集中，只標李處士，蓋寫録之誤耳。由是李公常目待詔爲王中散也。」①則《廣陵散》唐末或尚存。宋人樓鑰有《謝文思許尚之石函〈廣陵散〉譜》，詩序曰：「余好彈《廣陵散》，比見周待制《清

①《太平廣記》卷二〇三，第1540—1541頁。

真集》序石函中譜，嘆味不已。念無從可得，文思許尚之中行云家有此本，後自武昌録寄。深嘆雅尚，又以知然諾之不輕也。因作是詩以謝之。」①則彼時尚有曲譜名《廣陵散》。又，《樂府詩集·相和歌辭》楚調曲小序云但曲七曲之一爲《廣陵散》，當與此不同。

廣陵散，妙哉嵇公其旨深，誰知此是亡國音。商聲慢大宫聲微，强臣專命王室卑。我聞仲達窺天禄，人見飛鳥在晉屋。子元廢芳昭殺髦，常道鄉公終蕩覆。義師三自廣陵起，功皆不成竟夷戮。廣陵散，宣誅凌，景誅儉，文誅誕。廣陵散，晉室昌，魏室亡。《全宋詩》卷三〇八，册6，第3879頁

琴中宫調辭

晁補之

按，《樂府詩集》無此題，然據題名知當爲宋時琴曲，故予收録。

---

①《全宋詩》卷二二五四〇，册47，第29397頁。

神仙神仙何處，青山裏，白雲際，不似人間世。源上正碧桃春，清溪乍逢人。住無因，憶紅塵，出洞花紛紛。《全宋詩》卷一一二一，册19，第12760頁

鶴雛引

李新

按，《樂府詩集》無此題，然題名有琴曲歌辭標記「引」，當爲宋時琴曲，故予收録。

君不見郝氏庭前晚日破秋陰，隆也便便千古心。又不見雲夢漁磯碧水處，俊也清名挂青史。儒風忠節兩傳家，傑氣源源長不已。武威夜色沈秋月，武威樓上歌聲咽。夢回天與玉麒麟，争似峨眉千仞雪。雪中落落多喬松，蒼枝偃榦如虬龍。枝上曾棲雲表鶴，養雛飛去翔寥廓。年來又見鶴雛歸，城郭依然人已非。悠悠却返烟霄去，蜀霧秦雲千里暮。《全宋詩》卷一二五四，册21，第14162頁

琵琶引

高似孫

按，《樂府詩集》無此題，然題名有琴曲歌辭標記「引」，當爲宋時琴曲，故予收録。

人生聚散難爲别，何況匆匆作胡越。梅梢帶雪下昭陽，明朝便隔關山月。長城不戰四夷平，臣妾一死鴻毛輕。回憑漢使報天子，爲妾奏此琵琶聲。長安城中百萬户，家家競學琵琶譜。酸聲苦調少人知，食雪天山憶蘇武。西風吹霜雁飛飛，漢宫月照秋砧衣。嫖姚已死甲兵老，公主公主何時歸。《全宋詩》卷二七一九，册51，第31984頁

騎鸞引贈句曲山吴道士

高似孫

按，《樂府詩集》無此題，然題名有琴曲歌辭標記「引」，當爲宋時琴曲，故予收録。

夜騎白鸞出琳闕，三萬仙官鏘珮玦。雲雷帖妥過剛風，左推日九右扶月。一息瑶池翠水

家，阿母迎謁龍驅車。青娥彈絲玉妃酒，坼盡蟠桃紅玉花。九天丈人來問道，太極之前天不老。丹霞一氣玉樞宮，寶笈繩金容探討。井君沐浴波五色，洞房光芒上奔日。天上傳呼六丁直，星斗離離礙鸞翼。《全宋詩》卷二七一九，册 51，第 31985 頁

卷九五　宋雜曲歌辭一

「雜曲」之名，文獻屢見。《晉書·樂志》曰：「吴歌雜曲并出江南，東晉以來，稍有增廣。」①惟其辭稍異。《南齊書·王僧虔傳》曰：「以朝廷禮樂多違正典，民間競造新聲雜曲。」②《玉臺新詠》録《近代雜歌三首》、沈約《雜曲三首》、徐陵《雜曲二首》。《舊唐書·音樂志》曰：「自周、隋已來，管弦雜曲將數百曲，多用西凉樂。」③茂倩《樂府》有雜曲歌辭類，然何以謂之雜曲，諸書皆未明言。

今按「雜」者，次小不經，難入其流之謂。《晉書》所言，或逸詞，或片語，或新曲，均難屬類，古人不名，故《樂府》綜而輯之，置於諸樂之末。《宋書》并以秦漢以降，采詩官闕，歌詠既不應時事，亦難垂示後昆。漢武新聲，徒歌祥瑞，雅頌體闕，權名雜曲。劉勰謂「《桂華》

① 《晉書》卷二三，第716頁。
② 《南齊書》卷三三，第594頁。
③ 《舊唐書》卷二九，第1068頁。

雜曲，麗而不經；《赤雁》群篇，靡而非典」。① 與僧虔「民間競造」、「多違正典」，皆同此意耳。茂倩雜曲敘論稱引《宋書》，謂漢魏之世，歌詠雜興，詩之流變，乃有八名：曰行，曰引，曰歌，曰謡，曰吟，曰詠，曰怨，曰嘆，皆詩人六義之餘，非先王典正之聲。長卿、陳思，深厚爾雅，猶承古風。至晉遷江左，下及隋唐，去聖逾遠，繁音日滋。南朝艷曲、北朝胡聲，皆哀淫靡曼。溺于鄭衛，不能因雅樂而規範，甚流蕩以亡國。

又按「雜」者，斑駁不純，混合總匯之謂。《國語·鄭語》曰：「故先王以土與金木水火雜，以成百物。」②《吕氏春秋》曰：「四方來雜，遠鄉皆至，則財物不匱。」高誘注曰：「雜，會也。」③茂倩雜曲敘論曰：「雜曲者，歷代有之，或心志之所存，或情思之所感，或宴游歡樂之所發，或憂愁憤怨之所興，或叙離别悲傷之懷，或言征戰行役之苦，或緣於佛老，或出自夷虜。兼收備載，故總謂之雜曲。」④蓋言此類辭題駁雜，兼收備載，彙而聚之也。茂倩又

① 《文心雕龍注》卷二，第 101 頁。
② ［春秋］左丘明撰，徐元誥集解，王樹民、沈長雲點校《國語集解》，中華書局，2002 年版，第 470 頁。
③ ［秦］吕不韋編，許維遹集釋，梁運華整理《吕氏春秋集釋》卷八，中華書局，2009 年版，第 178 頁。
④ 《樂府詩集》卷六一，第 677—678 頁。

曰：「干戈之後，喪亂之餘，亡失既多，聲辭不具，故有名存義亡，不見所起，而有古辭可考者……復有不見古辭，而後人繼有擬述，可以概見其義者。」①又言此類聲辭不全，其源難覓，或有後人擬作，方能概見其義。

夫宋之雜曲歌辭，或名存辭亡而宋人擬述，曹勛《樂未央》、李綱《湖陰曲》、王阮《續湖陰曲》之類是。或名存義存而宋人擬述，王銍《妾薄命》、滕岑《擬名都篇》《擬白馬篇》、曾協《擬結客少年場》之類是。或古辭可考宋人變而新創，曹勛《行路難》，徐積、司馬棫、陸游《妾薄命》，劉奉世《楊白花》之類是。亦有不知所起而宋人補之者，曹勛《錦石搗流黃》之類是。其式實雜，難一裁之。歌辭作者，亦繁有人，上至帝王，下至寒士，能事吟詠，多有撰作。或五言，或七言，或雜言，或騷體。體式既雜，意可并包。刺世娱人，兼發幽懷。若《妾薄命》一題，徐積刺吴人貪愚，賣女爲婢妾。司馬棫刺士子薄幸，輕棄其妻。《麗人行》一題，襲意子美，刺當世之驕貴。景熙《薄命》八首，義存忠貞。賀鑄《行路》一篇，志絶艱難。至於賀壽、紀遊、送别、寄贈，皆可製辭以娱人，若金履祥之《壽立齋》，蘇子瞻之《送伯固》，程安仁遊西湖而作《浩歌行》，謝翱寄景熙而製《遠遊篇》，彭汝礪因《苦熱》和君時，晁補之

① 《樂府詩集》卷六一，第678頁。

《擬行路》和子駿，其他如戴表元《少年行》、郭祥正《麗人曲》、黄庭堅《長相思》、趙必𤩪《遊子吟》，俱能因事命題，隨意擇體，式從而意到，歌盡而思長。

本卷所輯歌辭，多出《全宋詩》《全宋詞》，亦涉《輯補》、宋人别集。輯録之法，仍據《樂府》諸題循序收録。題作《樂府》《古樂府》，而不屬《樂府詩集》他類者，均收歸本卷《樂府》題下。又，《樂府詩集・雜曲歌辭》録有道曲《步虚詞》，宋人作有《玉清樂》《太清樂》《上清樂》諸曲，義屬同類，亦予收録，以合「兼收備載」之旨。

蛺蝶詞

陸　游

按，《樂府詩集・雜曲歌辭》有《蛺蝶行》，宋人《蛺蝶詞》《蛺蝶》當出於此，亦予收録。

蛺蝶子，去復來，草長齊腰花亂開。蜜蜂辛苦爲人計，林鶯百囀胡爲哉。嗟爾蛺蝶獨得意，飛來飛去無嫌猜。追花逐絮闌干角，人生安得如汝樂。《全宋詩》卷二一六五，册39，第24515頁。

蛺蝶

曾　幾

不逐春風去，仍當夏日長。一雙還一隻，能白或能黄。戀戀不能已，翩翩空自狂。計功歸實用，終自愧蜂房。《全宋詩》卷一六五五，册29，第18529頁。

按，《全宋詩》卷二六二四趙蕃名下亦收此詩，「能已」作「自已」，「空自」作「空復」，「終自」作「終日」，餘皆同，兹不復録。

同前二首

姜特立

水上蜻蜓木上蟬，醯鷄飛舞甕中天。如何爾獨多情思，結得千花百卉緣。

園林五月緑漫漫，雨後輕狂尚作團。夏老不知花事退，猶疑春色在欄干。《全宋詩》卷二一三三，册38，第24086頁。

秦女行

張　鎡

按，《樂府詩集·雜曲歌辭》有左延年《秦女休行》，解題曰：「左延年辭，大略言女休爲燕王婦，爲宗報讎，殺人都市，雖被囚繫，終以赦宥，得寬刑戮也。晉傅玄云『龐氏有烈婦』，亦言殺人報怨，以烈義稱，與古辭義同而事異。」①曾季貍亦有同題詩，然皆與《樂府詩集》《秦女休行》異旨，暫録備考。

妾家秦關中，白玉爲重堂。堂前翠簾鈎，一一金鴛鴦。暖艷照綺席，新聲按笙簧。妾小不解事，戲劇珠樓旁。蜂蕊擷穠杏，鶯枝蔭垂楊。阿母喜秀慧，聲絲教縫裳。年齒漸長成，自製紅襦長。弄杼織繁錦，錯綜飛鳳凰。體柔生玉膩，國色凝天香。不假粉黛妍，差作時世妝。悦己求得逢，晨夕勞衷腸。苟合必易散，良賈宜深藏。《全宋詩》卷二六八一，册50，第31528頁。

① 《樂府詩集》卷六一，第679頁。

同前并序

曾季貍

詩序曰：「靖康間，有女子爲金人所掠，自稱秦學士女，在道中題詩云：『眼前雖有還鄉路，馬上曾無放我情。』讀之者凄然。余少時嘗欲紀其事，因循數十年，不克爲之。壬辰歲九月，因讀蔡琰《胡笳十八拍》，慨然有感於心，乃爲之追賦其事，號《秦女行》云。」

妾家家世居淮海，郎罷聲名傳海内。自從貶死古藤州，門户凋零三十載。可憐生長深閨裏，耳濡日染知文字。亦嘗强學謝娘詩，未敢女子稱博士。年長以來逢世亂，黄頭鮮卑來入漢。妾身亦復墮兵間，往事不堪回首看。飄然一身逐胡兒，被驅不異犬與鷄。奔馳萬里向沙漠，天長地久無還期。北風蕭蕭易水寒，雪花席地經燕山。千杯虜酒安能醉，一曲琵琶不忍彈。吞聲飲恨從誰訴，偶然信口題詩句。眼前有路可還鄉，馬上無人容我去。詩成吟罷只茫然，豈意漢地能流傳。當時情緒亦可想，至今聞者猶悲酸。憶昔中郎有女子，亦陷虜中垂一紀。暮年不料逢阿瞞，厚幣贖之歸故里。惜哉此女不得如，終竟老死留穹廬。空餘詩話傳凄惻，不減《胡笳十八拍》。《全宋詩》卷二一五三，册38，第24245頁。

出自薊門行

汪元量

宋鄭樵《通志二十略·地理略》曰："海在棣、滄、幽、平、營五州之東。河水經懷、衛、相、魏、博、德、棣七州之南境。太行在懷州北，恒山在定州西，渝關在平州東，薊門在幽州北。"①按，《全元詩》册一二亦收汪元量此詩，元代卷不復録。

出自薊門行，行行望天北。何處愁殺人，黑風走沙石。華裾者誰子，意氣萬人敵。金鞍鞁白馬，奮飛虎生翼。書生爾何爲，不草相如檄。徒有經濟心，壯年已斑白。《全宋詩》卷三六六六，册70，第44019頁。

① 《通志二十略》，第548頁。

君子有所思

釋智愚

孤舟十萬里，委命在危流。五葉芬芳後，神州法已秋。《全宋詩》卷三〇一八，册57，第35937頁。

同前

李龏

揚帆越震澤，暮上姑蘇臺。飛目眺衢市，第宅星宮開。丹甍翔虹浦，碧户闖瑶街。方泉沼清鏡，怪石環蓬萊。姬房儲越女，歌院集吴娃。涌觴廣遥夜，蠟泪球青煤。懸景駛流水，安樂難安排。堪輿金玉身，不防熬豹胎。石穹霤能穴，樹大風先摧。君子哉若人，方寸逆自裁。《全宋詩》卷三一三〇，册59，第37417頁。

傷歌行四首

黄庭堅

《全宋詩》題注曰：「按：《年譜》編入熙寧四年葉縣作。」

草木摇落天沉陰，蟋蟀爲我商聲吟。高明從來畏鬼瞰，貧賤不能全孝心。蚤知義利有輕重，積羽何翅一鈞金。莫悲歸妹無錦綉，但願教兒和瑟琴。

孟氏至誠通竹筍，姜詩純孝感淵魚。古人常欲養志意，君子不唯全髮膚。有妹言歸奉箕帚，仰誰出力助葭莩。等閒親鬢貧中白，自悔從來色養疏。

諸妹欲歸囊褚單，值我薄宦多艱難。爲吏受賕恐得罪，啜菽飲水終無懽。永懷遂休一夜夢，誰與少緩百憂端。古人擇婿求過寡，取婦豈爲謀饑寒。

伯夷不食周武粟，程嬰可托趙氏孤。死者復生欲無愧，受遺歸妹况在予。經營百事失本意，跬步尋常畏簡書。人閑若有不税地，判盡筋力終年鋤。《全宋詩》卷一〇一八，册17，第11612頁。

同前　　劉學箕

原原而來，白日跳丸莫可留。混混而去，青春過隙不能返。誰憐生者長自懽，不念死者日益遠。吁嗟此理從古然，世事浮雲共舒卷。我生顧影空伶仃，雁序零落如曉星。悠悠天道不可語，黯黯悲恨無時停。可堪嫠婦束行李，挈取稚子同歸寧。《全宋詩》卷二七八二，册53，第32928頁。

悲歌行四首

陸　游

按，宋人又有《悲歌》，或出於此，亦予收録。

士如天馬龍爲友，雲夢胸中吞八九。秦皇殿上奪白璧，項羽帳中撞玉斗。張綱本不問狐狸，董龍何足方鷄狗。風埃蹭蹬不自振，寶劍床頭作雷吼。憶遇高皇識隆準，豈意孤臣空白首。即今埋骨丈五墳，骨會作塵心不朽。胡不爲長星萬丈掃幽洲，胡不如昔人圖復九世讎。封侯廟食丈夫事，齪齪生死真吾羞。《全宋詩》卷二一八六，册40，第24921頁。

感慨常自悲，發爲窮苦辭。偪仄不少伸，夢中亦酸辛。脂車思遠道，太息令人老。中原宋輿圖，今仍傳胡雛。此責在臣子，諸公其可已。談笑復舊京，令人憶西平。《全宋詩》卷二一八六，册40，第24924頁。

有口但可讀《離騷》，有手但可持蟹螯。人生墮地各有命，窮達禍福隨所遭。嗟予一世蹈謗藪，洶如八月秋江濤。尊拳才奮肋已碎，曹射箭盡弓未弢。形尫骨悴吹可倒，摧拉未足稱雄豪。

一身百憂偶得活，殘年幸許歸蓬蒿。時時照水輒自笑，霜顱雪頷不可薅。脱身仕路棄衫笏，如病癖疥逢爬搔。見事苦遲已莫悔，監戒尚可貽兒曹。勉騎款段乘下澤，州縣豈必真徒勞。《全宋詩》卷二二〇〇，册40，第25149頁。

讀書不能遂吾志，屬文不能盡吾才。遠遊方樂歸太早，大藥未就老已催。結廬城南十里近，柴門正對湖山開。有時野行桑下宿，亦或慟哭中途回。檀公畫計三十六，不如一篇《歸去來》。紫駝之峰玄熊掌，不如飯豆羹芋魁。腰間累累六相印，不如高卧鼻息轟春雷。安得寶瑟五十弦，爲我寫盡無窮哀。《全宋詩》卷二二一八，册40，第25433頁。

悲歌五首

方　回

三十年前樂事饒，閒身無事暑初銷。携琴嶽寺延秋月，吹笛江樓過夜潮。自倚豪狂詩句疾，豈虞離亂鬢毛凋。故人死盡身猶在，交道生涯兩寂寥。

更問公裳與幞頭，披襟散髮十年秋。郭郎鮑老元相□，張丈殷兄且自由。善樂神仙惟有醉，筭知天地本無愁。奈何尚欲誅奸鬼，亹亹寒牕筆不休。

獨立蕭蕭落葉風，閒居已忍十年窮。幸猶張籍不終瞎，未必杜微真是聾。瑣事可容知較盡，塵編敢謂讀皆通。骨骸欲朽心神在，未害藏山待至公。

憂驚喜愕夢紛紛，了了誰能白黑分。晝夜星辰常轉换，春秋草木互芳芬。姬昌秦政今誰諱，吕洞鍾權近不聞。氣盡勢窮終變滅，世間萬事總浮雲。

窮凶極詐肆淫貪，賓主湖山晝夜酣。世事可欺沙武口，天誅難免木綿庵。貲財已籍宫宜赭，腰領猶全首欠函。地下麗華應有語，不因玉樹失江南。《全宋詩》卷三四九七，册66，第41692—41693頁

妾薄命二首

梅堯臣

宋鄭樵《通志二十略·樂略一》「佳麗四十七曲」曰：「《妾薄命》，亦曰《惟日月》。」①

昔是波底沙，今爲陌上塵。曾聞清泠混金屑，誰謂飄揚逐路人。悠悠萬物難自保，朝看穠華暮衰老。須知鉛黛不足論，何必芳心競春草。草有再三榮，顔無一定好。曩恩寧重持，徒能亂懷抱。《全宋詩》卷二三二，册5，第2713頁。

妾命似春冰，不受杲日照。有分定隨流，緑波應解笑。不是郎情薄，自是郎年少。待郎歡厭足，妾髮如蓬藋。《全宋詩》卷二五七，册5，第3184頁。

---

① 《通志二十略》，第915頁。

同前五首并序

徐積

其一詩序曰：「妾有過江館題其壁作隱語詩者，其文甚哀，且自言吳女也，士大夫相告而感之。余嘗病吳風俗多不嫁其女，樂以與人而婢妾之，至不幸有良家子失身於人者，甚可憫也。故因所感，作《妾薄命》，以告吳之父老，其亦庶乎憫而悔之、悔而改之也。」

妾家本住吳山側，曾與吳姬鬥顏色。燕脂兩臉緑雙鬟，有貌有才爲第一。十歲能吟謝女詩，十五爲文學班姬。十六七後漸多難，一身困瘁成流離。爾後孤貧事更多，教妾一身無奈何。其時癡騃被人誤，遂入朱門披綺羅。朱門美人多嫉妒，教妾一身無所措。眉不敢畫眼不擡，飲氣吞聲過朝暮。受盡苦辛人不知，却待歸時不得歸。羅衣滿身空挹泪，何時却著舊時衣。《全宋詩》卷六四三，册 11，第 7628 頁。

偷把羅衣裹泪痕，落花江上泣青春。空將鳳管題君怨，自是蛾眉累汝身。翠黛不須勻緑鬢，紅膏休更點朱唇。自然彼此無心妒，猶恐多言巧中人。

春深江浦流還漲，雨後山花落更多。舉目未言先有泪，當樽欲唱不成歌。心知自古皆如此，事到如今不奈何。莫向夕陽樓上望，幾人遺恨滿烟波。

將身誤入楚王宫，負却家山事總空。枕上無言吟夜雨，花前有泪灑春風。假饒醉飽朱門内，豈似寒饑漏屋中。更有文君作奔妾，争如寂寞嫁梁鴻。

女子恩讎事可知，我曹何用吊吴姬。如斯才貌如斯苦，也似賢人被妒時。《全宋詩》卷六五三，册11，第7684頁。

同前

郭祥正

雌鳳始營巢，妖桃半敷萼。憶昔嫁君時，相逢一何樂。朱顔妾未變，白眼君先惡。君恩不下濟，妾意正難托。空床春寂寥，孤燈夜蕭索。哀弦時一彈，彈終泪還落。《全宋詩》卷七六六，册13，第8894頁。

同前二首

陳師道

題注曰：「爲曾南豐作。」《全宋詩》謂題注原缺，據各本補。宋洪邁《容齋隨筆》「張籍陳無己詩」條曰：「張籍在他鎮幕府，鄆帥李師古又以書幣辟之，籍却而不納，而作《節婦吟》一章寄之，曰：『君知妾有夫，贈妾雙明珠。感君纏綿意，繫在紅羅襦。妾家高樓連苑起，良人執戟明光裏。知君用心如日月，事夫誓擬同生死。還君明珠雙泪垂，何不相逢未嫁時。』陳無己爲潁州教授，東坡領郡，而陳賦《妾薄命》篇，言爲曾南豐作，其首章云：『主家十二樓，一身當三千。……』全用籍意。或謂無己輕坡公，是不然。前此，無己官于彭城，坡公由翰林出守杭，無己越境見之於宋都，坐是免歸，故其詩云：『一代不數人，百年能幾見？昔爲馬首銜，今爲禁門鍵。一雨五月凉，中宵大江滿。風帆目力短，江空歲年晚。』其尊敬之盡矣。薄命擬况，蓋不忍師死而遂倍之，忠厚之至也！」①宋蔡正孫《詩林廣記》注曰：「謝疊山云：元豐間，曾鞏修史，薦後山有道德，有史才，乞自布衣召入史館，命未下而曾去。後山感其知己，不願出他人門下，故作《妾薄命》。鞏，南豐人，歐陽公之客，後山尊之，號曰南豐先生。其一：『主家十二樓，一身當三千……』謝疊山云：『「主家十二樓，一身當三千」，十二樓言粉白黛緑，列屋而閒居者頗多也。妙在『當』字，言其專房之寵也。』任天社云：『白樂天詩云：「漢宫佳麗三千人，三千寵愛在一身。」後山以五字道之，語簡而意盡。』又云：『「忍着主衣裳，爲人作春妍」，此句與下篇「向來一瓣香，敬爲

①《容齋隨筆》三筆卷六，第492—493頁。

曾南豐」之句，皆以自表，見其不忍更名他師也。』其二：『葉落風不起，山空花自紅。……』謝疊山云：『「葉落風不起」，如李太白詩「雨落不上天，覆水難重收。」此意謂人才凋零，如秋風掃敗葉，葉已墜地，雖有風，不能吹之上樹矣。此言人之云亡，邦國殄瘁，世道日降，人物隨之，更不可扶持興起也。「山空花自紅」，意謂有松柏、杞梓、楩楠、豫章棟梁之材，始可謂之山。今山無林木，徒有野花自紅，不成山矣。正如朝廷無支撑世道之人，班行寂寥，惟有富貴之士，隨時苟禄，不成朝廷矣。「捐世不待老，惠妾無其終」，此二句無限意味，後山亦自嘆南豐薦引雖力而未遂，不期南豐死之速也。』任天社云：『「一死尚可忍，百歲何當窮」，言忍死尚可，祈死實難。意謂安得速死，以從其主也。師死而遂背之，讀此詩者，亦少知愧矣。』」①元劉塤《隱居通議》曰：「凡人才思泛濫者，宜熟讀後山詩文以藥之。他如《妾薄命》《贈二蘇公》諸篇，深婉奇健，妙合繩尺，又古今之絶唱。」②明郎瑛《七修類稿》曰：「元豐間，曾鞏薦後山有道德史才，乞自布衣召入史館，命未下而曾卒，後山感其知己，不願出他人門下，作《妾薄命》二首以自擬，其一曰：『……』其二

① 《詩林廣記》後集卷六，第309—311頁。
② [元] 劉塤《隱居通議》卷八，景印文淵閣四庫全書，册866，臺灣商務印書館，1986年版，第91頁。

曰：『……』二篇曲盡相知不倍之義，形於言外，誠《騷》《雅》意也。故詩話中多以二詩爲首唱，予竊以前之『死者恐無知，妾身長自憐』，後之『死者如有知，殺身以相從』，恐四句不足盡相知之義耶？較挂劍之情者何如耶？既曰相知，又何必計其知否。此於理或少有倍耶，抑止因薦舉而其言如此耶？果後山之詩，惟東坡、黄山谷可知之耶？」①清王士禛《池北偶談》曰：「又《妾薄命》二篇，至有『殺身以相從』之語，自注爲曾南豐作，其推尊至矣。」②

主家十二樓，一身當三千。古來妾薄命，事主不盡年。起舞爲主壽，相送南陽阡。忍著主衣裳，爲人作春妍。有聲當徹天，有淚當徹泉。死者恐無知，妾身長自憐。

葉落風不起，山空花自紅。捐世不待老，惠妾無其終。一死尚可忍，百歲何當窮。天地豈不寬，妾身自不容。死者如有知，殺身以相從。向來歌舞處各本作地，夜雨鳴寒蛩。《全宋詩》卷一一一四，册19，第12632頁。

---

① 《七修類稿》卷二九，第315頁。

② ［清］王士禛《池北偶談》卷一六，中華書局，1982年版，第394頁。

同前

司馬棫

題注曰：「近有里中舉子棄其妻者，戲爲賦之。」

二月春風初不惡，後園桃李先春落。高堂去婦對花愁，君恩非輕妾命薄。憶昔三星光在天，煌煌車馬朱門前。結褵幸得事君子，願托絲蘿千萬年。履痕纔遍君家地，相看已覺君心異。門外新歡一破顔，室中舊愛雙垂泪。妾心比玉自堅貞，君眼如星到處明。女子睽離太山重，丈夫棄置鴻毛輕。莫夸緑髮紅顔好，女色由來何可保。君不見灞上鑾輿祓禊回，阿嬌已向長門老。《全宋詩》卷一二七四，册22，第14389頁。

同前并序

王銍

詩序曰：「夜讀齊梁諸集，見多有此作，因賦二篇繼其聲。」

寒閨有静女，十載念遠征。命似絳綃薄，身同朝露輕。存心合歡綺，待得機杼成。從來君獨賞，詎可賣都城。憑夢欲寄遠，舊路春草生。獨夜理瑶琴，泪燭剪不明。待誰相應節，要自不勝情。會有不眠者，聽此斷腸聲。

少年輕遠行，易發同爾汝。紅顔望中老，離恨尚如許。妾身異金石，更涉幾寒暑。長天誰云廣，不見收墮雨。愁來津頭望，信絶不得渡。鄰婦念幽獨，艇子隔溪語。落日下空江，倏烟淡晴渚。流恨滿春風，西飛數歸羽。《全宋詩》卷一九〇五，册34，第21291頁

同前

許志仁

雙雙林間鳥，雌雄相并棲。驚風忽吹散，各自東西飛。妾意如斷弦，斷弦猶可續。君心似流水，流水何當復。何當復，又是空房將泪宿。《全宋詩》卷一九七〇，册35，第22066頁

同前

陸　游

題注曰：「太白作此篇，言長門宫事，予反之。」

妾命薄，早入天家侍帷幄。君王勤儉省宴遊，寶柱朱弦塵漠漠。日長别殿承恩稀，旰昃猶聞親萬機。宫中雖無珠玉賜，塞上不見烟塵飛。不須悲傷妾命薄，命薄却令天下樂。《全宋詩》卷二一七二，册39，第24691頁

同前

薛季宣

魚生蒲藻中，河水以爲依。傾河竭其波，魚藻當何歸。妾作君家婦，君時尚卑微。勤身紝絲纊，夜午不下機。憫君書幌勞，寧教食無薇。緝緝兒與女，號寒復啼飢。憐之小顔色，飣餖攣斑衣。君登名利場，妾喜神欲飛。今君位通侯，蚩頭建黄扉。忍令家人子，舉動生光輝。妾昔顔如花，因君損芳菲。君去春無迹，潸然泪紅璣。自憐承事君，爲他筋頭肥。妾命薄如紙，虚床但歔欷。憶昔在家日，憨癡弄庭闈。爺娘念嬌子，深心愛其頎。人間愁未知，結髮爲君妃。姑嫜時在堂，色養親無違。殷勤百憔悴，可道才依稀。誰言當見君，崇高位巍巍。君官知漸穹，人事覺已非。非關君二三，妾貌凋寒威。恨無《長門賦》，可以使君嘰。更長不再眠，入户多蛜蝛。妾有青綺琴，愁來爲君揮。琴詩無别意，黄緑憂裳衣。昔作掌上珠，今逐駕下騑。珠藏不復媚，車行在觀旂。幸君且留連，知音世誠希。歲寒須見梅，何花耐濯溰。《全宋詩》卷二四七五，册46，第28699頁

同前

徐照

初與君相知，便欲腸肺傾。只擬君肺腸，與妾相似生。徘徊幾言笑，始悟非真情。妾情不可收，悔思泪盈盈。《全宋詩》卷二六七二，册 50，第 31400 頁

同前

韓淲

朝隨雙鴛鴦，暮爲孤鳳凰。春風顧盼間，羅帳生輝光。金盤薦玉食，王母持雕觴。能得幾時好，頃刻成參商。夜月滿空階，餘香在衣裳。人生喜懽樂，失計易沮傷。本謂榮九族，旦夕如金張。一身乃命薄，粉泪空徬徨。應羡里閭間，百歲同糟糠。侮不祇從媒，隨分作妻房。《全宋詩》卷二七五五，册 52，第 32464 頁

同前

劉學箕

佳人命薄今古悲，苦樂在人知者誰。鏡鸞窺損春黛眉，洞房不出藏綉幃。二十許嫁豪家兒，阿爺已受筐篚儀。心旌暗許良人隨，那知中道前議非。父母反覆志願違，嫁歸只得隨身衣。金幣妝飾無所賫，婦德婦容雖守持。阿姑色厲妯娌嗤，良人輕賤恩意虧。春波不似鴛鴦齊，春風不如雙燕飛。妾非無聲不敢啼，妾非無泪不敢垂。此身自恨生不時，怨讎父母將何爲。不如携將六尺帛，黄泉冥行與世辭。父母安用深致思，此身期與良人知。《全宋詩》卷二七八二，册53，第32935頁

同前

趙汝鐩

冶容麗質世鮮比，擇對年少風流子。并欄觀魚雙戲水，妾心郎心誓如此。一朝結束萬里行，東欲到海西到秦。醉中慷慨躍馬去，出門十年無信音。或傳淫蕩歸不得，或傳已作泉下客。郎兮郎兮奈若何，恨泪徹夜孤枕滴。君不聞鴛鴦錦字寄西遊，玉環彩絲意綢繆。郎心忍向他人

笑，下床徒自爲郎羞。又不聞盼盼樽前小垂手，燕子樓深情獨厚。豈期紅粉遽成灰，怨句空吟三百首。《全宋詩》卷二八六四，册55，第34201頁

同前

鄭清之

妾有一片心，奚啻金與石。金石尚可磨，此心終不易。妾有金錯刀，不買珠與翠。一笑向尊前，願買郎心醉。娟娟桃李花，東風蕩柔枝。見郎郎弗顧，掩面啼春閨。不關郎意惡，自悲妾命薄。《全宋詩》卷二九〇五，册55，第34664頁

同前二首

白玉蟾

其二有題注曰：「有感先師故作。」

妾居西北方，容貌亞冰雪。妾長嗟無媒，孤影對明月。頭綰墮馬髻，脚襯凌波襪。釵梁溜金凰，舞帶蒙錦纈。頸瑳素玉圓，胸瑩新酥滑。翠靨中蛾眉，瑶花彈鴉髮。腰裊柳絲輕，臉潤桃

使妾花發。出郊乘紫騮，蔽目舉青轍。不敢一回首，烟際暗愁結。誰家白面郎，志氣何飄揚。使妾一過眼，吾肉燔如湯。自惟父母嚴，折花回倚墻。《全宋詩》卷三一三六，册60，第37494頁

長天雲茫茫，流水去不返。寂寥不可呼，死者日已遠。舊事常在心，思之輒泪眼。修晝勞悵想，寒夜百展轉。夢裏時相逢，醒後細思忖。門前青衿子，相顧吾安忍。羅衣疊空箱，久矣廢檀板。月明燕子樓，風清荷花館。置之勿復道，此念增繾綣。自憐妾薄命，鴛衾爲誰暖。冉冉冥中魂，尚或暗相管。鄰家琴聲悲，精爽竟難挽。琴調何凄凉，聞是《廣陵散》。《全宋詩》卷三一三六，册60，第37512頁

同前

左　瀛

妾貌微微改，君恩漸漸疏。本期爲匹鳥，深恐作前魚。却月無心畫，香雲信手梳。佳人多薄命，不必重欷歔。《全宋詩》卷三二九二，册62，第39245頁

同前

方一夔

按，《全元詩》册一四亦收此詩，作方夔詩，元代卷不復録。

薄命佳人玉絶瑕，不隨緣分落民家。悲風古冢生青草，落日深宫唱白花。萬里思情餘踴躍，一生舊恨付琵琶。雄蜂雌蝶難相并，莫向春風怨歲華。《全宋詩》卷三五三五，册67，第42278頁

同前六首

林景熙

題注曰：「取古者烈女不更二夫之義，以寄吾忠臣不事二君之心，不然則王昭君、蔡文姬非不薄命也，而其所以舍彼取此者，其意蓋有攸在。」按其二、其三《全宋詩》卷三六三五又作黄庚詩，題作「燕子樓」、「潘淑妃」。《全元詩》册一〇亦收林景熙此詩，元代卷不復録。

盈盈梁家姝，奕奕晉朝使。斛珠不論貲，得備巾櫛侍。一笑金谷春，列屋俱斂避。豈知錦步温，已復爲愁地。念主惠妾深，緣妾爲主累。樓頭風雨深，殘花抱春墜。原注：此篇言緑珠也。

繁華隨逝水，日暮朱樓空。哀哀徐州妾，事主不及終。空房輟膏沐，明妝欲誰容。春風燕子來，秋風燕子去。去來影常雙，孤鸞抱顦顇。回首醉嬌時，百花不敢媚。原注：此篇言盼盼也。

二八入宫掖，一笑空三千。雲階渺何許，步步生金蓮。綉鴛不勝春，飄若凌波仙。榮華一回首，荆棘森我前。君恩花上露，妾心井中泉。井泉誓不波，下照青青天。原注：此篇言潘妃也。

夫君仕虢州，不幸早歲折。負骸歸青齊，道遠囊復竭。投棲不見容，落日人烟絶。高義無展禽，辱身顧豈屑。野露雜涕洟，皇天鑒孤孽。肯惜一臂殘，涴此全體潔。原注：此篇言王凝妻也。

陌上桑欲稀，室中蠶正飢。妾心知采桑，安知使君誰。結髮爲人婦，幾年守空幃。婦義不移天，相邀何乃癡。老姑倚門久，不待盈筐歸。爲妾謝使君，風化關庭闈。原注：此篇言羅敷也。

國難義當馳，送君遠行役。黎明别江郊，更上北山脊。江雲妾眼迷，江風妾衣坼。魂去形獨留，兀然化爲石。化石君倘知，勿復念衾席。願持如石心，爲國作堅壁。原注：此篇言望夫石也。

《全宋詩》卷三六三一，册69，第43480頁

同前

毛直方

按，《全元詩》册一二亦收毛直方此詩，元代卷不復録。

妾肌如玉顔如花，長眉窈窈青山斜。深閨學成新婦禮，鏡鸞不與留年華。昨朝東鄰裁嫁衣，今朝西鄰催結褵。自憐孤燈照春夢，年年風雨梨花時。不怨父母貧，不恨蹇修拙。妾生賦命自坎壈，底用閒情寫紅葉。千絲萬絲霜練光，與誰織作雲錦裳。千針萬針兩黼黻，與誰佩服朝明堂。吁嗟妾薄命，薄命可奈何。失時還自羞，失身羞更多。妾寧失時無失身，平生分定月下繩。但把貞心守貞色，肯信嬋娟解誤人。《全宋詩》卷三六三九，册69，第43621頁

同前

宋无

按，《全元詩》册一九亦收宋无此詩，元代卷不復録。

雲母屏，琢春冰，鮫女織綃蟬翼輕。比妾妾薄命，比君君薄情。紅綿拭鏡照膽明，還疑妾貌非傾城。傾城從來有人妒，况復君心不如故。故人心尚峰九疑，新妾那能無故時。補天天高，填海海深。不食蓮菂，不知妾心。《全宋詩》卷三七二三，册71，第44743頁

卷九七　宋雜曲歌辭三

次抱拙妾薄命

鄭清之

落花流水何紛紛，三分春色二分塵。黄鸝繞樹戀不得，蝶蜂浪作花都巡。昨日繁華今寂寞，飄零多屬風雨晨。金谷無人粉香死，錦踪綉迹俱成陳。世人重花不重葉，林園自此無精神。東君年少時，酷愛枝頭花。庸奴桃李妾姚魏，滿蹊未數黄娘家。一朝棄背春風老，懶踏長門階上草。芳菲特暫歡，顔色不長好。白頭事人那可期，不堪重賦章臺詩。《全宋詩》卷二九〇五，册 55，第 34667 頁

妾薄命呈文山道人

汪元量

按，《全元詩》册一二亦收汪元量此詩，元代卷不復録。①

---

①《全元詩》册 12，第 18—19 頁。

妾初未嫁時，晨夕深閨中。年當十五餘，顔色如花紅。千里遠結婚，出門山重重。與君盛容飾，一笑開芙蓉。君不顧妾色，劍氣干長虹。耿耿丈夫□，□□天下雄。結髮未逾載，倏然各西東。妾獨□□□，□養姑與翁。姑翁去年春，長夢隨飄風。思君□□□，音信安可通。諒無雙飛翼，焉得長相從。自服嫁時衣，荆釵淡爲容。誓以守貞潔，與君生死同。君當立高節，殺身以爲忠。豈無《春秋》筆，爲君紀其功。《全宋詩》卷三六六五，册70，第44006頁

妾薄命嘆

王氏女

按，此詩《全宋詩》失收，見載于宋人筆記《鬼董》。《鬼董》記其事曰：「鉅鹿有王氏女，美儀容而家貧，同郡凌生納爲妾。凌妻極妒，嘗俟凌出，使婢縛王擲深谷中。王偶脱而逸去，入他郡爲女道士。作《妾薄命嘆》千余言。一夕，見夢于凌，語所苦，且以詩授凌，覺而得其詩于褥前。後，凌妻死，王乃得復返。予聞其事甚怪，惜不見其詩。客近有傳示予者，因録之……」。錢鍾書《談藝録》曰：「宋人《鬼董》卷一載王氏女《妾薄命嘆》，五言中雜七言三十四句，都二千六百五十八字。厲氏《宋詩紀事》、陸氏《補遺》均未采擷。」①李劍國考

---

① 錢鍾書《談藝録》，中華書局，1984年版，第620頁。

《鬼董》作者爲宋人沈氏①。

罥罥尋坦路，凄風響枯枝。路本羊腸形，折轉多他歧。誤識爲直道，偶陷深蒺藜。密林蔽寒月，清光透妾肌。野鴉徹夜啼，矇鴟笑自悲。雄狐繞妾號，鼫鼠相追隨。獨近狼虎窟，啖吐安可期。妾心豈不懼，仰賴穹蒼垂。少年學彈箏，善鼓《陽春》詞。長年學吹笙，一吹雙鳳儀。中年罹家禍，衆口生嫌疑。主君不及察，逐妾江之碕。昔嘗致幽調，酣歡頗見奇。今忽厲顔色，中道成睽離。群寵好肉食，妾獨甘苦薺。群寵好羅綺，妾獨披素絲。群寵好外交，妾獨嚴門楣。人情惡異己，璠璵摘瑕疵。主君豈不明，妾心洞無欺。彼忍弄杯毒，危機轉斯須。不解覆杯情，謂我争妍媸。捐棄長三年，剖心無所施。呼天天不言，呼地地不知。獨呼父與母，何用生我爲？羸羸滋草宿，父母呼孶孶。携手問苦樂，白髮雙涕洟。訓妾毋改心，掣手忽失之。村鷄已罷韻，林杪流朝曦。凝霜厚膚寸，輾轉寒且飢。飢尚乏糠秕，寒苦滅然萁。振衣恣所適，偶入班姬祠。配享古烈婦，異代同貞姿。吞聲禱玄珓，默佑相委蛇。老尼推朕兆，端貞諒所宜。神明保終竟，致志毋自衰。出門顧孤影，棣棣何所訾。寒波印宿眸，獨步清淮湄。偶逢驪山嫗，左右

① 李劍國輯校《宋代傳奇集》，中華書局，2001 年版，第 884 頁。

兩相嫠。長跽叩休咎，爲我問靈蓍。白茅藉沙上，展册尋良規。上卦乃山嶽，下卦乃澤陂。羲文命爲損，剛柔象爲時。周孔祈神教，示妾徽室辭。左贈雙瑶簪，右贈雙瓊芝。玄醞瀉腰壺，烟霞滿雙卮。一吸洗塵骨，再吸清宿脾。稽首願爲徒，冉冉不能追。極目望空際，俯首致遐思。兀然迷去住，深雲忽四馳。濛濛宿霧生，霏霏雨雪滋。踽踽不自憐，行行何所咨。遥遥玉宇寒，念念懸雙眉。浮浮覆載間，鬱鬱何能支。慷慨復自寬，静一貴所持。凌晨拾杜若，薄暮搴江蘺。入溪攬薜芷，陟山采辛夷。滋菊以充佩，幽蘭以薦縭。薰蕙紉高髻，芳蓀結輕綦。芙蓉製裳裙，周旋亦纖纚。臨泉更洗心，湛湛無塵私。願登主君門，含血愬所罹，鄰母憫我冤，爲妾啼横頤。勸汝須鄭重，枉自獲忸怩。群寵方冶容，寧堪衆嚅呪。引領望危閣，霄漢千重基。十二玉欄杆，飛翬敞桷榱。佳氣鬱繚繞，雙雙峙文鴟。可仰不可即，斂抱空漣洏。宫墻不得入，况望薦黍粢。衣冠不得睹，况望執杯匜。聲響不得聞，况望徵熊羆。髣髴適四野，雊雉飛雄雌。嗷嗷亂鳥鵲，狉狉狂鹿麋。緑烟走夜燐，明滅多妖魑。妾心不比石，石破心不劙。妾心不比鐵，鐵蝕心不移。氣嘘作長虹，虹消心不劘。泪落凝碧血，血盡心不漓。一心徑方寸，宇宙爲四維。四維今忽張，妾身獨踏危。人生同百骸，苦樂何倍蓰。誰家搗衣裳，刀尺聞時梘。誰家贊中饋，滫瀡鳴金匙。誰家慶兒女，調笑聲嘻嘻。妾長抱窮愁，手足空累累。韞伏回文巧，凄凄終對誰。中宵坐長嘆，寒露滋淋漓。嘹嚦孤雁聲，聲聲怨離披。聽聽裂肝腸，懊惱成真癡。知生有願果，知彫有碧椅。

知方不知圓，大塊徒容伊。自恨恨無聊，抉面如刀劈。軀殼何所用，不如委幽逵。抱石臨深淵，馮夷拒且嗤。攀柯欲雉經，繘斷如人推。持刀忍自剚，刀折空腹噫。人求生不得，我求死無貲。天地誰云寬，無所容四肢。誰云日月明，往來不照私。雨露未沾潤，誰云澤浩瀰。黄壤委何日，墨墨徒行尸。撫膺發浩嘆，仰首見南箕。箕畔列牛女，望望亦何其。天上懸幽恨，人間徒自痍。不寐對明蟾，吟哦薄命詩。字字皆自咎，句句皆自卑。篇篇相思泪，耿耿矢神祇。結束明依歸，處女乃吾師。危坐候大昕，素楮鋪平墀。纖纖出玉臂，刺血忍號譆。搦管書血字，體勢追樊姬。大義關綱常，國家根平治。不比《長門賦》，首尾祈歡怡。持展跪天讀，神鬼皆於戲。讀罷卷作封，殷勤孰爲貽。仰登衡嶽峰，俯臨湘水涯。尺鯉竟不至，賓鴻亦我詒。貿貿無所托，顧見雙黄鸝。嚶嚶留好音，翼短無所裨。斂衽復吟哦，天風爲我吹，百蟲爲我奔，群芳爲我萎。花落春復華，人老無回曦。抱膝一假寐，夢入主君帷。宛爾素昔容，申申弄長髭。拜起泣且訴，問對良孜孜。主君頓然悟，引手强携提。遯避忽振覺，依然身在兹。形影自相吊，慒慒如蹲鴟。愕然魄與魂，骨立如枯椔。盤盤習故武，兩腓如柔踦。旋歸復偃卧，殘骸如囊皮。默默忽回想，人壽無百期。五内忌百感，傷衷不可醫。梳洗整容態，亦自時礪砥。春襭忘憂花，百草時葳蕤。滴露揉麯蘖，醖釀成珍酏。和以愛河水，漉以慈竹篦。貯以偕老觥，泛泛浮緑蟻。寄言獻主君，斥之爲村醨。長夜不自愛，摘蒲出瀾漪。結爲合歡扇，奇奇價不貲。寄言獻主君，抛擲供晨炊。初秋履峻石，石中含瑞琦。礱成雙連環，光爛羞琉璃。寄言獻主君，遥途阻逶迤。冬經不斷縷，端緒華山畿。緯以歲寒線，製成同心褵。寄言獻主君，願言充纓緌。棄棄不復視，况望收窮羸。達心竟無由，進退惟險陝。安能坐待斃，四海聊猶夷。須女整飆馭，玄女揚參旗。玉女擎雲蓋，華女執霞麾。弄玉秉長策，青女妙執綏。白虎服右驂，左驂乃蒼螭。前驅奮丹鳥，後擁蛇與龜。靈旛雙招摇，發軔何躨跜。駕言適東瀛，仙姝對奕棋。中有古麻姑，挾我坐以嬉。一枰未勝負，已爛樵斧柯。回輪急西向，息駕崑崙崥。躡登閬風苑，瑶臺皓參差。上坐西王母，温慰亦熙熙。顧呼董雙成，命取素所司。七弦妾對拊，哀音動寒颸。王母不忍聽，泣餽雙交梨。謝歸轉夙駕，丹丘遐且巇。靈妃署南宇，驚問來何遲。袖出古書册，云是曹娥碑。始稱節不變，終稱行無虧。檢卷對清誨，飛駕臨玄池。北隅苦風色，姑射膚凝脂。携我展畫玩，宛似秦山廛。却憶秦山陰，雙鶴虛茅茨。收泪何所往，直到銀河坻。玉女正擲梭，鼓臂不知疲。離恨雖不言，宿泪雙凝頤。顧妾停機杼，指心盟不移。再拜領瓊華，復度白銀漪。題曰廣寒都，宫殿相連澌。纖阿步鐵板，望舒笑喔咿。羽衣霓裳曲，再奏舞僛僛。姮娥憐妾誠，賜我不死劑。苾苾一刀圭，試嘗甘如飴。無路獻主君，長生敢自蘄。樂極罷觀聽，憶我塤與篪。乘風忽返駕，復履舊園籬。鄰母共相勞，周遊諒多禧。顏色羨美好，靈慧失前蚩。聞之頗自慶，整衣獻所賫。到門門不開，拒我聲訑訑。梟犬吠狺狺，群寵隔門闚。依依門外柳，青青墻上苔。摇摇路旁竹，灼灼籬邊葵。采采雙鴛鴦，池塘戲深蘩。相對皆有情，無情獨戾㦟。長號欲奮去，此情終繫縻。薄鳩安鵲巢，屜魚潛鳧茈。彼升此顧沈，物理亦繆紕。古來妾薄命，顛連妾敢辭。主君明且哲，酌水分澠淄。妾味誠不凡，主君當自咨。但願主君心，權衡析毫釐。但願主君身，康寧延福禔。但願主君家，内外敦倫彝。主君衣衾温，妾寒亦自恞。主君常醉飽，妾餒如噬胹。此心質神天，威光赫祁祁。雷霆司忠孝，善人終見毗。忠孝妾有違，龍火尸壇遺。妾情早鑒亮，妙運成和比。唯妾素所耻，巧媚如狐狸。長舌如鶇鴺，哺啜如鸕鷀。不意今之人，愛此如鷾鴯。徵舒以爲賢，虞姬逐鞭笞。西施侍枕席，共姜流三峗。世路此常態，端貞宜取疵。神明三尺臨，聽愬應訑訑。曾聞尹吉甫，疑蜂殺其兒。投杼踰危墻，曾母豈不慈。楚平放澤畔，容色咸黑黧。汨羅終自沈，潔白隨流澌。近世岳將軍，一家遭斧鉞。父子君臣尚如此，賤妾之命如銖錙。又聞二叔煽流言，周公避東陲。三田生内睽，靈荆且自荄。張陳刎頸交，一旦身摧泜。王導痛伯仁，負之撫骸骴。兄弟朋友多若是，賤妾之軀如蜉蚍。五倫自古不除讒，此心但保無傾攲。再聞貝錦章，嫉讒投豺猗。莊姜不自惜，悲歌送戴嬀。有懷敢不盡，主君須細窺。一朝明妾心，萬死纏葛纍。太極象元爐，陰陽運神鍾。默鍛人與物，雜然各相麗。初禀足修短，讒人當自忯。忽憶終南山，秀拔無九嶷。上多靈異草，毛女群相僖。避世三千年，長髮飄鬖鬆。願追與之遊，微情尚羇羈。雙鵲忽繞鳴，顧袂垂蟢蜘。右耳聞天鐘，和薰瞤兩頄。撥火火屢笑，龜夢協休禕。情曲幸剖白，寵愛非所跂。望門泣謝主君義，《黄庭》一卷爲鎡錤。茹英披葉伴毛女，靈漿不竭玻璃瓶。馭風逐侶恣遨遊，羅浮匡廬返峨嵋。人遭逆境須自得，堅白從來誰磷緇。飄然長嘯去復去，清泉白石容乎而。［宋］沈氏《鬼董》卷一，續修四庫全書，册1266，上海古籍出版社，2002年版，第376—379頁。

羽林郎

吴　泳

宋司馬光《資治通鑒》曰：「羽林郎屬郎中令。師古曰：『羽林，宿衛之官，言如羽之疾，如林之多也。一説曰：羽所以爲王者羽翼。』」①宋葉廷珪《海録碎事》「雜官門」條曰：「漢置羽林郎，武帝時擊匈奴，父死子代，并養于羽林。」②同書「衛兵門」條曰：「羽林郎，一名巖郎，言禦侮巖除下也。」③

① ［宋］司馬光著，［元］胡三省音注，《資治通鑒》卷一七，中華書局，1956年版，第563頁。
② 《海録碎事》卷一一，第613頁。
③ 《海録碎事》卷二〇，第903頁。

漢家官兵名羽林，臂鷹走馬長楸陰。選填并隸光禄籍，宿衛日費司農金。遥聞虜騎前犯塞，六部良家人不耐。黄鬚兒戰鄴下軍，白袍兵劫花門寨。義軍轉鬭無已時，就令虜得名王歸。封侯起第豢醲賞，仍是漢殿前孤兒。《全宋詩》卷二九四三，册56，第35081頁

同前

嚴羽

貂帽狐裘塞北妝，黄鬚年少羽林郎。彎弓不怕天山雪，生縛名王入建章。《全宋詩》卷三一一五，册59，第37185頁

胡姬年十五

曹勛

宋阮閲《詩話總龜》曰：「《胡姬年十五》，李白樂府有《白鼻騧》，其詞曰：『銀鞍白鼻騧，緑地障泥錦。細雨春風花落時，揮鞭且就胡姬飲。』」①

---

①《詩話總龜》卷七，第81頁。

胡姬年十五，媚臉明朝霞。當爐一笑粲，桃葉映桃花。王孫停寶馬，公子駐香車。學歌裝翡翠，看月弄琵琶。不顧金吾子，誰看白鼻騧。《全宋詩》卷一八八一，册33，第21065頁

當壚

曹勛

按，《樂府詩集》無此題，曹勛《松隱集》置此詩于「古樂府」類。詩以「胡姬年十五」開篇，所詠亦胡姬當壚事，故置《胡姬年十五》後。

胡姬年十五，艷色嬌陽春。花間開綉户，席上設紅茵。含羞留醉客，斂袂送行人。多謝金吾子，衷情詎易陳。《全宋詩》卷一八八二，册33，第21081頁

卷九八　宋雜曲歌辭四

齊瑟行

擬名都篇

滕　岑

宋鄭樵《通志二十略・樂略一》「都邑三十四曲」曰：「《名都篇》，亦曰《齊瑟行》。」①

名都一何綺，宇内第一州。富貴習奢靡，礬御乃其尤。沈沈彼大屋，繚垣峻而修。主人正恩幸，執事近冕旒。金多不可計，勢張渠得儔。藻幄群艷女，雕輿盛華騶。器用尚方亞，服食中禁侔。園池亦何似，三島與十洲。稱者不勝談，觀者徒眩眸。迅雷忽下擊，飛雹仍窮搜。方恃金玉堅，遽爲烟霧收。天道不可欺，崇替定難籌。陳迹變陵谷，誰復爲悲憂。《全宋詩》卷二五五三，

① 《通志二十略》，第919頁。

冊47，第29608頁

美女篇

李　覯

宋鄭樵《通志二十略·樂略一》「佳麗四十七曲」曰：「《美女篇》，亦曰《齊瑟行》，亦曰《齊吟》。」①

繁霜毒春木，花開苦不早。愚夫擇利婚，美女貧中老。曷不冶顏色，門前車馬道。閨房有禮文，自炫誰言好。俗態競朱粉，古心慕蘋藻。所期君子恩，卒以慰枯槁。《全宋詩》卷三四八，冊7，第4305頁

同前

曹　勛

芙蓉開綠水，青松映海棠。新晴沐膏雨，艷色明朝陽。綽約彼姝子，轉盼流輝光。被服妖

① 《通志二十略》，第914頁。

且妍，細浥薔薇香。下有合歡帶，綉作雙鴛鴦。上有雙同心，結作明月璫。珠環垂兩耳，翠鳳翹釵梁。瓊鈎約雙袖，提籠學采桑。采桑城南隅，五馬停路傍。調笑不一顧，但見桑條長。歸來候蠶眠，静坐調笙簧。結髮事夫婿，誰羡東家王。《全宋詩》卷一八八〇，册33，第21056頁

白馬篇

曹勛

詩序曰：「吾家子建、袁陽源、沈約皆有述作，惟道任使驅馳之事。因遂廣之。」宋鄭樵《通志二十略·樂略一》「車馬六曲」曰：「《白馬篇》，亦曰《齊瑟行》。」①

白馬何翩翩，况復值神武。逸足看夷猶，四蹄入風雨。右盼空流沙，左歷無全虜。中夜視房心，趣目翻霞舉。朝飲崑崙池，夕秣龍川渚。毛族空成群，斑駁亦何數。神物不虚生，寄托遇明主。所適無險難，要知同彼此。歸來脱羈束，飽食芻與粟。主人已封侯，安步驅華轂。《全宋詩》卷一八八〇，册33，第21056頁

① 《通志二十略》，第923頁。

擬白馬篇

滕岑

白馬紫遊繮，意氣何飄揚。五陵富貴子，人謂天上郎。春華動新鞭，□蓋生輝光。行經幾臺觀，下馬毬鞠場。吹彈陳妙伎，歌舞集名倡。歡醉未云足，揮散千金彊。朝游曛莫返，訖春以爲常。天禄揚子雲，矻矻事文章。草《玄》既自苦，投閣仍自傷。平生甚愛酒，何曾酣杯觴。較彼萬不如，虚名何足臧。《全宋詩》卷二五五三，册47，第29610頁

升天行

曹勛

上智保冲淡，練氣固形質。精神藏杳冥，獨照出寂默。三氣俱混同，求死不復得。其次崇真功，立言與立德。軒后御飛龍，旌幢焕晴碧。楊許奉丹書，凌空佐天職。董奉乘雲輿，秦女跨文翼。茅山與荆山，遺踪宛如昔。旌陽與劉安，鷄犬翔真域。清虚王陵孫，巍巍膺九錫。雲表鳴簫笳，仗衛嚴霄極。即事非荒唐，粲然若白黑。揮手謝時人，緱山有仙迹。《全宋詩》卷一八七九，册33，第21050頁

遠遊篇

曹勛

少年重意氣，辭家遠行遊。高談蔑卿相，峻節凌九秋。仗劍謁明主，挾策干諸侯。衆目寶康瓠，明月難暗投。驊騮困短步，翻爲駑馬羞。虚名不足慕，抗迹追浮丘。至言發深省，遐覽隘九州。書功佐天政，美惡無不籌。麾幢周四表，騎衛羅天騶。簫鼓鳴清歌，解駕滄浪洲。金石易消朽，生死真蜉蝣。《全宋詩》卷一八八〇，册33，第21057頁

同前

朱熹

舉坐且停酒，聽我歌遠遊。遠遊何所至，咫尺視九州。九州何茫茫，環海以爲疆。上有孤鳳翔，下有神駒驤。孰能不憚遠，爲我游其方。爲子奉尊酒，擊鋏歌慨慷。送子臨大路，寒日爲無光。悲風來遠壑，執手空徊徨。問子何所之，行矣戒關梁。世路百險艱，出門始憂傷。東征憂暘谷，西遊畏羊腸。南轅犯癘毒，北駕風裂裳。願子馳堅車，躐險摧其剛。峨峨既不支，瑣瑣誰能當。朝登南極道，暮宿臨太行。睥睨即萬里，超忽凌八荒。無爲甃甓者，終日守空堂。《全

宋詩》卷二三八三，册 44，第 27463 頁

遠遊篇壽立齋

金履祥

題注曰：「時立齋在廬陵。」按，《全元詩》册七亦收金履祥此詩，元代卷不復録。①

我歌《遠遊篇》，西望心悠然。孰能爲此遊，渺渺重山川。和鸞車班班，珩佩聲珊珊。塊視幾丘陵，帶視幾流泉。正氣凝陽剛，端操凌雲烟。猶將徑天地，奚獨此江山。黄鵠以爲御，鸞鳳以爲參。雲旗何揚揚，八龍亦蜿蜿。一舉衆山小，再馳天地寬。三駕跨八極，高馳閶闔間。正陽以爲糧，六氣以爲餐。金丹毓天和，玉色頩脕顔。俯視世蚊虻，起滅甕盎邊。高超凌太初，達觀真後天。願言膏吾車，執鞭隨兩驂。《全宋詩》卷三五六三，册 68，第 42580 頁

① 《全元詩》，册 7，第 330 頁。

遠遊篇寄府教景熙

謝翱

按，《全元詩》册一四亦收謝翱此詩，題辭皆同，元代卷不復録。①

朝遊扶桑根，不折拂日枝。莫食楚萍實，掬海見虹霓。黄鵠别我影，目盡漢水湄。況復銜其子，風露何當歸。飄蕭軟桂叢，零落紫苔衣。夢魂知爾處，落羽在瑶池。《全宋詩》卷三六八九，册70，第44291頁

游仙篇

翁卷

按，《樂府詩集》無此題，然有《仙人篇》《神仙篇》《升仙篇》諸曲，與《遊仙篇》義屬同類，

① 《全元詩》，册14，第341頁。

宋鄭樵《通志二十略·樂略一》「神仙二十二曲」有《遊仙篇》，①故予收録。

旭日升太虚，流光到萌芽。旁有五雲氣，焕爛含精華。所願服食之，躋身眇長霞。帶我清泠佩，飛我欻忽車。寧爲世間游，世道紛以拏。三山不足期，千齡詎云賒。悟彼勞生人，無異芳春花。《全宋詩》卷二六七三，册50，第31405頁

長安行贈郭法曹思聰

晁補之

按，《樂府詩集·雜曲歌辭》有《西長安行》，解題引《樂府解題》曰：「《西長安行》，晉傅休奕云：『所思兮何在，乃在西長安。』其下因叙别離之意也。」②宋人《長安行》或出於此，故予收録。

① 《通志十二略》，第921頁。
② 《樂府詩集》卷六四，第710頁。

越羅作衫烏紗幘，長安青雲少年客。梁門門西狹斜陌，飛閣氤氳多第宅。南威十五桃花色，簫管哀吟動魂魄。銀槽壓酒傾琥珀，青絲絡頭飛赭白。韓狗胡鷹快多獲，少年意氣區中窄。金昆玉季盈十百，君獨飄翩異風格。十歲鉛丹事書册，豈徒新豐困寒阨。能犯龍頭請恩澤，送君此行無愴惻，努力功名傳烜赫。它年尋我吴山側，躑躅盈山禽磔磔。自注：郭雅好山水，嘗約遊吴。《全宋詩》卷一一二八，册 19，第 12802 頁

長安行

趙蕃

東街女兒誰家子，有名籍籍長安市。不知身失不自回，顧侈金珠炫羅綺。兩街貧女夫何如，年長不見行媒車。有時視倡獨嘆息，從之不可翻躊躇。傷哉彼倡不自醜，顧嘲貧女爲牛後。此時貧女將何言，嫁與不嫁懸諸天。《全宋詩》卷二六二三，册 49，第 30511 頁

吴趨曲三首

文同

宋鄭樵《通志二十略・樂略一》「歌舞二十一曲」《吴趨曲》解題曰：「齊謳者，齊人之

歌。吴趨者，吴人之舞。故陸機所引牛山，陸厥所言稷下，皆齊地。閶門乃吴門，闔閭所築，亦名破楚門。千載而下，欲爲齊謳者，必本齊音，欲爲吴趨者，必本吴調。」①

萬頃平湖水，晴光射早霞。紅裙鬥畫楫，相結采荷花。

岸上相將疊鼓催，青翰齊上碧波開。鵁鶄屬鳿不驚起，慣見蘭橈日日來。

蕩漾水中舟，徘徊岸邊馬。相看兩不語，密意待誰寫。《全宋詩》卷四三二，册8，第5305頁

北風行

釋文珦

北風凜凜生祁寒，陰雲萬里何靉靉，群木盡槁葉盡丹。日月迅駛猶飛湍，人間光景亦易殫。離家不如在家安，胡爲夫君乃游般。自古共嗟行路難，摧輪折軸良可嘆。客中憂緒常萬端，何當對面同歌歡。願得此身生羽翰，與君相逐同鴛鸞。有懷未遂寧容寬，耿耿不寐遥夜闌。孤鴻求匹聲嘶酸，使我感物摧心肝。《全宋詩》卷三三一九，册63，第39561頁

① 《通志二十略》，第917頁。

塞上北風行

李韡

按，此爲集句詩。

北風叫枯桑，玉沙粼粼光。天寒山路石斷裂，駐馬相看遼水傍。軍容帶甲三十萬，都護寶刀凍欲斷。旄頭夜落捷書飛，少年金紫就光輝。孟郊、李賀、張籍、王建、高適、岑參、王維、張祜 《全宋詩》卷三一三二，册59，第37455頁

卷九九　宋雜曲歌辭五

苦熱行

王禹偁

唐吴兢《樂府古題要解》釋《苦熱行》曰：「備言流金鑠石火山炎海之艱難也。」①按，宋人《苦熱吟》《苦熱謡》，當出於此，亦予收録。又，宋詩以《苦熱》爲題者衆多，本卷止録與《樂府》《苦熱行》題旨近者。明彭大翼《山堂肆考》曰：「《苦熱行》，樂府詞備言流金鑠石火山炎海之艱難也。若鮑昭，則言南方瘴癘之地，盡力征伐，而賞之太薄也。」②《樂府詩集·相和歌辭》又有《苦寒行》，屬相和曲，與此不同。

六龍銜火燒寰宇，魏王冰井如湯煮。松枝桂葉凝若癡，喘殺溪頭嘯風虎。北溟鎔却萬丈

① 《樂府古題要解》卷下，《歷代詩話續編》，第48頁。
② 《山堂肆考》卷一六一，景印文淵閣四庫全書，册977，第261頁。

冰，千斤凍鼠忙如蒸。我聞胡土長飛雪，此時日曬地皮裂。仙芝瑶草不敢茁，湘川竹焦琅玕折。西郊雲好雨不垂，堆青疊碧徒爾爲。《全宋詩》卷六九，册2，第786頁

同前

文同

黄人頓駕留天中，金鴉吐火燒碧空。炎光染雲聳岌岌，旱氣爍土飛蓬蓬。龍摇乾胡不作雨，虎裂渴吻無生風。安得有術擘海水，入底一扣鮫人宫。《全宋詩》卷四三二，册8，第5302頁

同前

李綱

南方苦暑殊中州，金遇火伏相拘囚。飛鳶跕跕草木愁，疑在爐冶遭蒸烰。六龍中天停厥輈，火雲突兀燒高丘。炎風如焚汗翻油，祝融嘘呵不肯休。赤脚踏冰邈難求，返視絺綌猶狐裘。行人病暍喘車牛，雖處廣厦非所庥。我欲登彼白玉樓，側身西望心悠悠。何當萬里來清秋，其帝少昊神蓐收。颯然風露洗我憂，凉生暑退火西流。四時代謝如環周，及兹又作徂年謀。人生寒暑爲寇讎，何異瘧癘脂髓搜。有力負走藏壑舟，朱顏緑鬘安可留。以静勝躁聊優遊，何必遠

期汗漫遊。《全宋詩》卷一五四八，册 27，第 17580 頁

同前

周麟之

君不見浣花老翁初作掾，觸熱簿書塵滿案。坐曹束帶總不能，但欲赤脚踏層冰。又不見青蓮居士金門客，懶摇白羽巾挂壁。有時裸袒青林中，只知露頂洒松風。二子英規凜千古，筆奪造化驅風雨。如何避暑如避仇，叫呼競作驚人語。是身本與天地同，要當捫腹無弗容。世間冷暖翻覆手，焉用夷隘惠不恭。我方窮居度炎熱，火雲爍山金石裂。一讀清詩百念空，炯若冰壺浸明月。《全宋詩》卷二〇八七，册 38，第 23540 頁

苦熱

錢惟演

赫日烘霞鬥曉光，雙文桃簟碧牙床。頻傾蜜勺寧蠲渴，久捧冰壺未覺涼。雪嶺却思隨博望，風窗猶欲傲羲皇。更憐乳燕翻飛處，深入盧家白玉堂。《全宋詩》卷九四，册 2，第 1065 頁

同前

劉筠

六幕雲收萬籟沉，結瑶千尺倦登臨。七盤妙舞頻揮汗，五色嘉瓜冷鎮心。極目嶺梅寧止渴，拂波宫柳漫垂陰。祇憂火解神仙骨，賴有泉聲發素琴。《全宋詩》卷一一一，册2，第1278頁

同前

楊億

極目長天度鳥稀，纖蘿不動轉晨暉。已裁圓月班姬扇，更换輕雲子産衣。河朔一時觴對舉，臨淄萬井汗交揮。冰丸雪散成虚設，欲借飆輪狃紫微。《全宋詩》卷一二一，册3，第1412頁

同前

錢惟濟

題注曰：「曹植有《苦熱行》。」

蘋末風休飛閣深，亭亭日御漸流金。火雲接影橫銀漢，水鳥無聲下翠陰。渴想孤山同飲露，煩思楚殿獨披襟。柘漿粔籹都無味，衛玠清羸欲不任。《全宋詩》卷一四六，册3，第1621頁

同前

宋庠

溽暑南方候，貞光大火天。流金空畏日，墮水忽驚鳶。掌露凉難挹，心瓜疾未蠲。鵬妖卑濕地，魃虐藴隆年。虚谷全收籟，焦原欲出烟。洪爐方扇物，何處頂陶甄。《全宋詩》卷一九四，册4，第2226頁

同前

梅堯臣

赤日若射火，林風不動梢。羸汗尚流沛，冠服豈堪包。貴人諒有稟，慣習非强教。竊觀行車馬，坌蕩劇煨炮。寧思山中人，石泉浸兩骹。《全宋詩》卷二四六，册5，第2863頁

同前

韓　琦

皇祐辛卯夏，六月朔伏暑。始伏之七日，大熱極炎苦。赫日燒扶桑，焰焰指亭午。陽烏自焦鑠，垂翅不西舉。炙翻四海波，天地入烹煮。蛟龍竄潭穴，汗喘不敢雨。雷神抱桴逃，不顧車裂鼓。豈無堂室深，氣鬱如炊釜。豈無臺榭高，風毒如遭蠱。直疑萬類繁，盡欲變脩脯。嘗聞崑閬間，別有神仙宇。雷散滌煩襟，玉漿清濁腑。吾欲飛而往，於義不獨處。安得世上人，同日生毛羽。《全宋詩》卷三一八，册6，第3970頁

同前二首

强　至

群鳥無聲抱翠條，乾坤雖廣絶微飆。魚龍尚懼滄溟沸，草木甘從赤日焦。只與火雲張氣勢，未容霖雨解炎歊。經時未雨猶閒事，莫放晴虹作旱妖。《全宋詩》卷五九四，册10，第7002頁

天上扶桑樹合枯，火雲四起抱陽烏。誰能赤脚渡銀漢，直欲跳身藏玉壺。河朔飲杯空酩酊，臨淄汗雨自沾濡。井深水遠渴心劇，百丈無繩轉轆轤。《全宋詩》卷五九六，册10，第7033頁

同前　　　　　　劉　攽

南方炎德非尋常，六月高下俱探湯。羲和未息不可避，寒門安在徒相望。苦憐萬物暍且死，反顧一身困在床。願呼快雨洗六合，徑馭微風周八荒。《全宋詩》卷六〇五，册11，第7159頁

同前　　　　　　王　令

土燥木根焦，禽窮自拔毛。龍遺赤日走，天避火雲高。虎懼千山燬，鯨憂四海熬。風微不飽腹，蟬亦爲身號。《全宋詩》卷七〇六，册12，第8183頁

同前三首　　　　　　郭　印

纖雲都掃迹，烈日正燔空。人立洪爐上，魚游沸鼎中。四山渾束熱，一葉不吹風。屈指秋期近，清涼四海同。

宇宙何蒸溽，山川久旱乾。浹膚惟汗雨，脱腕是冰紈。永晝固難避，終宵寧暫安。三農憂稼穡，無物可輸官。

南方炎瘴極，所見異平生。日月雙風鞲，乾坤一火坑。泉源多水竭，官道少人行。却憶岷山底，蕭然九夏清。《全宋詩》卷一六六八，册29，第18681頁

同前

李流謙

祝融職司南，憑寵不遺力。呀呀三足禽，敗羽懸枯腊。釜鬵糜碎鳞，無地此身着。楚炬方烘秦，湯征未自亳。夢想千丈冰，快踏赤兩脚。少憩修竹林，泉水鳴瀌瀌。岸巾對颯爽，污垢亦小濯。蒯通據鼎耳，反唇乃幸脱。叩頭祝西風，駕言馬可秣。危喘已强支，旦夕恐不續。俗情傲寒灰，赴熱犬争骨。灼肌豈暇顧，甘作蛾殞燭。君看孟嘗客，乃笑翟公雀。呼兒進胡床，佳月可人白。一醉無渭涇，舉盞新酒滑。《全宋詩》卷二一一四，册38，第23878頁

次韻葉德友苦熱吟

許及之

避暑本無法，有法心可移。達尊迫人事，盛服嚴天威。六月厲戈甲，百煉親鑪錘。前驅上峻阪，後鞭禁長吁。正午萬竈增，尅晷千夫炊。轅門待排結，軍令無徐舒。陸渾救急燎，欒巴稽噀霏。期以片時滅，不許一草萎。醲賞激勇往，畢力争忘疲。不計揮汗雨，寧思濯風漪。當其用力所，豈復知熱時。萬事心地存，百夫火宅馳。四時更代謝，二至争愆逾。積陰理必復，大夏陽常居。及此當歊赩，豈得懷鬱紆。杜顧踏層冰，幾欲投清池。韓思坐深甑，爲説亦豈疏。極知隸元氣，孰與逃象滋。聊用供嘲詠，且以相戲娱。吾儕幸安適，家食饕委蛇。念彼方熱耘，焉能思逃虚。静勝昔人心，屢空斯晏如。况予負深譴，省咎闔重扉。友朋相急難，往復通有無。每懷子葉子，久與期襟期。有此苦熱吟，句韻兩崛奇。《全宋詩》卷二四四三，册46，第28282頁

喜雨次韻翁常之苦熱吟

許及之

羲和不弭馭，炎帝方秉機。孰不愛趙衰，誰肯觸武威。豈知鑠金石，乃得齊璿璣。鹿角甫

云解，葵箑無停揮。萬寶成南訛，一枕安北扉。殿閤施餘薰，茅茨溥增輝。鼎鼎百年内，咄咄七十稀。臨流抒我懷，新浴振我衣。雷雨急生凉，天恩覺淪肌。詩來取静勝，句到不吾欺。盛服思客位，重鎧念邊陲。當暑如懷秋，秋至勿興悲。《全宋詩》卷二四四三，册46，第28282頁

苦熱謡

陳襄

瑶姬不下巫陽臺，山屏曙色連雲開。瞥見羲和整朝馭，放出金烏天上來。炎炎六月方凝暑，天地生成渴霖雨。呼號縮手太無端，憔悴群芳不爲主。吾當化出冲天羽，上與天公振雷鼓。回却日輪，叱開水府。六龍驅下飲洪濤，大作寒霖濟區宇。《全宋詩》卷四一二，册8，第5070頁

按，宋人又有《春日曲》，當出於此，亦予收録。

春日行

沈遼

宫梅撲地白氍班，細柳結烟金縷繁。春華年年來不已，人生七十半衰殘。少時豪放猶不

敵，何况羈棲落荆蠻。囊中琵琶金鳳閑，古曲情深屬誰彈。病目矇矇對荒山，東風有意爲掩關。棄置萬事一夢還，江湖水生愁夜寒。《全宋詩》卷七一六，册 12，第 8253 頁

同前

孔平仲

鶯啼花笑清明天，黄金買酒斗十千。良時恣意一酩酊，醉倒扶起南堂眠。須臾更深殘酒醒，明月當窗風氣冷。閒愁萬緒從中來，幾欲長號泪如綆。《全宋詩》卷九二五，册 16，第 10859 頁

同前

朱淑真

春雲漠漠連春空，映階草色緑茸茸。不寒不暖雨新霽，滿城佳氣浮葱葱。岸柳依依微烟籠，園林淡蕩催花風。東君造化一何工，施青繪紫復勾紅。多少閑花與凡卉，不論妍醜争夭穠。燕舞鶯歌晝晷永，簾幕無人門宇静。何處飛來雙蛺蝶，翻翻飛入尋香徑。可憐春色都九旬，朝歡暮宴歸王孫。秃毫寫紙屬詩人，長歌短什勞精神。長歌短什聊自適，豈有佳句生陽春。《全宋詩》卷一五九三，册 28，第 17980 頁

春日曲

徐照

中婦掃蠶蟻，挈籃桑樹間。小姑摘新茶，日斜下前山。《全宋詩》卷二六七二，册50，第31397頁

卷一〇〇　宋雜曲歌辭六

明月篇

李流謙

按，宋人又有《明月曲》《明月詞》，當出於此，亦予收録。

人言明月好，明月無私照。海水深不測，明月照無極。九州浩茫茫，明月無遺光。誰家高樓三百尺，上有浮雲翳突兀。浮雲翳月月不知，樓頭美人空嘆息。空嘆息，何當赤手披雲師，放出清光如白日。《全宋詩》卷二一一五，册 38，第 23890 頁

同前

蒲壽宬

按，《全元詩》册九亦收蒲壽宬此詩，元代卷不復録。

海賈不愛死，適值驪龍眠。深淵頃刻命，平地千丈川。丈夫豈無志，固爲兒女煎。彼美頭上粲，它人口中涎。鮫人一滴泪，不肯隨漪漣。眼見懸珠人，明月幾缺圓。《全宋詩》卷三五七五，册68，第42742頁

明月篇贈張文潛

黄庭堅

天地具美兮生此明月，升白虹兮貫朝日。工師告余曰斯不可以爲珮，棄捐櫝中兮三歲不會。霜露下兮百草休，抱此耿耿兮與日星遊。山中人兮招招，耕而食兮無恤。榛艾蓁蓁前吾牛兮，殯不可更扶。淺耕兮病歲，深耕兮石嬰耜。登山兮臨川，雉得意兮魚樂。小風兮吹波，從其友兮尾尾。日下兮川逝，射雉兮喪余一矢。佳人兮潔齊，悵何所兮行媒。南山有葛兮葛有本，我羞餔兮以君之鉏來。《全宋詩》卷一〇二五，册17，第11721頁

明月曲

白玉蟾

月色一何明，不堪顧孤影。倚樓暮風寒，舉手挈衣領。行雲若相憐，徘徊西風頂。强飲不

成醉，幽情默自省。莫道負明月，明月亦應知。只知今夜我，不覺瓊樓時。我記在瓊樓，醉弄珊瑚枝。枝頭月明好，何曾解相惱。今夜涕汍瀾，只恐朱顏老。《全宋詩》卷三一三六，册 60，第 37501 頁

明月詞

曹勛

按，曹勛《松隱集》置此詩于「古樂府」類。

明月，明月。出滄溟，歷丹闕。飛蓋念西園，笙歌想南國。靈波如電瀉高丘，雲幄和烟鎖空碧。人間何事怨别離，自昔循環有今昔。今昔雖同事不同，昔時宫館今荆棘。漢家陵闕變池塘，吴楚江山異南北。明月那知古與今，治亂昏明有通塞。我願三綱不忝，四時不忒，天地清寧，人物獲職。白兔不見辱於蝦蟆，黄髮蒙照臨之大德。非明月之宣功兮，則吾何知其爲順帝之則。《全宋詩》卷一八八〇，册 33，第 21061 頁

前有一尊酒行

張　鎡

霖雨半月今夕晴，風堂人稀燈燭明。凉蟲咽咽傍墻竹，聽久但促孤愁生。愁生欲伏誰驅遣，渾汗翠液玻璃軟。五斗一石非所長，興來亦覺滄溟淺。我生早患難，對酒無可娱。辛勤識字不得力，漫事《爾雅》箋蟲魚。痛心曩昔親庭趨，從容侍飲情有餘。醉譚先烈從巡初，豈但勇力清疆隅。公侯將相隨指呼，親挾日馭升天衢。墓碑神龍護寶書，勳庸概見中全疏。機危謀大世莫睹，賴有帝訓昭難渝。用心若比某人輩，相懸萬里非同途。坐間歷歷言在耳，風木纏悲泪鉛水。茫然此事莫輕論，不如盡岸金樽裏。神仙恍惚休强尋，壯士易老難爲心。要須出處任天運，况我自判歸山林。一杯復一杯，無客誰同斟。案間幸有李白舊詩數百首，試讀精爽飛雲岑。安得同渠遊，霓裾碧瑶簪。回頭却謝髠卓輩，棄置禮法幾荒淫。何如高吟泣鬼神，模寫造化歸無垠。誰能狸膏金距學雞鬥，起捉檐柱矯首落落看星辰。《全宋詩》卷二六八二，册50，第31542頁

按，宋人又有《前有一樽（尊）酒》，當出於此，亦予收録。

前有一樽酒

曹勛

前有一樽酒，高張發清彈。娥眉揚玉澤，雅舞凌七盤。春容媚桃李，艷色夭且妍。向我如笑粲，舉酒相爲歡。對此如不飲，人生良可嘆。君不見當年項王之力能拔山，驅除天下猶轉圜。又不見儀秦挾策騁雄辯，指揮七國隨縱横。一朝智力有所困，誅滅不得同編氓。成敗苟如此，貧賤固所安。勸君酩酊寄樽酒，人間萬事無足觀。《全宋詩》卷一八八一，册33，第21065頁

同前

李龏

前有一樽酒，主人奉客客稱壽。君不見麟不能飛，鳳不能走。龜靈於人，龍死於鬥。山有時兮崩，河有時兮決。秦皇求仙竟不成，梁皇佞佛何曾徹。我今爲君拂青萍，履明月，奏雲和，歌《白雪》。洗滌塵埃九折腸，澡瀹風雷三寸舌。上願天子聖，下願宰相賢。字民之官不愛錢，四夷妥帖無狼烟。有田負郭安里廛，秋堂夏屋臨平川。左手黄卷右青編，糟糠功名一百年。坐上日日延俊秀，子孫孫子相綿綿。《全宋詩》卷三一三四，册59，第37473頁

前有一尊酒

趙　文

按，《全元詩》册九亦收趙文此詩，元代卷不復録。

前有一尊酒，有酒即無愁。吾評儀狄功，端與神禹侔。微禹吾其魚，微狄吾其囚。人生十九不如意，一醉之外安所求。古來何國非亡社，古來何人不荒丘。沉思痛至骨，賴爾可銷憂。尊中有酒，無酒乃休。飲多作病，酒不可讎。《全宋詩》卷三六一一，册68，第43238頁

結客少年場行二首

曹　勛

按，宋人又有《結客行》《結客》，當出於此，亦予收録。

結客少年場，驊騮從驌驦。鬥鷄横大道，獵騎卷平岡。婚姻聯衛霍，賓客紛金張。報仇通姓字，排難匿行藏。功名看寶劍，富貴珥貂璫。逸氣凌秋鶚，清才負錦囊。詼諧驚四坐，議論駭

諸郎。日暮平康里，花陰醉滿床。

結客少年場，横行静朔方。嫖姚新拜將，親選羽林郎。百寶裝犀甲，千金飾箭房。笑談看匕首，博戲賭香囊。聚飲胡姬酒，同升射雉堂。聯騎絶沙漠，分麾入范陽。陳前俘黠虜，馬首拜降王。歸來辭厚賞，小閣醉紅妝。《全宋詩》卷一八七九，册33，第21050頁

結客少年場

唐　庚

宋鄭樵《通志二十略·樂略一》曰：「《結客少年場》，曹植詩云：『結客少年場，報怨洛北芒。』故取一句。」①

結客少年場，男兒尚任本作意氣須激昂。朝從魯朱家，暮過秦武陽。飲酒邯鄲市，膝上横秋霜。明年從軍入燉煌，金印紫綬輝路傍，貧中知己慎勿忘。《全宋詩》卷一三二三，册23，第15019頁

① 《通志二十略》，第913頁。

同前

鄒登龍

并兒任氣俠，年少肝膽雄。錦臂金彈丸，銀鞍玉花驄。腰插三尺劍，手開二石弓。輕生重大義，一戰朔庭空。斬取戎王頭，捷奏甘泉宮。《全宋詩》卷二九三八，册 56，第 35015 頁

擬結客少年場

曾 協

結客少年場，定交杯酒間。相傾在意氣，握手出肺肝。倉皇夜扣門，然諾曾不難。所至足賓客，後乘車班班。鄠杜走馬歸，百萬供一餐。路人側目視，仇家骨常寒。紅塵一箭飛，大索喧長安。可笑愚儒生，相逢話辛酸。《全宋詩》卷二〇四七，册 37，第 22998 頁

結客行

謝 翱

按，《全元詩》册一四亦收謝翱此詩，元代卷不復録。

結客衛京師，棄家南斗陲。相看各意氣，欲取遼陽歸。事左脱身去，豈爲無所爲。家藏楚王子，手執五陵兒。泣奉先主令，白旗縣天揮。鞭尸讎必報，函首捷終馳。力盡志不遂，以死謝漸離。《全宋詩》卷三六八九，册70，第44297頁

結客

黄庭堅

《全宋詩》題注曰：「按：《中吴紀聞》卷四作滕元發詩，本書卷五一八已收。」宋曾慥《類説》卷一五作黄魯直詩，故本卷止録於黄庭堅名下。

結客結英豪，肯同兒女曹。黄金妝珮劍，猛獸畫旗旄。北極狼星落，中原王氣高。終令賀蘭賊，不著赭黄袍。《全宋詩》卷一〇二七，册17，第11736頁

少年子

周行己

臨洮少年子，白馬黄金羈。醉向壚邊宿，小女倩縫衣。不惜千金贈，只惜少年時。當時不

行樂，過時空自悲。《全宋詩》卷一二七一，册22，第14358頁

同前二首

釋行海

紫陌香塵逐馬蹄，玉簫聲裏看花開。綠衣鸚鵡胭脂嘴，一百金錢買得來。《全宋詩》卷三四七五，册66，第41376頁

馬頭垂柳復垂楊，日暖遊絲滿洛陽。賤把黄金買歌笑，不知流水去茫茫。《全宋詩》卷三四七五，册66，第41379頁

少年樂用李賀韻

楊冠卿

青雲年少歡娛地，脆弦繁筦東風裏。金犹醉倚玉驄驕，歸去畫橋臨綠水。釵梁斜嚲雲鬟墜，錦帳美人初睡起。促上紅茵翻舞袂，春愁不展眉峰翠。《全宋詩》卷二五五四，册47，第29622頁

少年行

釋智圓

明費經虞《雅倫》曰：「行本於樂府，如《猛虎行》《野田黄雀行》《君子行》之類，而後人別立名，如《麗人行》《公子行》《少年行》之類。」①按，宋人又有《刺少年行》《洛陽少年行》《西京少年行》《少年走馬行》《俠少行》《邯鄲少年》，均當出於此，亦予收録。

兒奴屢背約，辱我漢天子。瞋目而語難，五陵年少子。舉手提三尺，報國在一死。匹馬立奇勛，壯哉傅介子。《全宋詩》卷一三八，册 3，第 1553 頁

同前

宋祁

君不見漢家五陵諸少年，白馬驪駒大道邊。紫綸裁帽映兩紐，黄金錯帶佩雙鞬。經過主第

① 《雅倫》卷八，續修四庫全書，册 1697，第 146 頁。

賜緑幘，歸宴前堂羅曲筵。長安多逐韓嫣彈，别藏仍收張氏錢。傳言天子將羽獵，千乘萬騎向甘泉。奉車金吾共馳騁，外家戚里見招延。徑去平岡馳狡兔，虚彎天際落飛鳶。揭來别館恣行樂，胡姬當鑪酒十千。薄暮聊歸渭橋曲，明旦復會黄山前。《全宋詩》卷二〇六，册4，第2357頁

同前

徐積

車馬朝遊去，笙歌暮宴歸。綉幃初睡起，紅日上簾衣。《全宋詩》卷六五二，册11，第7681頁

同前三首

張耒

騂弓鵲角蒼雕羽，金錯旂竿畫貔虎。長驅直踏老上庭，手拔干將斬狂虜。歸來解甲見天子，金印懸腰封萬户。自爲大漢上將軍，高揖群公佐明主。

人生豈合長貧賤，師事黄公曾習戰。英雄天子伐匈奴，初拜將軍二十餘。黄塵晝飛羽如插，身射單于碎弓甲。從來書生輕武夫，坐遣揮毫寫勛業。

少年賣珠登主門，主家千金惜一身。緑韝請罪見天子，尚得君王呼主人。鬥鷄走馬長安

道，豪傑驅來奉談笑。漢庭碌碌公與侯，畏禍憂誅先白頭。《全宋詩》卷一一五五，册 20，第 13030 頁

同前 姚寬

少年白鼻騧，玉勒錦連韉。徑就胡姬飲，熟醉當壚眠。剥絲入蠶繭，郎意在纏綿。《全宋詩》卷一九六九，册 35，第 22060 頁

同前 李龏

丈夫十八九，驄馬拂綉裳。倒插銀魚袋，陪游出建章。醉下酒家樓，軒車滿垂楊。君王正年少，無人薦馮唐。邵謁、陶翰、李廓、李嶷、韋莊、于濆、司馬札、曹鄴《全宋詩》卷三一三二，册 59，第 37457 頁

按，此爲集句詩。

同前

白玉蟾

寸心鐵石壯，一面冰霜寒。落葉鬼神哭，出言風雨翻。氣呵泰山倒，眼吸滄海乾。怒立大鵬背，醉衝九虎關。飄然乘雲氣，俯首視世寰。散髮抱素月，天人咸仰觀。《全宋詩》卷三一三六，册60，第37501頁

少年行贈袁養直

戴表元

按，《全元詩》册一二亦收戴表元此詩，元代卷不復録。

我昔如君初冠時，見君垂角兒童嬉。君今長大一如我，但少頭上斑斑絲。誦書如流日千紙，更出清言洗紈綺。明珠在側真自失，挾册茫洋吾老矣。人言四十當著書，春風半負黄公壚。僮奴哂笑妻子罵，一字不給飢寒軀。儒學明刻本作學儒無成農已惰，屨窮始悔知無奈。人生少年還易過，請君努力無如我。《全宋詩》卷三六四二，册69，第43658頁

和胡敦實少年行

王庭珪

酒酣坐待東方高，臂鷹走逐城南豪。彎弓射殺白額虎，醉騎歸馬雪花毛。日暮黄雲動天色，易水迷魂招不得。莫學并州遊俠兒，徒費黄金飾韉勒。《全宋詩》卷一四五四，册25，第16742頁

刺少年行

蘇籀

按，宋鄭樵《通志二十略·樂略一》「遊俠二十一曲」有《刺少年》。①

重仍印組矜蟬聯，豐屋藻井松桷梴。金鈿翠屏珠串箔，椽燭高檠玳瑁筵。熾紅麒麟沈水爐，鳳紋錦褥須彌氈。瑣窗犀案衒珍具，瑶瑛紅珀瑩杯棬。兒擲梟盧喝大采，婢名素玉花月烟。驕世華腴詫豪舉，兩得仁富宜兼全。朔雲顔巷積深雪，斫桂燒金凍折弦。毛錐不摇汗馬却，刻

① 《通志二十略》，第913頁。

槌膚髓稱才賢。法家拂士屹山峙，傳然窮儒衢道邊。遥知莫不任運力，鏃筈仰笑衝九天。《全宋詩》卷一七六五，册31，第19650頁

洛陽少年行

司馬光

銅駝陌上桃花紅，洛陽無處無春風。青絲結尾連錢驄，相從射獵北邙東。流鞭縱鏑未云畢，青山團團載紅日。雲分電散無影迹，黄雞未鳴已復出。《全宋詩》卷四九八，册9，第6009頁

西京少年行

周端臣

西京少年兒，生長豪貴族。光浮兩臉紅，春留雙鬢緑。常騎大宛馬，多佩于闐玉。明珠博美姬，黄金酬麗曲。朝從咸陽游，暮向長陵宿。朱門人候歸，夜夜然紅燭。《全宋詩》卷二七八四，册53，第32958頁

少年走馬行

釋文珦

少年走馬去如飛，大笑吾衰行走遲。吾同君健應無日，君似吾衰定有時。烏兔交馳猶急傳，能令海水桑田變。物之大者尚難常，何況百年如迅電。要知此語非相誣，更當持以問麻姑。

《全宋詩》卷三三一九，册 63，第 39566 頁

俠少行

文彦博

錦帶佩吴鈎，翩翩躍紫騮。垂鞭度永埒，挾彈過長楸。平樂十千酒，南城百尺樓。荆娥拂雙袖，日夕又遲留。

《全宋詩》卷二七三，册 6，第 3486 頁

同前

馮　山

山東自古多才雄，輟耕隴上羞爲農。鄉兵名在萬選中，一日聲價聞天聰。十石弩力三石

弓，殿前野戰如飄風。白錦戰袍腰勒紅，詔容走馬出閶闔，都人仰看如飛鴻。歸來意氣人誰及，道逢刺史猶長揖。邯鄲白日袖劍行，振武青樓乘醉人。傳聞留後收蘭州，姓名御筆親點抽。府金百鎰輕一擲，且向塞外隨遨遊。自此鋤犁變任俠，夜事椎埋晝馳獵。有田無人耕，有子不養家，田間父老長咨嗟。《全宋詩》卷七三九，册 13，第 8636 頁

俠少行戲王子直

劉　攽

長安少年俠自任，一生意氣過人甚。許身直以豪取名，快意那知武犯禁。寶刀强弓千里馬，風馳電射無敵者。有時獨醉倡樓春，一身歌舞兼百人。休來著書吐胸臆，脱落章句嗤丘墳。王侯願交不可得，貴者雖貴猶埃塵。君不見漢家雲臺畫良將，高冠長劍森相向。由來落拓塵土中，不妨論議巖廊上。乃知功名爲世賢，安知輕欺惡少年。《全宋詩》卷六〇四，册 11，第 7148 頁

邯鄲少年

張舜民

邯鄲全盛時，人物自都雅。更得幽并兒，豪氣陰相假。生求趙王劍，千金不論價。力購燕國姝，臨高起亭榭。使酒叢臺上，夜獵西陵下。聞説五陵兒，臂鷹馳犬馬。《全宋詩》卷八四三，册 14，第 9664 頁

古游俠行

陳　棣

按，宋人又有《游俠曲》，或出於此，亦予收録。

君不見長安俠少兒，臂鷹走狗争輕肥。一朝遭渠國士知，笑視鼎鑊如水澌。翹關負重俱細事，拔山扛鼎焉能爲。横行匈奴十萬騎，肯以秘計干閼氏。朝竊晉鄙符，暮解邯鄲圍。軍中不聞天子詔，向來灞上皆兒嬉。我有黄石書，孺子漫多奇。我有歐冶劍，荆卿何足揮。運籌折衝衽席上，料敵决勝如蓍龜。世遭右文嘆數奇。縱有勇略將安施。漢皇方受宣室釐，干戈不用包虎皮。使我不得封萬户，恨不生當高祖時。《全宋詩》卷一九六六，册35，第22019頁

游俠曲

王　觀

宋何汶《竹莊詩話》曰：「《竹坡詩話》云：『唐人作樂府者甚多，當以張文昌爲第一。近時高郵王觀亦可稱，而人不甚知。觀嘗作《游俠曲》……此篇詞意大似李太白，恨未入文

昌之室耳。』」①

雪擁燕南道，酒闌中夜行。千里不見讎，怒鬢如立釘。出門氣吹霧，南山鷄未啼。腰間解下聶政刀，袖中擲去朱亥椎，冷笑邯鄲乳口兒。《全宋詩》卷六二七，册11，第7491頁

俠客行

文同

宋鄭樵《通志二十略·樂略一》「鼓角横吹十五曲」曰：「《豪俠行》，亦曰《俠客行》。」②

紫髯圍碧瞳，勇氣炙坐熱。生平脱羈檢，少小服義烈。堂堂吐高論，牙齒若嚼鐵。寶劍壓胜横，誰耻我可雪。酣歌入都市，當面洗人血。常言荆軻愚，每笑豫讓拙。事已不受謝，門前車

①《竹莊詩話》卷一八，第352頁。
②《通志二十略》，第894頁。

馬絶。自謂取功名，焉能由筆舌。《全宋詩》卷四三二，册8，第5302頁

同前

吴龍翰

擊筑復擊筑，欲歌雙泪横。寶刀重如命，命如鴻毛輕。《全宋詩》卷三五八八，册68，第42884頁

同前

按，《全宋詩輯補》作「紫姑」詩。

撩虎頭，批龍鱗，璧歸趙，圖欺秦。男兒尚意氣，眼高天下人。此身許死當許國，五侯門户誰能賓。朝過陳孟公，暮來魯朱家。入門氣吐虹，索酒一咄嗟。捲簾出娉婷，墮髻烏盤鴉。不敢問姓名，但願客醉腮紅霞。門前馬嘶天欲曉，青鐵爲鞭金絡腦。吴鈎如雪神中藏，千里殺人成草草。郭解不惜交，壯士輕袁絲。人言俠客不自治，我重俠客仍歌之。《全宋詩輯補》，册12，第5912頁

古俠客行

劉　敞

壯年志慷慨，結交慕英雄。大梁多長者，燕趙有古風。千金起爲壽，一諾不顧躬。自謂松與柏，忽爲萍與蓬。市道今乃知，利窮非義窮。《全宋詩》卷四六九，册 9，第 5686 頁

古豪俠行贈魏鄰幾

黄庭堅

翩翩魏公子，恐是信陵君。高義動衰俗，孤標對層雲。風吹棠棣花，一枝落夷門。俯仰少顔色，蕭蕭烟景昏。已朽朱亥骨，侯嬴無子孫。衆中氣軒昂，把臂輸肺肝。沃之紅鸚鵡，載以烏賀蘭。門前馬嘶急，我弟忽扣關。謂言空中落，逆旅有仁人。老母一解顔，萬金難報恩。琅玕乃未贈，交好如弟昆。《全宋詩》卷一〇一九，册 17，第 11634 頁

遊子吟

孔平仲

遠遊如飛蓬，漂泊天之涯。不及百尺樓，繫在垂楊堤。琉璃爲鍾玉爲斝，繁弦促管花陰下。青春此樂輸幾人，客身皇皇一羸馬。《全宋詩》卷九二五，册16，第10852頁

和孫逢辰遊子吟

趙必𤁉

獨向春風泪幾回，經年遊子自堪悲。天涯只爲青雲絆，堂上應憐白雪垂。離思不隨音問去，浪身惟逐夢魂歸。有時得慰故鄉願，骨肉團團醉壽杯。《全宋詩》卷三四七六，册66，第41393頁

壯士吟次唐人韻

陸　游

士厭貧賤思起家，富貴何在髮已華。不如爲國戍萬里，大寒破肉風卷沙。誓捐一死報天子，兜鍪如箕鎧如水。男兒墮地射四方，安能山棲效園綺。塞雲漠漠黄河深，凉州新城高十尋。

風餐露宿寧非苦，且試平生鐵石心。《全宋詩》卷二二一〇，册40，第25302頁

浩歌

彭汝礪

按，《樂府詩集·雜曲歌辭》有《浩歌》《浩歌行》，宋人又有《浩歌吟》《浩浩歌》，當出於此，亦予收録。

歌盡緑洲千古意，陶然初到性情真。試臨華嶽題詩筆，欲走滄浪買釣綸。苔潤一瓢貧氣味，草荒三徑久埃塵。我心自有青雲在，安得羈留濁水濱。《全宋詩》卷八九九，册16，第10531頁

同前

黄庚

按，黄庚此詩《全宋詩》失收，今據《全元詩》收録，仍置本卷。

寥寥上古世，人心淡無爲。飢食渴則飲，風俗常熙熙。世變質素散，巧僞日益滋。蠅營事

聲利，狗苟争奔馳。富貴移其心，肯顧名節虧。宰相食萬錢，至今荆棘悲。何如山澤癯，飯粟烹秋葵。甲第倚霄漢，白日山鬼窺。何如羅雀門，容膝足自怡。堆錢一百屋，終焉竟揭披。何如插架書，中有聖賢師。管弦擁珠翠，樂極哀隨之。何如静閉户，一曲調梧絲。醉倒琉璃鐘，擊碎珊瑚枝。何如老瓦盆，古意復何危。牽犬憶上蔡，誰憐丞相斯。聽鶴思華亭，誰念將軍機。花成金谷塵，豆落南山萁。萬事轉頭夢，百年幾興衰。羊腸世路險，蛇影人心疑。勢利難久交，道義端可期。肥遁豈不嘉，肯受塵鞅羈。貧賤安其久，行藏付之時。浩歌復浩歌，一笑悟昨非。

《全元詩》，册19，第109頁

浩歌行

趙汝淳

堂堂楚漢多蠻觸，天下今經幾秦鹿。向非孔壁斷遺編，安得西湖芳草緑。子規自失來時路，却唤青春早歸去。山中劃地亂紅來，不是東風扶杖處。浩歌起舞君莫猜，一樽幸遇桃花開。貂蟬珠履黄金釵，後五百年俱塵埃。宫袍仙人獨不死，日日長江釣江水。飛烏走兔且莫忙，看我烟雲生碧紙。《全宋詩》卷二八八九，册55，第34449頁

同前

岳珂

浩然一氣古到今，古人無愧惟此心。青天爲幕地爲席，醉裏聊作烏烏吟。君不見人生所重獨名謚，一代簡書耀青史。當時命名偶然耳，跖聖丘愚果誰是。又不見人生所願在貴豪，汾陽鐘鼎顔簞瓢。祇今等是一堆土，寧識生前時所遭。或言惟勢可凌物，且作參軍暮蒼鶻。富方煉炭貧牛衣，上下升沈總飄忽。又言有才堪動人，文章不過紙上塵。卿雲復生鮑謝作，我亦不識知誰真。書函闔開古所患，萬札千緘漫堆案。當年京洛驛走塵，未見遠官救劉晏。人情炎涼今所同，鞠膯却簪壽乃公。小兒坐睡觸屏風，亦復諂語無所容。回思一拙勝百巧，囊粟侏儒先亦飽。纔從埽軌學斂門，邊上鋤犁不相保。又思三窟寄一身，東來入淛南入閩。已慚下車馮婦笑，又恐顧影癡兒嗔。一壺一榼醒復醉，便作劉伶藉糟計。易園蓊蔚棠湖清，席上老兵未渠異。一花一柳春復秋，更效凝式東西遊。池荷漸衰棗紅近，恤緯那免孤嫠憂。噫嚱，人生萬事大似繭抽縷，百緒千端無物不如許。歸歟一曲浩浩歌，堯舜揖遜湯武興干戈。從來劍佩常相磨，天地萬物如予何。淵明嗜酒稱第一，不知寄傲義熙除酒更何術。雍端但愛栗與梨，借使無此未應對酒成白癡。樂天僅識廬山奇，肯信琴書泉石不堪引妻兒。青山獨往苦不早，自是金谷白首同歸有何好。浩歌對山開酒樽，看到月墮黄金盆。往來正爾勞季布，賢佞豈必關王尊。胸中浩浩顧所存，貫珠擊節何足論。我不能苦身刻骨爲名抵死求媚嫵，又不能南柯北牖指夢所歷爲喜怒。權勢文章共生死，諛書囈語相推許。爲身擇地已爲累，隨戲逢場亦何補。凜然浩氣天地間，眇視萬古同人寰。滄溟易狹杯芥寬，北斗柄爛銀河乾。浩歌正爾吐天籟，風月笙竽均一噫。來者浩浩不可期，指此無愧惟心知。青山白雲隨所之，浩歌更賦歸來兮。《全宋詩》卷二九七一，册 56，第 35389 頁

同章少連遊西湖作浩歌行

程安仁

湖滑枕帶三百寺，二時鐘鼓驚魚龍。祇應天下有此景，人間雖有難與同。《全宋詩》卷三七四〇，册 72，第 45101 頁

浩歌吟

邵　雍

何者謂知幾，惟神能造微。行藏全在我，用捨繫於時。每恨知人晚，常憂見事遲。與天爲

一體，然後識宣尼。《全宋詩》卷三七六，册7，第4630頁

同前二首

邵雍

憂愁與喜歡，相去一毫間。治亂不同體，山川無兩般。笛聲方遠聽，草色正遥看。何處危樓上，斜陽人憑欄。

嘉善既難投，先生宜罷休。履霜猶可救，滅木更何求。獸困重來日，鴻飛遠去秋。民飢須是食，食外盡悠悠。《全宋詩》卷三七六，册7，第4630頁

浩浩歌

馬存

浩浩歌，天地萬物如吾何。用之解帶食太倉，不用拂枕歸山阿。君不見渭川漁父一竿竹，莘野耕叟數畝禾。喜來起作商家霖，怒後便把周王戈。又不見子陵横足加帝腹，帝不敢動豈敢訶。皇天爲忙逼，星辰相繫摩。可憐相府癡，邀請先經過。浩浩歌，天地萬物如吾何。屈原枉死汨羅水，夷齊空卧西山坡。丈夫犖犖不可羈，有身何用自滅磨。吾觀聖賢心，自樂豈有他。

蒼生如命窮，吾道成蹉跎。直須爲吊天下人，何必嫌恨傷丘阿。浩浩歌，天地萬物如吾何。玉堂金馬在何處，雲山石室高嵯峨。低頭欲耕地雖少，仰面長笑天何多。請君醉我一斗酒，紅光一面春風和。《全宋詩》卷七八二，册13，第9063頁

陳貫道摘坡詩如寄以自號達者之流也爲賦浩浩歌一首

文天祥

浩浩歌，人生如寄可奈何。春秋去來傳鴻燕，朝暮出没奔羲娥。青絲冉冉上霜雪，百年欻若彈指過。封侯未必勝瓜圃，青門老子聊婆娑。江湖流浪何不可，亦曾力士爲脱靴。清風明月不用買，何處不是安樂窩。鶴脛豈長鳧豈短，夔足非少蚿非多。浩浩歌，人生如寄可奈何。不能高飛與遠舉，天荒地老懸網羅。到頭北邙一抔上，萬事碌碌空奔波。金張許史久寂寞，古來賢聖聞丘軻。乃知世間爲長物，惟有真我難滅磨。浩浩歌，人生如寄可奈何。春夢婆，春夢婆，拍手笑呵呵。是亦一東坡，非亦一東坡。《全宋詩》卷三五九六，册68，第42969頁

歸去來

田　錫

按，《樂府詩集·雜曲歌辭》有《歸去來引》，詠陶淵明不爲五斗米折腰賦《歸去來》事，言人生幾時，不願富貴，樂天知命，故去之無疑之意。① 宋人《歸去來》《歸去來（詞）辭》《歸去來歌》《歸來引》，均當出於此，亦予收録。

歸去來。詩不云乎，王事一埤遺我兮。終日孜孜，心力疲勞齒髮衰。爾今已年五十二，前去七十幾多時。爾性雖拙頗好學，爾才雖短頗好詩。文學歌詩之外非樂爲。金門玉堂若無分，隨分官職胡不歸。苟能遣得婚嫁累，又何苦憂伏臘資。爾不聞仲尼曰，飯疏食飲水，曲肱而枕之，樂亦在其中，浮雲富貴非爾宜。表聖表聖，爾當念兹而在兹，勿使無其實而有其詞。爾若舍

① 《樂府詩集》卷六八，第 740 頁。

靈龜而觀朵頤，無乃見爾癡爾癡。《全宋詩》卷四六，册1，第495頁

同前

曹勛

歸去來，歸去來。陸行無車，水行無船。足重繭兮，羊腸九折，歷絶嶮而盤盤。跼蹐脅息以休影兮，石壁屹立而不可以攀緣。上窺不測之夭嶠兮，而下臨無底之深淵。寒風凛凛以切骨兮，朔雪漫漫而漲天。孤猿哀吟其左右兮，而猛虎咆哮乎後先。緬前路之險阻其若此兮，道云遠而莫前。悲已往之勤瘁兮，泪流襟而漣漣。歸去來，歸去來。吾鄉雖遠兮，及此而猶可以生還。饑寒迫於屢空兮，庶乎安之若命而終保吾之天年。《全宋詩》卷一八八一，册33，第21070頁

和歸去來詞

張耒

詩序曰：「子由先生示東坡公所和陶靖節《歸去來詞》及侍郎先生之作，命之同賦。耒輒自憫其仕之不偶，又以吊東坡先生之亡，終有以自廣也。」按，《張耒集》置此詩于「古樂府

歌辭」類。又，宋人潘璵有《聽彈歸去來辭》曰：「淵明昔賦歸去辭，後世寄聲焦桐絲。先生彈罷和者誰，春山花落啼子規。」①則彼時以琴演此曲也。

歸去來兮，行世不偶予曷歸。其出無所爲喜兮，舍去而何悲。眄一世之無與兮，古之人逝莫追。求不疚於予義兮，又奚恤餘子之是非。彼好惡之罔極兮，或顛倒其裳衣。顧吾涉之已深兮，愧哲人之見微。吾歸甚安，無所事奔。既守吾室，又杜吾門。一氣孔神，於中夜存。納至和於靈根兮，挹天醞於玄尊。既充溢於幽闕兮，亦粹然而見顔。往有坎而兹夷兮，昔或危而今安。將從化人於西域兮，面藏吏於函關。將以一世爲芻狗兮，廢與興吾厭觀。彼福禍之一源兮，必兹出而兹還。彼自以爲無隙兮，何異夫石槨之宋桓。歸去來兮，吾悲夫斯人不返兮，豈招仙聖與之游。昔惠我以好音，忽遠去而莫求。予曷異於世人兮，初爲哽塞而增憂。彼錢鑄則深藏兮，盍視夫已墾之田疇。萬古芸芸，共逝一舟。半夜而失，旦號其丘。畏達觀之誚予，涕已泣而不流。悟榮名之取憎兮，善斯人之獲休。已矣乎，萬物之作各其時，吾獨與時而去留。豈或能力而違之。既往莫或追，來者尚可期。蓋雨暵之在天，豈吾稼之不耔。彼蜀雄之必傳，作猶愧

①《全宋詩》卷三三四一，冊64，第39919頁。

於書詩。嗟身屈而道伸，於斯人兮曷疑。《全宋詩》卷一一五七，册20，第13052頁

歸去來辭

陳　普

歸去來兮，吾生復何之。故園三徑在，桃李不成蹊。臺榭荒凉已無憂，階除寂寞人已希。胡飄飄而不返，將役役以奚爲。丈夫不自量，處世寧堪悲。省一朝之若是，悟百年之已非。飯山曾是餓唐甫，首陽曾是餓夷齊。名重天下何足比，利重天下何足奇。覺利名之不昧，知貧賤而勿悲。歸去來兮歸去來，長安縱好休徘徊。足巾屏之行李，拂藜杖之塵埃。杜宇知我意，聲聲苦相催。故園行樂處，滿地生蒼苔。歸去來兮，閩山之巔。山奇水秀，可以忘年。水渺茫而潔白，山排闥以爭前。昔年桃李，依舊成阡。石徑縈紆而藤蘿聳茂，茅茨幽迥而松菊爭妍。盤餐三百品，食足二頃田。吟且詠，樂且禪。飽而嬉，困而眠。心坦坦，腹平平。正是故園行樂處，誰知此樂樂悠然。東風起兮百草芊，緑楊飛絮杏花鮮。蝶翅亂，鳥聲喧。翠欲黛，紅欲燃。歸去故園行樂處，幽鳥一聲啼杜鵑。落花紅紫草成氈，黄梅肥彈柳三眠。蟬嘒嘒，蝶翩翩。筍翻籜，荷貼錢。歸去故園行樂處，幾陣南風入舜弦。西風至兮鴻雁來，萬物蕭條景物猜。蟲聲切，猿嘯哀。梧桐敗，菊花開。歸去故園行樂處，清風明月好安排。霜風凜凜雪花飛，村落無人猿夜啼。泉酒

冽，溪魚肥。燃獸炭，撥蹲鴟。歸去故園行樂處，竹外梅花三兩枝。紅日三竿漁父去，雲迷四野牧童歸。朝暮之情何已矣，四時之景已如斯。已矣乎曷之，予知歸去兮。松菊候門而南山聳媚，花鳥欣迎而北嶺喧呼。悔知非之既晚，樂成賦以歸歟。《全宋詩》卷三六四五，册 69，第 43723 頁

仿歸去來辭

晁　迥

陶令曾言歸去來，解印還家不回首。屏貴都遣身外名，忘憂酷嗜杯中酒。白傅曾言歸去來，了知浮世非長久。獨步逍遥自得場，飲食寢興隨所偶。羅隱曾言歸去來，濩落生涯何所有。明日船中竹一竿，要學江湖釣魚手。晁叟亦言歸去來，抗表辭榮養衰朽。京洛紅塵舊滿衣，總脱臨風都抖擻。《全宋詩》卷五五，册 1，第 607 頁

送張監税歸去來歌

王　質

君不見義熙元年陶彭澤，偶纏秃綬稱長官，俄颺輕舟作歸客。蕭蕭五十年，衮衮八十日。縣令雖爲百里君，不似斜川臨流玩泉石。公田雖收半頃税，不似東皋種禾滿阡陌。後園之柳爲

我貯清陰，東籬之菊爲我發佳色。濁醪妙理汝不知，素琴真趣吾能識。陶隱君，張公子。千二百年同一軌，丈夫意氣當如此。亦不挂冠神武門，亦不還笏蓬萊陛。盡展平生履歷書，凌亂雲烟飛滿紙。歸去來，歸去來，二君覺處真奇哉。孔賓半夜呼將去，李愿終身喚不回。子休矣，子休矣，取捨行藏都在己，一往一來聊爾耳。人生起滅半天雲，世事浮沉一江水。腰間帶，不須束，頭上巾，還可漉。南山荷鋤夕露晞，北窗支枕涼風足。酒具遮留栗里墟，籃輿輕適廬山隅。行將過，且躊躇。溪山雲月無今古，試訪淵明舊隱居。《全宋詩》卷二四九三，册46，第28819頁

歸來引

蘇　軾

題注曰：「送王子立歸筠州。」按，王十朋《東坡詩集注》置《歸來引送王子立歸筠州》於「樂府」類。又，子瞻《陶驥子駿佚老堂二首》其一曰：「我歌歸來引，千載信尚友。」「我歌歸來引」句下自注曰：「余增損淵明《歸去來》以就聲律，謂之《歸來引》。」①則《歸來引》彼時可歌也。

---

① 《全宋詩》卷八〇六，册14，第9341頁。

歸去來兮，世不汝求胡不歸。洶北望之横流兮，渺西顧之塵霏。紛野馬之决驟兮，幸余首之未鞿。出彭城而南騖兮，眷丘隴而增欷。亂清淮而俯鑒兮，驚昔容之是非。念東坡之遺老兮，輕千里而款余扉。共雪堂之清夜兮，攬明月之餘輝。曾鷄黍之未熟兮，嘆空室之伊威。我挽袖而莫留兮，僕夫在門歌式微。歸去來兮，路渺渺其何極。將税駕於何許兮，北江之南，南江之北。于此有人兮，儼峨峨其豐碩。孰居約而爾肥兮，非糠覈其何食。久抱一而不試兮，愈温温而自克。吾居世之荒浪兮，視昏昏而聽默默。非之子莫振吾過兮，久不見恐自賊。吾欲往而道無由兮，子何畏而不即。將以彼爲玉人兮，以子爲之璞也。《全宋詩》卷八三一，册14，第9624頁

麗人曲贈鍾離中散侍姬

郭祥正

髮如盤鵶面如玉，飄飄羅袖長芬馥。妙年得侍碧虚卿，自道一生心已足。黄鶯流語春日長，緑窗綉出金鴛鴦。朝暮祝卿千萬壽，不識相思能斷腸。《全宋詩》卷七五五，册13，第8800頁

麗人行

王庭珪

題注曰：「讀《大業拾遺》作。」按，《全宋詩》卷二五九〇又作趙善扛詩，題辭皆同，茲不復録。

桃葉山前宫漏遲，宫人傍輦持花枝。君王喜憑絳仙立，殿脚争畫雙長眉。欲把琵琶彈出塞，結綺臨春時事改。井邊忽見張麗華，忍聽《後庭》歌一再。《全宋詩》卷一四五三，册25，第16737頁

續麗人行并引

蘇軾

詩引曰：「李仲謀家有周昉畫背面欠伸内人，極精，戲作此詩。」宋邵博《邵氏聞見後録》：「宣和中，遣大黄門就西都多出金帛易古畫本，求售者如市，獨于郭宣猷家取吴生畫一剪手指甲内人去，其韻勝出東坡所賦周員外畫背面欠伸内人尚數等。予少年時，嘗因以

作《續麗人行》云。」①宋胡仔《苕溪漁隱叢話》曰：「東坡《續麗人行》……子蒼用此意題伯時所畫宮女云：『睡起昭陽暗淡妝，不知緣底背斜陽，若教轉盼一回首，三十六宮無粉光。』終不及坡之偉麗也。」②宋劉辰翁《劉辰翁詩話》曰：「《續麗人行》，起得似沓拖，似春容，故背面之態。」③明王昌會《詩話類編》引《菊坡叢話》曰：「宋陳後山《寄曹州晁大夫詩》云：『墮絮隨風化作塵，黄樓桃李不成春。只今容有名駒子，困倚欄干一欠伸。』自注云：『周昉畫美人，有背立欠伸者，最爲妍絶。東坡所賦《麗人行》也。』」④

深宮無人春日長，沉香亭北百花香。美人睡起薄梳洗，燕舞鶯啼空斷腸。畫工欲畫無窮意，背立東風初破睡。若教回首却嫣然，陽城下蔡俱風靡。杜陵飢客眼長寒，蹇驢破帽隨金鞍。隔花臨水時一見，只許腰肢背後看。心醉歸來茅屋底，方信人間有西子。君不見孟光舉案與眉

①《邵氏聞見後録》卷二七，第214頁。
②《苕溪漁隱叢話》後集卷三四，第262—263頁。
③《宋詩話全編》册一〇，第9939頁。
④［明］王昌會撰《詩話類編》卷一五，四庫全書存目叢書，集部册419，第351頁。

齊，何曾背面傷春啼。《全宋詩》卷七九九，册 14，第 9252 頁

同前

姜特立

題注曰：「即坡公賦周昉畫欠伸内人。」

畫師不作春風面，豈是玉容容易見。動人正在阿堵中，妙處猶須著歌扇。沉香亭邊初睡起，鬟髮瓏鬆薄梳理。欠伸背面故作妍，半靨墻頭出桃李。畫成衆目争回顧，只欠孫娘折腰步。似見不見愁殺人，始是人生腸斷處。愁腸易斷可奈何，古往今來此恨多。君不見李夫人，不肯回身看漢君。又不見楊太真，擁行莫戀屬車塵。自古蛾眉多蠹國，玉顔畫就還傷神。《全宋詩》卷二一三二，册 38，第 24081 頁

和姜邦傑春坊續麗人行

楊萬里

題注曰：「即東坡集中周昉畫背面欠伸内人，東坡賦之，韓子蒼又賦之，今姜君又賦

之。予因和姜韻。」

玉人自惜如花面，不許黄鸝鸚鵡見。若令畫史識傾城，寫遍人間屏與扇。春光懶困扶不起，吹殘玉笙也慵理。是誰瞥見一梳雲，微月影中掃穠李。阿昉姓周不姓顧，筆端那得蓮生步。無妨正面與渠看，看了丹青無畫處。古來妍醜知幾何，嫫母背面謾人多。君不見漢宫六六多少人，畫圖枉却王昭君。是時當面看寫真，却遣琵琶彈塞塵。不如九京喚起文與可，麝煤醉與竹傳神。《全宋詩》卷二二九七，册 42，第 26377 頁

三麗人行有序

高斯得

詩序曰：「杜子美作《麗人行》，譏丞相楊國忠也。國忠，貴妃之兄。近事有相似者，以蘇公有《續麗人行》，故作《三麗人行》。」

相公列屋芙蓉城，烟紅露緑千娉婷。朝回迎笑擁前後，忽遭唾棄嫌膻腥。汝曹面作色，争似平康坊裏人。連眉倒暈雙鴉鬟，臨春璧月陽臺雲。西湖喧天歌鼓閙，列坐長筵未狎賓。紫衣

中使天上至，黄封百榼羅前庭。海螯江柱堆嵓嶤，猩脣熊白争鮮新。微哉何曾食萬錢，陋矣楊家送八珍。酒酣自有娱客具，非絲非竹非歌聲。呼盧一擲數百萬，劉毅酸寒何足陳。此時相公眼生纈，平康一笑華堂春。鷄鳴鐘動却歸去，相公手自與金銀。恩纏愛結無與比，何意一朝遭怒嗔。偶緣病起思破悶，亟遣花使傳丁寧。誰知青鳥不解事，還報從人嬉水亭。立驅百騎捽而至，判司姓賈如弟兄。同遊七吏俱簿録，一日得錢千萬緡。大書明梏令湖曲，蘇堤掃迹無蹄輪。風流宰相推第一，但恐稷契羞同倫。腥風雺雺塞宇宙，萬年遺臭何時泯。要當壯士爲一洗，我老無力覆八溟。《全宋詩》卷三二三〇，册 61，第 38570 頁

鳴雁行

釋文珦

明彭大翼《山堂肆考》曰：「《鳴雁行》，樂府名。雁隨陽鳥，似婦人從夫，故婚禮用雁。」①

① 《山堂肆考》卷一六一，景印文淵閣四庫全書，册 977，第 257 頁。

鳴雁嗈嗈來自北，一一銜蘆度深磧。空受嚴霜捐羽毛，不爲征人寄消息。散落湘吴無定所，或寄平川或洲渚。相唤相呼不亂群，非比寒鴉無次序。弋者多懷害爾心，棲宿須尋烟水深。

《全宋詩》卷三三一九，册63，第39561頁

空城雀二首

曹　勛

去年已生子，今年復生孫。主人既昏亂，國破家亦焚。宫館變禾黍，萬人無一存。朝伏蓬蒿下，暮宿荆莽間。豈不念儔侣，豈不懷玉山。儔侣高飛斃繒繳，玉山迢遞多鷹鸇。又不見咸陽三月火不滅，吴宫萬户飛灰烟。春鴻社燕尚燒死，况復黄口乏修翰。喜無挾彈兒，空城姑所安。

寂寂空城雀，日暮寒且飢。鼯鼠啼林端，豺虎夾路垂。蒿間黄雀語黄口，吞聲切莫圖高棲。汝不見當年連雲宫館散烟燎，歌臺夾室今狐狸。糟丘成糞壤，藜藿生酒池。昔人自是不復改，今人始覺前人非。今人昔人未爲遠，更望誰家門户歸。《全宋詩》卷一八八一，册33，第21072頁

同前

趙崇鉘

空城雀，黄口莫啾啾。空城無人種禾黍，飲啄飛鳴由得汝。《全宋詩》卷三一七二，册 60，第 38088 頁

車遥遥篇

范成大

宋葉庭珪《海録碎事》曰：「《車遥遥篇》，古樂府也。詞云：『車遥遥兮馬洋洋，追思君兮不可忘。』」①

車遥遥，馬憧憧。君游東山東復東，安得奮飛逐西風。願我如星君如月，夜夜流光相皎潔。月暫晦，星常明。留明待月復，三五共盈盈。《全宋詩》卷二二四二，册 41，第 25747 頁

① 《海録碎事》卷九下，景印文淵閣四庫全書，册 921，第 444 頁。

同前

薛季宣

車遥遥兮路逶迤，思夫君兮君今知。今安適兮南入楚，願爲聲兮逐君語。君不言兮聲不聞，聲何當兮言在君。《全宋詩》卷二四七五，册46，第28696頁

自君之出矣

文同

明吴應箕《樓山堂集》曰：「往楚人江菉蘿論詩，謂：『古詩所命題，如《君馬黄》《雉子班》《艾如張》《自君之出矣》之類，皆就其時事構詞，因以命篇，自然妙絶。』」①清吴景旭《歷代詩話》「無絶」曰：「徐幹《室思詩》其末句云：『自君之出矣，明鏡暗不治，思君如流水，何有窮已時。』宋武帝擬之曰：『自君之出矣，金翠暗無精，思君如日月，回環晝夜生。』其時諸賢共賦，遂以《自君之出矣》爲題。」②

---

① [明] 吴應箕《樓山堂集》，第553頁。續修四庫全書，册1388，上海古籍出版社，2002年版，第553頁。

② 《歷代詩話》卷三三，景印文淵閣四庫全書，册1483，第349頁。

自君之出矣，吊影度晨夕。中門一步地，未省有行迹。閨闈足儀檢，常恐犯繩尺。欲寄錦字書，知誰者云的。《全宋詩》卷四三二，册8，第5300頁

同前二首

曹勛

題注曰：「代内作。」

自君之出矣，龍香消寶衣。思君共明月，千里奉光輝。

自君之出矣，妝臺生網絲。思君拂團扇，相與共提携。《全宋詩》卷一八八一，册33，第21067頁

同前

薛季宣

自君之出矣，珠網弦箜篌。憔悴損容色，晨朝懶梳頭。頭上雙爵釵，脱髮應難留。因心持寄君，君還知意不。金以表妾心，釵能感君眸。長安多美人，陌巷多高樓。君如有兩意，持此買名謳。妾本侯家女，生平不解愁。十九爲君婦，如今幾回秋。生兒妾樣長，君方遠行遊。妾顔

益以悴，君心日悠悠。方諸空有泪，圓月難爲鈎。死灰不復然，知君亦行休。寄言天地間，于以寫我憂。《全宋詩》卷二四七五，册46，第28700頁

同前

徐　照

自君之出矣，心意遠相隨。拆破唐人絹，經經是雙絲。
自君之出矣，玉鑒生塵垢。蓮子種成荷，曷時可成藕。
自君之出矣，懶妝眉黛濃。愁心如屋漏，點點不移床。《全宋詩》卷二六七二，册50，第31397頁

同前三首

薛　嵎

自君之出矣，泪對花枝洒。風窗挑夜燈，心在無由瀉。
自君之出矣，荏苒度寒燠。譬彼雙鯉魚，書辭長在腹。
自君之出矣，抱此離恨情。春蠶不作絲，纏綿過一生。《全宋詩》卷三三三九，册63，第39889頁

同前

徐集孫

自君之出矣，蛾眉不復掃。寶鑑委埃塵，玉容爲誰好。《全宋詩》卷三三九〇，册64，第40344頁

同前二首

宋无

按，《全元詩》册一九亦收宋无此詩，元代卷不復録。

自君之出矣，妾不出閨門。懷君不敢恨，惟有感君恩。

自君之出矣，妾自奉尊嫜。知君不思妾，亦當思故鄉。《全宋詩》卷三七二三，册71，第44741頁

卷一〇三　宋雜曲歌辭九

梁廣文歸自襄陽作古樂章迎之

陳　造

自君之出矣，適我患禍初。入門悼今昔，顧影憐畸孤。古有鼓盆達，自笑食蘖如。石交不在眼，勝談誰見娛。

自君之出矣，春意尚妖冶。著我愁城中，轉首已中夏。豈無鼓吹具，塵筆置不把。亦欲鞭其慵，獨倡無和者。

自君之出矣，無心惜流光。但記燕營巢，俄復蜂割房。煩君驗節物，可孤北窗涼。戎葵一笑粲，竹萌十尺强。

自君之出矣，饑民日北首。春從二天來，共拜更生手。未議解倒垂，促膝此何有。非君面揚榷，誰有筆端口。《全宋詩》卷二四二四，册 45，第 27993 頁

寄衣曲

釋斯植

自君之出矣，壁上琵琶君記取。日日望君君不歸，自君去後徒相憶。欲剪征衣寄贈君，天涯望斷無消息。

自君之出矣，欲寄征衣泪如雨。征衣未寄心已悲，一寸相思隔千里。湘江水是巫山雲，巫山雲是湘江水。湘江兩岸芳草深，湘江日夜多行人。行人去去天之涯，門對落花三兩家。家家有酒謳且歌，醉來月下彈琵琶。《全宋詩》卷三三〇〇，册 63，第 39324 頁

長相思

文彦博

清周濟《詞辨》曰：「《樂府解題》曰：『《長相思》，古《怨思》二十五曲之一。』本古詩『上言長相思，下言久離别』。又『着以長相思，緣以結不解』。以致纏綿之意。《玉臺新詠》載徐陵、蕭淳各有長短句，而非詞也。《唐詞紀》載令狐楚五言：『君行登隴上，妾夢在閨中。玉筯千行落，銀床一夕空。』張繼五言：『遼陽望河縣。白首無由見。海上珊瑚枝，年年寄

春燕。』皆非詞也。止收雙調三十六字，如：『深畫眉。淺畫眉。蟬鬢鬔鬆雲滿衣。陽臺行雨回。巫山高、巫山低。暮雨瀟瀟郎不歸。空房獨守時。』此白居易作。花庵詞客稱爲世人莫及。」①清張德瀛《詞徵》曰：「古樂府《長相思》《行路難》，摘曲中語爲題。」②明彭大翼《山堂肆考》曰：「《長相思》，樂府名，言行人久役而有所思也。」③明卓明卿《卓氏藻林》曰：「《長相思》：樂府名，長者，久遠之解。言行人久戍而有所思也，又有《千里思》，同此意。」④按，《長相思》唐五代時已爲詞牌，白居易、馮延巳等人皆有作，《樂府詩集》未見收録。宋時仍有長短句《長相思》，柳永、張先、歐陽修、晏幾道、周邦彦、朱敦儒、吕本中、陸游等皆有製作，見載于《全宋詞》，此處循《樂府詩集》例，亦不收録。

遠别苦無悰，離居常戚戚。顧慕懷所歡，徘徊彌自惜。瓊蕊不可采，瑶華未堪摘。惟憑尺

① 《詞辨》上卷，《詞話叢編》第897—898頁。
② 《詞征》卷一，《詞話叢編》第4078頁。
③ 《山堂肆考》卷一六一，景印文淵閣四庫全書，册977，第256頁。
④ 《卓氏藻林》卷六，四庫全書存目叢書，子部册214，第434頁。

錦書，一寄長相憶。《全宋詩》卷二七三，册6，第3474頁

同前　葉茵

題注曰：「追和姜梅山特立韻。」

長相思，情萬折，年少不來春又別。寶奩香，綉幃月。鴻雁音信稀，鴛鴦魂夢絶。尚持百年願，料理丁香結。《全宋詩》卷三一八八，册61，第38241頁

同前　宋无

按，《全元詩》册一九亦收宋无此詩，元代卷不復録。

昨夜相逢處，朦朧春夢中。遼西書不到，莫是戍遼東。《全宋詩》卷三七二三，册71，第44745頁

擬古樂府長相思寄黄幾復

黄庭堅

江南江北春水長，中有一人遥相望。字曰金蘭服衆芳，妙歌揚聲傾滿堂。滿堂動色不入耳，四海知音能有幾。惟予與汝交莫逆，心期那閑千萬里。欲憑緑水之雙魚，爲寄腹中之素書。溪回嶼轉恐失路，夜半不眠起躊躇。《全宋詩》卷一〇一九，册17，第11634頁

古相思

梅堯臣

劈竹兩分張，情知無合理。織作雙紋簟，依然泪花紫。泪花雖復合，疑岫幾千里。欲識舜娥悲，無窮似湘水。《全宋詩》卷二四二，册5，第2801頁

代古相思

郭祥正

妾面如花開，妾心似蘭死。花開色易衰，蘭死香不已。願持枯蘭心，終焉托君子。君行胡

不歸，兩見秋風起。鴻雁只空來，音書無一紙。夜夜夢見君，朝朝懶梳洗。不憶霜月前，絲桐爲君理。千古萬古悲，悠揚逐流水。《全宋詩》卷七六六，册13，第8894頁

千里思

木待問

君行千里輕所歷，妾馳千里心匪石。春房酌酒意匆匆，愁不在離愁在憶。鴛鴦瓦上昏無色，鸜鵒杯中塵更積。燈前獨坐製君衣，泪濕剪刀裁不得。《全宋詩》卷二五八三，册48，第30018頁

行路難

梅堯臣

清黄子雲《野鴻詩的》曰：「樂府題義，有不必宗者，有不可不宗者。不必宗者，如《行路難》《獨漉篇》《梁父吟》《有所思》《古别離》等篇是也；不可不宗者如《陌上桑》《公無渡河》《明妃曲》《祖龍行》《山中孺子歌》等篇是也。」①按，宋人又有《前行路難》《廣行路難》，

① ［清］黄子雲《野鴻詩的》，《清詩話》，第857頁。

當出於此，亦予收録。

途路無不通，行貧足如縛。輕裘誰家子，百金負六博。蜀道不爲難，太行不爲惡。平地乏一錢，寸步鄰溝壑。《全宋詩》卷二五〇，册5，第2985頁

同前

賀鑄

題注曰：「乙丑八月被外計檄召，徐鄆往反千二百里，由荒山廣澤，皆畏途也。而期會甚嚴，夜不遑息，因賦是詩，命曰《行路難》。」按，賀鑄又有詞作《行路難》，見載于《全宋詞》，此處不録。

驚飆獵榛莽，西山匿頹陽。四五陰魄晚，繁星亦光芒。驅車何所投，却顧歸路長。挾轅兩羸牸，犯此豺虎場。安得渥洼駿，皎日游康莊。豈徒寫我憂，要使塵不揚。《全宋詩》卷一一〇四，册19，第12524頁

同前

張耒

人生動與衣食關，百年役役誰爲閑。四時睡足鞍馬上，去歲錢塘今長安。車愁羊腸夜險折，船畏人鮓晨驚湍。九州一身恨自惜，使我顔色常鮮歡。天地一氣成萬象，融即是江結是山。再願洪鑪瀉融結，萬世更無行路難。《全宋詩》卷一一五五，册20，第13033頁

同前

李新

君不見天上星，萬古耀虚碧。豈意一夕間，墮地化爲石。物理變化無定端，誰保人心無改易。憶妾江邊采白蘋，郎騎白馬渡江津。垂鞭停棹潛相顧，共惜當年桃李春。石城二月東風暮，斷腸狂絮隨郎去。百年誓擬同灰塵，醉指青松表情愫。可憐一日君心改，前日之言復誰顧。出棄捐不待顔色衰，忍把流年坐相誤。還君明月珠，解妾羅襦結。念之空自傷，長慟與君别。出門望鄉關，不惜千里行。從人既非禮，何以見父兄。去住兩不可，佇立以屏營。此時心斷絶，始信天無情。野水東流去不還，憂樂翻變須臾間。婦人將身弗輕許，聽歌今日《行路難》。《全宋詩》

卷一二五四，册21，第14160頁

同前

李彌遜

江心蟠石蒼虬立，山激江流浪頭急。風昏月暗魚龍愁，電掣雲奔鬼神入。船頭星斗天爲低，夜潮生寒洲渚移。鳴舷鼓枻驚楚子，危檣遠纜號吴兒。篙師咄咄自相語，明發扁舟繫何許。半月行江十日風，寸步家山隔秦楚。黄衫年少金雕鞍，日高華屋春夢殘。插花走馬咸陽道，世上空嗟行路難。《全宋詩》卷一七一〇，册30，第19252頁

同前二首并序

曹勛

其一有詩序曰：「昔鮑昭、王筠皆有此作，以叙征戍離别悲感之思。因變而新之。」其二有詩序曰：「鮑昭、王筠皆有所托，其詞閒雅感激，惟道閨門離别征戍懷遠之思，因以申之云爾。」

華堂高張千炬燭，光溢樽罍艷流目。秦姬趙女變新聲，入金石兮裂絲竹。少年意氣凌秋陽，奴僕金張嗤宋玉。文章富貴何足論，胡必直欲身後名。顔回風雨困簞食，伯夷葵藿難爲情。何如嫖姚十八從將軍，恩隆愛密收奇勛。美人歌舞謝芳草，春花落盡容顔老。山長水闊霜雪寒，安用區區涉遠道。

行路難，行路難，九折之阪無足嘆。羊腸劍閣視階闥，巫峽灩澦無波瀾。長安九衢最巘嶮，侯門處處深如淵。深如淵，不可履，翻覆風波當面起。況復深宫嚴九重，雖有羽翼無由通。行路難，行路難，不如歸去貧窮静坐巾柴關。啜菽飲水自行樂，雖有風雨無憂患自注：平聲。《全宋詩》卷一八八一，册33，第21070頁

同前

陸　游

平生結交無十人，與君契合懷抱真。春遊有時馬忘秣，夜話不覺鷄報晨。極知貧賤别離苦，明日有懷就誰語。人無根柢似浮萍，未死相逢在何許。道邊日斜泣相持，旗亭取醉不須辭。君貴堂厨萬錢食，我勸一杯應不得。《全宋詩》卷二一七一，册39，第24651頁

同前

范成大

按，《全宋詩》卷三一三七又作白玉蟾詩，辭同，題作《行路難寄紫元》，兹不復録。

同前五首

楊萬里

贈君以丹棘忘憂之草，青棠合歡之花，馬腦遊仙之夢枕，龍綜辟寒之寶紗。天河未翻月未落，夜長如年引春酌。昔人安在空城郭，今夕不飲何時樂。《全宋詩》卷二二四二，册41，第25747頁

君不見河陽花，今如泥土昔如霞。君不見武昌柳，春作金絲秋作帚。人生馬耳射東風，柳色桃花却長久。秦時東陵千户侯，華蟲被體腰蒼璆。漢初沛邑刀筆吏，折腰如磬頭搶地。蕭相厥初謁邵平，中廷百拜百不應。邵平後來謁蕭相，故侯一拜一惆悵。萬事反覆何所無，二子豈是大丈夫。窮通流坎皆偶爾，摶扶未必賢槍榆。華胥别是一天地，醉鄉何曾有生死。儂欲與君歸去來，千愁萬恨付一杯。

老夫少時不信老，長笑老人恃年少。如今老矣不笑人，却被少年開口笑。少年何苦笑老人，老人舊日顏如春。興來百盞山隤玉，醉後千篇筆有神。自古聖賢皆白骨，誰道今人不見古時月。孔子盜跖俱塵埃，杜陵老人今亦安在哉？

黄金築臺賜白璧，車前八騶門列戟。徹侯萬户秩萬石，珠户玉房貯傾國。傳呼一聲萬人開，將軍相國天上來。不知道旁雍門子，已嘆麋鹿登高臺。雍門解遣孟嘗泣，孟嘗不泣渠何急。只知富貴如雲浮，不知貧賤飢死寒死愁不愁。

長門陳阿嬌，却要一生金屋貯嬌嬈。長信班婕妤，却要一生紈扇從玉車。妾心祇作專房地，别人亦有承恩意。妾心不肯着别人，君心還肯如妾心。春風秋月渾不管，花落花開空自怨。千秋萬歲一笑休，月明空照古今愁。

造化小兒不耐閑，阿兄阿姊一似顛。兩手雙弄赤白丸，來來去去繞青天。赤丸才向西山没，白丸又向東山出。只銷三萬六千回，雪色少年成皺鐵，鐵色頭鬚却成雪。雙丸繞從地下復上天，少年一入地下更不還。日日喜歡能幾許，况有煩惱無喜歡。莫言酒不到劉伶墳上土，劉伶在時一醉曾三年。明珠一百斛，更添百斛也只心不足。侯印十九枚，更添一倍也只眉不開。先生笑渠不行樂，莫教人笑先生錯。《全宋詩》卷二二九四，册42，第26349頁

同前

滕　岑

行路難，東南地傾水瀰漫。三江五湖滄海寬，魚龍出没肆神奸。萬斛不勞一蹴翻，江水有潮溪有灘。錢塘潮頭平越山，乘潮寄命呼吸間。上灘篙挽寸步慳，下灘小跌淪奔湍。我行河道差若安，亡奈衆堰爲阻艱。兩牛力盡費躋攀，咫尺猶如限重關。行路難，西南之險更莫言。一山至有百八盤，猿猱欲上愁復還。汝如憚行要登船，恐汝膽落漬淖旋。此去投北經中原，崑崙萬里傾濁瀾。一吞數舟歲常然，舟楫么麽吁難全。陸行崤函車不前，況復羊腸萬屈蟠。其餘禹歷諸山川，深入無底高摻天。行路難，有如此，不如閉門且隱几。門前有地平如砥，無憂那憂勃堆起。《全宋詩》卷二五五三，册47，第29614頁

同前

李　龏

按，此爲集句詩。

君不見長安城北渭橋邊，長安惡少不少錢。飛窗複道傳頭飲，金鯨瀉酒如飛泉。春風細雨走馬去，鳴鞭晚出章臺路。半垂衫袖揖金吾，誰道黄金如糞土。床頭黄金盡，中門爲異域。骨肉且不顧，促刺復促刺。世路有趨競，人無一定顔。何處是平地，暗水自波瀾。君不見建章宫中金明枝，春花落盡蜂不窺。雙輪晚上銅梁雪，當春對酒不須疑。行路難，君好看。盧照鄰、高適、李賀、温飛卿、杜牧、韓翃、施肩吾、貫休、張籍、聶夷中、盧仝、王建、錢起、孟郊、顧況、薛能、崔顥、賀蘭進明、翁綬、張紘　《全宋詩》卷三一三二，册59，第37454頁

行路難和鮮于大夫子駿

晁補之

宋胡仔《苕溪漁隱叢話》曰：「苕溪漁隱曰：余觀《鷄肋集》，惟古樂府是其所長，辭格俊逸可喜，如《行路難》云。」①宋孫奕《示兒編》曰：「晁無咎《行路難》云：『贈君珊瑚夜光之角枕，玳瑁明月之雕床，一繭秋蟬之麗穀，百和更生之寶香。』黄魯直《送王郎》云：『酌君以蒲城桑落之酒，泛君以湘累秋菊之英；贈君以黟川點漆之墨，送君以陽關墮泪之聲。酒

① 《苕溪漁隱叢話》前集卷五一，第348頁。

澆胸次之磊塊，菊制短世之頹齡。墨以傳千古文章之印，歌以寫一家兄弟之情。』此誠相若，然魯直辭雄意婉，壓倒無咎。原其句法，實有來處，得非顧况《金鐺玉佩歌》云：『贈君金鐺大霄之玉佩，金鎖禹步之流珠，五嶽真君之秘籙，九天文人之寶書。』晁黄得奪胎换骨之活法於此者乎？」①錢鍾書《談藝録》「黄山谷詩補注」將此種句法溯源至鮑照、李白等，可參看。

贈君珊瑚夜光之角枕，玳瑁明月之雕床，一繭秋蟬之麗縠，百和更生之寶香。穠華紛紛白日暮，紅顔寂莫無留芳。人生失意十八九，君心美惡那能量。願君虚懷廣末照，聽我一曲關山長。不見班姬與陳后，寧聞衰落尚專房。《全宋詩》卷一一二八，册19，第12802頁

① [宋] 孫奕《示兒編》卷十，景印文淵閣四庫全書，册864，臺灣商務印書館，1986年版，第485—486頁。

卷一〇四　宋雜曲歌辭一〇

行路難贈蕭坦翁

朱繼芳

行路難，居不易，旋買生柴煮一字。三千風月不直一杯水，何用狂吟動天地。君不見陸天隨，忍窮讀書白眼屠沽兒。又不見孟東野，載少於車車是借。丈夫吐氣摩星斗，六印黄金真唾手。莫吟詩，詩能窮人君不知。古人坐詩窮到骨，今人方笑古人癡。又聞夜半舟移壑，却嘆東門黄犬華亭鶴。人生短長無百年，富貴未必如賤貧。富貴賤貧何足據，出門總是亡羊路。居不易，行又難，况是長安十二門。相逢一笑豈易得，莫惜床頭沽酒錢。《全宋詩》卷三二七九，册 62，第 39076 頁

古樂府行路難

按，《全宋詩輯補》作「紫姑」詩。

洞庭波，瀟湘浦，帝子靈妃愁不吐。舜不歸兮蒼梧空，泪血竹漬森如雨。巫山高，陽臺深，暮雨朝雲難重尋。楚襄私夢傾天下，佳人寧有一分心。海風掀波雲漠漠，霜殺飛蓬寒更惡。帆撑何處送歸艎，溜溜輕沙夜潮落。參懸碧兮夜漫漫，雁叫群兮獨聲乾。百憂集兮腸九折，可見人生行路難。《全宋詩輯補》，册 12，第 5912 頁

前行路難馮公嶺作

李　洪

君不見馮公之嶺摩蒼天，危梁峻阪相屬聯。樵夫跬步不得上，仰視懸石勢欲顛。下有飛泉瀉鳴瀑，春撞喦竇匯山麓。飛流濺沫冰雪寒，蘿蔦荒林猿狖伏。傍穿鳥道人踪絶，怪石虎踞蒼崖裂。捫參歷井路屈盤，九折羊腸車軸折。如何年少遠遊子，擔簦躡屩來過此。或欲挾策干君王，亦有辭家遠從仕。馬痡僕倦棲茅屋，夜汲巖泉燃楚竹。賜璧封侯事渺茫，途窮未免阮生哭。遐想太古開闢初，地隔東甌擅一隅。山腰鑿石自何代，要令海宇同車書。不知馮公亦何者，姓名宛與茲山俱。我行適當三伏間，霪霖積潦行路難。家住太湖三萬頃，烟波回想洞庭山。《全宋詩》卷二三六四，册 43，第 27138 頁

廣行路難

敖陶孫

有聲且勿吞，有泪且勿傾。聲吞斷人腸，泪傾草不生。萬事有反覆，天地終無情。斫方以爲輪，平地生九折。鍛劍使繞指，青萍化爲血。筋骸束未貫，光景電露滅。我欲竟此曲，此曲能頹山。奉君一卮酒，已矣當何言。有歌且勿發，有舞且勿盤。歌發愁雲陰，舞盤促歲年。古來妾事主，百悲償一歡。勸君莫渡河，河伯欲娶婦。采桑急蠶饑，送死蒿碪手。世故常多門，反覆無不有。我欲竟此曲，此曲能摧城。奉君一卮酒，假日聊偷生。《全宋詩》卷二七一三，册51，第31914頁

古別離

陳與義

按，宋劉宰《送李季允侍郎歸蜀五絶用禪房花竹幽爲韻》其四曰：「我歌古别離，語盡君當續。」①則《古别離》宋時或可歌。明費經虞《雅倫》曰：「費經虞曰：『離本於樂府。如

①《全宋詩》卷二八〇六，册53，第33344頁。

《古別離》《長別離》《生別離》《雙燕離》之類。』」①明彭大翼《山堂肆考》曰：「《古別離》，漢李陵詩『良時不可再，離別在須臾。』故後人擬之爲《古別離》也。後又有《長別離》《遠別離》《新別離》《暗別離》《潛別離》《苦別離》等曲」②清王士禛《香祖筆記》曰：「宋初諸公競尚西崑體，世但知楊、劉、錢思公耳，如文忠烈、趙清獻詩最工此體，人多不知，予既著之《池北偶談》《居易録》二書，觀李于田（蓘）《蕕圃集》載胡文恭武平宿詩二十八首，亦昆體之工麗者，惜未見其全，聊摘録數聯於左。……《古別離》：『佳人挾瑟漳河曉，壯士悲歌易水秋。』……風調與二公可相伯仲，起結尤多得義山神理，不具録。」③

東門柳，年年歲歲征人手。千人萬人於此別，柳亦能堪幾人折。願君遄歸與君期，要及此柳未衰時。《全宋詩》卷一七三五，冊31，第19484頁

---

①《雅倫》卷八，續修四庫全書，冊1697，第155頁。

②《山堂肆考》卷一六一，景印文淵閣四庫全書，冊977，第256頁。

③［清］王士禛《香祖筆記》卷六，景印文淵閣四庫全書，冊870，臺灣商務印書館，1986年版，第458—459頁。

同前二首

陸 游

孤城窮巷秋寂寂，美人停梭夜嘆息。空園露濕荆棘枝，荒蹊月照狐狸迹。憶君去時兒在腹，走如黄犢爺未識。紫姑吉語元無據，况憑瓦兆占歸日。嫁來不省出門前，魂夢何因識酒泉。粉綿磨鏡不忍照，女子盛時無十年。《全宋詩》卷二一八一，册39，第24837頁

君北游司并，我南適熊湘。邂逅淮陰市，共飲官道傍。丈夫各有懷，窮達詎可量。臨别一取醉，浩歌神激揚。勛業有際會，風雲正蒼茫。亂點劍峰血，苦寒芒屨霜。死即萬鬼鄰，生當致虞唐。丹鷄不須盟，我非兒女腸。《全宋詩》卷二一八二，册39，第24850頁

同前

趙汝鐩

妾離父母來從君，相期百年終此身。初合鸞凰席未暖，熟視眉目識未真。兵符捉人夜調遣，丁寧克日到邊面。紅旗在手弓在腰，花驄一躍迅於箭。回頭語我勿慘傷，歸來印斗金帶黄。我聞軍功未易就，膏血紫塞十八九。嫁狗逐狗鷄逐鷄，耿耿不寐輾轉思。吠月啼曉喧孤幃，泪

雨千行心肝摧。與其眼穿萬里見無日，何如同赴沙場戰死俱白骨。《全宋詩》卷二八六四，册55，第34200頁

同前五首

白玉蟾

有婉孤山梅，香根寄霜雪。早被東皇知，占斷西湖月。天風何狼籍，吹付壽陽人。騎箕棄鼎鼐，百花空自春。

右臞庵李侍郎（囦）

青青冬嶺松，高出寒崔嵬。憶昔可憐宵，聲如灩澦堆。冰霜矧肯摧，枝葉故條暢。一夕乘風雷，龍化失群望。

右回庵譙大卿（令憲）

彩鳳何毰毸，有玉飛則立。竹林失所依，梧枝夜露泣。鷄鶩疑九苞，鵷鷺厭五毛。伊獨怨德衰，簫韶如之何。

右覺非彭吏部（演）

溶溶空中雲，膚寸能滂沱。旦暮依神龍，所至蒙恩多。歸來太山阿，已罷澤民志。溘然登

崑崙，猿鶴爲歔欷。

右盤莊黄檢院（庸）

彼美幽汀蘭，開花滿國香。悵無與同心，隔水遐相望。皓月澤清姿，凉風憐幽芳。不及見妝臺，委之田舍郎。

石竹莊蘇筠州（森）　《全宋詩》卷三一三六，册60，第37513頁

同前

張至龍

扶上花驄酒半醺，望沉鞭影暗銷魂。離情恐被行人覺，肯拂菱花補泪痕。《全宋詩》卷三二八一，册62，第39089頁

同前

謝翱

按，《全元詩》册一四亦收謝翱此詩，元代卷不復録。

仙人別母母哭啼，遣以神藥乃醉之。醒來哭定記兒語，食此庭前雙橘樹。葉能禦饑病能愈，豈似當時逐兒去。鄰翁有女立我前，取刀剖腹爾勿憐。但爾嫁夫能治田，生子不願生神仙。

《全宋詩》卷三六八九，册70，第44297頁

同前

張玉娘

把酒上河梁，送君灞陵道。去去不復返，古道生秋草。迢遞山河長，縹緲音書杳，愁結雨冥冥，情深天浩浩。人云松菊荒，不言桃李好。澹泊羅衣裳，容顔萎枯槁。不見鏡中人，愁向鏡中老。

《全宋詩》卷三七一五，册71，第44623頁

古別離送蘇伯固

蘇軾

《全宋詩》題下校曰：「外集題作《送蘇伯固效韋蘇州》。」

三度別君來，此別真遲暮。白盡老髭鬚，明日淮南去。酒罷月隨人，泪濕花如霧。後夜逐

君還，夢繞湖邊路。《全宋詩》卷八一八，册14，第9471頁

別離詞

艾性夫

按，《全元詩》册一九亦收艾性夫此詩，元代卷不復録。

郎從江上買行舟，妾對江楓生晚愁。雁雲不斷楚天碧，望郎怕上水邊樓。渡江桃葉郎莫歌，巴西竹枝愁更多。黄塵百丈水花黑，把酒勸郎無渡河。《全宋詩》卷三六九九，册70，第44388頁

古離別二首

周紫芝

弦斷何由續，鏡分難再圓。感君綢繆意，贈我雙紋鴛。百年會有盡，此意終難捐。行行重行行，此別深可惜。臨分意難傳，欲語泪復滴。我欲從君遊，恨乏雙飛翮。《全宋詩》卷一四九七，册26，第17096頁

同前

釋善珍

切切復切切，壯士重離别。壯士别君去，萬里無回轍。暫時一樽酒，異日肝膽裂。何況岐路間，俄頃生白髮。君不見荆軻劍氣凌白虹，易水悲吟泪成血。《全宋詩》卷三一五〇，册 60，第 37779 頁

同前

黎廷瑞

按，《全元詩》册一五亦收黎廷瑞此詩，元代卷不復録。

迢遞君遠遊，纏綿妾孤傷。年年望君還，悠悠空斷腸。我願陵成江，有車不得襄。江復變爲陸，無水通舟航。成江路還通，變陸路更長。安得微賤軀，乘風墮君傍。化爲舟與車，載君還故鄉。團團素明月，隱隱流前除。卷帷對孤影，涕泗沾羅襦。念我玉關人，此心知焉如。何方得靈藥，托身爲蟾蜍。懸光萬里天，往尋君所居。君坐照君席，君行逐君車。《全宋詩》卷三七〇六，册 70，第 44493 頁

同前

夏之中

郎上孤舟妾上樓，闌干未倚泪先流。片帆漸遠郎回首，一種相思兩處愁。《全宋詩》卷三七七三，册72，第45517頁

遠别離

張耒

遠别離，明當入蜀去。酒酣日落客心驚，起與僕夫先議路。引車在庭牛在槽，桐枝梟梟秋風豪。别情惆悵氣不下，酒觴翻汙麒麟袍。緩緩清歌慰幽獨，不惜更長更燒燭。贈君髮上古搔頭，莫易此心如此玉。平生每笑花飛片，東家吹落西家怨。但得歸時似别時，相知何必長相見。《全宋詩》卷一一五五，册20，第13033頁

同前

王炎

静女不下堂，遊子志四方。五花驕馬金絡腦，出門僕從生輝光。草青沙軟濕春霧，玉蹄聯翩踏花去。樓頭明月闕又圓，西風一夕生庭樹。明璫綴以木難珠，錦衣繫以貂襜褕。青眉玉頰爲誰好，天闊飛鴻無素書。今年花落容華在，明年花發容華改。離鸞别鵠不自憐，人生難得長少年。《全宋詩》卷二五五九，册48，第29690頁

同前

李龏

太湖三山口，中有西行舟。望望不相近，望中生遠愁。重露濕蒼苔，秋風散楊柳。空藏蘭蕙心，離恨如旨酒。碧紗窗外葉騷騷，三更風作切夢刀。千里萬里獨爲客，少年心事風中毛。皎然、沈佺期、邵謁、于武陵、李端、顧況、韋莊、貫休、徐凝、施肩吾、張籍、李咸用《全宋詩》卷三一三二，册59，第37458頁

按，此爲集句詩。

次韻陳叔易遠別離三首

蘇籀

晝短宵未明，何朝妾覿君。泪滴九霄雨，愁凝千古雲。鳳藏丹霄晚，鴻遵沙磧遠。樓迴眼波窮，軸折離魂斷。安得葛陂龍，肉骨丹九轉。

婦慧弗諳事，謂世無離索。洋洋舊依蒲，逐逐難翳藿。銜風遞弱羽，爛漫何鄉落。憂端埒南山，那堪魯酒薄。人力未如何，天公良可托。

別情荼無苦，訣語若爲道。日近長安遥，山圍烟浪繞。星河通故都，冰雪迫凋槁。回轅尚茫茫，延頸空矯矯。卜歸付乾策，此策何人抱。《全宋詩》卷一七六二，册 31，第 19614 頁

遠別曲

釋文珦

問君何所之，執手立前墀。可堪爲遠別，都不道回期。檐間蠨蛸蟲，似知妾心悲。纏綿結離恨，千絲仍萬絲。《全宋詩》卷三三一五，册 63，第 39511 頁

擬行行重行行

鄭會

按，《樂府詩集·雜曲歌辭》無此題，然有《古别離》首句云「行行重行行」。宋鄭樵《通志二十略·樂略一》「古調二十四曲」有《擬行行重行行》，故予收録。

行行重行行，憶君行路難。十步九縈折，一峰千巑岏。空山叫猿猱，老石藏貔虢。美人隔千里，西游何當還。鬢髮日已老，帶眼日已寬。孤燈照殘夢，雨滴芭蕉寒。所思不可見，悒悒清夜闌。《全宋詩》卷二九五九，册56，第35256頁

行行重行行贈别李之儀

黄庭堅

行行重行行，我有千里適。親交愛此别，勸我善眠食。惟君好懷抱，高義動顔色。贈子青琅玕，結以永弗諼。拭目仰盛德，洗心承妙言。子道甚易行，易行乃難忘。虚名織女星，不能成文章。微君好古學，尚誰發予狂。事親見不足，擇友知無方。大聖急先務，君其愛積光。外將

周物情，中不敦己道。以客從主人，辨之苦不早。行身居言前，悟理在意表。苟能領斯會，大自足諸小。勿念一朝患，勿忘終身憂。忠誠照屋漏，萬物將自求。此道不予欺，實吾聞之丘。群居行小慧，宴笑奉樽俎。益友來在門，疏拙不見取。誰不聞此風，去君鴻鵠舉。《全宋詩》卷一〇一八，册17，第11613頁

行行重行行

洪　适

行行重行行，南北各倦遊。昔人重别離，一日嗟三秋。如何三秋暮，相見尚悠悠。方寸正紆軫，何以寫我憂。仰瞻衡漢移，俯對蘭菊遂。臭味雖云同，光塵若爲異。回風凄且發，飄我别時袂。欲知長相思，披衣不勝體。《全宋詩》卷二〇七五，册37，第23412頁